经典传家

经典回到生活　阅读从心开始

经典传家

『经典传家』丛书遴选了清代《四库全书》的精华，而且每一种书在注释、译文、解读等方面做了大量的、扎实的工作。

——傅璇琮

国学就是中国人的学问。『经典传家』是一套非常适合大众阅读的国学经典丛书。国学的传承和发展迫切需要好的大众读本。

——毛佩琦

《四库全书》浩如烟海，真正的必读经典就这百余部。

——任德山

国学是相互通融的，切忌断章或是割裂。今人只有从《周易》等原始经典入手，才能真正找到进入国学的门径。

——刘君祖

经典传家系列丛书

图解乐府诗集

郭茂倩 编

崇贤书院 释译

黄山书社

《乐府诗集》阅读指南

题解诗评，加深理解

题解帮助读者把握诗题源流和创作背景，诗评出自名家，升华读者对诗歌的理解。

精美插图，意境再现

精选二百多幅历代刊行的古版画作为插图，诗画结合，再现诗歌意境，使诗歌更加形象生动。

诗歌题解

- 介绍诗题的来源和流变。
- 阐明诗歌创作的背景。

选字注音

- 将文中的生僻字、多音字标拼音。
- 进行反复标注，方便阅读。

详尽注释

- 对文中的生僻字词进行解释，使原文不再晦涩。
- 将文中的典故、人名、地点进行解释，拓宽读者知识面。

版画说明

- 说明版画内容，加深读者的理解。
- 延伸原文阅读，拓宽读者的阅读视野。

乐府诗集　卷二　鼓吹曲辞

战城南

唐·李白

[题解]

《战城南》是汉乐府旧题，属《鼓吹曲辞》，为汉《铙歌十八曲》之一。汉古辞主要是写战争的残酷，同样李白的这首诗是抨击封建统治者穷兵黩武的。天宝年间，唐玄宗轻动干戈，逞威边远，而又几经失败，给人民带来深重的灾难。一宗宗严酷的事实，被诗人看在眼里，汇聚到胸中，同他忧国悯民的情怀产生激烈的矛盾。他沉思、悲愤，内心的呼喊倾泻而出，铸成这一名篇。

[原文]

去年战桑干①源，今年战葱河②道。洗兵③条支海上波，放马④天山雪中草。万里长征战，三军尽衰老。匈奴以杀戮为耕作，古来唯见白骨黄沙田。秦家筑城⑤备胡处，汉家还有烽火燃。烽火燃不息，征战无已时。野战格斗死，败马号鸣向天悲。乌鸢(yuān)⑥啄人肠，衔飞上挂枯树枝。士卒涂草莽，将军空尔为。乃知兵者是凶器，圣人不得已而用之。

战城南

汉代经常和匈奴发生战争。李白的这首《战城南》是以汉喻唐，唐玄宗当政时期，多次在西域及河西走廊与阿拉伯、吐蕃发生战争，穷兵黩武，生灵涂炭，李白在诗中表达了他对战争的愤慨和忧国情怀。

[注释]

①桑干：桑干河，在山西大同城南六十里，源出马邑县北洪涛山。②葱河：发源于西域葱岭的河，在今新疆境内。"桑干""葱河""条支""天山"都是边疆地名。③洗兵：洗去兵器上的污秽。④放马：牧放战马。⑤秦家筑城：《史记·秦始皇本纪》记载："……乃使蒙恬北筑长城以守藩篱，却匈奴七百余里。"⑥鸢：鸟，属于鹰科的一种

〇二三

《乐府诗集》阅读指南

注音注释，扫清障碍

为文中的生僻字添加注音，对文中的生僻字词、典故、人名、地名等加以注解，力求读者阅读无障碍。

白话诗解，通俗易懂

通俗流畅的诗解传达经典韵味，让读者更好地理解诗歌内涵，体会乐府诗的不朽魅力。

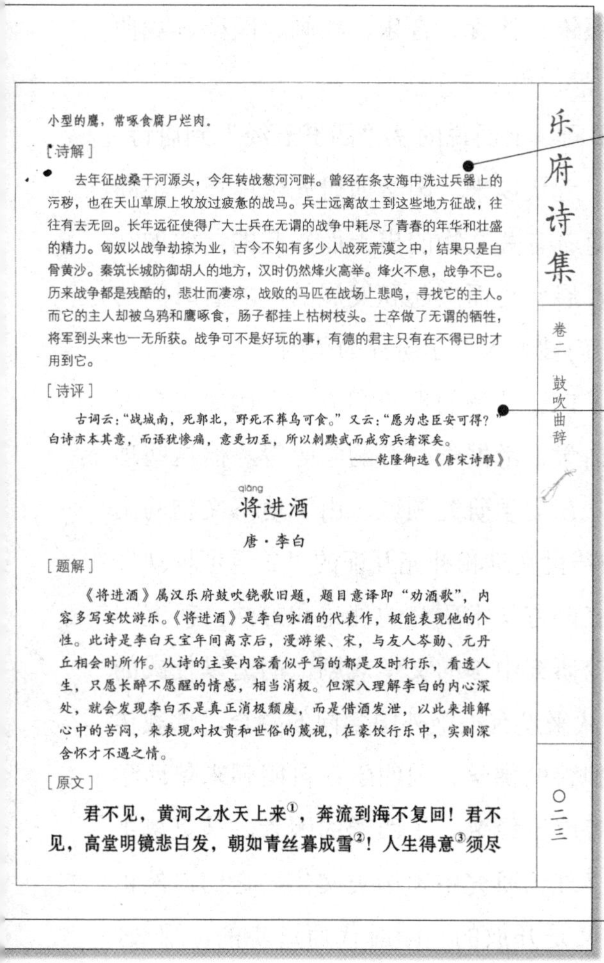
小型的鹰，常啄食腐尸烂肉。

[诗解]

去年征战桑干河源头，今年转战葱河河畔。曾经在条支海中洗过兵器上的污秽，也在天山草原上牧放过疲惫的战马。兵士远离故土到这些地方征战，往往有去无回。长年远征使得广大士兵在无谓的战争中耗尽了青春的年华和壮盛的精力。匈奴以战争劫掠为业，古今不知有多少人战死荒漠之中，结果只是白骨黄沙。秦筑长城防御胡人的地方，汉时仍然烽火高举。烽火不息，战争不已。历来战争都是残酷的，悲壮而凄凉，战败的马匹在战场上悲鸣，寻找它的主人。而它的主人却被乌鸦和鹰啄食，肠子都挂上枯树枝头。士卒做了无谓的牺牲，将军到头来也一无所获。战争可不是好玩的事，有德的君主只有在不得已时才用到它。

[诗评]

古词云："战城南，死郭北，野死不葬乌可食。"又云："愿为忠臣安可得？"白诗亦本其意，而语犹惨痛，意更切至，所以刺黩武而戒穷兵者深矣。

——乾隆御选《唐宋诗醇》

qiāng

将进酒

唐·李白

[题解]

《将进酒》属汉乐府鼓吹铙歌旧题，题目意译即"劝酒歌"，内容多写宴饮游乐。《将进酒》是李白咏酒的代表作，极能表现他的个性。此诗是李白天宝年间离京后，漫游梁、宋，与友人岑勋、元丹丘相会时所作。从诗的主要内容看似乎写的都是及时行乐，看透人生，只愿长醉不愿醒的情感，相当消极。但深入理解李白的内心深处，就会发现李白不是真正消极颓废，而是借酒发泄，以此来排解心中的苦闷，来表现对权贵和世俗的蔑视，在豪饮行乐中，实则深含怀才不遇之情。

[原文]

君不见，黄河之水天上来①，奔流到海不复回！君不见，高堂明镜悲白发，朝如青丝暮成雪②！人生得意③须尽

乐府诗集 卷二 鼓吹曲辞

〇二三

白话诗解

- 诗解与诗歌一一对照，通俗易懂。
- 使读者更好地理解乐府诗歌的深厚内蕴。

精彩诗评

- 选自名家的点睛之笔，启发人心。
- 加深读者对诗歌的感悟。

精选插图

- 精选二百余幅古代版画作为插图。
- 诗画结合，再现诗歌意境，让阅读形象化。
- 营造轻松休闲的阅读氛围和赏心悦目的视觉享受。

总序

国学是什么？简单说，就是中国人之所以成为中国人的学问。因此，国学不仅包括数千年积累流传下来的经典，比如“四书五经”、《老子》《庄子》《孙子》《史记》《汉书》、唐诗、宋词，也包含研究中国人思维方式、生活方式、行为方式乃至娱乐方式的各种学问。广言之，国学研究的对象不仅包括文献，也包括实物；不仅包括物质文化遗产，也包括非物质文化遗产，如我国各民族的建筑、服饰、饮食、音乐、绘画、医药、戏曲等等。

国学是不断丰富、不断发展的学问。上面说的从“四书五经”到唐诗、宋词就是一个不断丰富发展的过程。近代以来，国学的研究范围还在不断地扩大，比如敦煌学、甲骨学，是随着有关文物的出土而兴起的；比如红学，是随着文学理论和学术风气的发展变化而兴起和发展的。随着时间的推移和学术的进步，必将有更多的学问被纳入国学研究的范围。

数千年来，中国人做学问形成了自己独特的理论和方法，比如思想理论、史学理论、文学理论，以及训诂学、考据学、音韵学等等。但这些理论和方法并不是一成不变的。比如，在史学研究领域，由于地下文物的出土，王国维等人提出了以地下文物与传世文献相补充互证的“二重证据法”。近代以来，西风劲吹。国人主动借鉴西方学术研究的理论和方法，研究中国学问。王国维借鉴尼采的哲学理论研究中国的文学戏剧，胡适以杜威的实验主义研究中国的“国故”。国学从来没有拒绝外国学问的融合，佛教传入中国后，经过改造，形成了中国独特的佛学、因明学；自明朝末年西学传入中国后，中国的天文学、数学等就已经融入了西学的因素。马克思主义传入中国后，不少人用马克思主义理论研究中国历史文化，它们自然也成为了国学的一部分。因此，国学又是开放的、随时代而进步的。那么，当今我们研究、振兴国学，不允许也不应该倒退，不允许也不应该僵化。

然而，国学又是与西学明显区分的。国学是西学的对应物，是与西学完全不同的学术体系。在近代，西学挟坚船利炮强势进入中国之后，中国人还视自我，对于中国固有之学问的称呼出现了中学、国故学、国粹、国学这样的名称。面对“帝国主义”的强大，中国人自愧不如，一方面拼命地学习、引进西学，另一方面拼命地贬低、抛弃国学。虽然也有一些人，如张之洞为保护中华文化之根本，提出“中学为体，西学为用”，如胡适，提出“整理国故”，以“再造文明”“建立民族自信心”，但其声音终被时代所淹没。国学一再被严重曲解和轻视，造成了中国历史文化的大断裂。也许，这一历史过程是必然的。但回顾过去，中国在走向独立富强的过程中，国学所付出的代价实在太大、太惨重了。

新中国成立后，饱受屈辱的中国人从此站立了起来，民族自信心大大加强，但没有能够及时认识到国学在新时代的重要性，甚至仅存的一点点国学遗产也进一步成为被抛弃的对象。改革开放三十年之后，走向富强的国人终于幡然醒悟，保护和振兴国学逐渐成为全民的共识。一个强大的自立于世界民族之林的国家，必然要有与之相匹配的伟大的民族文化。中国人，从领导者、学术界到普通百姓，都在重新发现国学的现代价值。同时，在走向全球化的进程中，东西方各国也把目光投向了中国。中国学问，中国的一切都在被重新评价。中国不仅为了自身的建设和发展需要从传统文化中汲取智慧，而且也面临着以优秀的中华文化向全人类贡献智慧的责任和挑战。

那么，这套经典传家丛书的编纂就是可喜的，编纂者的初衷和努力就是可敬的。希望这套丛书能发挥点滴作用，如同涓涓细水与千百万有志者的努力一道汇成大潮，去迎接中华民族的伟大复兴！

是为序。

毛佩琦

二〇一五年五月

前言

乐府是中国传统诗歌体裁的一种，和古体诗、近体诗共同构成古典诗歌中的三大类，原指配着音乐歌唱的诗。乐府最初始于秦代，最初是收集音乐的机构，在汉武帝时正式设立乐府，其任务是收集民间音乐、整理改编与创作音乐、进行演唱及演奏等。汉魏六朝以乐府民歌闻名。后来，“乐府”成为一种带有音乐性的诗体名称。主要辑录汉魏到唐、五代的乐府歌辞兼及先秦至唐末的歌谣。

乐府大多是民间歌辞，因此其语言淳朴，回环往复，文字活泼，形象生动，声音和谐，完整地保留了口语的本来面目。乐府诗句长短不一，主要是五言句式，形式富含变化，不拘一格。乐府押韵也极为灵活，有的句句押韵，有的隔句押韵，也有隔了两三句押韵的。

《乐府诗集》版本以北宋末南宋初浙江刻本为最早。元代则有至正元年集庆路儒学刊本。明代则有明末毛晋汲古阁刊本。清代则仅有坊间翻刻汲古阁本。宋本有1955年文学古籍刊行社影印本，此本为傅增湘藏配宋本。2010年人民文学出版社重新影印出版。汲古阁本则影印入《四部丛刊》。

《古诗十九首》的名称来源于萧统，是他从众多无名的诗歌中选了十九首编在一起并赋予专名。《古诗十九首》采用了当时新兴的五言句式，继《诗经》《楚辞》之后成为一种新经典。内容上多是游子和思妇的题材，形式上打破了《诗经》四言句式的模式，其特点为情真、景真、意真。《古诗十九首》在中国诗歌史上的重要意义便是树立了五言诗的新典范。

我们此次出版的《乐府诗集》以郭茂倩《乐府诗集》（人民文学出版社，2010年版）为底本，以保存各卷主体思想和整体风格为原则，对《乐府诗集》进行了精选，删去了相对于普通读者来说阅读价值并不大的内容，保留了各卷最精彩的、读者耳熟能详的作品，并对原文进行了白话文翻译。因为诗歌的特殊性，所以翻译以直译为主，意译为辅，使读者能够更好地欣赏《乐府诗集》。

《乐府诗集》收录的诗歌最早的能追溯到汉代，距今最近的也是唐末的作品，所以对于今人而言，阅读起来难免存在难以理解的地方，因此崇贤书院编委会经过近十年的调研、磨砺和升级，针对今人阅读古汉语时所遇到的困难特别设计了注译方式，形式包括题解、注释、读音标注、配图等。为继往圣之学，《乐府诗集》同时汇集了历代文人对作品的评注。希望这些可以利于读者更好地了解经典，体会古典文化的精髓。

崇賢書院

目 录

乐府诗集

卷一　郊庙歌辞

卷二　鼓吹曲辞

卷三　横吹曲辞

卷四　相和歌辞

卷五 清商曲辞

卷六 舞曲歌辞

卷七 琴曲歌辞

卷八 杂曲歌辞

卷九　近代曲辞

卷十　杂歌谣辞

卷十一　新乐府辞

附 录

古诗十九首

乐府诗集

卷一　郊庙歌辞

天　地

［题解］

古代都有祭祀天地神明及祖先的乐曲。自汉武帝诏制《郊祀歌》开始，以后历代帝王都有改作。《天地》是祭祀天地的诗。此首选录的是汉武帝的歌辞。

［原文］

《汉书·礼乐志》曰："丞相匡衡奏罢'黼绣周张'，更定诗曰'肃若旧典'。"

天神太一

太一是天帝的别名，在众天神中最尊贵，古代天子于春秋两季祭祀太一。文中皇帝祭天时，琴、竽、瑟、金鼓奏乐同响，以取悦于天神太一。

天地并况①，惟予②有慕。爰熙③紫坛，思求厥路④。恭承禋(yīn)祀⑤，缊⑥豫为纷。黼(fǔ)绣⑦周张，承神至尊。千童罗舞成八溢⑧，合好效欢虞泰一⑨。九歌毕奏斐然殊，鸣琴竽瑟会轩朱⑩。璆(qiú)磬⑪金鼓，灵其有喜，百官济济，各敬其事。盛牲⑫实俎(zǔ)进闻膏，神奄留⑬，临须摇。长丽⑭前掞(yàn)光耀明，寒暑不忒⑮况皇章。展诗应律鋗(xuān)⑯玉鸣，函宫吐角激徵清。发梁⑰扬羽申以商，造兹新音永久长。声气远条⑱凤鸟翔，神夕奄虞盖孔享。

［注释］

①况：赏赐。②予：皇帝自称。③爰熙：爰，发语词。熙，兴建。④厥路：这里指与神相通的路。⑤禋祀：专心一意地祭祀天地。⑥缊：阴阳和同相互辅助的样子。⑦黼绣：黑白相间，画成斧形的刺绣品。⑧八溢：八佾。古代天子

祭神和祖先，用八行八列共六十四人来表演舞蹈。⑨泰一：又叫太一，是天神中的至尊者。⑩轩朱：两个人名。轩是皇帝轩辕。朱指朱襄氏。⑪璆磬：指用美玉做的磬。璆，美玉。⑫盛牲：指献上丰盛的牺牲和供品，又焚烧香草和动物脂油以请神下降受享。⑬奄留：通“淹留”，停留的意思。⑭长丽：传说中的一种神鸟。⑮不忒：不出差错。⑯锵：鸣玉声。⑰发梁：指声音好听，歌声绕梁。⑱条：到，达到。

[诗解]

希望天地的神灵都赐福，因为皇帝敬慕他们。皇帝兴建了紫色的坛宇作为专门祭神的场所，想找寻与神相通的办法。皇帝专心一意、恭敬地继承前代祭祀天地的重任，使神灵和乐。把刺绣品画成黑白相间的斧形图案，遍挂于祭坛之上，用隆重的仪式来承奉至尊的神灵。把六十四个童子排成八行八列跳舞以娱乐天神太一。音乐一起响起，琴、竽、瑟、美玉做成的磬和金鼓并陈杂奏，希望神灵能够得到娱乐，百官济济，都恭敬地向神灵祭祀。他们恭敬地献上丰盛的牺牲和供品，又焚烧香草和动物油脂请神下降受享。神留下受享，虽然历时很久，但从天上看来，那只是片刻。只见神鸟在前面发出光芒，神赏赐皇帝以寒暑准时不失、阴阳和顺，以彰显君主的德行。诗歌的朗诵与音律发出的鸣玉声相应和，音乐中包含了宫、商、角、徵、羽五个音阶。这美妙的声音达到远处，使凤鸟飞翔，神灵久留足以享用这些祭祀。

日出入

[题解]

《日出入》是祭祀日神的诗。诗中由太阳每天早上升起，晚上落下，感到时间的迅速流失和人生的飞速流逝。由此汉武帝产生了渴望成仙、乘龙上天的思想。这首诗就体现出了汉武帝的求仙思想。

[原文]

日出入安穷[1]？时世不与人同[2]。故春非我春，夏非我夏，秋非我秋，冬非我冬。泊[3]如四海之池，遍观是邪谓何[4]？吾知所乐，独乐[5]六龙[6]，六龙之调[7]，使我心若[8]。訾黄[9]其何不徕下。

[注释]

①安穷：哪里会有穷尽。②时世不与人同：世间的事物在不断发展，而人的生命却很短促，与永恒的自然不同。时世，指时间。③泊：博大的样子。④谓何：应该怎么办呢？⑤独乐：只喜欢，只爱好。独，单独。乐，喜欢，爱好。⑥六龙：传说中日神乘坐的车，由六龙驾驭。⑦调：调动，支配，驾驭的意思。⑧若：若然的样子，即和顺、满意的状态。⑨訾黄：又作“乘黄”，龙的翅膀，马的身子。

[诗解]

太阳每天早上升起，晚上落下，循环往复没有穷尽的时候。世间的事物在不断发展，而人的生命却很短促，与世间的永恒存在不同。四季的更迭交替不依靠人的意志为转移，所以春并非我想要的春，夏并非我想象中的夏，秋并非我期盼的秋，冬并非我中意的冬。宇宙之大好比四海的水一样，没有尽头，而人生短促，好比一个小池，看遍了这些事实，应该怎么办呢？我了解怎样才能快乐，只有爱好六龙，驾驭六龙上天，才合我的心意。我期盼乘黄能够从天而降，把我带上仙界。

天　马

[题解]

《天马》共两首，是汉武帝前后两次为获得良马而作。史书记载“大宛国多善马，马汗血，称汗血宝马。汗血者，指汗从前肩髆出，如血，其马一日能行千里。”《张骞传》曰：“汉武帝初发书《易》曰：‘神马当从西北来。’得乌孙马好，名曰天马。及得宛马，汗血，益壮。更名乌孙马曰西极马，宛马曰天马云。”按《史记·乐书》称“武帝伐大宛，得千里马，名蒲梢。作歌曰：‘天马来兮从西极，经万里兮归有德。承灵威兮降外国，涉流沙兮四夷服。’”《汉书·武帝纪》曰：“元鼎四年秋，马生渥洼水中，作《天马之歌》。”

[原文]

太一①况②，天马下。沾赤汗，沫③流赭(zhě)④。志俶傥⑤，精⑥权奇⑦，籋(niè)⑧浮云，晻⑨上驰。体容与⑩，迣(lì)⑪万里，今安匹，龙为友。

（元鼎四年马生渥洼水中作）

［注释］

①太一：天神中的至尊者。②况：赏赐。③沫：洗脸。④赭：红褐色。⑤俶傥：与“倜傥”相通，洒脱不受拘束的意思。⑥精：又作“情”。⑦权奇：奇特不凡。⑧籋：同“蹑”，踏着。⑨晻：朦胧不清的样子。⑩容与：放任无诞。⑪迣：超越。

［诗解］

天神太一赐福，使天马飘然下凡。这天马真是与众不同，它奔跑时流出的汗是红色的，好像满脸红血，因而此马被人们称为汗血宝马。这天马的姿态不同凡响，情志洒脱不受拘束，它步伐轻盈，踏着浮云，一晃就飞上了天。它放任无忌，超越万里，凡间没有什么马可以与它匹敌，它志节不凡，唯有神龙才配做它的朋友。

天　马

汉武帝得到汗血宝马不是为了自己玩赏，而是为了守卫国土，抵御匈奴。而别人则是将千里马，作为珍玩赠送给汉文帝的。

天　马

［原文］

天马徕(lái)①，从西极，涉流沙，九夷服。天马徕，出泉水②，虎脊两③，化若鬼④。天马徕，历无草⑤，径千里，循⑥东道。天马徕，执徐⑦时，将摇举⑧，谁与期？天马徕，开远门，竦⑨予身，逝昆仑。天马徕，龙之媒⑩，游阊(chāng)阖⑪，观玉台⑫。

（太初四年诛宛王获宛马作）

［注释］

①徕：与“来”相通。②出泉水：汉人以为千里马是龙种，所以几次获得骏马，都说是出自水中。③虎脊两：指马有双脊梁，皮毛颜色如同老虎。④化若鬼：指天马能任意变化，如同鬼神。⑤无草：这里指没有草、不生长草的地方。⑥循：顺着，沿着。⑦执徐：指日期。太岁在辰曰执徐。这里是说天马在

辰年来到。⑧将摇举：将奋翅高飞。⑨竦：同“耸”，高高地飞跃。⑩龙之媒：这里是说天马是神龙的同类，现在天马已经到来，龙就一定会来了。后人因此把骏马称为“龙媒”。⑪阊阖：天门。⑫玉台：天帝居住的地方。

［诗解］

天马从西方极远之处来到，经过了沙漠之地，众多的少数民族和外国都被它降伏了。天马出自水中，它生得十分神威，长有双脊，皮毛颜色像老虎一样。天马还有一身奇异的本领，能变化，如同鬼神那样灵异。天马穿越千里，迅速越过无草的区域，在庚辰年（太初四年，公元前 101 年）来到东方。汉武帝将驾着天马，高飞到遥远的地方，无可限期。天马既来，开通了上远方之门，可以使汉武帝上昆仑山去会神仙了。天马既来，龙也将来，汉武帝可以乘着龙上天去拜谒天帝了。

天　门

［题解］

《天门》写诸神大开天门，并想象神灵已经应允了汉武帝的请求，让他得以升天成为神仙。

［原文］

天门开，𬣙(dié)①荡荡②。穆③并骋，以临飨④。光夜烛⑤，德信着。灵浸鸿⑥，长生豫⑦。太朱涂广⑧，夷石为堂⑨。饰玉梢⑩以舞歌，体⑪招摇⑫若永望。星留俞⑬，塞陨光。照紫幄，珠熉(yún)黄⑭。幡比翅回集⑮，贰⑯双飞常羊⑰。月穆穆⑱以金波，日华耀⑲以宣明。假清风轧忽⑳，激长至重觞㉑。神裴回㉒若留放㉓，殣(jìn)冀亲以肆章。函蒙祉福常若期，寂漻(liáo)上天知厥时。泛泛㉔滇滇㉕从高斿(liú)㉖，殷勤此路胪(lú)所求。佻(tiāo)㉗正嘉吉弘以昌，休㉘嘉砰隐㉙溢四方。专精厉意逝九阂(hé)㉚，纷云六幕㉛浮大海。

［注释］

①𬣙：忘记。②荡荡：广远的样子。③穆：和乐。④临飨：下来享受祭

汉武帝

汉武帝建立了辉煌的功业，在他统治时期的西汉是世界上最强大的国家之一。然而，汉武帝却又迷信神仙，追求长生不老。他受方士李少君等人的诱惑，亲自到东海求仙，还召方士炼长生不老之药，铸承露盆接露水以服用。

祀。⑤烛：照耀。据史书记载，汉武帝祭祀天神太一时，当晚夜空便出现了美丽的光泽。汉武帝认为这是恩德信义感动了上天的明证。⑥灵浸鸿：灵，指神灵。浸，指德泽所沾盖。鸿，大。⑦豫：安乐。⑧太朱涂广：指祭神的场所，用红漆涂刷殿的大屋。⑨夷石为堂：也指祭神的场所，用平整的石块砌成的殿堂。⑩梢：舞动的人手里拿着用玉装饰的竿子。⑪体：象征。⑫招摇：北斗七星中斗柄内端的那颗星。⑬俞：答应。⑭烦黄：发出黄色的光芒。⑮回集：回旋。⑯贰：不止一个。⑰常羊：逍遥。⑱穆穆：美好。⑲华耀：光华照耀。⑳轧忽：长远。㉑激长至重觞：祭祀者迅速地多祭献祭品。激，迅速。㉒裴回：与“徘徊”相通。㉓放：寄托。㉔泛泛：形容向上漂浮。㉕滇滇：形容众多丰盛的样子。㉖斿：指旗上的飘带。㉗佻：开始。㉘休：美好。㉙砰隐：盛大的意思。㉚九阂：古人认为天有九重。九阂即九重天。㉛六幕：六合。

[诗解]

天门开后，望见天体广远，这样浩大的境界使汉武帝言形俱忘。众神都和乐地驰骋而来享受祭祀。祭祀时，夜有美光，汉武帝认为这是神灵显通，以为恩德信义感动了上天。神灵的德佑，广大无私，使皇帝能得到长生之道而安乐。祭神的场所都是经过精心装饰的，用红漆涂刷殿的大屋，用平整的石块砌成了殿堂，祭祀在这样的场所举行，显得恭敬而庄重。舞者拿着一端用美玉装饰的竿子起舞唱歌，竿旗上画有人们长久仰望的北斗星。众星留意到人们的祭祀，发出光芒来表示许诺。众星如珍珠一样发出黄色光芒，照亮殿中紫色的帷帐。舞者的动作来回飞旋如同禽鸟比翼飞翔，日月都为之光芒四射。想凭借着清风之力使神灵长久留下，汉武帝也迅速地多次向神灵献祭品。神灵在那里久久不去，汉武帝的心情分外激动。为了使神灵能够留下，汉武帝亲自为神灵献上乐章。假如能够得到神的允许，他将带着盛大的随从上游天空。汉武帝衷心地希望得到长生，愿将此心愿诉诸神灵。选择这样的吉日来祭祀神灵以得到吉祥昌盛，美好和吉祥一定会充满四方。汉武帝一心想上天游仙，俯视大地好比是浮游于大海之中。

青　阳

［题解］

青阳，指春天。汉代举行祭天大典的时候，也祭祀四时之神。这首《青阳》是专为祭祀春天之神而作的。诗中写出了大地回春的一片欣欣向荣的景象，也表达了向神灵祈福的心愿。

［原文］

青阳开动，根荄(gāi)①以遂②。膏润③并爱④，跂(qí)行⑤毕逮。霆声发荣⑥，巘(yán)处顷听⑦。枯槁复产，乃成厥命。众庶熙熙⑧，施及夭胎⑨。群生啿(dàn)啿⑩，惟春之祺⑪。

［注释］

①荄：草根。②遂：生出。③膏润：雨露滋润。④爱：覆蔽。⑤跂行：泛指动物用脚走路。⑥荣：草木开花。⑦巘处顷听：蛰伏在岩洞里的动物都因倾听而起。巘，与“岩”相通。顷，与“倾”相通。⑧众庶熙熙：众庶，众多的生命。熙熙，和乐的样子。⑨施及夭胎：施，延伸。夭，还没有生长的生物。胎，处于母胎中的生物。⑩啿啿：丰厚的样子。⑪祺：福，福佑。

青　阳

祭祀是古代社会生活的重要组成部分，《左传》中有“国之大事，在祀与戎”的说法。《青阳》为祭祀春天之神而作，这首诗描述了春回大地、万物复苏的景象，歌颂了春天的恩泽。

［诗解］

春天来了，小草开始生根发芽。春天的雨露滋润万物，一切动植物都得到了雨露的覆蔽。春雷阵阵，听到春雷的声响后，蛰伏在岩洞里的动物无不欢欣，随之而起，结束了漫长的冬眠，开始了新的生活。冬天枯萎了的草木也都生出了嫩芽，一切生命在春的沐浴下得以成长。春天万物和乐，春天的恩泽广及尚未出生和成长的生命。万物繁殖众多，都是因为受到了春天的福佑。

景　星

［题解］

景星，据说是一种吉祥之星，不经常出现，只是在国家政治清明的时期才会出现。汉武帝元封元年（前110）秋天，据说曾出现过此星。

［原文］

景星显见，信星[1]彪列[2]，象[3]载[4]昭庭[5]，日亲以察。参[6]侔(móu)[7]开阖[8]，爰推本纪[9]。汾脽(shuí)[10]出鼎，皇佑元始。五音六律，依韦飨昭，杂变并会，雅声远姚[11]。空桑[12]琴瑟结信成，四兴[13]递代八风[14]生。殷殷[15]钟石羽龠(yuè)[16]鸣。河龙供鲤[17]醇[18]牺牲。百末[19]旨酒布[20]兰生。泰尊[21]柘(zhè)[22]浆析朝酲(chéng)[23]。微感心攸通修名[24]。周流[25]常羊[26]思所并[27]。穰(ráng)穰复正直往宁[28]，冯[29]蠵(xī)[30]切和疏写平[31]。上天布施后土成，穰穰丰年四时荣。

［注释］

①信星：填星，镇星。②彪列：有文采地排列成行列。③象：悬象，指日月星辰。④载：事情，天象所显示的人事。⑤昭庭：明显地呈现于庭前。⑥参：三，指星和日、月合而为三。⑦侔：相等。⑧开阖：天地。开，指乾。阖，指坤。⑨爰推本纪：推原于祥瑞的出现以定纪元。⑩汾脽：汾水旁隆起的土堆。元鼎四年（前113）曾在这里出土过一口古鼎。⑪姚：与“遥”相通。遥远的意思。⑫空桑：地名，此地出产良好的木材，可以造琴瑟等乐器。⑬四兴：春、夏、秋、冬四季。⑭八风：四面八方来的风。⑮殷殷：声音盛大的样子。⑯羽龠：古代舞蹈者手中拿的舞具。⑰河龙供鲤：河伯提供鲤鱼。⑱醇：毛色纯一不杂。⑲百末：各种香草做成的粉末香料。⑳布：陈列。㉑泰尊：上古的瓦尊，为酒器。㉒柘：甘蔗。㉓酲：喝醉了酒神志不清的状态。㉔微感心攸通修名：皇帝内心精微处所通能远达神灵，以保佑得到久远的盛名。㉕周流：通行周遍。㉖常羊：逍遥的意思。㉗思所并：想寻求与神的道理相合。㉘穰穰复正直往宁：

既然已经获得众多的福佑，归于正道，能符合往日的心愿。穰穰，多的样子。㉙冯：冯夷，即河伯。㉚蠵：龟类。㉛疏写平：指元封二年（前 109），汉武帝亲自到瓠子黄河决口处，命令群臣背柴薪，堵塞决口，使河水疏导流泻得以平和不泛滥。

[诗解]

景星显现在天空，镇星有文采地排列成行，天象显示上天对大汉朝日以亲近的趋势已经很明显了。景星出现等同于天地重生，须推原于祥瑞的出现以重新定纪元年号。元鼎四年（前 113）在汾脽出现古鼎是上天下达福佑的开始。祭神的音乐依合于五音六律，声响要明朗，乐声要繁复多变，这样雅正的声音才能远扬。优美的乐舞可以调节四季的风向，使之风调雨顺。舞者要随乐声翩翩起舞，供品要精美。祭神的美酒要用各种香料配制，美酒散发的香气如同兰花盛开那样浓郁。祭神还要陈列一些能醒酒的甘蔗，以防神灵喝醉了酒而神志不清。皇帝内心精微处所通能远达神灵，以保佑他得成久远的美名。皇帝逍遥周游于上天，想寻求与神相合的道理。既然已经获得众多的福佑，归于正道，就能达成自己的心愿。上天降福，后土成就其功绩，使年成好，收获繁盛。

华烨烨

[题解]

华烨烨，光芒盛大的样子。据史书记载，汉武帝在元鼎四年（前 113）到汾阴祭祀后土，礼毕，到荥阳，经过洛阳。这首诗作于他渡过黄河南行途中。诗中写出了神的出游、来临、受享及赐福等幻想的情节。

[原文]

华烨烨，固灵根①。神之斿②，过天门，车千乘，敦③昆仑。神之出，排玉房④。周流杂⑤，拔兰堂。神之行，旌容容⑥，骑沓沓⑦，般⑧纵纵。神之徕，泛翊翊⑨，甘露降，庆云集。神之揄⑩，临坛宇，九疑⑪宾，夔(kuí)⑫龙舞。神安坐，翔吉时，共翊翊⑬，合所思。神嘉虞⑭，申贰觞⑮。福滂洋，迈延长。沛⑯施佑，汾之阿⑰，扬金光，横⑱泰河，莽若云，增阳波⑲。遍胪(lú)⑳欢，腾天歌。

[注释]

①“华烨烨”二句：形容神的车辆放着金光。祭祀者从远处望见，就知道神灵降临了。固灵根，指神所乘的车辆。皇帝的车辆，有金根车，以金为装饰。②斿：旗上的飘带。③敦：与“屯”相通，聚集的意思。④排玉房：列队于华丽的房屋前。⑤杂：聚集。⑥容容：飞扬的样子。⑦骑沓沓：骑，骑马的人和其坐骑。沓沓，行进迅速。⑧般：相连。⑨翊翊：飞翔的样子。⑩揄：相互牵引。⑪九疑：这里指九疑山之神，指舜。⑫夔：舜的乐官。⑬共翊翊：共，与“恭”相通。翊翊，恭敬的样子。⑭虞：娱乐，欢快。⑮贰觞：再次敬酒。⑯沛：广泛。⑰阿：水流曲折处。⑱横：充满。⑲阳波：这里指黄河的波浪。⑳胪：陈列。

帝舜

帝舜是帝尧的女婿，尧将两个女儿娥皇、女英嫁给舜，舜后来接受尧的禅让成为天子。舜每五年就巡天下一次，他在一次南巡中崩于苍梧之野，葬于九嶷山。

[诗解]

神的车辆放着金光，神出游的场面真是盛大啊！使祭祀者从远处望见便知道神灵降临了。祭祀者远远地看见神的旗子已经越过天门，神驾的车千乘万乘，都聚集在昆仑山前。神灵出游了，他的车子列队于华丽的房屋前。神周游太空，聚集于用兰花熏香的祭殿。神出行时人马众多，旌旗飞扬，行动迅速。神已经来临了，他浮游飞翔而降，他飞来时降下了吉祥的甘露，出现了象征太平的祥云。众神相互牵引来到祭祀的宫殿，虞舜来做客，舜的臣下夔和龙也来奏乐舞蹈娱神。神飞翔着赶吉时来到，安坐下来，祭祀者感到了神带来的祥和。神对祭享十分满意，祭祀者再次为神敬酒。神降下丰厚的恩泽，延伸长久。神普施福佑于汾河曲折处，神的金光像云一样升起，激起黄河的波浪。参加祭典的人见了神光，普遍感到高兴，他们快乐的歌声响彻上空。

卷二 鼓吹曲辞

朱鹭

[题解]

古代朝廷上树一面大鼓，上面装饰有一只红色的鹭鸟。这面鼓，就是面谏皇帝时用的。朝臣向皇帝进谏时，就要先击鼓。此诗假借咏鼓，以勉励进谏者要敢于向皇帝尽情吐露忠言。

[原文]

朱鹭，鱼以乌①。路訾（zī）邪②鹭何食？食茄下③。不之食，不以吐，将以问诛者④。

[注释]

①鱼以乌：鹭鸟吃鱼，但吃掉鱼后又想吐。②路訾邪：表声音，无义。③食茄下：鹭鸟在荷茎下进食。茄，荷茎。④问诛者：诛，一作“谏”。意思是问进谏者。

[诗解]

鹭鸟吃鱼，吃掉后又想吐。鹭鸟以什么为食呢？它在荷茎下进食。是要咽下去呢，还是要吐出来？这得去问击鹭鸟鼓的进谏者。

战城南

[题解]

《战城南》是久戍士兵思念家乡和悼念死者的诗。汉朝和匈奴曾长期爆发冲突，朝廷派兵长期戍守，不免使战士产生怨恨之情。

[原文]

战城南，死郭①北，野死不葬乌可食。为我②谓乌：“且为客③豪④，野死谅⑤不葬，腐肉安能去子⑥逃？”水深激激⑦，蒲苇冥冥⑧。枭⑨骑战斗死，驽马⑩徘徊鸣。梁⑪筑

室⑫，何以南梁何北。禾黍而⑬获君何食？愿为忠臣安可得？思子良臣⑭，良臣诚可思，朝行出攻，暮不夜归。

[注释]

①郭：城郭，外城。②我：作诗者自称。③客：战死的士兵都来自他乡，所以称“客”。④豪：与“嚎”相通。号哭吊唁的意思。⑤谅：当然。⑥子：指乌鸦。⑦激激：清澈的样子。⑧冥冥：茂盛繁密，显得晦暗。⑨枭：勇敢的人。⑩驽马：比喻怯懦者。⑪梁：表声字。下句中“梁”也是表声字。⑫筑室：筑造房屋。⑬而：一作“不”。⑭良臣：指忠心为国的战士。

[诗解]

城南和外城以北都有战事，阵亡的人死在野外，尸体被乌鸦啄食。我见阵亡者弃尸原野，只能对乌鸦说：“你们尽情啼叫来代替亲人的号哭招魂。那些阵亡的人死于野外，自然无人收葬，他们的尸体逃不开你们啄食。”城外水深清澈，蒲苇茂密繁盛，野外一片晦暗的景象。勇敢的人为战争而献出生命，怯懦者面临战争则徘徊不前。在盖屋时，分不清哪儿是南哪儿是北，社会秩序极不正常。无人收获庄稼，你们统治者吃什么？即使愿为忠臣，但怎能做得到呢？思念那些忠心为国的战士，那些忠臣真的是值得纪念，天刚亮他们就得忙着去进攻敌人，晚上很晚了还没回来。

巫山高

[题解]

巫山，在今四川东部。这首诗是一首远在他乡的人思归之诗。古词有言，“想象巫山高”“巫山高不极”。巫山之高，临水远望，只言思归之意。

巫山高

巫山奇峰耸立，气势雄伟。长江边的巫峡奇险秀丽，云雾缭绕。在诗中，高峻的巫山成了阻隔人回乡的屏障，想归家却又无法回去。

[原文]

巫山高，高以①大；淮水深，难以逝②。我欲东归，害③梁④不为？我集⑤无高曳⑥。水何梁汤

汤[7]回回[8]，临水远望，泣[9]下沾衣。远道之人心思归，谓之何[10]！

［注释］

①以：表并列的连词，“且”的意思。②逝：原来指水流，这里指渡过。③害：发语词，为什么的意思。④梁：表声，无义。下“水何梁”同。⑤集：停止。⑥高曳：高，指竹篙。曳，指楫，划船用的桨。⑦汤汤：水流大而且急。⑧回回：水流回旋的样子。⑨泣：泪水。⑩谓之何：有什么办法呢？

［诗解］

巫山高，高且大；淮水深，难以渡。我想东去回家，为什么不能够实现呢？我停下脚步，因为没有撑船的篙与划船的桨。我临水远望，只见淮水浩浩荡荡，水流回旋，见山高水险，泪水不禁沾湿了衣裳。远在他乡的人，虽然心里思念家乡，又有什么办法呢，终究是难以回去呀！

上　陵

［题解］

汉章帝元和中，有宗庙食举六曲，加《重来》《上陵》二曲，为《上陵》食举。这是汉宣帝时歌颂所谓祥瑞的诗。“上陵”即登上汉朝诸帝的陵墓。据史书记载，汉宣帝在即位前曾多次遨游诸陵间。此诗写到了神仙的出现及各种祥瑞之物的到来。

［原文］

上陵何美美[1]，下津[2]风以寒。问客[3]从何来，言从水中央。桂树为君船，青丝为君笮(zuó)[4]，木兰[5]为君棹[6]，黄金错[7]其间。沧海之雀赤翅鸿，白雁随。山林乍开乍合，曾不知日月明。醴(lǐ)泉[8]之水，光泽何蔚蔚[9]。芝为车，龙为马，览遨游，四海外。甘露[10]初二年，芝生铜池中[11]，仙人下来饮，延寿千万岁。

［注释］

①上陵何美美：登上上陵只见景色何其美好。②下津：从陵上下来到达水

边。③客：指仙人。④笮：竹子做的绳索，西南少数民族用以渡河。这里指维系船的绳索。⑤木兰：树木名。⑥棹：划船的工具。⑦错：涂饰。⑧醴泉：甘甜的泉水。古人以为是祥瑞。⑨蔚蔚：茂盛的样子。⑩甘露：汉宣帝年号。⑪芝生铜池中：古人以生出芝草为吉祥之兆。

［诗解］

登上上陵只见景色何其美好，从陵上下到水边，水边的风何其清爽。问仙人从哪里来，仙人回答说他来自水中央。仙人出现时所乘的船极其豪华，桂木造成船，连系船用的绳索都是用青丝做成的，划船的船桨是用木兰做的，有黄金涂饰其间。这时只见水面上凤凰出现，众鸟随从。望去只见山林忽开忽合，连日月的光芒也被众鸟所遮蔽。甘甜的泉水，光泽熠熠。我不禁想象神的车盖形似灵芝，驾着龙，在天地间遨游。甘露二年（前 52），铜池中生出芝草，吉祥之兆引得仙人也下来饮于此泉中，人们喝了此泉的水更是延年益寿。

有所思

［题解］

这是一首情诗。一个女子爱上了一个身在远方的人。后来听说对方变了心，就下决心与之断绝关系。但回想当年相爱时的光景，又难以狠下心，最后只好等待天明后再做决定。

［原文］

有所思，乃在大海南。何用①问遗②君？双珠玳瑁簪(zān)③。用玉绍缭之④。闻君有他心，拉杂⑤摧烧之。摧烧之，当风扬其灰。从今以往，勿复相思。相思与君绝！鸡鸣狗吠，兄嫂当知之⑥。妃呼豨(xī)⑦秋风肃肃晨风⑧飔(sī)⑨，东方须臾高⑩知之。

［注释］

①用：以。②问遗：赠送。③双珠玳瑁簪：用玳瑁做成的发簪，两端用双珍珠装饰。玳瑁，爬行动物，形状像龟，壳黄褐色，可以做装饰品。④用玉绍缭之：用玉环把发簪缠绕起来。⑤拉杂：指折断，砸碎。⑥“鸡

鸣狗吠”二句：女子回忆与男子初次见面的情景。⑦妃呼狶：表声字。⑧晨风：一种鸟名。⑨飔：凉风。⑩高：与“皓”字相通。即东方发白，天亮了。

[诗解]

我所思念的人，远在大海南边。临别时，你不知拿什么礼物来赠送给我，只以镶嵌着珍珠的玳瑁簪相赠以表达你的一片痴心。送给我后我小心地用玉环把发簪缠绕起来，以表示对你的深情依恋。后来听说你变了心，我生气地把这发簪折断砸碎了。毁掉它，同时也想毁掉我们间的情意。从今与你一刀两断，不再为思念你而难眠。我下决心与你断绝这份情意，但回想起我们当年初次见面时那份甜蜜，我又难下决心。外面已是秋风萧瑟的季节，雉为求偶发出了悲鸣声，而人呢，谁不想有个好的伴侣？我现在犹豫难定，等天亮以后再做个最终的决定吧！

雉子①班②

[题解]

这是一首寓言诗。写老雉目睹幼雉被捕的生离死别之情。《乐府解题》曰：“古词云：‘雉子高飞止，黄鹄飞之以千里，雄来飞，从雌视。’若梁简文帝‘妒场时向陇’，但咏雉而已。”

黄鹄高飞

黄鹄是一种水鸟，外形像鹅，它们叫声响亮，善于高飞。诗中的老雉羡慕黄鹄能够高飞，如果它有力高飞，就可以保护幼雉了。

[原文]

雉子，班如此，之③于雉梁④。无以吾翁孺⑤，雉子。知得⑥雉子高蜚止，黄鹄蜚，之以千里，王⑦可思。雄来蜚从雌，视子趋一雉。雉子，车大驾马滕⑧，被王⑨送行所中。尧羊⑩蜚从王孙行。

［注释］

①雉子：指幼雉。②班：同“斑”，指幼雉羽毛色彩斑斓。③之：一作“至”，到的意思。④梁：一作“粱”，指有稻粱之处。⑤翁孺：指人类。⑥得：这里指被抓住。⑦王：与“旺”相通，强壮有力的意思。⑧滕：一作“腾”，跑的意思。⑨王：一作“生”，活捉的意思。⑩尧羊：翱翔。

［诗解］

幼雉的羽毛色彩斑斓，它飞到了可以觅食的稻粱之处。老雉叮嘱它要小心不要被人类捉了，不要不懂得知足，因贪食而忘了危险。老雉知道幼雉被捉就飞来了，但它们没有黄鹄那样强壮有力，它们真羡慕黄鹄能够高飞，如果在这个时候能有力高飞，那就可以救救幼雉了啊！可惜它们没有那样的才能。见幼雉被捉，母雉和公雉都赶来救自己的孩子，但猎人已经将幼雉捉住。驾上车，猎人的马已经迅速跑起来了，幼雉将被活捉到猎人的住处。老雉仍依依不舍地跟着猎人的车飞行，久久不愿离去。

上　邪

［题解］

这是一首女子向情人发誓永久相爱的诗，感情十分强烈。

［原文］

上[1]邪，我欲与君相知[2]，长命无绝衰[3]。山无陵[4]，江水为竭，冬雷震震夏雨雪，天地合，乃敢与君绝。

［注释］

①上：指老天。②相知：相亲近。③无绝衰：指爱情永不衰绝。④陵：山峰。

［诗解］

老天呀，我想与我心爱的人相遇相知，我们的爱情永不衰绝。要想让我们的爱情淡漠，除非山没有山峰，大江之水枯竭，冬天响雷下雨，夏天天降暴雪，天地混沌为一，才会与心爱的人断绝情意。

临高台

[题解]

古词言："临高台，下见清水中有黄鹄飞翻，关弓射之，令我主万年。"这首诗化用其词句，写登高台所见之景，以抒发作者的豪迈情怀及其渴望长生的心愿。

[原文]

临高台以轩[1]，下有清水清且寒。江有香草目以兰，黄鹄高飞离哉翻[2]。关弓射鹄，令我主寿万年。收中吾[3]。

[注释]

①轩：高。②离哉翻：这三字是音节词，没有实际意义。③收中吾：表声字。

[诗解]

登上高台，心情豁然开朗。俯视台下，溪水静静流淌，清澈纯透，给人以清爽之感。岸边的香草散发着像兰花一样迷人的芬芳。抬头望去，一只黄鹄高飞空中，飞向远方。弯弓射鹄，我期盼自己主寿万年。

上之回

唐·李白

[题解]

《上之回》是汉鼓吹铙歌十八曲之一。这首诗借美人的失宠表达了对唐明皇巡幸游仙，不关心国家之事，不重用人才的愤懑之情，以及诗人希望能够得到重用、建功立业的情怀和功成身退的思想。

[原文]

三十六离宫[1]，楼台与天通。阁道[2]步行月，美人愁烟空。恩疏宠不及，桃李伤春风。淫乐意何极，金舆[3]向回中[4]。万乘出黄道[5]，千旗扬彩虹。前军细柳[6]北，后骑甘泉[7]东。岂问渭川老[8]，宁邀襄野童[9]。但慕瑶(yáo)池宴[10]，归来乐未穷。

[注释]

①离宫：指上林苑有离宫三十六所，有建章、承光等十一宫，平乐等二十五馆。②阁道：复道，高楼之间架空的通道。③金舆：天子的车架。④回中：汉宫名。⑤黄道：是古人想象中太阳绕地运行的轨道。⑥细柳：指军营。⑦甘泉：汉宫名。故址在今陕西淳化西北甘泉山。⑧渭川老：指渭水河畔垂钓的吕尚。⑨襄野童：相传黄帝出访圣人，到了襄阳城里迷了路，就向一个牧童问路，又问他治国之道。牧童以“除害马”为喻作答，被黄帝称为“天师”。后来就用以歌咏皇帝出巡。⑩瑶池宴：瑶池是古代神话中神仙居住之地，在昆仑山上。西王母曾于此宴请远道而来的周穆王。

明皇射鹤

古人常以美人失宠表达自己怀才不遇的苦闷。诗中李白吐露了自己不被重用的悲哀。图为天宝十三载（754）重阳日，唐玄宗射猎于长安沙苑，云间有孤鹤回翔，玄宗亲御弧矢射之，箭中孤鹤。唐玄宗醉心游猎，不关心政事，诗人对此感到失望和愤慨。

[诗解]

上林苑有离宫三十六所，楼台高耸入云和天相连。月亮在高楼之间架空的通道上流转，美人在烟雾迷茫中带着点点愁绪。自从失宠之后，恩情渐渐淡了，桃李似乎也在春风中为美人今日的孤寂而伤怀。君王的恣意享乐什么时候才到尽头，好让他的车驾早日回到汉宫之中。想象中皇帝的车驾绕着太阳的轨道疾驰行进，锦旗在朝日的彩虹间飘扬。皇帝亲自去细柳营和甘泉宫检阅军队。不知当今的皇帝能不能像周文王那样起用在渭水河畔垂钓的老人，也不知道当今的皇帝能否像黄帝那样向襄野牧童那样的人询问治国之道。真期望能够有那一天，能够和皇帝共宴，归来其乐无穷。

战城南

南朝梁·吴均

作者简介

吴均（469—520），南朝梁文学家，字叔庠，吴兴故鄣人。在文学方面，他提倡“骈体文”，好学有俊才，其诗文深受沈约的称赞。《梁书·吴均传》说他“文体清拔有古气”，在当时颇有影响，时称“吴均体”。其诗今存一百四十余首，多为友人赠答、赠别之作。他的诗歌音韵和谐，风格清丽，属于典型的齐梁风格；但语言明畅，用典贴切，无堆砌之弊。吴均善于通过描绘景物来渲染离愁别绪。

［题解］

《战城南》，六朝文人常用汉乐府旧题写作诗歌，往往和原作的情调不同。吴均这首诗写得较为悲壮，抒发了自己期望建功立业，立功边塞的壮志豪情。

［原文］

蹀躞（xiè dié）①青骊（lí）马②，往战城南畿（jī）③。五历鱼丽阵④，三入九重围⑤。名慑武安将，血污秦王衣⑥。为君意气重⑦，无功终不归。

［注释］

①蹀躞：行走的样子。②骊马：黑马。③畿：区域。④鱼丽阵：古代作战时军队布置的阵势。⑤九重围：形容多层的围困。⑥“名慑”二句：借用历史上秦国的强大和白起的威名来衬托战士的英勇。武安将，指战国时期秦国名将白起，他曾被封为武安君。⑦意气重：倒装句法，即“重意气”，实际指重报国立功的意气。

［诗解］

战士骑着青黑色的战马行走在去往城南的路上，要到那里参加战争。他十分英勇，曾经数次参加作战，多次突入敌军多层的包围。他的声名可比秦国名将白起，他曾经跟随秦王作战立下了不世的功勋。为了君王，他十分注重报国立功的意气，发誓如果自己没有建立功勋一定不会归来。

战城南

唐·卢照邻

［题解］

唐高宗时在边境发动了多次战争，很多人以诗文借汉事表达思想。卢照邻这首《战城南》就是通过赞颂汉军将士讨伐匈奴的英勇顽强精神，表达诗人的爱国热情和建功立业的渴望。

［原文］

将军出紫塞[1]，冒顿(mò dú)[2]在乌贪[3]。笳喧雁门北，阵翼龙[4]城南。雕弓夜宛转，铁骑晓参潭。应须驻白日，为待战方酣。

［注释］

①紫塞：长城。南梁周兴嗣编缀的《千字文》，把长城称为“紫塞”。秦始皇筑长城，西起临洮，东至朝鲜，其长万里，土色皆紫，故称“紫塞”。②冒顿：？一前174，匈奴单于，冒顿是人名，姓挛鞮。单于是匈奴部落联盟的首领称号。冒顿在夺取单于之位后，统一了现在的蒙古草原，建立了强大的匈奴帝国。并对当时的秦产生了极大的威胁。③乌贪：汉代西域乌贪訾离国的省称。西域三十六国之一，在今新疆昌吉回族自治州玛纳斯县、昌吉市以北一带。④翼龙：是一类非常特殊的爬行动物，具有独特的骨骼构造特征，这里是比喻用法，喻指异域的敌军。

［诗解］

将军骑马出了长城，去与驻扎在乌贪的冒顿作战。两军在雁门关的北面发起了战争，我军与敌军在城南布下了阵势。战争一夜未停，战士们的雕弓发出的鸣声抑扬动听，铁骑的奔跑声到次日天亮还未断绝。战士们晚上浴血奋战，白天本应驻守休息，但他们并未停下来，只等作战胜利后再好好地睡上一觉。

战城南

唐·李白

[题解]

《战城南》是汉乐府旧题，属《鼓吹曲辞》，为汉《铙歌十八曲》之一。汉古辞主要是写战争的残酷，同样李白的这首诗是抨击封建统治者穷兵黩武的。天宝年间，唐玄宗轻动干戈，逞威边远，而又几经失败，给人民带来深重的灾难。一宗宗严酷的事实，被诗人看在眼里，汇聚到胸中，同他忧国悯民的情怀产生激烈的矛盾。他沉思、悲愤，内心的呼喊倾泻而出，铸成这一名篇。

[原文]

去年战桑干①源，今年战葱河②道。洗兵③条支海上波，放马④天山雪中草。万里长征战，三军尽衰老。匈奴以杀戮为耕作，古来唯见白骨黄沙田。秦家筑城⑤备胡处，汉家还有烽火燃。烽火燃不息，征战无已时。野战格斗死，败马号鸣向天悲。乌鸢(yuān)⑥啄人肠，衔飞上挂枯树枝。士卒涂草莽，将军空尔为。乃知兵者是凶器，圣人不得已而用之。

战城南

汉代经常和匈奴发生战争。李白的这首《战城南》是以汉喻唐，唐玄宗当政时期，多次在西域及河西走廊与阿拉伯、吐蕃发生战争，穷兵黩武，生灵涂炭，李白在诗中表达了他对战争的愤慨和忧国情怀。

[注释]

①桑干：桑干河，在山西大同城南六十里，源出马邑县北洪涛山。②葱河：发源于西域葱岭的河，在今新疆境内。“桑干”“葱河”“条支”“天山”都是边疆地名。③洗兵：洗去兵器上的污秽。④放马：牧放战马。⑤秦家筑城：《史记·秦始皇本纪》记载：“……乃使蒙恬北筑长城以守藩篱，却匈奴七百余里。”⑥鸢：鸟，属于鹰科的一种

小型的鹰，常啄食腐尸烂肉。

［诗解］

去年征战桑干河源头，今年转战葱河河畔。曾经在条支海中洗过兵器上的污秽，也在天山草原上牧放过疲惫的战马。兵士远离故土到这些地方征战，往往有去无回。长年远征使得广大士兵在无谓的战争中耗尽了青春的年华和壮盛的精力。匈奴以战争劫掠为业，古今不知有多少人战死荒漠之中，结果只是白骨黄沙。秦筑长城防御胡人的地方，汉时仍然烽火高举。烽火不息，战争不已。历来战争都是残酷的，悲壮而凄凉，战败的马匹在战场上悲鸣，寻找它的主人。而它的主人却被乌鸦和鹰啄食，肠子都挂上枯树枝头。士卒做了无谓的牺牲，将军到头来也一无所获。战争可不是好玩的事，有德的君主只有在不得已时才用到它。

［诗评］

古词云："战城南，死郭北，野死不葬乌可食。"又云："愿为忠臣安可得？"白诗亦本其意，而语犹惨痛，意更切至，所以刺黩武而戒穷兵者深矣。

——乾隆御选《唐宋诗醇》

将(qiāng)进酒

唐·李白

［题解］

《将进酒》属汉乐府鼓吹铙歌旧题，题目意译即"劝酒歌"，内容多写宴饮游乐。《将进酒》是李白咏酒的代表作，极能表现他的个性。此诗是李白天宝年间离京后，漫游梁、宋，与友人岑勋、元丹丘相会时所作。从诗的主要内容看似乎写的都是及时行乐，看透人生，只愿长醉不愿醒的情感，相当消极。但深入理解李白的内心深处，就会发现李白不是真正消极颓废，而是借酒发泄，以此来排解心中的苦闷，来表现对权贵和世俗的蔑视，在豪饮行乐中，实则深含怀才不遇之情。

［原文］

君不见，黄河之水天上来①，奔流到海不复回！君不见，高堂明镜悲白发，朝如青丝暮成雪②！人生得意③须尽

欢，莫使金樽[4]空对月。天生我材必有用，千金散尽还（huán）复来。烹羊宰牛且为乐[5]，会须[6]一饮三百杯。岑夫子，丹丘生[7]，将（qiāng）[8]进酒，杯莫停。与君歌一曲，请君为我倾耳听。钟鼓馔（zhuàn）玉[9]不足贵，但愿长醉不复醒。古来圣贤皆寂寞，唯有饮者[10]留其名。陈王昔时宴平乐，斗酒十千恣欢谑[11]。主人[12]何为言少钱？径须沽[13]取对君酌。五花马[14]，千金裘[15]，呼儿将出换美酒，与尔同销万古愁[16]。

［注释］

①天上来：黄河发源青海，因那里地势极高，故云"天上来"。②"高堂"二句：意指岁月易逝，愁催人老。③得意：有兴致的时候。④金樽：金杯，指华美的酒器。⑤且为乐：姑且作乐。⑥会须：应该。⑦"岑夫子"二句：指岑勋和元丹丘，两人都是李白的好友。⑧将：请。⑨钟鼓馔玉：功名富贵的代称。钟鼓，权贵人家的钟鸣鼎食。馔玉，以玉为馔，形容饮食精美。⑩饮者：饮酒的人。⑪"陈王"二句：陈王曹植从前在平乐观举行宴会。出自曹植《名都篇》："归来宴平乐，美酒斗十千。"陈王，即曹植，因封于陈（今河南淮阳一带），死后谥"思"，世称陈王或陈思王。平乐，观名，汉明帝所建，在洛阳西门外，为汉代富豪显贵的娱乐场所。斗酒十千，一斗酒值十千钱，极言酒美。恣，放纵、无拘束。谑，玩笑。⑫主人：李白自称。⑬沽：通"酤"，买或卖，这里指买。⑭五花马：毛色呈五种颜色的马，这里指名贵的马。⑮千金裘：价值千金的狐裘。⑯万古愁：形容愁苦之多。

［诗解］

你难道没有看见，汹涌奔腾的黄河之水，有如从天上倾泻而来？它滚滚东去，奔向东海，永远不会回还！你难道没有看见，在高堂上面对明镜，深沉悲叹那一头白发？早晨还是满头青丝，傍晚却变得如雪一般！人生在世每逢得意之时，理应尽情欢乐，切莫让金杯空对皎洁的明月。既然老天造就了我这栋梁之材，就一定会有用武之地，即使散尽了千两黄金，也会重新得到。烹羊宰牛姑且尽情享乐，今日相逢，我们真要干杯三百。岑夫子，丹丘生，请快喝，不要停。我为你唱一首歌，请你们侧耳细细听。在钟鼓齐鸣中享受丰美食物的豪华生活并不珍贵，但愿永远沉醉不再清醒。自古以来那些圣贤无不孤独寂寞，唯有寄情美酒的人才能留下美名。陈王曹植过去曾在平乐观大摆酒宴，即使一斗酒价值十千也在所不惜，恣意畅饮。主人啊，你为什么说钱已经不多，快快去买酒来让我们一起喝个够。牵来名贵的五花马，取出价钱昂贵的千金裘，统统用来换美酒，让我们共同来消融这无穷无尽的万古长愁！

将进酒

唐·李贺

［题解］

此诗用大量篇幅烘托及时行乐的情景，作者不遗余力地搬出华艳辞藻、精美名物。这是一首讽喻诗，既形象夸张地反映了统治者的豪华奢侈，又从跳跃的蒙太奇镜头中开拓了读者的联想，并写出了自己对生活“死既可悲，生也无聊”的苦闷心理。

［原文］

琉璃钟①，琥珀②浓，小槽酒滴真珠红③。烹龙炮凤④玉脂泣，罗屏绣幕围香风。吹龙笛，击鼍（tuó）鼓，皓齿歌，细腰舞。况是青春日将暮，桃花乱落如红雨。劝君终日酩酊醉，酒不到刘伶坟上土。

桃花乱落如红雨

唐代“鬼才”李贺，诗中常用“金”“黑”“青”“红”等颜色词，诗歌给人错金镂彩的感觉。他的名句“况是青春日将暮，桃花乱落如红雨”，其中“红雨”一词如天外之奇想，将人带入梦幻的境界。

［注释］

①琉璃钟：形容酒杯之名贵。②琥珀：琥珀是数千万年前的树脂被埋藏于地下，经过一定的化学变化后形成的一种树脂化石，是一种有机的似矿物。颜色一般为黄红色调，透明到半透明。这里借喻酒色透明香醇。③真珠红：真珠即珍珠，这里借喻酒色。④烹龙炮凤：指厨肴珍异。

［诗解］

酒杯是名贵的，酒是琥珀色的，还有珠红的。经过烹、炮的马肉和雄雉拿到口中吃的时候，还能听到油脂被烧烤时的油爆声，像是在哭泣。用绫罗锦绣制成的帷幕中充满了香气。罗帏之中，乐师们吹响龙笛，击响鼍鼓，歌伎们低声吟唱，舞女们漫漫轻舞。况且如今已是黄昏，桃花随风飘落如同漫天红雨。奉劝你们一定要酩酊大醉，这样酒就不能到刘伶的坟上了。

君马黄

唐 · 李白

［题解］

《君马黄》，汉《鼓吹铙歌十八曲》之一。在这首诗里，李白抒发的是知己难得的苦闷之情。

［原文］

君马黄，我马白。马色虽不同，人心本无隔。共作游冶盘①，双行洛阳陌。长剑既照曜，高冠何赩(xì)赫。各有千金裘，俱为五侯②客。猛虎落陷阱，壮夫时屈厄。相知在急难③，独好亦何益？

［注释］

①盘：游乐。②五侯：河平二年（前 27），汉成帝同日封其舅王谭、王商等五位为侯，世称五侯。③急难：兄弟相救于危难之中。

［诗解］

你的马是黄色的，我的马是白色的。马的颜色虽然不同，但人心本是没有什么相隔的。我们一起来游乐玩耍，双双行驰在洛阳的街头巷陌。我们都腰挎明闪闪的宝剑，戴着修饰鲜丽的高高的帽子。我们都各自拥有千金裘，都是五侯的门客。即使是猛虎，也会有不小心落在陷阱里面的时候，壮士有时也会陷于危难之中。兄弟之间的情谊只有在急难中才能深厚，才能成为相知，如果只是自己一个人又有什么好处呢？

芳　树

南朝陈·李爽

[题解]

这首诗是借季节的变迁而抒发自己久居在外、无法归乡的苦闷之情。

[原文]

芳树千株发，摇荡[1]三阳[2]时。气软来风易，枝繁度鸟迟。春至花如锦，夏近叶成帷[3]。欲寄边城客，路远谁能持。

[注释]

①摇荡：这里形容在风中起舞的美妙姿态。②三阳：太阳高照的日子，这里指炎炎夏日。③帷：帷帐，帷幕。

[诗解]

春来时，千株树木都竞相发出新芽，在夏日照耀下随风摇荡。夏日易多风，枝叶繁茂常阻隔鸟儿远飞的道路。春天将至，繁花似锦；夏日将临，叶繁如幕。远在他乡的游子想寄平安到家中，只是路途如此遥远，怕无法到达。

芳　树

南朝梁·萧衍

[题解]

此乐府诗为萧衍感物兴怀之作。与其他诗人多怜花惜人不同，萧衍之怜花则重在对芳树的赏玩。

[原文]

绿树始摇芳，芳生非一叶。一叶度[1]春风，芳芳自相接。色杂乱参差[2]，众花纷重迭。重迭不可思，思此谁能惬[3]。

[注释]

①度：过，经历。②参差：不齐。③惬：惬意，心情舒畅的意思。

[诗解]

转眼间树木就变绿了，微风过处，散发着满树的芳香。这芳香并非一片叶子所能发出来的。一叶经历春风，众叶都开始散发芳香，芳气相接，才有这般春风醉。只是秋天一来，树木的叶子就要变黄枯萎了，在秋风的相逼下呈现出衰飒的样子，众花也纷纷而落。满眼都是黄花堆积，看到这般萧瑟的情景千万不能想太多，否则勾起了年华易逝的感伤怎能让人心情舒畅呢?

卷三　横吹曲辞

木兰诗

［题解］

《木兰诗》为北朝乐府名歌，郭茂倩《乐府诗集》将其归入《梁鼓角横吹曲》。诗的内容以北朝和其他边疆民族的战争为背景。

［原文］

唧唧复唧唧，木兰当[1]户织。不闻机杼声，唯闻女叹息。问女何所思？问女何所忆？女亦无所思，女亦无所忆。昨夜见军帖，可汗大点兵，军书十二[2]卷，卷卷有爷名。阿爷无大儿，木兰无长兄，愿为市[3]鞍马，从此替爷征。东市买骏马，西市买鞍鞯(ān jiān)，南市买辔(pèi)头，北市买长鞭。旦辞爷娘去，暮宿黄河边，不闻爷娘唤女声，但闻[4]黄河流水鸣溅溅。旦辞黄河去，暮至黑山头，不闻爷娘唤女声，但闻燕山胡骑鸣啾啾(jiū)。

万里赴戎机[5]，关山度若飞。朔气传金柝(tuò)[6]，寒光照铁衣。将军百战死，壮士十年归。归来见天子，天子坐明堂。策勋[7]十二转[8]，赏赐百千强[9]。可汗问所欲，木兰不用尚书郎，愿驰千里足[10]，送儿还故乡。

爷娘闻女来，出郭[11]相扶

木兰

花木兰，我国古代民族女英雄，因其代父从军打败匈奴而闻名天下。

将；阿姊闻妹来，当户理红妆；小弟闻姊来，磨刀霍霍向猪羊。开我东阁门，坐我西阁床。脱我战时袍，着我旧时裳。当窗理云鬓，对镜贴花黄。出门看火伴，火伴皆惊忙：同行十二年，不知木兰是女郎。

雄兔脚扑朔，雌兔眼迷离。双兔傍地走，安能辨我是雄雌？

［注释］

①当：对着。②十二：表示多数，不是确指。下文的“十年”“十二转”“十二年”，情形相同。③市：此处指买。④但闻：只听到。⑤戎机：军机、军事。⑥金柝：古时军中守夜打更用的器具，也叫“刁斗”。⑦策勋：记功。⑧转：次的意思。⑨强：有余。⑩千里足：指千里马。运用了借代的手法。⑪出郭：出外城。

［诗解］

织布机唧唧的声音不停地响，木兰正对着门织布。织机停下来，机杼不再作响，只听见木兰在叹息。不知姑娘你这样叹息是在想什么、在思念什么呢？木兰回答说并没有想什么、思念什么。昨夜看见征兵文书，可汗正在征募兵士，那么多卷征兵文书，每一卷上都有父亲的名字。父亲没有儿子，木兰没有兄长，我愿意去买马鞍和马匹，从此替代父亲去应征。在东市上买来骏马，西市上买来马鞍和鞍垫，南市上买来马嚼子和缰绳，北市上买来长鞭。早上辞别父母出发，晚上在黄河边宿营，听不见父母呼唤女儿的声音，只能听到黄河流水的哗哗声。早上离开黄河，晚上到达黑山头，听不见父母呼唤女儿的声音，只能听到燕山胡兵战马在啾啾鸣叫。

行军万里奔赴战场，翻越重重关隘和山岭就像飞过去一样。北方的寒风中不时传来刁斗声，在清冷的月光下是战士们的铁甲战袍。经过无数次出生入死的战斗，将士们十年之后才得胜归还。胜利归来后朝见天子，天子在殿堂论功行赏。记功授爵木兰是最高一等，得到的赏赐在千百金以上。天子问木兰有什么要求，木兰不愿做尚书郎，只想骑上一匹好马，让它送我回故乡。

父母听说女儿回来了，互相搀扶着到外城迎接她；姐姐听说妹妹回来了，对着门户开始梳妆打扮；弟弟听说姐姐回来了，忙着霍霍磨刀，杀猪宰羊。打开我闺房东面的门，坐在我闺房西面的床上。脱去打仗时穿的战袍，穿上我以前女孩子的衣裳。对着窗子整理云一般的鬓发，对着镜子在额上贴花黄。出门去见当时同去出征的伙伴，伙伴们都很吃惊。说我们同行那么久，竟然不知道木兰是女孩子。雄兔的脚喜欢搔动扑腾，雌兔的两眼老是眯缝着。当它们挨着一起在地上跑的时候，又怎能分辨得出雄雌呢？

[诗评]

此歌中，古质有逼汉魏处。

——胡应麟

折杨柳

唐·李白

[题解]

《折杨柳》属于乐府《横吹曲辞》旧题。此首诗抒写的是女子在春光明媚的日子里，触景生情，引起了对征戍在外的丈夫的思念之情。

[原文]

垂杨拂绿水，摇艳①东风年②。花明玉关雪，叶暖金窗烟。美人结长想③，对此④心凄然。攀条折春色，远寄龙庭⑤前。

花明玉关雪，叶暖金窗烟

柳谐音“留”，古人送别时，折柳枝相赠，为挽留之意。诗中的女子伤春惜别，看到柳枝摇荡的春日美景，想到情人还在寒冷的塞外，心中不由自主地泛起无尽的相思。

[注释]

①摇艳：美丽的枝条随风飘扬。②年：时节。③长想：又作“长恨”。④对此：又作“相对”。⑤龙庭：又叫龙城。是匈奴祭天、大会诸部之地。

[诗解]

春天来了，垂杨荡漾在白云绿水间，它那美丽的枝条随着春风飘扬，好不娇美。这里适逢生机蓬勃的春天，花儿争相开放，但玉关边塞此时却是冰雪交加。美人每当想起这些，都会备感惆怅，她在金窗前独自凭依，看叶暖烟空，心中更有无限离愁。真想攀折柳条，以远寄到情郎所在的龙城前，让他明白自己的一片思念。

紫骝马

唐·李白

［题解］

《紫骝马》，乐府《横吹曲辞》旧题。这首诗表达的是诗人即将远赴边塞时的矛盾心情。他十分渴望立功边塞，但踏上遥远的征途时总不免对家乡有些恋恋不舍。

［原文］

紫骝(liú)①行且嘶(sī)，双翻碧玉蹄②。临流不肯渡，似惜锦障泥③。白雪关山远，黄云海戍迷。挥鞭万里去，安得念④春闺？

［注释］

①紫骝：暗红色的马。②双翻碧玉蹄：此句来自沈佺期的诗“四蹄碧玉片”。③障泥：披在马鞍旁以挡溅起的尘泥的马具。④念：又作“恋”。

［诗解］

紫骝马在行进途中不时发出嘶鸣，在地上踢踏着它那碧玉般的马蹄。经过河流时它不肯前行，好像是爱惜它锦织的障泥。在白雪映照下，向关山去的路显得更加遥远，如今黄云迷漫，天空黯淡，迷住了踏向征戍之地的路途。骑在马上的征客故作潇洒地挥鞭向万里外行去，怎么能够留恋家中的她呢？

梅花落

南朝宋·鲍照

作者简介

鲍照（约 414–466），南朝宋文学家，字明远。鲍照一生沉沦下僚，很不得志，但他的诗文在生前就颇负盛名，对后来的作家更产生过重大影响。他的文学成就是多方面的，诗、赋、骈文都不乏名篇，而成就最高的则是诗歌，其中乐府诗在他现存的作品中所占的比重很大，而且多有名篇传诵。鲍照的诗以乐府见长，五言诗也不少，但成就不及乐府诗。他的诗多有讽喻慷慨之辞，在一定程度上揭露了现实社会中的黑暗和不平，这可能是和他出身家世贫寒、仕途遭遇坎坷有关。

［题解］

这首诗是托物言志的，写的是梅花，说的是人。在我国古代诗歌中，梅花向来被认为是高洁、馨香的品格的象征，是凌霜傲雪的气骨的写照。鲍照的这首《梅花落》歌颂了其不畏霜露的坚贞品格。作者在此托物明志，表明了自己不愿顺随俗流和坚定不移的志趣。

［原文］

中庭[1]多杂树，偏为梅咨嗟[2]。问君何独然，念其霜中能作花，露中能作实，摇荡春风媚春日。念尔零落逐风飙，徒有霜华无霜质[3]。

［注释］

①中庭：庭中。②咨嗟：叹息。③“念尔”二句：是说梅花虽然能冒着严寒开放，但是却没有长久抵御严寒的能力。

［诗解］

庭中杂树很多，为什么偏偏要为梅花而叹息呢？因为梅花具有高洁的品格，在风霜雨露之中，众芳芜秽，独有梅花盛开，果实累累。秋天在霜露的掩映下开出纯白

梅花

梅花凌霜傲雪的品质历来为文人吟咏的对象，鲍照这首《梅花落》赞梅花“霜中能作花，露中能作实”，并在诗中说明这是他吟咏梅花的原因。

色的花朵，像是树上结下的果实，又能在春风中显出妩媚的姿态。梅树能经历风雨、抗霜雪，具有顽强的活力。尽管梅树有上述种种优秀品格，但可惜傲雪凌霜的梅花，也不能长久开放，最终仍逃不脱“零落逐风飙”的命运。

卷四 相和歌辞

公无渡河

唐·李白

[题解]

《公无渡河》是《相和歌辞》之一，即《箜篌引》。箜篌是一种弦乐器，形似今天的“竖琴”。据《古今注》记载《箜篌引》为朝鲜津卒霍里子高的妻子丽玉所作。有一天子高晨起撑船渡河，见一个白头的狂夫，披散着头发，提着酒壶，不顾河水汹涌只身过河，狂夫的妻子在后边呼喊着，却没来得及阻止，狂夫坠河溺水而死。狂夫的妻子悲痛欲绝，拿起箜篌弹奏，声音凄怆，曲终也投河自尽。子高回家后告诉妻子丽玉，丽玉听后感触很深，于是也用箜篌模仿狂夫妻子弹奏的曲子，闻者无不坠泪饮泣。后来丽玉把曲子传给邻家女玉容，起名为《箜篌引》。李白的这首《公无渡河》大抵用此意。

[原文]

黄河西来决昆仑①，咆吼万里触龙门②。波滔天，尧咨嗟。大禹理③百川，儿啼不窥家④。杀湍堙洪水，九州岛始蚕麻。其害乃去，茫然风沙⑤。被发之叟狂而痴，清晨径流欲奚为？旁人不惜妻止之，公无渡河苦渡之。虎可搏，河难冯(píng)⑥，公果溺死流海湄。有长鲸白齿若雪山，公乎公乎挂罥(juàn)⑦于其间。箜篌所悲竟不还。

[注释]

①昆仑：昆仑山。②龙门：禹门口。在今山西河津西北和陕西韩城东北。③理：唐人避高宗讳，改“治”为“理”。④窥家：大禹在外治水八年，三过家门而不入。⑤茫然风沙：水虽不致有滔天之害，仍有风沙之患。⑥冯：徒步渡过河水。⑦罥：缠挂。此处意为妻子见丈夫悬挂于鲸鱼牙齿间。

[诗解]

黄河之水决开昆仑山的阻挡，咆哮着奔流万里抵达龙门。洪水肆虐，波浪滔天。尧帝无可奈何，派大禹治水。大禹一心治水，不顾儿啼妻唤，过家门而不入。终于阻断激流，将洪水堵塞，从此天下百姓才能安居乐业。洪水退去，水虽不致再有滔天之害，但有时候对人来说仍是有危险的。那个披头散发的老者真是疯癫得厉害，有什么事情非要大早晨过河不可呢？别人不怜悯他可以，可他的妻子不能不阻止他，丈夫呀，你不能过河为什么偏要渡河？就是与老虎搏斗尚且有生还的希望，可这湍急的河流是无情的，是万万不能只身涉险的。果然不出所料，丈夫溺水而亡，被激流冲走，葬身于鱼腹，唯留下妻子用箜篌弹奏着凄怆的曲子诉说着她的悲伤。

江　南

[题解]

《乐府解题》曰："《江南》古辞，盖美芳辰丽景，嬉游得时也。若梁简文'桂楫晚应旋'，歌游戏也。"这首诗主要写良辰美景，行乐得时。

[原文]

江南可采莲，莲叶何田田①。鱼戏莲叶间。鱼戏莲叶东②，鱼戏莲叶西，鱼戏莲叶南，鱼戏莲叶北。

[注释]

①田田：叶子浮出水面相连接的样子，形容叶子茂盛。②鱼戏莲叶东：此句以下是和声，由领唱者唱前三句，后四句则众人合唱。

[诗解]

江南是采莲的绝好地方，这儿的莲叶浮出水面相连接，十分茂盛。鱼儿活泼地在莲叶间嬉戏。一会儿东，一会儿西，一会儿南，一会儿北。

登高丘（qiū）而望远海

唐・李白

[题解]

《登高丘而望远海》，乐府相和歌辞旧题。这首诗作于天宝十载（751）。诗人从登高望海引出一系列的联想，表示对古代仙山琼阁等传说的怀疑，并嘲笑了秦皇、汉武求仙的愚蠢行为。

［原文］

登高丘而望远海。六鳌骨已霜①，三山流安在？扶桑②半摧折，白日沉光彩。银台金阙③如梦中，秦皇汉武空相待④。精卫⑤费木石，鼋(yuán)鼍⑥无所凭。君不见骊山茂陵尽灰灭⑦，牧羊之子⑧来攀登。盗贼劫宝玉⑨，精灵⑩竟何能？穷兵黩武今如此，鼎湖飞龙⑪安可乘？

［注释］

①“六鳌”一句：传说渤海的东面是无边无际的大海，上面浮着岱舆、员峤、方壶、瀛洲、蓬莱五座神山，山上长有长生不老药。鳌，传说中海里的大鳖。由于仙山常随波流动，上帝命禹强使十五只鳌把它顶住，免致流失。后来有个龙伯国的巨人，一次就钓去了六只鳌，并把它们杀死，烧灼骨骼，用以占卜。因此，员峤、岱舆两山沉入海中，只剩下其余三山。见《列子·汤问》。骨已霜，骨头都已发白了。②扶桑：神话中树木名。传说太阳每天在咸池沐浴后，渐渐升起，升高到扶桑树梢的时候，天刚刚微明。③银台金阙：黄金白银建成的亭台宫阙，指神仙居住的地方。④秦皇汉武空相待：指秦始皇派遣方士入海求长生不老药，方士一去不返，没有结果；汉武帝迷信神仙，派方士去蓬莱山求见仙人安期生，想取得长生不老药，结果也成为泡影。⑤精卫：传说中的鸟名。据《山海经》记载：炎帝的小女名叫女娃，因在东海游玩淹死，化为精卫鸟。它不停地从西山衔木石，欲填没东海。⑥鼋鼍：传说周穆王征越国，在九江架鼋鼍为桥渡江。见《竹书纪年》。鼋，大鳖。鼍，鼍龙，俗称猪婆龙，鳄鱼的一种。⑦“君不见”句：骊山，在今陕西临潼东南，秦始皇的陵墓筑在此中。茂陵，汉武帝刘彻的陵墓，在今陕西兴平市东北。⑧牧羊之子：《汉书·刘向传》记载，有个牧童在骊山牧羊，有一只羊进入山洞中，牧童用火照明，到洞里去寻羊，以致引起一场大火，把秦始皇的外棺烧掉了。⑨盗贼劫宝玉：盗贼是作者沿用统治者对农民起义军的诬称。据《晋书·索靖传》记载，赤眉农民起义军曾取走了汉武帝陵园中一部分金银财宝。⑩精灵：指秦皇、汉武的神灵。⑪鼎湖飞龙：据《史记·封禅书》记载，黄帝曾在荆山下铸鼎，铸成后，乘龙上天，成为仙人。其地被称为鼎湖。这句以不能像黄帝那样乘龙上天，表示不可能成仙。

[诗解]

登上高山，远望大海，烟波浩渺，一望无际。传说中那六只天帝派来驮负大地的大海龟被龙伯国的人钓起后早已变成了一堆白骨吧，蓬莱、方丈、瀛洲三座仙山不知道有没有流向北极，现在是否还在？大海上波浪滔天，连太阳都被遮住了光彩，仙山上的仙树恐怕也都死掉了。由此看来，长生不老的神仙之说是不存在的，只害得秦始皇、汉武帝等白白地追求了一番。大海如此深广，精卫是不可能通过衔一些树枝和石子就能填平的，鼋鼍为梁之说也无所凭据。秦始皇和汉武帝的陵墓早已经灰飞烟灭，这些地方就连牧童都可以随意攀登。盗墓贼经常来挖掘珍宝，他们的灵魂又能怎么样呢？相比之下，如今执政者不顾百姓安危大肆征战，杀人开边，就算建立了不世之功业，又怎能会得道飞仙，永垂不朽呢？

[诗评]

此九十一字中有一部开元、天宝本纪在内。

——王夫之《唐诗评选》

东　光

[题解]

《东光》，相和歌辞之一。汉武帝时期，今广东一带的南越国相作乱，杀害国王和太后及汉朝使者。汉武帝派人从今湖南等地出兵讨伐，进攻苍梧，即今广西梧州。梧州地方潮湿，多瘴气，出征士兵多有不满。这首诗写的就是这种怨愤之情。

[原文]

东光①乎，苍梧何不②乎。苍梧多腐粟③，无益诸军粮。诸军游荡子④，早行多悲伤。

[注释]

①东光：东方发亮，即天明。②不：同“否”。苍梧地多潮湿，多雾气，所以天迟迟不亮。③腐粟：陈年积贮已经败坏的五谷粮食。④游荡子：离乡远行的人。

[诗解]

天亮了吗？苍梧为什么不亮？苍梧这里潮湿，陈年贮藏的多是已经败坏的粮食，无法做军粮食用。远征者早起行军，情绪都很悲伤。

饮马长城窟行

[题解]

《饮马长城窟行》属乐府《相和歌辞·瑟调曲》，又称《饮马行》。从“青青河畔草，绵绵思远道”来看，乃是一篇思妇之辞，与长城饮马无涉，用作《饮马长城窟行》的乐辞。也有人认为它是汉末蔡邕的作品。从风神意蕴看，本篇很像是刚从民歌脱胎的，很像《古诗十九首》中的某些篇章。所以前人或认为是拟古诗。

[原文]

青青河畔草，绵绵思远道①。远道不可思②，宿昔③梦见之。梦见在我旁，忽觉在他乡④。他乡各异县，展转不相见⑤。枯桑知天风，海水知天寒⑥。入门各自媚，谁肯相为言⑦！客从远方来，遗我双鲤鱼⑧。呼儿烹鲤鱼⑨，中有尺素书⑩。长跪⑪读素书，书中竟何如？上言加餐饭，下言长相忆⑫。

客从远方来，遗我双鲤鱼

久别的人唯有靠书信传递讯息。杜甫有诗句：“烽火连三月，家书抵万金。”古代信函为双鲤鱼形，本诗中得到了家书的思妇，忙呼孩子打开，看到亲人平安和相忆的消息，相信她心里才得到平静。

[注释]

①“绵绵”一句：绵绵指连绵不断之貌。这里义含双关，由看到连绵不断的青青春草，而引起对征人的缠绵不断的情思。远道，犹言“远方”。②远道不可思：是无可奈何的反语。征人辗转反复，想也是白想。③宿昔：一作“夙昔”，昨夜。《广雅》云:“昔，夜也。”④“梦见”二句：刚刚还见他在我身边，一觉醒来，原是南柯一梦。⑤“展转”句：展转，同“辗转”。不相见，

一作“不可见”。⑥“枯桑”二句：枯桑虽然没有叶，仍然感到风吹，海水虽然不结冰，仍然感到天冷。比喻那远方的人纵然感情淡薄也应该知道我的孤凄、我的想念。闻一多《乐府诗笺》云：“喻夫妇久别，口虽不言而心自知苦。”枯桑，落了叶的桑树。⑦“入门”二句：说别人回到家里，只顾自己一家人亲亲热热，可又有谁肯来安慰我一声？媚，爱。言，《广雅》云：“言，问也。”⑧双鲤鱼：指信函。古人寄信是藏于木函中，函用刻为鱼形的两块木板制成，一盖一底，所以称之为“双鲤鱼”。按以鱼象征书信，是我国古代习用的比喻。⑨烹鲤鱼：假鱼本不能煮，诗人为了造语生动故意将打开书函说成烹鱼。烹，煮。⑩尺素书：指书信。古人写信是用帛或木板，其长皆不过尺，故称“尺素”或“尺牍”。这句是说打开信函取出信。⑪长跪：古代的一种跪姿。古人日常都是席地而坐，两膝着地，犹如今日之跪。长跪是将上躯直耸，以示恭敬。⑫“上言”二句：信里先说的是希望妻子保重，后又说他在外对妻子十分想念。餐饭，一作“餐食”。

［诗解］

一个明媚的春天里，一位闺中少妇偶然抬眼望见河边的青青草色，随着河水流去的方向，绵延不断，一直连接到很远的地方，不由得想到她在外的丈夫。她这样想了一会儿，马上又觉得，每天老是这样胡思乱想，总也想不出个头绪，他现在究竟在什么地方呢？这工夫心里不免有些惆怅之感，叹一口气，自语道：“远道不可思。”于是眼前又恍惚出现昨夜那恼人的梦境：明明看见他就在自己身边，忽而又似在他乡。梦中追随丈夫的踪迹，辗转到过好多地方，却老是各在一处，怎么也见不着。枯桑虽说叶尽枝残，对于风也不会毫无知觉；海水尽管不结冰，对于寒暖也应该感觉得到。每到傍晚，人们都回到自己家里，男欢女爱，可是我孤凄凄的，连说句话的人也没有。我是一个人，我怎能承受这样的孤寂啊！有客从远方来，为我带回家书。恭恭敬敬地打开书信，看看信中都说了些什么。信的开头叮嘱我保重身体，信的结尾表达思念之情。

薤（xiè）露

［题解］

《薤露》本是送葬的哀歌。旧说出于楚汉之际的田横的门客，田横被汉高祖征召，半途自杀，他的门客为哀悼他而作此歌。至汉武帝时，李延年分为二曲，《薤露》送王公贵人，《蒿里》送士大夫庶人。

[原文]

薤①上露，何易晞(xī)②。露晞明朝更复落，人死一去何时归。

[注释]

①薤：植物名，叶子丛生，细长中空，断面为三角形，伞形花序，花是紫色的。②晞：晒干。

[诗解]

薤叶上的露水，是多么容易晒干啊！露水虽然今日被晒干，但明日清晨又会落在薤叶上。而人命奄忽，一旦死去，就再没有醒来的时候。

陌上桑

唐·李白

[题解]

《陌上桑》，乐府《相和歌辞》旧题。这首诗写的是秋胡戏妻的故事，诗中赞扬了罗敷的坚贞自洁，诗人也用以寄托自己对国、对君的忠诚。

[原文]

美女渭桥东，春还事蚕作。五马①如飞龙，青丝结金络。不知谁家子，调笑来相谑。妾本秦罗敷，玉颜艳名都。绿条映素手，采桑向城隅。使君且不顾，况复论秋胡②。寒螀(jiāng)爱碧草，鸣凤栖青梧。托心自有处，但怪傍人愚。徒令白日暮，高驾空踟蹰。

秦罗敷

秦罗敷是汉代对美女的通称。这首诗说的是一位美丽的采桑女子，被路过的使君所爱慕，但她断然拒绝，还向别人表明自己心有所属，感情坚定不移。

[注释]

①五马：汉代太守出行时乘坐的五马之车，因此以“五马”为太守的代称。②秋胡：鲁秋胡成婚五日就赴陈做官，五年后回家，在路上看到一个采桑的妇人，秋胡调戏人家，许以千金，被严词拒绝。到家里才知道那个被自己调戏的采桑妇是自己的妻子。秋胡十分惭愧，他的妻子因悲愤而投河自杀。

[诗解]

美女在渭桥东采桑，春天正是事蚕作的时候。这时，突然有个乘坐五马之车的太守疾驰经过此地，他的马装饰华美，还饰有金络。不知是哪家公子，前来调笑采桑女。采桑的人本是秦罗敷，她的美貌在整个都城里都是有名的。嫩绿的桑条映着她那洁白的纤纤细手，她正在都城的一角采桑。像使君那样的高官都调戏不动她，何况是秋胡那样的人呢。寒蝉喜爱碧草，鸣凤栖息在青翠的梧桐树上。她自己心中已经有中意之人，只怪旁人愚钝，不知道她已托心于人。只让他们从白天空等到日暮，停下车来空踟蹰。

长歌行

晋·陆机

[题解]

《长歌行》属于相和歌辞。这首诗写的是人生短促，应当乘闲长歌，使人生过得逍遥、欢娱。

[原文]

逝矣经天日①，悲哉带地川②。寸阴无停晷（guǐ）③，尺波徒自旋。年往迅劲矢④，时来亮急弦。远期⑤鲜克及⑥，盈数⑦固希全。容华夙夜零，体泽⑧坐自捐。兹物苟难停，吾寿安得延。俛（fǔ）仰⑨逝将过，倏忽几何间。慷慨亦焉诉，天道良自然。但恨功名薄，竹帛⑩无所宣⑪。迨及岁未暮，长歌乘我闲。

[注释]

①逝矣经天日：每天太阳由东到西运行，时间日益流逝。②悲哉带地川：河川日夜流逝，一去不返，所以可悲。③晷：日影，此处指时间。④矢：弓箭。

⑤远期：久远的生命。⑥鲜克及：很少能够达到。⑦盈数：这里指人生百岁。⑧体泽：体力和精神。⑨俛仰：同“俯仰”，比喻时间短暂。⑩竹帛：均为书写所用，这里代指史册。⑪宣：记载、流传。

[诗解]

太阳每天由东到西运行，时间日益流逝；河川日夜流逝，一去不返，真是可悲。短短的光阴从不停留，尺寸的波浪怎能够自动回流？岁月的逝去和到来犹如弓箭那样迅速。久远的生命很少有人能够达到，能活到百岁的本来就很少。人的容颜每天都在凋谢，人的体力和精神也在无缘无故地自动消耗着。生命本就难以停留，寿命本就难以延长。人活在世间，不过是瞬间而逝的事情。即使对此怨愤不平也无济于事，因为这是自然的规律。只恨我还没有建立功名，不能留名史册。趁着年岁还没有到晚年的时候，唱一曲长歌来表达自己的情志。

长歌行

唐·李白

[题解]

《长歌行》属于乐府《相和歌辞》旧题。这首诗表达的是诗人期望及早建功立业、功垂千古、名留史册的强烈的用世之心。

[原文]

桃李待日开，荣华照当年。东风动百物，草木尽欲言。枯枝无丑叶，涸水吐清泉。大力运天地，羲和①无停鞭。功名不早著，竹帛②将何宣？桃李务③青春④，谁能贳(shì)⑤白日？富贵与神仙，蹉跎(cuō tuó)成两失。金石犹销铄，风霜无久醇。畏落日月后，强欢歌与酒。秋霜不惜人，倏

柳树

柳树枝叶细长，春天开花，秋天叶子就凋落了。诗中以柳树易凋喻人易衰老，流露出人生短促的感慨。

忽侵蒲柳⑥。

[注释]

①羲和：神话中羲和驾车，指的是太阳的运行。②竹帛：史册。③务：需要。④青春：春天。⑤贳：借。⑥蒲柳：蒲与柳都早落叶，这里用来比喻人的早衰。

[诗解]

桃李盛开的日子，荣华灿烂照耀当年。春风吹动万物，大地上处处充满了蓬勃的生机，草木都意欲彰显自己最美的一面。在这万物复苏的季节，枯枝上不会长出丑叶，干涸之水也会吐出清泉。天地万物都跟随大自然运转，太阳运行没有停鞭休息的时候。如果功名不早著，自己的功勋怎会彪炳史册呢？桃李开时须是春天，谁能让白天悄悄流逝，而期望它能再次回来？富贵与神仙，两者是不能同时得到的，再蹉跎下去二者都会以失败而告终。金石尚且能够销铄，风霜尚且没有固定的品质，何况是人呢？害怕等到日下月落之后，只会在歌与酒之间强颜欢笑，蹉跎时光。秋霜是不会等人的，突然之间蒲树与柳树的叶子就凋落了。随着时间悄无声息地流逝，人也会早早衰老。

[诗评]

虚字有力，便生出情来。如“桃李务青春”，“务”字说得桃李有事。

——徐文弼

薤　露

魏·曹操

作者简介

曹操（155—220），字孟德，小名阿瞒，沛国谯（今安徽亳州）人。东汉末年杰出的政治家、文学家、军事家和诗人。在政治方面，曹操消灭了北方的众多割据势力，恢复了北方的统一。文化方面，在曹操父子的推动下形成了以曹氏父子为代表的建安文学，史称建安风骨。

［题解］

《薤露》属于乐府《相和歌辞》，原先它与《蒿里》都是古人出丧时唱的歌，曹操用此古调来写时事，开创了以古乐府写新内容的风气。这首《薤露》写了汉末董卓之乱的前因后果，读来如浏览一幅汉末的历史画卷。

［原文］

惟汉廿二世①，所任诚不良。沐猴而冠带②，知小而谋强③。犹豫不敢断，因狩④执君王。白虹为贯日⑤，己亦先受殃。贼臣持国柄⑥，杀主灭宇京。荡覆帝基业，宗庙以燔(fán)丧。播越西迁移，号泣而且行。瞻彼洛城郭，微子为哀伤⑦。

［注释］

①惟汉廿二世：汉代自高祖刘邦建国到灵帝刘宏是二十二世。②沐猴而冠带：猴子穿衣戴帽，究竟不是真人。比喻虚有其表，形同傀儡。常用来讽刺投靠恶势力窃据权位的人。沐猴，猕猴。冠，戴帽子。③知小而谋强：智小而想图谋大事，这里指的是何进。④狩：指古代帝王出外巡视，而古代史书上遵守"为尊者讳"的原则，往往以天子出逃或被掳为"狩"，这里是指少帝奔小平津的事情。⑤白虹为贯日："白日贯虹"是一种天象，指太阳中有一道白气穿过，古人以为这是上天预示给人间的凶兆，往往应验在君王身上。这里是指弘农王少帝于初平元年（190）正月被董卓杀戮之事，何进也遭到杀身之祸。⑥贼臣持国柄：指董卓之乱。董卓乘着混乱之际操持国家大权。⑦"瞻彼"二句：据《尚书·大传》中说，商纣王的庶兄微子在商朝灭亡后，经过殷墟，见到宫室败坏，杂草丛生，便写下了一首名为《麦秀》的诗以表示自己的感慨与对前朝的叹惋。这里曹操以此来比况自己对汉室倾覆的悲伤与感叹。意思是，我瞻望着洛阳城内的惨状，就像当年微子面对着殷墟而悲伤不已。

［诗解］

汉代自高祖刘邦建国到灵帝刘宏是二十二世，可惜统治者都是无德行的人。何进本是个徒有其表的人，就像猕猴戴帽穿衣，硬充人样，然终不成其为人。何进智小而图谋大事，自然就落得身败名裂的下场。他做事犹豫不决，致使少帝被劫。白日贯虹已经出现，自身也已经遭受灾祸。董卓乘着混乱之际操持国家大权，自封为太尉，续进为相国，随之逼宫杀帝，焚烧洛阳。汉朝四百年的帝业由此倾覆，帝王的宗庙也在烈火中焚毁。献帝被迫西迁长安，长途跋涉，被裹胁一同迁徙的百姓哭声不止，一片凄惨景象。我瞻望着洛阳城内的惨状，就像当年微子面对着殷墟而悲伤不已的景象。

薤　露

魏·曹植

作者简介

曹植（192—233），字子建，沛国谯（今安徽亳县）人，三国魏杰出诗人，曹操第三子，封陈思王。因富才学，早年曾被曹操宠爱，一度欲立为太子，后失宠。建安十六年（211）封平原侯，建安十九年（214）改为临淄侯，魏文帝黄初二年（221）改封鄄城王。曹丕称帝后，他受曹丕的猜忌和迫害，屡遭贬爵和改换封地。曹丕死后，曹丕的儿子曹睿即位，曹植曾几次上书，希望能够得到任用，但都未能如愿，最后忧郁而死，年四十一岁。因为他被封为陈王，谥思，因此又称“陈思王”。今有《曹植集》传世。

［题解］

这首诗主要写人生短促，应该及时建功立业，传名后世。在诗中曹植不但对自己的政治才能很自信，也颇想在文学上一展自己的才华。

［原文］

天地无穷极[1]，阴阳转相因[2]。人居一世间，忽若风吹尘[3]。愿得展[4]功勤，输力[5]于明君。怀此王佐才[6]，慷慨独不群[7]。鳞介[8]尊神龙，走兽宗麒麟。虫兽犹知德，何况于士人。孔氏删诗书，王业粲(càn)[9]已分。骋[10]我径寸翰[11]，流藻垂华芬。

[注释]

①天地无穷极：指天地永恒存在没有终极的时候。②阴阳转相因：寒暑阴阳相互更迭。③忽若风吹尘：人生短促，好像风吹起尘土。④展：舒展，发挥。⑤输力：尽力。⑥王佐才：足够辅佐帝王的才能。⑦慷慨独不群：卓越不凡，不同流俗。⑧鳞介：指长有鳞甲的鱼和虫。以龙和麒麟的不凡，来比喻人的杰出。⑨粲：鲜明。⑩骋：发挥才能。⑪径寸翰：形容大手笔。

[诗解]

天地永恒存在没有终极，寒暑阴阳相互更迭。人生在世，生命极其短促，就好比风吹起尘土。愿能发挥自己的才能，尽力为贤明的君主效力。怀着这样为帝王辅助的才能，卓越不凡，不同流俗。鳞介以神龙为尊，走兽以麒麟为宗，自己犹如神龙和麒麟一样，十分杰出。孔子删定《诗》《书》后，王者的事业已经很分明。我用自己的文藻驰骋，以文章垂范后世，千古留名。

蒿　里

[题解]

《蒿里》属于《相和歌辞》。谓人死魂魄归于蒿里。至汉武帝时，李延年分为二曲，《薤露》送王公贵人，《蒿里》送士大夫庶人。使挽柩者歌之，亦谓之挽歌。这首诗是一首送葬的哀歌。

[原文]

蒿里①谁家地，聚敛魂魄无贤愚②。鬼伯③一何④相催促，人命不得少踟蹰⑤。

[注释]

①蒿里：魂魄聚居之地。②无贤愚：无论是贤达之人还是愚昧之人。③鬼伯：主管死亡的神。④一何：何其，多么。⑤踟蹰：逗留。

[诗解]

蒿里是魂魄聚居之地，无论贤达之人还是愚昧之人都不免一死，魂归蒿里。主管死亡的神对人命的催促是多么紧迫啊，人的性命不能久长，更容不得稍稍逗留。

蒿 里[1]

魏·曹操

[题解]

《蒿里》是汉乐府旧题，为古代的挽歌，汉乐府古辞尚存，见于宋人郭茂倩《乐府诗集》中的《相和歌辞·相和曲》。曹操的《蒿里》是借旧题写时事，内容记述了汉末军阀混战的现实，真实、深刻地揭示了人民的苦难，堪称“汉末实录”的“诗史”。

[原文]

关东[2]有义士[3]，兴兵讨群凶[4]。初期会盟津，乃心在咸阳[5]。军合力不齐[6]，踌躇而雁行[7]。势利使人争，嗣还[8]自相戕[9]。淮南弟称号，刻玺于北方[10]。铠甲生虮(jǐ)虱[11]，万姓[12]以死亡。白骨露于野，千里无鸡鸣。生民[13]百遗一，念之断人肠。

曹操起兵伐董卓

东汉末年，各地群雄组织起来对抗董卓，袁绍被推举为盟主。但以盟主袁绍为首的讨董大军按兵不动，曹操便单独带人马征讨董卓。

[注释]

①《蒿里》：本为送葬唱的挽歌，曹操借旧题写汉末时事。东汉末年，董卓专权乱政。初平元年（190）春，函谷关以东诸州郡推举袁绍为盟主，起兵讨伐董卓。诸州郡首领各怀私心，踌躇观望，为扩大势力，甚至互相火并。此诗写汉末群雄争战，民遭涂炭，被赞为汉末实录。蒿里，传说人死后魂魄聚居的地方。②关东：函谷关以东。③义士：指起兵讨伐董卓的诸州郡首领。④群凶：指董卓一伙。⑤“初期”二句：本来期望同心合力，讨伐董卓，兴复王室。盟津，“孟津”，今属河南洛阳。相传周武王伐纣时曾在此大会八百诸侯。乃心，其心，指“义士”之心。咸阳，秦京都，此处借指汉长安皇室，当时献帝被挟持到长安。长安与咸阳都在关中，今

属陕西。⑥力不齐：指讨伐董卓的诸州郡首领各有打算，力量不集中。⑦“踌躇”句：踌躇，犹豫不前。雁行，阵名，横列队伍，如飞雁的行列。这里是形容诸军列阵观望的样子。⑧嗣还：其后不久。⑨戕：杀害。⑩刻玺于北方：指初平二年（191）袁绍谋废献帝，想立刘虞为皇帝，并刻制印玺一事。玺，印，秦以后专指皇帝用的印章。⑪铠甲生虮虱：由于久战不息，不脱战服，战服上都生了虱子。铠甲，古代的护身战服，金属制成的叫铠，皮革制成的叫甲。虮，虱卵。⑫万姓：百姓。⑬生民：百姓。

［诗解］

关东的仗义之士都起兵讨伐那些凶残的人。最初约会各路将领订盟，同心讨伐长安的董卓。讨伐董卓的各路军队汇合以后，因为各有自己的打算，心力不齐，互相观望，谁也不肯率先前进。“势利”引起了诸路军的争夺，随后各路军队之间就自相残杀起来。袁绍的堂弟袁术在淮南称帝号，袁绍谋立傀儡皇帝，在北方刻了皇帝印玺。由于战争连续不断，士兵长期脱不下战衣，铠甲上生满了虮虱，众多的百姓也因连年战乱而大批死亡。尸骨暴露于野地无人收埋，千里之间没有人烟，听不到鸡鸣。一百个老百姓当中只不过剩下一两个还活着，想到这里令人极度哀伤。

短歌行

魏·曹操

［题解］

《短歌行》是汉乐府的旧题，属于《相和歌辞·平调曲》。曹操这首《短歌行》的主题非常明确，作者希望有大量人才为自己所用。此诗气格高远，感情丰富，是诗人内心世界的真实写照。诗中，诗人以感人的真诚和慷慨悲凉的情感咏叹了生命的忧患和悲剧。以貌似颓放的意态来表达及时进取的精神，以放纵歌酒的行为来表现对人生哲理的严肃思考，以觥筹交错之景来抒发心忧天下和渴慕人才之情。

［原文］

对①酒当歌，人生几何。譬如朝露②，去日③苦多④。慨当以慷⑤，忧思难忘。何以解忧⑥，唯有杜康⑦。青青子衿⑧，悠悠⑨我心。但为君⑩故，沉吟⑪至今。呦呦⑫鹿鸣，食野之

苹[13]。我有嘉宾，鼓瑟吹笙[14]。明明如月，何时可掇[15]。忧从中[16]来，不可断绝。越陌度阡[17]，枉用相存[18]。契阔[19]谈宴，心念旧恩[20]。月明星稀，乌鹊南飞。绕树三匝[21]，何枝可依。山不厌高，海不厌深。周公[22]吐哺[23]，天下归心。

宴长江曹操赋诗

曹操平定北方后，又踌躇满志地统帅大军，准备消灭孙权和刘备。巡视长江时，曹操见明月皎皎，长江如练，诗兴大发，吟诵了这首著名的《短歌行》，抒发了自己的豪情壮志以及求贤若渴的心情。

［注释］

①对：对着。②朝露：早晨的露水。这里用以比喻人生的短暂。③去日：过去的日子。④苦多：恨多。苦，感到痛苦、烦恼。⑤慨当以慷：慨而且慷。慨慷，指因不能实现自己理想而内心产生不平静的感情。⑥何以解忧：用什么东西来解除我的忧愁呢？⑦杜康：相传是古代最初造酒的人。这里用做酒的代称。⑧衿：同“襟”，古代称衣服的衣领。青衿是周代学子的服装。⑨悠悠：长。形容思虑连绵不断。以上两句出自《诗经·郑风·子衿》篇成句，用以表示对贤才的思念。⑩君：指所思念的贤才。⑪沉吟：沉思吟味。意谓整日在心头回旋。⑫呦呦：指鹿鸣声。⑬苹：艾蒿。嫩叶有香气，其干叶制成艾绒，用于针灸。⑭鼓瑟吹笙：演奏两种乐器。以上四句出自《诗经·小雅·鹿鸣》篇。《鹿鸣》篇原是宴宾客的诗，这里用以表示自己对待贤才的态度。⑮掇：拾取。谓求贤而不可得。⑯中：中心，内心。⑰越陌度阡：这句是说客人远道来访。阡、陌，都是田间的道路，南北的叫“阡”，东西的叫“陌”。⑱枉用相存：枉劳存问。枉，屈驾。用，以。存，问候。⑲契阔：聚散。这里指久别重逢的意思。⑳旧恩：旧日的情谊。㉑匝：周。以上几句以乌鹊喻贤才，比喻贤才寻找归宿，但无所依托。㉒周公：姬旦。周武王之弟，虚心招纳贤才，辅佐成王治理天下。㉓哺：口中咀嚼着的食物。《韩诗外传》卷三说周公：“一沐三握发，一饭三吐哺，犹恐失天下之士。”意思是说，周公忙于接待天下贤士，连洗头、吃饭都没有时间。诗中意为贤才应多多益善，以周公的求贤若渴来表明自己同样有渴望贤才帮助建功立业的心理。

[诗解]

面对轻歌曼舞，佳乐妙音，本应极度欢娱，却难以释怀时光流逝带来的心理压抑的情结。人生好比晨露转瞬即逝，失去的时日实在太多！席上歌声激昂慷慨，而自己心中却充满无限的忧思。用什么来解除我的忧愁呢，恐怕只有酒才做得到。那穿着青领（周代学子的服装）的学子哟，他们令我朝夕思慕。因为他们的缘故，我一直思考如何招贤。阳光下鹿群呦呦欢鸣，悠然自得在绿坡啃食。一旦四方贤才光临舍下，我将奏瑟吹笙宴请宾客。举头望月，明月银辉，光华如练，却是可望而不可即，正如我内心思念的人才，陡然之间，平添了无限的忧愁，不由得令人黯然神伤。想象故友亲朋，踏着田间小路，跋山涉水，远道而来。主人屈尊，微言问候，主客之间，谈笑风生，他们彼此久别重逢谈心宴饮，争着将往日的情谊诉说。但只见空旷清幽的天宇，一轮明月高悬。明月升起，星星闪烁，一群寻巢乌鹊向南飞去。绕树飞了三周却没敛翅，哪里才有它们的栖身之所？我因“月明星稀”而顿生寂寞之感，因“乌鹊南飞”更觉延揽人才的迫切，因“何枝可依”而忧虑四处奔波的四海贤才的归宿。高山不辞土石才见巍峨，大海不弃涓流才见壮阔。只有像周公那样礼待贤才，才能使天下人心得以归向。

[诗评]

此诗即汉高《大风歌》思猛士之旨也。

——陈沆《诗比兴笺》

短歌行

晋·陆机

[题解]

这首诗主要是感叹人生短促，应当及时行乐。诗中有的句子有意效法曹操，本诗虽也叙友情，不过并没有曹操在《短歌行》中表现出的那种建功立业的雄心。

[原文]

置酒高堂，悲歌临觞。人寿几何，逝如朝霜[①]。时无重至，华不再扬[②]。苹[③]以春晖，兰以秋芳。来日[④]苦短，去日[⑤]苦长。今我不乐，蟋蟀在房[⑥]。乐以会兴，悲以别章。岂曰无感，忧为子忘。我酒既旨[⑦]，我肴既臧[⑧]。短歌有咏，

长夜无荒[9]。

[注释]

①朝霜：早晨的露水。这里形容转瞬而逝的短暂。②华不再扬：指花不能再次开放。③苹：一种水草，春天生长。④来日：指自己一生剩下的日子。⑤去日：指已经过去的日子。⑥蟋蟀在房：这里借用《诗经》的诗句："蟋蟀在堂，岁律其莫。今我不乐，日月其除。"《诗经》原意是教人及时依照礼制而适当取乐。陆机在这里借用此意。⑦旨：美好。⑧臧：好。本句出自《诗经》。⑨"短歌"二句：意为吟咏短歌，及时行乐，而不致于荒废时间。与《诗经·蟋蟀》中的"好乐无荒"意义相同。

[诗解]

因为人的寿命短促，虽然临觞作乐，也只能悲歌慷慨，难以忘怀忧愁。人生在世，就好像早晨的露珠一样，转瞬就会逝去。时间不会重新再来，花也不可能再次开放。苹只在春天绽放光彩，兰只在秋天发出芬芳。植物只能一时美好，人生真是变化无常。剩下的日子苦短难耐，过去的日子让人感到苦闷惆怅。人应当及时享乐，因与友人相会而快乐，以分别而感到悲伤。哪里会没有这样的人生感触，只是因为见到我的朋友而忘却忧愁了。我的酒肴十分美好，就让自己尽情地品尝享受吧！去吟咏短歌，及时取乐，而不至于荒废岁月。

短歌行

唐·李白

[题解]

《短歌行》，内容多写人生短促，及时行乐。这首诗利用乐府旧题，赋以新的含义，通过奇妙的神话传说，揭示了生命有限、宇宙无穷的规律。"吾欲揽六龙，回车挂扶桑"显示了作者珍惜年华、奋发有为的精神。全诗构思新颖，基调积极，具有浓厚的浪漫主义色彩。

[原文]

白日何短短，百年苦易满[1]。苍穹[2]浩茫茫[3]，万劫[4]太极[5]长。麻姑[6]垂两鬓，一半已成霜。天公见玉女，大笑[7]亿千场。吾欲揽六龙，回车挂扶桑。北斗酌美酒，劝龙

各一觞[8]。富贵非所愿，为人驻颓光[9]。

［注释］

①“白日”二句：意为时光多么短促，人生百年很快就要过去。白日，白昼。这里泛指时光。何，何其，多么。短短，非常短促。乐府诗常用叠字以加强语气。②苍穹：苍天。③茫茫：没有边际。④万劫：万世。⑤太极：本意是天地未分之前混而为一的状态，这里借指太初时代。⑥麻姑：神话传说中的仙女。⑦大笑：据《神异经·东荒经》记载，东王公经常和玉女做以箭投壶的游戏，每次投一千二百支，投不中的，就为之大笑。⑧“吾欲”四句：意为我要挽住六龙，转回太阳的座车，拴在扶桑树上。我要以北斗做酒勺，斟上美酒，请六龙各喝一杯。揽，挽住。扶桑，传说中生于海上的树，高数千丈，大一千余围，两干同根，为太阳所出之处。北斗，北斗星，排列的形状像一只勺子。《诗经·小雅·大东》:“维北有斗，不可以挹酒浆。”这里是反用其意。酌，斟酒。觞，古代盛酒的器皿。⑨颓光：流逝的日光。

麻姑献寿

麻姑是神话里的仙女，传说三月三日是王母寿辰，麻姑在绛珠河畔用灵芝酿酒，献给王母，即为“麻姑献寿”。诗中作者立意奇特，从太初至今，历时久远，竟然连神仙麻姑的鬓发也已经斑白，何况是人间有限的生命呢？

［诗解］

时光多么短促，人生百年很快就要过去。宇宙是那么广阔邈远，从太初到如今，人间已经历了万世。神话传说中的仙女麻姑低垂的两鬓现在有一半已经斑白。传说中东王公经常和玉女做以箭投壶的游戏，每次投一千二百支，投不中的，就为此而大笑。我要挽住六龙，转回太阳的座车，拴在扶桑树上。我要以北斗做酒勺，斟上美酒，请六龙各喝一杯。富贵并不是我想要的，只希望流逝的时光能够回流，长久为我驻足。

猛虎行

晋·陆机

[题解]

这首诗写自己在外行役的经历，虽然壮志难酬，仍不改“耿介”之怀。一个节操高尚之人，因迫于时命，沉浮世事，结果功名未遂，陷于进退两难，其愧悔可想而知。陆机少有才名，后应诏赴洛阳，在西晋混乱的政局中仕宦不得意，最终陷于王室争夺皇位的斗争，在“八王之乱”中被杀。此诗正是诗人矛盾苦闷心境的真实写照。

[原文]

渴不饮盗泉①水，热不息恶木阴②。恶木岂无枝，志士多苦心。整驾③肃时命④，杖策⑤将远寻。饥食猛虎窟，寒栖野雀林⑥。日归功未建，时往岁载阴⑦。崇⑧云临岸骇⑨，鸣条⑩随风吟。静言⑪幽谷底，长啸高山岑⑫。急弦无懦响，亮节难为音⑬。人生诚未易，曷云开此襟⑭。眷我耿介怀，俯仰愧古今⑮。

[注释]

①盗泉：水名，在今山东省境内。传说孔子经过盗泉，虽然口渴，但因为厌恶它的名字，没有喝这里的水。②热不息恶木阴：比喻节操高尚的人不愿意被牵连到不良的环境中去，以免影响自己的声誉。恶木，形容难看的树。③整驾：整理马车。④肃时命：恭敬地遵奉君主之命。⑤杖策：拿着鞭子，指驱马而行。⑥“饥食”二句：见乐府古辞《猛虎行》，这里反用其意，是说时势所迫，饥不择食，寒不择栖。⑦岁载阴：岁暮。这里指时光已经逝去，而功业还没建立。⑧崇：高。⑨骇：起。⑩鸣条：树枝被风吹发出声音。⑪静言：沉思。⑫高山岑：高山顶。⑬“急弦”二句：是说节操高尚的人犹如急弦不会发出懦响，谈论问题常常直言不讳，因而不为君王所喜，不为世俗所容，得不到认可。急弦，乐器绷紧了的弦。懦响，缓弱的声音。亮节，节操高尚的人。⑭“人生”二句：是说人生处世真不容易，如何才能放宽我的胸襟呢？曷，同“何”，怎么。⑮俯仰愧古今：与古人相比感到十分惭愧。俯仰，低头抬头，这里表示思考。古今，古今之人，这里是偏义词，指古人。

[诗解]

口再渴也不能饮盗泉水，再热也不能在丑陋的树木下歇息，因为志节高尚的人不愿意被牵连到不良的环境中去。恶木也有枝，志士却多苦心。志士整理马车恭敬地遵奉君主之命，驱马将要远行。时势所迫，饥不择食，寒不择栖。时光已经逝去，而功业却还未建立。高耸的云朵接岸而起，树木的枝条随风鸣叫。在幽谷底沉思，在高山顶感慨悲伤。乐器绷紧了的弦发不出缓弱的声音，而节操高尚的人就犹如这急弦，谈论问题常常直言不讳，因而不为君王所喜，不为世俗所容，得不到认可。人生处世真不容易，如何才能放宽我的胸襟呢？看我平生耿直的情怀，与古人相比真是感到惭愧。

猛虎行

唐·李白

[题解]

《猛虎行》属于乐府《相和歌辞》旧题。李白以此题写自己安史之乱后的遭遇。至德元年（756）春天，李白因避安史之乱，离开宣城南赴剡中途中，遇大书法家张旭于栗阳（今江苏溧阳），作此诗以赠张。这首诗叙述安禄山攻占东都洛阳，劫掠中原的暴行及诗人眼见河山破碎，社稷危亡，生灵涂炭，忧心如焚的思想感情。

[原文]

朝作《猛虎行》，暮作《猛虎吟》。肠断非关陇头水[①]，泪下不为雍门琴[②]。旌旗缤纷两河道[③]，战鼓惊山欲倾倒。秦人[④]半作燕地[⑤]囚，胡马翻衔洛阳草。一输一失[⑥]关下兵，朝降夕叛[⑦]幽蓟[⑧]城。巨鳌[⑨]未斩海水动，鱼龙[⑩]奔走安得宁？颇似楚汉时，翻覆无定止。朝过博浪沙，暮入淮阴市[⑪]。张良未遇韩信贫，刘项存亡在两臣。暂到下邳受兵略，来投漂母作主人。贤哲栖栖[⑫]古如此，今时亦弃青云[⑬]士。有策不敢犯龙鳞[⑭]，窜身南国避胡尘。宝书玉剑挂高阁，金鞍骏马散故人。昨日方为宣城客，掣铃[⑮]交通二千石。有时六博[⑯]快壮心，绕床[⑰]三匝呼一掷。楚人每道

张旭奇，心藏风云[18]世莫知。三吴邦伯[19]皆顾眄，四海雄侠两追随。萧曹曾作沛中吏，攀龙附凤[20]当有时。溧阳酒楼三月春，杨花茫茫愁杀人。胡雏绿眼吹玉笛，吴歌白纻（zhù）飞梁尘。丈夫相见且为乐，槌牛挝鼓会众宾。我从此去钓东海，得鱼笑寄情相亲。

黄石公三试张良

黄石公得道成仙后，隐居东海下邳。张良当时谋刺秦始皇未果，在下邳桥上遇到黄石公。黄石公让张良为其拾履，如此三次。经此考验后，授张良《太公兵法》。后张良助刘邦夺得天下，十三年后，在济北谷城下得黄石。

[注释]

①肠断非关陇头水：古乐府《陇头歌》有：“陇头流水，鸣声呜咽。遥望秦川，心肠断绝。”陇头，即陇山。②泪下不为雍门琴：雍门子周以琴见孟尝君，孟尝君涕泪涟涟，曰：“先生之鼓琴，令文若破国亡邑之人也。”③两河道：指唐代的河北、河南两道。天宝十四载（755），安禄山反于范阳，河北、河南诸郡相继陷落。④秦人：指关中的百姓。⑤燕地：在今河北北部及北京市一带，是安禄山叛军的根据地所在。⑥一输一失：“一输”指的是高仙芝、封常清之败。安禄山攻陷洛阳，高仙芝、封常清两人退守潼关，不战自溃，伤亡惨重。“一失”指的是唐玄宗在战略上的重大失误。玄宗一怒之下，杀了高仙芝、封常清二人。⑦朝降夕叛：指的是河北诸郡纷纷起来抗击安禄山，但不久失事，原来抗击安禄山的人又都归降了安禄山。⑧幽蓟：幽州、蓟州，泛指河北一带。⑨巨鳌：指安禄山。⑩鱼龙：指百姓。⑪“朝过”二句：用的是张良、韩信的故事。秦国消灭韩国，张良因为他的先人五世辅佐韩国，立志为韩报仇，就尽散他的家产，以求刺客。得到一个力士，用铁锤击秦始皇于博浪沙，失误，没有击中。黄石公曾在下邳传授张良兵法。韩信曾寄食于淮阴下乡南昌亭长家，他的妻子为亭长所辱。韩信封为楚王后，召见下乡南昌亭长，曰：“公，小人也。为德不足。”⑫栖栖：惶惶不安。⑬青云：志向远大的人。⑭犯龙鳞：指触怒君主。⑮掣铃：唐代时官府多悬铃于外，出入则牵铃以通报。⑯六博：玩耍的博戏。⑰床：坐具。⑱心藏风云：怀藏不平凡的志向与才能。

⑲邦伯：周代官名。此指地方长官。⑳攀龙附凤：随皇帝建功立业。

[诗解]

早上创作《猛虎行》，晚上创作《猛虎吟》。愁肠寸断不关陇头水的事，潸然泪下与雍门琴无关。旌旗在河北、河南两道缤纷，战鼓隆隆要将山都震倒。关中的百姓有一半都被囚禁在安禄山的根据地，胡人的马在啃食洛阳的青草。高仙芝、封常清的失败、被杀导致关下兵败如山倒，河北诸郡的反复无常致使风云变幻。安禄山还在，局势自然无法平静；百姓四处奔走，哪里获得安宁？如今的时局与楚汉时期极为相似，朝降夕叛，反复不定。早上才过博浪沙，晚上便入了淮阳市。张良没有遇到黄石公的时候，韩信饥寒交迫的时候，谁能想到刘邦、项羽的存亡在于这两个人呢？张良在下邳得到兵法，韩信依靠漂母得以生存。自古以来贤能之人也有惶惶不安的时候，如今一样遗弃有志之士。即便怀有谋略也不敢触怒君主，逃避到南国躲开胡尘战乱。将宝书玉剑闲挂在高阁之上，将金鞍骏马散发给故交之人。昨天在宣城太守家中做筵上客，今天又在溧阳府上当座上宾。有时也像刘裕一样赌六博以快壮心，绕着坐具三圈，大呼一掷。楚人都称赞张旭是个奇人，心中怀有不凡的志向与才能而不被世人所知。三吴的地方长官都十分尊重他的看法，五湖四海的豪杰都紧紧追随着他。萧何、曹参曾做过沛县的小官吏，直到追随刘邦才建功立业。在阳春三月的渠阳酒楼，漫天飞舞的杨花让人愁眉不展。绿色眼睛的胡人小儿吹着玉笛，歌伎的歌声中白纻绕梁纷飞。大丈夫相见且须为乐，杀牛击鼓大宴宾客。从今之后我到东海边上钓鱼；到时候你一起来吃鱼肉，欢乐相亲。

[诗评]

首尾一贯，脉络分明，浩气神行，浑然无迹。

——王琦《李太白诗集注》

对酒行

唐·李白

[题解]

《对酒行》属于乐府《相和歌辞》旧题。在这首诗里，诗人李白表达的是天地久长而人生易逝的深沉感慨。

[原文]

松子①栖金华②，安期③入蓬海。此人古之仙，羽化④竟

何在？浮生速流电，倏忽变光彩。天地无凋换，容颜有迁改。对酒不肯饮，含情欲谁待[5]？

[注释]

①松子：即赤松子，是古代的仙人。②金华：山名。在今浙江金华市北。相传赤松子在此山得道，羽化成仙。③安期：指安期生。传说中的仙人，居住在东海仙山。④羽化：成仙。⑤“对酒”二句：化用了王粲的诗句“今日不极欢，含情欲谁待”，含有欢情而不畅。

[诗解]

赤松子栖息在金华山上，安期生居住在东海的蓬莱仙山。他们都是古代修炼成仙的仙人，不知今日他们是否还在？人生浮幻如梦，如奔流的闪电般转眼即逝，忽然一下子就到了暮年。几十年间天地并没有多大的变化，改变的只有人的容颜。面对这样人生的即逝，谁能不感慨万千呢？眼前虽然有盛宴美酒，但欢情不畅，没有举杯的心情。

[诗评]

人非元气，安得与之久徘徊。白固非不达于理者，岂复以冲举为可待耶？蓬莱烟雾，聊以寄兴。此诗乃似胸臆间语，自然流出者耳。

——乾隆御选《唐宋诗醇》

燕歌行

魏·曹丕

[题解]

这是现存最早的一首完整的七言诗。它叙述了一位女子对丈夫的思念。诗歌的开头展示了一幅秋色图：秋风萧瑟、草木零落、白露为霜、候鸟南飞……这萧条的景色牵出思妇的怀人之情，映照出她内心的寂寞；最后几句以清冷的月色来渲染深闺的寂寞，以牵牛星与织女星的“限河梁”来表现思妇的哀怨，都获得了很好的艺术效果，笔致委婉，语言清丽，感情缠绵。这首诗突出的特点是写景与抒情的巧妙交融。

[原文]

秋风萧瑟天气凉，草木摇落[1]露为霜。群燕辞归鹄

南翔，念吾客游多思肠。慊(qiàn)慊②思归恋故乡，君何淹留③寄他方。贱妾茕茕④守空房，忧来思君不可⑤忘。不觉泪下沾衣裳，援琴鸣弦发清商⑥。短歌⑦微吟不能长，明月皎皎照我床。星汉西流夜未央⑧，牵牛织女遥相望，尔⑨独何辜限河梁⑩。

忧来思君不敢忘

秋天树木凋零，燕子也南归了，一个孤独的女子却守着空房，寻思自己所思念的那个人，他是因为什么缘故留在了他乡？想起这些让她顿时哽咽悲伤，甚至连琴也弹不下去了。

[注释]

①摇落：凋残。②慊慊：怨恨。③淹留：久留。上句是设想对方必然思归，本句是因其不归而生疑问。④茕茕：孤单，孤独寂寞的样子。⑤不可：谨虚客气的说法，实指不能、不会。⑥清商：乐名。清商，东汉以来在民间曲调基础上形成的一种新乐调，以悲惋凄清为其特色，清商音节短促，所以下句说“短歌微吟不能长”。⑦短歌：调类名，汉乐府有长歌行、短歌行，是根据“歌声有长短”来区分的，长歌多表现慷慨激昂的情怀，短歌多表现低回哀伤的思绪。⑧夜未央：夜已深而未尽的时候。古人用观察星象的方法测定时间，这诗所描写的景色是初秋的夜间，牛郎星、织女星在银河两旁，初秋傍晚时正见于天顶，这时银河应该西南指，现在说“星汉西流”，就是银河转向西，表示夜已很深了。⑨尔：指牵牛星、织女星。⑩河梁：河上的桥。传说牵牛星和织女星隔着天河，只能在每年农历七月七日相见，喜鹊为他们搭桥。

[诗解]

深秋到处是一片肃杀的情景：秋风萧瑟、天气清冷、草木凋落、白露凝霜、燕群辞归、大雁南飞。在这有风的秋夜，一位女子愁云满面，她孤寂而又深情地望着远方自言自语：远方的游子啊，你离家已经这样久了，我因思念你而柔肠寸断。我也可以想象得出你每天那种伤心失意的思念故乡的情景，可是究竟是什么原因使你这样长久地留在外面而不回来呢？自你走后，我孤苦无依，独守空房，整天以思念为事，常常泪落沾衣。在这秋月秋风的夜晚，愁怀难释，我取过瑶琴想弹一支清商曲，以遥寄自己难以言表的衷情，但是口中吟出的都是急促哀怨的短调，总也唱不成一曲柔曼动听的长歌。月光透过帘栊照在空荡荡的床上，抬头仰望碧空，见银河已经西转，这时才知道夜已经很深了。望着牵牛星、织女星隔着银河相望，心中不禁想：你们到底有什么罪过才叫人家把你们这样隔断在银河两边呢？

燕歌行

魏·曹丕

［题解］

曹丕《燕歌行》在诗史上久负盛名，但历来对其一“秋风萧瑟”篇分外垂青，而于此首却问津甚少。其实是双璧一对，两篇对观，更饶意味。前篇从“霜飞木落”“燕雁南归”感物起兴。由时序涉及归鸟，再由鸟归而关联所思之人淹留他方。“情以物迁，辞以情发”，曲曲道来。此首与其主题、情思相一，构思则另起炉灶，不假外物，直抒胸臆。

［原文］

别日何易会日难，山川悠远路漫漫。郁陶①思君未敢言，寄声浮云往不还。涕零雨面毁容颜，谁能怀忧独不叹。展诗清歌聊自宽，乐往哀来摧肺肝。耿耿②伏枕不能眠，披衣出户步东西。仰看星月观云间，飞鸧(cāng)晨鸣声可怜，留连顾怀不能存。

［注释］

①郁陶：忧思聚集。②耿耿：犹言炯炯，耿耿不寐的意思。

［诗解］

分别之日如此容易，岂料相逢之日却如此难，山高水长路途遥远。我对你的思念汇聚成海却不敢说出口，将心中的思念托天上的云彩带给你却杳无音信。整日泪流满面导致容颜憔悴，谁能心中有忧虑而不独自叹息呢？只有低声吟唱诗歌聊以自宽，但是欢愉难久，忧戚继之。夜深人静，久卧难眠，披上外衣来到院中。仰望夜空星云变幻，在晨雾中传来鸧鸟的阵阵哀鸣，留恋徘徊无法慰存。

燕歌行

唐·高适

[题解]

《燕歌行》是盛唐边塞诗的代表作之一，也是高适的“第一大篇”。《燕歌行》本是乐府的体裁，魏文帝曹丕最早以这个题目写诗。此后这个题目常用来歌咏东北边地（燕地）的征戍之苦和思妇相思之情。这首诗热烈地颂扬了士兵们的英勇爱国精神，同时严厉地抨击了将领们享乐腐败和视士兵生命为儿戏的轻敌冒进，使苦与乐、庄严与无耻形成了鲜明的对比。结句借古喻今，点出朝廷因用人不当所造成的恶果，比一般因靖边而思名将的含义更为深刻。全诗形象鲜明，气势奔放，四句一韵，流转自然。

[原文]

汉家烟尘在东北，汉将辞家破残贼①。男儿本自重横行，天子非常赐颜色。摐(chuāng)②金③伐鼓下榆关，旌旗逶迤碣石间。校尉羽书飞瀚海，单于猎火照狼山。山川萧条极边土④，胡骑凭凌杂风雨⑤。战士军前半死生，美人帐下犹歌舞！大漠穷秋塞草衰，孤城落日斗兵稀。身当恩遇常轻敌，力尽关山未解围⑥。铁衣⑦远戍辛勤久，玉箸应啼别离后⑧。少妇城南欲断肠，征人蓟北⑨空回首。边风飘飘那可度，绝域苍茫更何有。杀气三日作阵云，寒声一夜传刁斗⑩。相看白刃血纷纷，死节从来岂顾勋。

李 广

汉代的“飞将军”李广，精通骑射，曾误把石头当老虎而射箭没石。他多年与匈奴交战，让匈奴闻风丧胆。唐代和汉代一样，边塞常被胡人侵扰，在诗中，高适期盼能出现像李广一样的大将，能扫除敌人，给边塞带来安宁。

君不见沙场征战苦，至今犹忆李将军。

［注释］

①残贼：指幽州节度使张守。②拟：击。③金：钲，行军乐器。④极边土：临边境的尽头。⑤胡骑凭凌杂风雨：敌人来势凶猛，像急风暴雨。凭凌，侵凌。⑥“身当”二句：战士们身承朝廷的恩遇，常常不顾敌人的凶猛而死战，但仍未能解除重围。⑦铁衣：指远征战士。⑧玉箸应啼别离后：指战士们想象他们的妻子，必为思夫远征而流泪。玉箸，旧喻妇女的眼泪。⑨蓟北：唐蓟州治所在渔阳，今天津蓟县，这里泛指东北边地。⑩刁斗：军中打更用的铜器。

［诗解］

东北边境上的烽烟尘土遮天蔽日，战士们为驱除敌人辞别家乡上了前线。男子汉本来就看重纵横驰骋上战场，天子又特别赏识给予荣光。军队敲钲打鼓开往山海关，旌旗迎风招展，蜿蜒盘绕在碣石间。校尉从沙漠送来了紧急军书，说是单于把战火燃烧到了内蒙古的狼山。边境之地，多么辽远；山川寂寞，荒无人烟。敌骑猖狂，恣意侵犯；挟风裹雨，气势汹汹。士兵们在前线拼杀，已经半死半生，将帅们却依旧在营帐中看美人歌舞。秋天将尽的大漠上，边地的荒草一片枯萎；落日映照的孤城里，已经没有多少士兵可以作战。深受皇帝的恩德礼遇，战士们根本不把敌寇放在眼里；在关山拼搏死战，仍未能冲破敌军重重包围。身披铁甲的战士，长期戍边非常辛苦；家中的妻子怨恨别离，日日垂泪何其伤心。少妇在城南思念役夫，愁肠寸断；征人在辽远的蓟北空自回头。塞上长风万里，哪能载我飞渡这遥远的路途；边地茫茫苍苍，一无所有。白日列阵沙场，杀气腾腾天昏地暗；夜晚军营中戒备森严，警报频传。刀光剑影血雨纷纷，誓死报国岂是为了个人的功勋？谁不知沙场征战千辛万苦，人们至今还怀念李广将军。

古从军行

唐·李颀

［题解］

《从军行》是乐府古题。此诗写当代之事，由于怕触犯忌讳，所以题目加上一个“古”字。这首诗借汉皇开边，讽玄宗用兵。全诗记叙从军之苦，充满非战思想。万千尸骨埋于荒野，仅换得葡萄归种中原，显然得不偿失。它对当代帝王的好大喜功，穷兵黩武，视人民生命如草芥的行径，加以讽刺，悲多于壮。

［原文］

白日登山望烽火，黄昏饮马傍交河①。行人②刁斗③风砂暗，公主琵琶④幽怨多。野营万里无城郭，雨雪纷纷连大漠⑤。胡雁哀鸣夜夜飞，胡儿眼泪双双落。闻道玉门犹被遮⑥，应将性命逐轻车。年年战骨埋荒外，空见蒲桃⑦入汉家。

［注释］

①交河：在新疆吐鲁番，此代指有水的地方，并非实指。②行人：指出征将士。③刁斗：一种铜制的锅，白天用它烧饭，夜里做打更的器具。④公主琵琶：汉朝细君公主远嫁乌孙国时所弹的琵琶曲调，当然，这不会是欢乐之声，而只是哀怨之调。⑤雨雪纷纷连大漠：雨雪纷纷，以至与大漠相连，其凄冷酷寒的情状也可想见。⑥玉门犹被遮：玉门被遮，即不准退入玉门关，用的是《史记·大宛列传》的典故：贰师将军李广利攻大宛失利，退至敦煌，请求朝廷退兵，汉武帝听了之后大怒，派使者遮玉门，曰："有敢入者辄斩之！"⑦蒲桃：就是葡萄。汉武帝时为了求天马（即阿拉伯马），开通西域，便乱启战端。当时随天马入中国的还有蒲桃和苜蓿的种子，汉武帝把它们种在离宫别馆之旁，弥望皆是。这里"空见蒲桃入汉家"一句，用此典故，讥讽好大喜功的帝王，牺牲了无数人的性命，换到的是什么呢？只有区区的蒲桃而已。

［诗解］

白天爬上山去观望四方有无举烽火的边警，黄昏时候又到交河边上让马饮水。行人在风沙昏暗中听到刁斗凄厉，或听到细君公主的琵琶声幽怨更多。野营万里，广漠荒凉得看不见城郭；大雪霏霏迷漫了辽阔无边的沙漠。胡地的大雁哀鸣着夜夜惊飞不停，胡人的士兵痛哭着个个泪流滂沱。听说玉门关的交通还被关闭阻断，大家只得豁出命追随将军去拼搏。年年征战不知多少尸骨埋于荒野，战士们十有八九战死关外，年年有无数人抛骨荒远的异乡，唯一的成果是葡萄从西域传入中原种植，供富贵者享用。

［诗评］

全诗句句蓄意，步步逼紧，最后才画龙点睛，着落主题，显出它的讽刺笔力。

——倪其心

从军行

唐·李白

[题解]

《从军行》，乐府《相和歌辞》旧题。李白在这首诗里抒发的是在战场上建功立业的强烈愿望。

[原文]

从军玉门①道，逐虏金微山②。笛奏梅花曲③，刀开明月环。鼓声鸣海上④，兵气拥云间。愿斩单于⑤首，长驱静铁关⑥。

[注释]

①玉门：指玉门关。②金微山：今天的阿尔泰山。东汉窦宪曾在此击破北匈奴。③梅花曲：指歌曲《梅花落》，是横吹曲辞。④海上：瀚海，大漠之上。⑤单于：匈奴称其王为单于。⑥铁关：指铁门关。在今新疆维吾尔自治区境内。

[诗解]

在玉门关从军，曾在金微山击破匈奴，驱逐胡虏。边塞上吹奏了一曲《梅花落》，这是战士们在庆祝战争的胜利。鼓声在大漠荒海上鸣起，士兵们的英勇豪气可以充斥在云间。只愿能亲取单于的首级，直驱入铁关平定匈奴安定边关。

从军行

唐·王昌龄

作者简介

王昌龄（690—756），字少伯，盛唐著名边塞诗人，后人誉为“七绝圣手”。王昌龄诗绪密而思清，与高适、王之涣齐名，时谓王江宁。集六卷，今编诗四卷。王昌龄诗作极多，名篇佳作也不少。他的诗路很宽，主要为三大类，即边塞诗、送别诗、宫怨诗，而尤以边塞诗著称。王昌龄的边塞诗充分体现了他的爱国主义、英雄主义精神，另外还深深蕴涵了诗人对下层人民的人文关怀，体现了诗人广阔的视野和博大的胸怀。

[题解]

此诗截取了边塞军旅生活的一个片断，通过写军中宴乐表现征戍者深沉、复杂的感情。

[原文]

琵琶起舞换新声①，总是关山旧别情②。撩乱边愁弹不尽，高高秋月照长城。

[注释]

①换新声：翻出新的曲调。

②旧别情：指原来的离情别绪。

[诗解]

随着舞蹈的变换，琵琶又翻出新的曲调，但是原本的离情别绪一直未曾改变。缭乱的边关愁绪永远无法用琵琶声表达尽，不变的只有高高的秋月照耀着长城。

旗亭画壁

唐朝诗人王昌龄、高适、王之涣在旗亭小饮，有梨园歌女唱当时名曲。一女唱"一片冰心在玉壶"，为王昌龄绝句，其后一女唱"夜台何寂寞，犹是子云居"，为高适绝句，独无人唱王之涣的诗。不料最漂亮的歌女唱了"一片孤城万仞山"，王之涣得意至极。

[诗评]

正因为情不可尽，诗人"以不尽尽之""思入微茫，似脱实粘"，才使人感到那样丰富深刻的思想感情，征戍者的内心世界表达得入木三分。此诗之臻于七绝上乘之境，除了音情曲折外，这绝处生姿的一笔也是不容轻忽的。

——周啸天

鞠歌行

唐·李白

［题解］

《鞠歌行》，乐府旧题，属于《相和歌辞》。李白在这首诗中借卞和、宁戚、百里奚、吕望等人抒发了自己强烈的用世之心，他期望施展自己的抱负，但报国无门，在诗中流露出了他抑郁不得志的愤懑。

［原文］

玉不自言如桃李[1]，鱼目[2]笑之卞和[3]耻。楚国青蝇[4]何太多？连城白璧[5]遭谗毁。荆山长号泣血人[6]，忠臣死为刖(yuè)足鬼[7]。听曲知宁戚，夷吾因小妻[8]。秦穆五羊皮，买死百里奚[9]。洗拂[10]青云上，当时贱如泥。朝歌鼓刀叟[11]，虎变蟠溪中。一举钓六合[12]，遂荒营丘东。平生渭水曲，谁识此老翁？奈何今之人，双目送飞鸿[13]。

［注释］

①桃李：古谚有“桃李不言，下自成蹊”，比喻人不善于言谈而很优秀。②鱼目：指伪造的劣质品。张协有诗“鱼目笑明月”。③卞和：春秋时代的楚国人。相传他在荆山发现一块玉璞，先后献给楚厉王、楚武王，都以为他是欺诈，被先后截去他的双脚。文王即位，卞和抱璞哭于荆山下，文王命令玉工加工，果然得到了美玉，世称“和氏璧”。④青蝇：比喻颠倒黑白的小人。⑤连城白璧：指和氏璧，价值连城。赵惠王得和氏璧，秦昭王愿意用十五座城作为交换。⑥泣血人：指在荆山之下哭泣的卞和。⑦忠臣死为刖足鬼：卞和本是忠臣，但两次被君王截去自己的脚。⑧“听曲”二句：宁戚，春秋时齐国人。夷吾，管仲的小名。小妻，小妾。宁戚想入朝为官，为齐桓公效力，但他没有见齐桓公的理由，就作为别人的车夫，将车停在齐国的东门之外。齐桓公出来后，他就叩击牛角而歌“浩浩乎白水”，歌声十分悲切。齐桓公让管仲接待他。管仲不知宁戚所歌之意，面带忧虑之色。管仲的小妾说，这是宁戚想要为国家效力啊！管仲就把宁戚的意图告诉了齐桓公，齐桓公就任宁戚为佐助，齐国得到很好的治理。⑨百里奚：春秋时秦国的大夫。后来他流亡到楚国，被楚国国君扣留。秦穆公就拿五张牡黑羊皮把他赎回，用为大

夫。⑩洗拂：洗涤与拂拭尘垢。⑪鼓刀叟：指屠夫吕望。相传他在五十岁时做小贩，七十岁在朝歌屠牛，八十岁在渭水之滨钓鱼，九十岁见到周文王，得到周文王的重用。⑫钓六合：取得天下。⑬双目送飞鸿：卫灵公与孔子说话，见到天上的飞雁，就抬头观望，无意与孔子交谈，孔子就走了。这里指想对君王谈治国王霸之策，但却无人肯听，欲报国而无门。

秦穆公赎百里奚

百里奚是秦穆公时的贤臣，他以前不过是随穆姬陪嫁到秦国的奴隶，后又逃至楚国牧牛。秦穆公听说他贤能，用五张黑羊皮从楚国赎回了他，百里奚在秦国与蹇叔共同辅佐秦穆公成就了霸业。

[诗解]

美玉不自夸自身高洁无瑕，和桃李一样，但那些小人却不懂得谦虚不争是一种美德，反而鱼目混珠，不分优劣，把劣质的当成好的，把美玉当成引以为耻的东西。堂堂楚国，颠倒黑白的小人怎么那么多呢？价值连城的美玉屡次遭到谗言和毁弃。怀抱美玉而痛哭于荆山下的卞和，本是忠信之臣，却遭到割足砍脚的不幸命运。宁戚报国无门，在桓公门前唱的小曲，经过管仲小妾的解释而最终获得了齐桓公的重用。百里奚流亡到楚国，秦穆公用五张黑羊皮把他赎回来，并任用他为大夫。洗净尘垢青云直上，谁管当时身份卑微。朝歌的屠夫吕望在渭水之滨垂钓，九十岁终于得到周文王的重用。周武王取得天下以后，封吕望在齐国营丘之地，治理齐国。吕望一生都在渭水之滨垂钓，有谁认识他、关注他呢？如今更是无人来关注像他这样的垂钓者了，目送飞鸿而去，却无意于他的报国之心。

吁嗟篇

魏·曹植

[题解]

《吁嗟篇》，郭茂倩《乐府诗集》根据《乐府解题》以为是拟作《苦寒行》。此诗是为哀叹曹丕、曹睿宗室诸侯的迫害而作。

［原文］

吁嗟此转蓬，居世何独然[1]。长去本根逝，夙夜[2]无休闲。东西经七陌[3]，南北越九阡[4]。卒[5]遇回风[6]起，吹我入云间。自谓终天路，忽然下沉渊。惊飙[7]接我出，故归彼中田[8]。当南而更北，谓东而反西。宕宕当何依，忽亡而复存。飘飘周八泽[9]，连翩历五山[10]。流转无恒处，谁知吾苦艰。愿为中林草[11]，秋随野火燔(fán)[12]。糜灭岂不痛，愿与株荄(gāi)[13]连。

［注释］

①“吁嗟”二句：以秋天的蓬草离去本根，随风飘荡，比喻曹植的屡次迁徙封邑。②夙夜：从早晨到夜晚。③陌：田间东西的通道。④阡：田间南北的通道。⑤卒：与“猝”相通，突然。⑥回风：旋风。⑦飙：从上而下的狂风。⑧中田：即田中。⑨八泽：指八薮，八个地名。⑩五山：指五岳。⑪中林草：指林中草。⑫燔：烧。⑬株荄：指草的根株。

［诗解］

嗟叹秋天的蓬草离去本根，随风飘荡，在人世间生活又何尝不像这失去根的蓬草呢？失去本根，从早晨到夜晚没有停歇的时候，到处漂泊。从东到西，从南到北，经七陌，越九阡。突然遇到了旋风从天而起，把我吹向云间。自以为天的尽头会是我的归宿，却想不到忽然进入深渊。狂风接我而出，重新归到田中。本来应当向南却向北吹去，应当向东反而向西飘去。飘飘荡荡，哪里才是我停靠的地方？忽然间就要死去却又给你一线生存的希望。飘摇经历八泽，翩历五山。到处流转，没有固定的居所，谁知道我的艰苦呢？愿为林中的草，秋天随野火而烧死。糜灭怎么会不痛苦，只是愿与草的根株紧紧相连啊。

北上行

唐·李白

［题解］

《北上行》，乐府《征行曲》调名，多写从军征役之苦。原作《苦寒行》，李白取其第一句“北上太行山”的“北上”两字，改名为《北上行》。安禄山攻占洛阳后，给当地人民带来了深重的灾难。诗中抓住逃难人民“北上缘太行”的经过和心情，具体地表现了当时人民在战乱中离乡背井、餐风饮露的痛苦生活，也反映出作者渴望天下太平的思想。

［原文］

北上何所苦，北上缘①太行②。磴(dèng)道盘且峻，巉(chán)岩凌穹苍③。马足蹶侧石，车轮摧高岗④。沙尘接幽州⑤，烽火连朔方⑥。杀气毒剑戟⑦，严风裂衣裳。奔鲸⑧夹黄河，凿齿屯洛阳⑨。前行无归日，返顾思旧乡。惨戚⑩冰雪里，悲号绝中肠。尺布不掩体，皮肤剧枯桑⑪。汲水涧谷阻，采薪陇坂长⑫。猛虎又掉尾⑬，磨牙皓⑭秋霜。草木不可餐，饥饮零露浆⑮。叹此北上苦，停骖(cān)⑯为之伤。何日王道平，开颜睹天光⑰？

［注释］

①缘：沿着。②太行：太行山，在山西、河北两省交界处。③“磴道”二句：磴道盘旋而险峻，山崖高耸入云霄。磴道，上山的石径。巉岩，高峻的山崖。穹苍，天空。④“马足”二句：马在坡道上行走，被斜石绊倒；车轮也要被崎岖不平的高岗所摧折。蹶，摔倒。⑤沙尘接幽州：指安禄山在范阳叛变，率军南下。幽州，即安禄山盘踞下的范阳。干元元年（758）复改范阳郡为幽州。⑥烽火连朔方：是说战火延及整个北方。一说可能指安禄山的党羽侵扰河曲（今山西保德北），被朔方节度使郭子仪所击败之事。朔方，北方，又为郡名，在今宁夏回族自治区以北和内蒙古自治区西南一带。⑦杀气毒剑戟：杀气凝注在剑戟上。毒，凝成。⑧奔鲸：奔突的鲸鱼，指安禄山的部将。⑨凿齿屯洛阳：是指安禄

北上太行山

安禄山起兵范阳，战火波及北方大部分地区，苍生受到战争摧残。李白此诗反映了战乱给百姓带来的苦痛，表达了期望和平重回人间的愿望。

山在洛阳自称大燕皇帝。凿齿，传说中的野兽，“齿长三尺，其状如凿”，喻指安禄山。⑩戚：忧愁。⑪“尺布”二句：衣不蔽体，皮肤皲裂甚于枯桑。剧，甚。⑫“汲水”二句：取水，涧谷险阻；砍柴，山坡太长。汲水，打水。涧谷，两山间流水之道。陇坂，山冈上的斜坡。⑬掉尾：摇尾。指老虎扑食时的凶态。⑭皓：白。⑮零露浆：树上滴下来的露水。⑯停骖：停车。骖，驾在车前两旁的马。⑰睹天光：重见光明。

[诗解]

北上何其辛苦，北上要沿着太行山走。太行山路极其难走，磴道盘旋且险峻，山崖高耸入云霄。马在坡道上行走，被斜石绊倒；车轮也被崎岖不平的高岗所摧折。沙尘接到幽州，烽火燃烧到朔方。叛变的军队杀气凝注在剑戟上，严酷的寒风把他们的衣裳都吹裂了。黄河两岸是高高的山崖，如同巨鲸的牙齿将洛阳阻塞。流离家乡的人们，知道继续北上前行没有归路，就回头张望，更加思念故乡。他们只得在冰雪里凄惨露宿，哀绝悲号。身上衣不掩体，皮肤皲裂甚于枯桑。他们想要取水，但无奈涧谷险阻；他们想要砍柴，但山坡太长。凶猛的老虎扑食时摇尾的凶态，在秋霜之夜磨牙吮血的凶残都使人们感到害怕。无奈之下，这些无辜的百姓只能吃草木充饥，饮露水解渴。北上的人民是如此凄苦，诗人不禁停车为之感伤。什么时候国家才能太平，使人民重新喜笑颜开，重见光明？

豫章行苦相篇

晋·傅玄

作者简介

傅玄，字休奕，217 年生于北地郡宜阳。他出身于官宦家庭，是西晋初年的著名政治家、思想家。幼时曾与父亲一同逃难河南，为人“刚劲亮直，不能容人之短”。他清高、孤赏、不落尘俗，同情农民。傅玄博学能文，曾参加撰写《魏书》；又著《傅子》数十万言，评论诸家学说及历史故事。傅玄以乐府诗体见长。今存诗六十余首，多为乐府诗。

[题解]

《豫章行苦相篇》属于《相和歌辞》。其最初的内容为树木生在豫章山中，被人砍伐，建造船舟、宫殿，使枝叶分离。傅玄这首诗写的是封建社会妇女备受歧视的情况及其悲惨的命运。诗歌文字质朴，多用白描的手法。

[原文]

苦相①身为女，卑陋②难再陈。男儿当门户，堕地自生神③。雄心志四海，万里望风尘。女育无欣爱，不为家所珍。长大逃深室，藏头羞见人。垂泪适他乡④，忽如雨绝云。低头和颜色，素齿⑤结朱唇。跪拜无复数，婢妾如严宾。情合同云汉⑥，葵藿仰阳春。心乖⑦甚水火，百恶集其身。玉颜随年变，丈夫多好新。昔为形与影，今为胡与秦⑧。胡秦时相见，一绝逾参辰⑨。

[注释]

①苦相：作者虚拟的人名，借此表示妇女的苦难。②卑陋：指身份、地位卑贱。③“男儿”二句：写男子出生时就被重视，父母希望他建功立业，存有大志。④垂泪适他乡：这里指女子眼含泪水远嫁他乡。适，到。⑤素齿：牙齿藏在唇内，不敢启齿。这里形容女子出嫁后不敢随便说话。⑥云汉：银河。这里借喻天上的牛郎、织女星。⑦心乖：指男子变了心。⑧胡与秦：胡，北方少数民族。秦，指汉族。胡与秦地域、种族不同。⑨参辰：指天上的参星和辰星。两颗星星中的一颗升起时，另一颗就降落，不能同时见于天空。这里比喻二人不相见。

[诗解]

苦相身为女子，地位十分卑微。而男子刚出生就被重视，父母希望他能立下大志，建功立业，光耀门楣。苦相身为女子生来就不被家里珍视。长大以后，她只能居于深院，大门不出，二门不迈，一旦来了客人，就得躲藏起来，羞于见人。到了出嫁的年纪，她含着眼泪远嫁异地。出嫁后，她就像雨滴从云层落下，从此便成了别家的人。在婆家她总是低着头，表现得很和顺，也不敢随便说话。在家中对公婆的跪拜无数，对婢妾也像对待庄严的客人一样敬重。幸好她与丈夫情投意合，也只是如天上的牛郎织女星，不能常常相聚。而且女子之于丈夫，也只是如葵藿仰望阳光那样，尊卑悬绝，永远和丈夫处于不平等的地位。男子一旦变了心，就把各种的罪名都强加到女子的身上。随着女子容颜老去，丈夫对她的情意也已不再，又有了新欢。往昔她与丈夫，像身体和影子一样不能分离，如今彼此却如胡与秦，相隔万里。即使胡秦之地的人，时而也有相见的时候，但她与丈夫却如天上的参星和辰星，永不相见。

豫章行

唐·李白

[题解]

《豫章行》，乐府《相和歌辞·清调曲》调名。豫章，今江西南昌市。古词是写豫章山上白杨变为洛阳宫栋梁的根株分离之苦。李白借用旧题，描写行军作战的悲壮情景。

[原文]

胡风吹代[1]马，北拥鲁阳关[2]。吴兵照海雪[3]，西讨何时还？半渡上辽津，黄云惨无颜[4]。老母与子别，呼天野草间。白马绕旌旗，悲鸣相追攀。白杨秋月苦，早落豫章山[5]。本为休明人[6]，斩虏素不闲[7]。岂惜战斗死，为君扫凶顽。精感石没羽[8]，岂云惮[9]险艰？楼船若鲸飞，波荡落星湾[10]。此曲[11]不可奏，三军鬓成斑[12]。

[注释]

①代：古国名，在今山西东北部和河北蔚县一带。其地盛产良马。②鲁阳关：古关名，在今河南鲁山，是古代的军事要地。③吴兵照海雪：这句写唐军出发西征。吴兵，吴地征来的兵。照海雪，指吴兵旗帜鲜明，照耀如同海中的雪浪。④“半渡”二句：大军正在上辽津渡河，当时黄云蔽空，天色暗淡。上辽津，即上辽水，今名潦水。源出江西奉新县西，流经永修县，与修水汇合。⑤豫章山：泛指豫章境内的高山。⑥休明人：太平时候的人。⑦素不闲：向来不熟悉。素，向来。闲，通“娴”，熟悉。⑧石没羽：据《史记·李将军列传》记载：李广在边塞打猎时，把草中的石头误认为是隐伏着的老虎，立即弯弓射去，由于他射箭时专心致志，这箭竟深深地陷入石中。后来再射，就不能入石。羽，指箭。⑨惮：惧怕。⑩落星湾：也叫落星湖，在今江西鄱阳湖西北。⑪此

曲：指《豫章行》。⑫鬓成斑：头发变成花白。

［诗解］

唐朝的军士要远离家乡，远征去讨伐胡虏，他们的战马在胡风的吹拂下，鬃毛尽卷起来，更显飒爽强健。往北去就是军事要地鲁阳关了。而这时唐军的大部队也已经出发了，吴兵旗帜鲜明，耀眼如同海中的雪浪。不知道他们西征什么时候才能归来？大军正在上辽津渡河，当时黄云蔽空，天色暗淡。老母与儿子离别，十分悲痛，呼号不绝。旌旗飘扬，白马嘶嘶，征人已经离去了，可她们仍哭着久久追攀，不愿回去。秋天最是悲凉的季节，豫章山上的白杨苦闷无依，早早便叶落凋零了。士兵们本是太平时代的人，生来就对斩杀胡虏的事并不熟悉。怎会爱惜自己的生命，害怕在战争中死亡呢？只期望能够为君主扫除敌寇。传说李广在边塞打猎时，把草中的石头误认为是隐伏着的老虎，立即弯弓射去，由于他射箭时专心致志，这箭竟深深地陷入石中。战士们身在边塞，也是怀抱一腔报君建功的热忱，怎会惧怕危险呢？在战场杀敌胆如鲸飞，声势浩大。《豫章行》这首曲子不可以奏响，因为太悲凉了，三军战士头发已经花白，听到此曲，一定会感到无限悲伤。

相逢行

［题解］

《相逢行》又名《相逢狭路间行》和《长安有狭斜行》。这首诗写的是富贵人家雍容华贵的生活。

［原文］

相逢狭路间，道隘不容车。不知何年少，夹毂(gǔ)①问君家。君家诚易知，易知复难忘。黄金为君门，白玉为君堂。堂上置樽酒，作使邯郸②倡③。中庭生桂树，华灯何煌煌。兄弟两三人，中子④为侍郎⑤。五日⑥一来归，道上自生光。黄金络马头⑦，观者盈道旁。入门时左顾，但见双鸳鸯。鸳鸯七十二，罗列自成行。音声何噰(yōng)噰⑧，鹤鸣东西厢。大妇织绮罗，中妇织流黄⑨。小妇无所为，挟瑟上高堂⑩。丈人⑪且安坐，调丝⑫方未央⑬。

商飙别馆

商飙别馆是金陵四十八景之一，位于南京钟山南麓梅花山前。别馆指君主在京城之外以备巡幸时的宫室。也指别墅。诗中描写的富贵人家的住宅豪华如同别墅。

[注释]

①夹毂：车轮中心有孔插轴的地方。这里代指车子。②邯郸：今河北邯郸市。战国时期属于赵国，从战国到秦汉，赵地女子以善歌舞而著名。③倡：歌女。这里指有歌女在演奏。④中子：即“仲子”，第二个儿子。⑤侍郎：汉代的官名，皇帝的侍从官。⑥五日：古代官吏五日一休假。⑦黄金络马头：指驾马所用马勒用黄金作装饰。⑧噰噰：声音和谐的样子。⑨流黄：黄紫相间的绢。⑩高堂：指家中长辈所居的堂屋。⑪丈人：老人，家长。⑫调丝：指弹瑟时调弦。⑬未央：未尽，未完的意思。

[诗解]

在狭窄的小路间相逢，道路太窄容不下车子。不知道是哪里来的少年，停下车来问你家的情况。你家的情况是容易知晓的，因为你家是这里的豪门大户，所以我不但容易知晓而且还难忘。你家的门是用黄金做的，堂屋的用料是汉白玉。你家堂屋里常常设有樽酒，还有赵地的歌女在这里演奏。你家庭院中央有棵桂树，树上挂着很多彩灯，每当夜晚来临，这些灯光灿烂明亮。你家有三个弟兄，家里的老二是皇帝的侍从，官为侍郎。他五天休一次假，回家时，一路上光彩照人。驾马所用的马勒是用黄金装饰的，围观的人很多，充满道路两旁。进入家门，向左边的池塘望去，只见成对的鸳鸯飞来。七十二只鸳鸯罗列成行，它们在水里欢乐地游着，声音和谐。在东西两侧还有白鹤噰噰鸣叫。老大媳妇正在织罗绮，老二媳妇在织黄紫相间的绢。老三媳妇没有事情可做，就拿着把琴瑟去堂屋。老人在屋内安坐后，她便开始调弦准备弹奏美妙的乐曲了。

相逢行

唐·李白

[题解]

《相逢行》，乐府《相和歌辞》旧题。这首诗表面上写的是男女间彼此钟情而不能相伴的刻骨相思之情，实际上抒发的是诗人自己虽能见到帝王，但却不能与他更深相知，成为知己的无限遗憾之意。

［原文］

朝骑五花马[1]，谒帝出银台[2]。秀色谁家子，云车[3]珠箔[4]开。金鞭遥指点，玉勒[5]近迟回[6]。夹毂(gǔ)[7]相借问，疑从天上来。怜肠愁欲断，斜日复相摧。下车何轻盈，飘然似落梅。邀[8]入青绮门，当歌共衔杯。衔杯映歌扇，似月云中见。相见不相亲，不如不相见。相见情已深，未语可知心。胡为守空闺，孤眠愁锦衾。锦衾与罗帏，缠绵会有时。春风正澹荡[9]，暮雨来何迟？愿因三青鸟[10]，更报长相思。光景不待人，须臾发成丝。当年[11]失行乐，老去徒伤悲。持此道密意，无令旷[12]佳期。

［注释］

①五花马：毛色呈五种颜色的马，这里指名贵的马。②银台：唐代大明宫有左右银台门，翰林院在右银台门内。③云车：绘有云纹的车。④珠箔：珠帘。⑤勒：马络头。⑥迟回：徘徊不前。⑦夹毂：形容两个车相靠特别近。毂，车轮中央穿轴之处。⑧邀：邀请。⑨澹荡：荡漾。⑩三青鸟：神话中的鸟名，西王母的使者。后用来指爱情信使。⑪当年：又作“少年”或“壮年”。⑫旷：荒废。

［诗解］

早上骑着五花马，拜谒了皇帝后，走出银台。不知是谁家的公子，驾着绘有云纹的车，轻轻掀开珠帘。他抡起金鞭遥指远处，可他身下的宝马却迟迟徘徊不前。他的车和女子的车相靠得特别近，向她打听道路，因为女子太美了，所以他怀疑女子从天上而来。怜爱之情使肝肠欲断，不知不觉间日已西斜。女子身体轻盈，下得车来，飘飘然似梅花落地。相邀踏入青绮门，一起唱歌共同举杯。女子举杯，十分娇羞地用歌扇掩映着自己的脸庞，好像月亮掩映在云层中，不能清晰地看到。相见却不能亲近，还不如不见呢。相见情就会更深，即使没有交谈也已经刻在心中了。为什么要独守空闺，抱着锦衾彻夜难眠？锦衾与罗帏，尚且缠绵难舍。春风正在荡漾，春雨为何到黄昏才下起来，来得这样迟？愿通过三青鸟这爱情的信使，来表达他们的相思之情。光景是不会待人的，人的头发须臾间就会变白。少年的时候不能及时行乐，老了以后只会独自伤悲。让青鸟捎去此封密函，不要荒废了他们彼此相约的佳期。

[诗评]

按古辞言相逢年少，问知其家之豪盛。此则言相逢其人，仍不得相亲。恐失佳期，回环致望不已，较古辞用意尤深。

——胡应麟《诗薮》

塘上行

三国·甄宓

[题解]

这首诗一说为魏文帝曹丕的甄皇后所作。建安年，袁绍为次子袁熙取甄氏为妻。后来曹操与袁绍宣战，袁熙被外调出去守幽州，甄氏独自留在冀州。袁绍兵败，曹军将冀州踏平，曹丕趁乱娶她为妻，很是宠爱，之后她为曹丕生下魏明帝及东乡公主。汉亡之后不久，因曹丕得了新宠郭后、阴贵人，甄后从此失意，有怨言。文帝曹丕得知大怒，二年（221）六月，派遣内侍赐死她，甄后临终为诗曰："蒲生我池中，绿叶何离离。岂无蒹葭艾，与君生别离。莫以贤豪故，弃捐素所爱。莫以鱼肉贱，弃捐葱与薤。莫以麻枲贱，弃捐菅与蒯。"

[原文]

蒲生我池[1]中，其叶何离离[2]。傍[3]能行仁义，莫若妾自知。众口铄黄金，使君生别离。念君去我时，独愁常苦悲。想见君颜色，感结伤心脾。念君常苦悲，夜夜不能寐。莫以豪贤[4]故，弃捐素所爱。莫以鱼肉贱，弃捐葱与薤。莫以麻枲(xǐ)贱，弃捐菅(jiān)与蒯(kuǎi)。出亦复苦愁，入亦复苦愁。边地多悲风，树木何修修[5]。从君致独乐，延年寿千秋。

[注释]

①池：池塘。②离离：繁荣而茂盛的样子。③傍：依靠。④豪贤：豪杰贤达之士。这里是委婉的说法，指的是曹丕身边的新宠。⑤修修：树木在风中悲鸣的声音。

[诗解]

蒲生在我的池塘里，它的叶子繁荣而茂盛。如果依靠你行仁义，还不如我自知自己的能力。众口铄金，我受到别人的谗言毁伤，使你疏远了我，与我别离。每次想到你离开我的时候，我就独自悲苦难过。想见你一面，这种思念是如此强烈，以致情感郁结心中，伤了心脾。思念你常常令我痛哭满面，夜夜无法安睡。请你不要因为新宠的缘故，丢弃以前自己的所爱。不要因为鱼肉而丢弃葱与薤。更不要因为麻枲贱而弃捐菅与蒯。自你离开我后，我出门感到苦愁，入门也感到苦愁。边地多悲风，树木在悲风中哀鸣，像是在诉说我心中无限的爱恨。跟随你之后要让自己快乐，要好好地活下去。

甄后

甄后是魏文帝曹丕的皇后，她本是袁绍的儿媳，曹丕乘乱娶纳甄氏。然而曹丕有新宠后，甄后受到冷落，心里有怨言，被曹丕赐死。相传曹植的浪漫主义名篇《洛神赋》是为怀念甄后而作。

上留田行

唐·李白

[题解]

上留田，古地名。后亦为乐府曲名。晋崔豹《古今注·音乐》：“上留田，地名也。人有父母死，兄不字其孤弟者，邻人为其弟作悲歌，以讽其兄，故曰《上留田》。”李白诗中“弟死兄不葬”“他人于此举铭旌”之事与前人记载有所不同，可能诗人在现实中目击类似之事，有感而发，故作《上留田行》以讽刺当时之事。

[原文]

行至上留田，孤坟何峥嵘①！积此万古恨，春草不复生。悲风四边来，肠断白杨声。借问谁家地，埋没蒿里茔（yíng）。古老向余言，言是上留田。蓬科②马鬣今已平。昔之弟死兄不葬，他人于此举铭旌③。一鸟死，百鸟鸣；一兽走，百兽惊。桓山④之禽别离苦，欲去回翔不能征。田氏仓卒骨

肉分，青天白日摧紫荆[5]。交柯之木本同形，东枝憔悴西枝荣[6]。无心之物尚如此，参商[7]胡乃寻天兵？孤竹[8]延陵[9]，让国扬名。高风[10]缅邈[11]，颓波[12]激清。尺布之谣[13]，塞耳不能听。

［注释］

①峥嵘：高峻的样子。②蓬科：同“蓬颗”，土坟上长满的荒草。③铭旌：古时竖在灵柩前标有死者官衔和姓名的旗幡。④桓山：在今江苏省铜山县东北。《孔子家语》：孔子在卫，昧旦晨兴，颜回侍侧，闻哭者之声甚哀，子曰：“回！汝知此何所哭乎？”对曰：“回以此哭声非但为死者而已，又有生离别者也。”子曰：“何以知之？”对曰：“回闻桓山之鸟生四子焉，羽翼既成，将分于四海，其母悲鸣而送之，哀声有似于此，为其往而不返也。回窃以音类知之。”后以桓山之泣比喻家人离散的悲痛。⑤紫荆：《续齐谐记》中记载，京兆田真兄弟三人共议分财，生资皆平分，唯堂前一株紫荆树，共议欲破三片，明日就截之，其树即枯死，状如火然。真往见之大惊，谓诸弟曰：“树本同株，闻将分斫，所以憔悴，是人不如木也。”因悲不自胜，不复解树，树应声荣茂。兄弟相感，更合财宝，遂为孝门。⑥“交柯”二句：《述异记》中记载，黄金山有楠树，一年东边荣，西边枯；后年西边荣，东边枯，年年如此。柯，草木的枝茎。⑦参商：参星与商星。《左传·昭公元年》载，相传黄帝有两个儿子，大的叫阏伯，小的叫实沈，住在荒山野林里，不能和睦相处每天动武，互相讨伐。后来黄帝为避免两人争斗，把阏伯迁到商丘，去管心宿，也就是商星；把实沈迁到大夏，主管西方的参星。参宿在西，心宿在东，彼出此没，永不相见。后比喻兄弟不和睦，彼此对立。⑧孤竹：是指商末孤竹国君墨胎氏二子伯夷和叔齐。孤竹君欲以次子叔齐为继承人，及父卒，叔齐让位于伯夷。伯夷以为逆父命，于是放弃君位，流亡国外。而叔齐亦不肯立，也逃到孤竹国外，和他的长兄一起过流亡生活。⑨延陵：指的是春秋时期吴王寿梦的小儿子季札。吴王寿梦一心想把君主之位传给他，于是他的其他的几个儿子都主动放弃了继承权。但是季札辞让了。于是他的哥哥诸樊、余祭、余昧弟兄几个商议，以兄终弟及的方式，最终传给季札，可是季札最终还是没有继位。于是，三哥余昧死后，由余昧的儿子继承了王位。季札封于延陵，所以称其为“延陵季子”。⑩高风：美善的风教、政绩。⑪缅邈：久远，遥远。⑫颓波：向下流的水势。比喻衰颓的世风。⑬尺布之谣：语出自《史记·淮南衡山列传》。淮南王刘长谋反，被汉文帝流放，刘长途中绝食而死，民间作歌歌淮南厉王：“一尺布，尚可缝；一斗粟，尚可舂。兄弟二人不能相容。”

[诗解]

我走到上留田这个地方，看到一处新坟孤零零地伫立在野外，其他地方早已青草漫漫，唯独这座坟墓上春草还未长出，裸露的黄土似乎在向人们展示死者的不幸。一阵风刮过凄凉的旷野，坟旁杨树上的叶子哗哗作响，像是有人在伤心地哭泣。这是谁家的坟墓，埋没在这荒凉的地方，无人洒扫？经当地的老人介绍才知道这里埋葬的是田氏，他英年早逝，哥哥置之不理，连他的尸首都不肯埋葬，当地人只好把他埋在这里，在坟旁按照习俗插上了旌幡。我感慨万分，连一只鸟死了，其他的鸟都会哀鸣不止；一只野兽走了，其他的野兽都惶惶不安。家人离散痛不欲生，想要返回却不能实现。田氏兄弟分家产，紫荆树为之枯萎。根同蒂并的楠树东西两侧交相枯荣。鸟兽尚知为死去的同类哀鸣，没有思维的花草树木也是如此，何况骨肉兄弟？本是同宗同类，骨肉相连，为什么要像参商二星一样，你争我斗，彼此不相容呢？伯夷、叔齐与延陵季子推位让国，人家兄弟情深，美誉名扬天下，相比之下不感到羞愧吗？看来淳朴的社会风气已经遥远了，衰颓的世风泛滥开来，江河日下，昔日街头讽刺兄弟之事的歌谣，人们都充耳不闻了。

妇病行

[题解]

这首乐府古诗属《相和歌辞·瑟调曲》。诗中通过一个病妇的家庭悲剧，描绘了汉代劳动人民在残酷的剥削压迫下，挣扎于死亡边缘的生活惨景。

[原文]

妇病连年累岁，传呼丈人[1]前一言。当言未及得言，不知泪下一何翩翩[2]。属累[3]君两三孤子，莫我儿饥且寒。有过慎莫笪笞(dá chī)[4]，行当折摇，思复念之[5]！乱[6]曰：抱时无衣，襦(rú)[7]复无里。闭门塞牖(yǒu)，舍孤儿到市[8]。道逢亲交[9]，泣坐不能起。从乞求与孤买饵[10]。对交[11]啼泣泪不可止，我欲不伤悲不能已。探[12]怀中钱持授交。入门见孤儿，啼索其母抱[13]。徘徊空舍[14]中，行复尔耳[15]！弃置[16]勿复道[17]。

[注释]

①丈人：古时对男子的称呼，这里是病妇称她自己的丈夫。②翩翩：泪流不止的样子。③属累：连累，拖累。④笪笞：捶打的意思。⑤“行当”二句：我不久就要离开人世了，希望你今后还能常想到我对你的这番嘱咐。行当，将要。折摇，即“折夭”，夭折。⑥乱：古时称乐曲的最后一章。⑦襦：短衣，短袄。⑧“闭门”二句：将门窗关好，把孩子放在家里，独自到市上去。牖，窗户。舍，放置。⑨亲交：亲近的朋友。⑩饵：糕饼之类的食品。⑪对交：对着朋友。⑫探：拿取。⑬“入门”二句：孤儿见父亲空手回家，哭喊着要妈妈抱。索，求。⑭空舍：是说房子里一无所有。⑮行复尔耳：又将如此。尔，如此。⑯弃置：抛开，丢开。⑰道：说。

[诗解]

病妇已经病了多年了，自知将不久于人世，所以她把丈夫叫到床前，要留下临终遗言了。病妇还没有来得及开口，已是潸然泪下，泣不成声了。令她放心不下的是她的两三个孩子。她叮嘱自己的丈夫：孩子们如果有了过错，一定不要捶打他们，倘若加上他们饥饿而且寒冷，就很快会夭折的啊！她唠叨再三，更殷殷嘱望自己的丈夫。寒风凛冽，孤儿啼泣。父亲欲抱孩子上市觅食，却找不到长衣，唯一的短衣又是单的，岂能御寒？只得关门堵窗，留下儿子在家，独自出门。父亲路遇亲友，竟呜咽不止，久坐不起，伤心欲绝。妇人一死，留下孱弱儿女一堆、债务一摊，对一个家庭来说，真是梁崩柱摧，怎能不涕泪俱下，肝肠寸断呢？丈夫实在不得已，由哭诉悲伤转为乞求友人买糕饼。之后他匆匆赶回家中，映入眼前的更是不忍目睹。只见自己的孤儿号啕四顾、牵衣顿足，急着要寻找母亲，他这样哭闹不知已经持续了多长时间了。父亲见到这样的情景，十分痛苦，疾首蹙额、徒呼苍天。他预感到这孩子的命运将同他的妈妈相似。还是抛开这一切，别再提了！

[诗评]

这首诗通过托孤、买饵和索母几个细节，描写了一个穷苦人家的悲惨遭遇。他们的语言行为、动态心态，皆如一出情节生动的短剧。作者不着一字说明，而人物个性毕现，悲剧主题自生，写来沉痛凄婉，真切动人，这正是汉乐府“感于哀乐，缘事而发”的现实主义特色的突出表现。

——徐枫

野田黄雀行

唐·李白

[题解]

《野田黄雀行》是《相和歌辞·瑟调曲》之一。天宝十四载（755），永王李璘出师东巡，李白应邀入幕，力劝永王勤王灭贼，永王不久即败北，李白也因之被系浔阳狱。这首诗大约是此时所做。诗中李白以鸟雀无处容身为喻，黯然自伤。

[原文]

游莫逐炎洲①翠，栖莫近吴宫燕②。吴宫火起焚巢窠，炎洲逐翠遭网罗。萧条两翅蓬蒿③下，纵有鹰鹯(zhān)④奈若何！

[注释]

①炎洲：海南琼州，其地居大海之中，广袤数千里，四季炎热，故名炎洲，多产翡翠。②吴宫燕：巢于吴宫之燕。春秋吴都有东西宫。据汉袁康《越绝书·外传记·吴地传》载："西宫在长秋，周一里二十六步，秦始皇帝十一年，守宫者照燕，失火烧之。"后以"吴宫燕"比喻无辜受害者。③蓬蒿：蓬草和蒿草。亦泛指草丛，草莽。④鹯：古书中说的一种猛禽，似鹞鹰。

[诗解]

鸟儿们呀，千万不能到炎洲的翡翠堆里追逐玩耍，栖息千万不能接近吴宫的燕子窝。吴宫筑巢虽好，可经常会因为燕子引起大火烧毁你们的巢穴，炎洲翡翠虽然无比华丽，可经常会有人设下网罗捕捉你们。可怜的鸟儿只有扇动着两只疲惫的翅膀，在野外荒凉的蓬蒿乱草中找到一处容身之所。就算你是只雄鹰又能如何？还不是一样的命运。

野田黄雀行

魏·曹植

[题解]

建安二十四年（219），曹操借故杀了曹植亲信杨修，次年曹丕继位，又杀了曹植挚友丁氏兄弟。曹植身处动辄得咎的逆境，无力救助友人，深感愤懑，内心十分痛苦，只能写诗寄意。他苦于手中无权柄，故而在诗中塑造了一位“拔剑捎罗网”、拯救无辜者的少年侠士，借以表达自己的心曲。此诗开端，诗人以“高树多悲风，海水扬其波”的意象渲染出浓郁的悲剧气氛，隐喻当时政治形势的险恶；而少年拔剑捎网的形象则寄寓着诗人冲决罗网、一试身手的热切愿望。此诗意象高古，语言警策，急于有为的壮烈情怀跃然纸上。

兄逼弟曹植赋诗

曹丕称帝后，曹植不断受到猜忌和迫害。为给曹植治罪，曹丕要他“七步成诗”，幸曹植出口成诗，才挽救了自己的性命。

[原文]

高树多悲风，海水扬其波。利剑①不在掌，结友何须多？不见篱间雀，见鹞②自投罗。罗家③得雀喜，少年见雀悲。拔剑捎④罗网，黄雀得飞飞。飞飞摩苍天⑤，来下谢少年。

[注释]

①利剑：锋利的剑。这里比喻权力。②鹞：比鹰小一点的一种凶猛的鸟类。③罗家：设置罗网的人。④捎：挥击。⑤摩苍天：形容黄雀飞得很高。摩，迫近。

[诗解]

高高的树木不幸时常受到狂风的吹袭，平静的海面被吹得不住地波浪迭起。宝剑虽利却不在我的手掌之中，无援助之力而结交很多朋友又有何必要？你没有看见篱笆上面那可怜的黄雀，为躲避凶狠的鹞却又撞进了网里。张设罗网的人见到黄雀是多么欢喜，少年见到挣扎的黄雀不由心生怜惜。拔出利剑对着罗网用力挑去，黄雀才得以飞离那受难之地。振展双翅直飞上苍茫的高空，获救的黄雀又飞来向少年表示谢意。

[诗评]

格高才劲，且长于讽谕。

——刘勰《文心雕龙》

门有万里客行

魏·曹植

［题解］

这首诗写的是战乱中人们流亡四方的悲惨情状。

［原文］

门有万里客，问君何乡人。褰(qiān)裳①起从之，果得心所亲②。挽裳对我泣，太息③前自陈。本是朔方④士，今为吴越民。行行将复行，去去适⑤西秦。

［注释］

①褰裳：提起衣服。②心所亲：心中所思念的友人。③太息：同“叹息”。④朔方：汉郡名称。在今内蒙古及宁夏一带。⑤适：到。

［诗解］

门前有客人从远方万里而来，问我是哪里人。我提起衣服去寻访，果然找到了自己心中所思念的友人。他见到我很激动，挽着衣衫对我哭泣。叹息之后他便对我陈述起自己的经历。他本来自朔方，但从北边迁徙到了南方吴越，今天已是吴越之人了。但这迁徙的日子还没有结束，他还在不断迁徙，这次是要迁去西边的秦国了。

门有车马客行

晋·陆机

［题解］

《门有车马客行》多写问讯其客，或得故旧乡里，或驾自京师，备叙市朝迁谢，叙述亲友凋丧之意。陆机的这首诗写的是客人从故乡来，同乡相见之后，觉得岁月沧桑、人生易逝，有很多的人生感慨。

［原文］

门有车马客，驾言发故乡。念君久不归，濡迹①涉江湘。投袂②赴门涂③，揽衣④不及裳。拊(fǔ)膺⑤携客泣，掩泪⑥叙温凉。借问邦族⑦间，恻怆论存亡。亲友多零落，旧齿⑧

江东三后

陆机为三国时吴国名将陆逊之孙，他与弟陆云二人都有文名。陆机二十岁时，吴国被西晋灭亡，陆机、陆云兄弟和顾荣一起北上洛阳做官，时号“江东三后”。

皆凋丧。市朝⑨互迁易，城阙或丘荒。坟垄日月多，松柏郁茫茫⑩。天道信崇替⑪，人生安得长。慷慨惟平生，俯仰⑫独悲伤。

[注释]

①濡迹：留下踪迹。濡有沾湿的意思。②投袂：甩下衣袖。③赴门涂：赶出门口上路。④揽衣：整理一下衣服。⑤拊膺：拍打胸部。⑥掩泪：擦干。⑦邦族：乡国和宗族。⑧旧齿：故旧老人。⑨市朝：市集和朝堂。⑩郁茫茫：茂盛的一片。这里指坟墓剧增。⑪崇替：盛衰。⑫俯仰：顷刻之间，形容时间短暂。

[诗解]

门前有车马经过，这车马来自故乡。因为顾念我久久未回，所以他们远涉而来。我听说有客人从故乡来，赶快整理衣服出去相见。见到故乡旧友不禁感动得掉下泪来，亲手拉他进屋。擦干眼泪聊起了我离别家乡后彼此的境况。我问他现在乡国和宗族过得怎么样，他凄怆地告诉我自我别后的这些年发生了很大的变化。亲友也大都零落，不知迁徙到哪里去了，那些故旧的老人都已经去世。市集和朝堂都改变到了其他地方，以前很繁华的地方都已成为丘垄和荒地。坟墓越来越多了，坟地上的松柏也郁郁苍苍。天道还有盛衰，何况是人生呢？哪有久长的时候？想想我自己的人生，顷刻之间觉得无限悲伤。

门有车马客行

宋·鲍照

[题解]

这首诗是鲍照拟古乐府而作，写的是朋友惜别的感伤之情。

[原文]

门有车马客，问君何乡士。捷步①往相讯②，果得旧邻里。凄凄声中情，慊慊③增下俚④。语昔有故悲，论今无新喜。清晨相访慰，日暮不能已。欢戚竟寻叙，谈调何终止。辞端竟未究，忽唱分途始。前悲尚未弭⑤，后戚方复起。嘶⑥声盈我口，谈言在我耳。“手迹⑦可传心，愿尔笃行李⑧。”

[注释]

①捷步：快步。②讯：访问。③慊慊：凄苦忧愁的样子。④下俚：《下里巴人》，泛指俗曲。这里意为听到家乡声音心中悲凄，因此讲话也增加了不少家乡土话。⑤弭：停止。⑥嘶：凄楚哽咽。⑦手迹：指写信。⑧笃行李：指行路时保重。

[诗解]

门前有车马来，问我是哪里人。我快步赶上去访问，果然找到了自己的旧乡邻。听到家乡的声音心中悲凄，因此讲话中也增加了不少家乡土话。说到过去有旧的悲哀，谈到如今没有新的欢喜。清晨的时候出去相访老乡，到日暮降临还迟迟不肯回来。回忆往事，过去的欢乐和悲苦都一一叙述。我们之间总有说不完的话题。但人生终需一别，我们毕竟要中途分别。刚才的悲苦回忆还没有停止，又新添许多忧愁。在分别时，我不禁凄楚哽咽，对旧友说着一些分别保重的话：“记得以后常常写信过来，来表达你的心情，愿你前方行路好好保重。”

门有车马客行

唐·李白

[题解]

《门有车马客行》，乐府《相和歌辞》旧题。李白在这首诗里表达了自己被弃置不用的无奈与愤慨。

[原文]

门有车马客，金鞍曜朱轮。谓从丹霄①落，乃是故乡

亲。呼儿扫中堂，坐客论悲辛。对酒两不饮，停觞泪盈巾。叹我万里游，飘飖三十春。空谈帝王略，紫绶②不挂身。雄剑藏玉匣，阴符③生素尘。廓落④无所合，流离湘水滨。借问宗党⑤间，多为泉下人。生苦百战役，死托万鬼邻。北风扬胡沙，埋翳(yì)⑥周与秦。大运且如此，苍穹宁匪仁？恻怆竟何道，存亡任大钧⑦。

［注释］

①丹霄：指朝廷。②紫绶：紫色丝带。古代高级官员用它来系官印。③阴符：古兵书名。泛指兵书。④廓落：孤寂貌。⑤宗党：宗族，乡党。⑥埋翳：掩埋，掩盖。⑦大钧：指天或自然。

［诗解］

门前车马喧腾，有乘着朱轮金鞍的贵宾经过。他说他从朝廷而来，回归故乡，见到故乡的人感到亲切。我赶紧呼唤自己的小儿子打扫中堂招待客人，坐在一起共同谈论人生的悲辛。我们相对而坐，桌上的两杯酒还没饮尽，暂时停下酒杯就泪流满面了。我哀叹自己漂泊万里，已经三十年过去了。可怜我的半生，空谈王霸之略，却始终没有得到过朝廷的重用，从没做过朝廷重员。我的雄剑空藏在玉匣之中，已经很久没有用过了；兵书上浮满了灰尘，也好久没有人听我谈论这些用兵之策了。在朝廷中没有人和我的意见相同，我只得像屈原一样流离到湘水之滨。真正懂得我的知己，多已是泉下之人了。生来苦于百战，在征战中死去的人太多太多了，死去之后可以与万人做邻居。北风扬起胡沙，掩埋了周秦两朝。大王朝的命运尚且如此，何况是在茫茫苍穹间渺小的世人？心里无限伤感凄怆，又能说什么呢？就让一切顺其自然，存亡随从天意吧。

［诗评］

本瑟调曲曹植《门有万里客行》也。陆机、张华拟辞，大率言问讯其客，备叙市朝迁谢亲友凋丧之意。白辞同，而“空谈帝王略，紫绶不挂身”等语，微寓自叹，“胡沙埋翳周与秦”，亦咏其时事云。

——胡应麟《诗薮》

蜀道难

梁·萧纲

作者简介

萧纲（503–551），南朝梁简文帝，字世缵，梁武帝第三子。《南史·梁简文帝纪》记其有文集一百卷，其他著作六百余卷。存世的作品，经明代张溥辑为《梁简文集》，收入《汉魏六朝百三家集》。

[题解]

自汉魏以来，历代文人就在有关蜀道的作品中对其加以描写渲染。萧纲的《蜀道难》写了巫山一带的险峻地势，诗歌短小而凝练。

[原文]

巫山七百里，巴水①三回曲②。笛声下复高，猿啼断还续。

[注释]

①巴水：指巴地，在今天四川省。②三回曲：水流弯曲，长江在四川一带曲折颇多。三，不是确数，是约数，很多的意思。

[诗解]

巫山之大有七百里，巴水的水流弯曲，曲折颇多。行在巴水之上，不断有阵阵悠扬的笛声传来，声调时高时低，两岸的猿啼不断，断了还续。

蜀道难

唐·李白

[题解]

《蜀道难》，古乐府曲名，属《相和歌辞·瑟调曲》，古代诗人常用来描写蜀地道路的艰难。古蜀地本和中原隔绝，秦惠王灭蜀国，使张仪筑都城，置蜀郡。据说当时惠王许嫁五位美女于蜀王，蜀王派五位力士去迎接，回到梓潼，见一大蛇钻入山穴之中，五力士共掣蛇尾，把山拉倒，五力士被压死，五美女上山化为石，山也就成为五岭。这首诗大约是唐玄宗天宝初年，李白第一次到长安时写的。《蜀道难》是他袭用乐府古题，展开丰富的想象，着力描绘了秦蜀道路上奇丽惊险的山川，并从中透露了对社会的某些忧虑与关切。此诗风骚极致，以气行文，是李白的传世名作，也是中国诗歌史上最引人瞩目的奇构佳作之一。

蜀道难

李白的《蜀道难》，极力渲染“蜀道难，难于上青天”，想象奇丽，将山势的险峻和山路的崎岖写得极为形象。

［原文］

噫吁嚱[1]，危乎高哉！蜀道之难，难于上青天。蚕丛及鱼凫，开国何茫然[2]！尔来[3]四万八千岁[4]，不与秦塞[5]通人烟。西当太白有鸟道[6]，可以横绝峨眉巅[7]。地崩山摧壮士死，然后天梯石栈[8]相钩连。上有六龙回日之高标[9]，下有冲波逆折之回川[10]。黄鹤[11]之飞尚不得过，猿猱（náo）[12]欲度愁攀缘。青泥[13]何盘盘，百步九折[14]萦岩峦。扪参历井仰胁息[15]，以手抚膺[16]坐长叹。问君[17]西游何时还，畏途巉岩[18]不可攀。但见悲鸟号古木，雄飞雌从绕林间。又闻子规[19]啼夜月，愁空山[20]。蜀道之难，难于上青天，使人听此凋朱颜[21]。连峰去天不盈尺，枯松倒挂倚绝壁。飞湍瀑流争喧豗（huī）[22]，砯（pīng）[23]崖转石万壑雷。其险也若此，嗟[24]尔远道之人胡为[25]乎来哉！剑阁[26]峥嵘而崔嵬，一夫当关，万夫莫开。所守或匪亲[27]，化为狼与豺[28]。朝避猛虎，夕避长蛇。磨牙吮[29]血，杀人如麻。锦城[30]虽云乐，不如早还家。蜀道之难，难于上青天，侧身西望长咨（zī）嗟[31]。

[注释]

①噫吁嚱：惊叹声。蜀地方言。②"蚕丛"二句：扬雄《蜀王本纪》："蜀王之先，名蚕丛、柏濩、鱼凫、浦泽、开明……从开明上到蚕丛，积三万四千岁。"蚕丛、鱼凫，传说中古蜀国的两个国王。茫然，渺远的样子。③尔来：自从蚕丛、鱼凫开国以来。④四万八千岁：极言时间之长。⑤秦塞：塞，山川阻隔之处。秦中自古称四塞之国。⑥西当太白有鸟道：西当，西面对着。太白，山名，在今陕西眉县南，太白山在京城长安之西，故云"西当太白"。鸟道，极言山路险窄，仅能容鸟飞过。⑦"横绝"一句：横绝，横渡。峨眉，山名，在今四川省峨眉山县。巅，顶峰。⑧石栈：在悬崖上凿石架木而建成的栈道。⑨六龙回日之高标：古代神话，羲和驾着六条龙拉的车子，载着太阳在空中运行。六龙回日，是说羲和的车子到了这里也要从高峰旁边绕弯才能过去，形容山的高峻险阻。高标，山的最高峰。⑩回川：漩涡。⑪黄鹤：即黄鹄，善飞的大鸟，"鹤""鹄"相通。⑫猱：一种猿类动物，善于攀援。⑬青泥：岭名，在今甘肃徽县南，是由秦入蜀的必经之路。⑭百步九折：形容在极短的路程内，就要转许多弯。⑮扪参历井仰胁息：山高入天，竟至可以伸手摸到一路所见星辰。扪，摸。历，经过。参、井，两星宿名，据古代天文学家所说，秦属参宿的分野，蜀属井宿的分野，由井到参是由蜀入秦的星空。仰胁息，抬头就感到呼吸抑迫。⑯膺：胸口。⑰君：泛指入蜀的人。⑱巉岩：险峻的山岩。⑲子规：杜鹃，又名杜宇，蜀地最多的一种鸟，相传为古蜀望帝魂魄所化，啼声哀婉动人，似"不如归去"。⑳愁空山：愁于空山之中，行人在空山之中听到子规哀啼而发愁。㉑凋朱颜：青春容颜为之黯淡。㉒飞湍瀑流争喧豗：意思是山上的瀑布和山下的激流发出巨大的声响。喧豗，哄闹声。㉓砯：撞击声，这里是撞击的意思。㉔嗟：叹词，相当于"唉"。㉕胡为：即为胡，为什么。㉖剑阁：在今四川剑阁北，即大剑山和小剑山之间的一条栈道，又名剑门关。㉗或匪亲：假若不是可靠的人。㉘狼与豺：指残害人民的叛乱者。后"猛虎"、"长蛇"意思相同。㉙吮：吸。㉚锦城：锦官城，成都的别称。成都以产锦著名，古代曾设官专理，故称锦官城。㉛长咨嗟：长叹息。

[诗解]

哎呀，多么危险，多么高峻！蜀道难行简直难于上青天。传说中蚕丛和鱼凫建立了蜀国，开国的年代实在久远无法详谈。自从那时至今约有四万八千年，秦蜀被秦岭所阻从不沟通往返。西边太白山有只有飞鸟能过的小道，从那小路走可横渡峨眉山顶端。山崩地裂，蜀国五壮士被压死了，两地才有天梯栈道开始相通连。你看那突兀而立的高山，高峰接天，挡住了太阳神的运行；山下则是冲波激浪、曲折回旋的河川。善于高飞的黄鹤尚且无法飞过，即使猢狲要想翻过也愁于攀援。青泥岭多么曲折绕着山峦盘旋，百步之内萦绕岩峦转九个弯。可以摸到参星、井星，叫人仰首屏息；用手抚胸不已，徒来长叹。好朋友啊，请问你西游何时回还？可怕的巉岩山道实在难以登攀！只见那悲鸟在古树上哀鸣啼叫，雄雌相随飞翔在原始森林之间。月夜听到的是杜鹃悲惨的啼声，空谷传响，充满哀愁，使人闻声失色，更觉蜀道之难。蜀道难走啊，简直难于上青天，叫人听到这些怎么不脸色突变？山峰座座相连离天还不到一尺，枯松老枝倒挂倚贴在绝壁之间。漩涡飞转瀑布飞泻争相喧闹着，水石相击转动像万壑鸣雷一般。那去处恶劣艰险到了这种地步，你这个远方而来的客人，为什么要来到这个地方？剑阁那地方崇峻巍峨高入云端，只要一人把守，千军万马也难攻占。驻守的官员若不是皇家的近亲，难免要变为豺狼，据此为非造反。清晨你要提心吊胆地躲避猛虎，傍晚你要警觉防范长蛇的灾难。豺狼虎豹磨牙吮血真叫人不安，毒蛇猛兽杀人如麻令你胆寒。锦官城虽然说是快乐的所在，但如此险恶还不如早早地把家还。蜀道太难走啊，简直难于上青天，侧身西望令人不免感慨与长叹！

白头吟

汉·卓文君

[题解]

《古今乐录》曰："王僧虔《技录》曰：《白头吟行》歌古'皑如山上雪'篇。"《西京杂记》曰："司马相如将聘茂陵人女为妾，卓文君作《白头吟》以自绝，相如乃止。"《乐府解题》曰："古辞云：'皑如山上雪，皎若云间月。'又云：'愿得一心人，白头不相离。'始言良人有两意，故来与之相决绝。次言别于沟水之上，叙其本情。终言男儿重意气，何用于钱刀。若宋鲍照'直如朱丝绳'，陈张正见'平生怀直道'，唐虞世南'气如幽径兰'，皆自伤清直芬馥，而遭铄金玷玉之谤，君恩以薄，与古文近焉。"一说云：《白头吟》疾人相知，以新间旧，不能至于白首，故以为名。唐元稹又有《决绝词》，亦出于此。

[原文]

皑①如山上雪，皎②若云间月。闻君有两意③，故来相决绝。今日斗酒会，明旦沟水头。躞蹀(xiè dié)④御沟⑤上，沟水东西

流[6]。凄凄复凄凄，嫁娶不需啼。愿得一心人，白头不相离。竹竿何袅袅[7]，鱼尾何簁(shāi)簁[8]，男儿重意气，何用钱刀[9]为！

卓文君

相传《白头吟》为卓文君所作。卓文君是蜀中富商卓王孙的女儿，新寡后，爱慕司马相如，于是不顾父亲的反对，离家出奔。二人当垆卖酒，卓王孙以此为耻。

［注释］

①皑：白。②皎：明亮。③两意：就是二心（和下文“一心”相对），指情变。④躞蹀：小步慢走的样子。⑤御沟：流经宫禁的河沟。⑥沟水东西流：比喻二人分手，各奔一方。这是设想别后在沟边独行，过去的爱情生活将如沟水东流，一去不返。⑦袅袅：形容竹竿细长颤动的样子。这里用隐语表示男女相爱的幸福。⑧簁簁：形容鱼尾摆动的样子。在中国歌谣里钓鱼是男女求偶的象征隐语。⑨钱刀：指钱。古代货币有铸为刀形的。

［诗解］

想起二人过去一起共度的美好时光，像山上的雪那样纯洁，像云间的月那样明亮。我们信誓旦旦，约定终生相守。听到你有二心，对我的情感发生了改变，所以特来与你相诀。今天置酒为最后的聚会，明早我们就在沟边分手。我们在御沟边缓步而行，沟水分别向东西两个方向流淌。凄凄惨惨，又有女子要出嫁了。嫁女不须啼哭，只要嫁得“一心人”，白头到老，别和我一样那就好了。那样就会感受相爱的幸福。男儿向来是注重感情恩义的，相爱又怎会用钱来衡量感情呢？

白头吟

南朝宋·鲍照

［题解］

这首诗是诗人的不平之声，写正直之士清如玉壶，但却不能容于世。诗人写这首诗表达了自己有才而不被用，遭受谗言，难以施展自己的抱负，难以有所作为的悲愤之情。

［原文］

直如朱丝绳，清如玉壶冰。何惭宿昔意，猜恨坐相仍①。人情贱恩旧，世义逐衰兴。毫发一为瑕②，丘山不可胜。食苗实硕鼠③，点④白信苍蝇。凫鹄⑤远成美，薪刍⑥前见凌。申⑦黜褒女⑧进，班⑨去赵姬⑩升。周王日沦惑⑪，汉帝益嗟称⑫。心赏⑬固难恃，貌恭岂易凭⑭。古来共如此，非君独抚膺⑮。

［注释］

①仍：频繁，一再发生。②瑕：玉上的瑕疵，斑点。③硕鼠：大老鼠。这里用的是《诗经·硕鼠》中的语句。④点：同“玷”。这里用的是《诗经·青蝇》中的语句：“营营青蝇，止于樊。岂弟君子，无信谗言。”⑤凫鹄：野鸭和黄鹄。⑥薪刍：柴草。这里是说君王用人好像堆柴草，后来者居上。⑦申：指周幽王的申后。⑧褒女：褒姒，周幽王因为宠爱她而废掉了申后。⑨班：班婕妤，汉成帝的妃子。⑩赵姬：赵飞燕，汉成帝因宠爱赵飞燕而疏远班婕妤。⑪沦惑：迷误。⑫嗟称：叹息。⑬心赏：心中赞赏，欣赏。⑭貌恭岂易凭：外表恭敬的人不可轻易相信。⑮抚膺：抚胸叹息以表示愤慨。

［诗解］

志士如红色的丝绳那样正直，如玉壶冰那样高洁清廉。怎奈惭愧的是自己以前的意气都已经消散，只有无限的遗憾不断跟随着自己。人们多不念旧恩，世情就是这样，一旦你衰败，没人会帮扶你。人在失势以后，即使只有那么一丝一毫的缺点，哪怕是有大如丘山那样的功绩，也不能被包容。那些小人就像食苗的硕鼠一样卑鄙，他们蝇营狗苟，像苍蝇那样巧于辞令，妄进谗言。野鸭有五种美德，但仍被宰杀，黄鹄有害无益，却因一举千里，被视为珍禽。帝王用人就像堆柴草一样，不辨忠信，后来者居上。这真让人痛心！周幽王因为宠爱褒姒而废掉了申后，汉成帝因宠爱赵飞燕而疏远了班婕妤。周幽王日益昏惑，汉成帝做的事情也令人叹息不已。心中赞赏的人都难以自恃，难以保全，更何况那些外表恭敬的人呢？他们没有什么可以凭借的。宠疏自古以来都是这样，不是唯独你这样的志士才抚胸叹息，感到无限愤慨！

代白头吟

唐·刘希夷

作者简介

刘希夷，唐代诗人，一名庭芝，字延之（一作庭芝），汝州（今河南临汝）人。上元进士，善弹琵琶，少有文华，落魄不拘常格，后为人所害，死时年未三十。原有集，已失传。其诗以歌行见长，多写闺情，辞意柔婉华丽，且多感伤情调。《代白头吟》有“年年岁岁花相似，岁岁年年人不同”句，相传其舅宋之问欲据为己有，刘希夷不允，宋之问竟遣人用土囊将他压死。

[题解]

这是一首拟古乐府，《白头吟》是汉乐府《相和歌辞·楚调曲》旧题，古辞写女子毅然与负心男子决裂。刘希夷这首诗则从女子写到老翁，咏叹青春易逝、富贵无常，进而抒发人生短促、红颜易老的感慨；后半写白头老翁遭遇沦落，抒发世事变迁、富贵无常的感慨。构思独特，抒情婉转，语言优美，音韵和谐，艺术性较高，在初唐即受推崇，历来传为名篇。

[原文]

洛阳城东桃李花，飞来飞去落谁家？洛阳女儿惜颜色，行逢落花长叹息。今年花落颜色改，明年花开复谁在？已见松柏摧为薪①，更闻桑田变成海②。古人无复洛城东，今人还对落花风。年年岁岁花相似，岁岁年年人不同。寄言全盛红颜子，须怜半死白头翁。此翁白头真可怜，伊昔红颜美少年。公子王孙芳树下，清歌妙舞落花前③。光禄④池台文锦绣⑤，将军⑥楼阁画神仙。一朝卧病无人识，三春行乐在谁边？宛转蛾眉⑦能几时，须臾白发乱如丝。但看旧

来歌舞地，唯有黄昏鸟雀悲。

[注释]

①松柏摧为薪：松柏被砍伐做柴薪。《古诗十九首》："古墓犁为田，松柏摧为薪。" ②桑田变成海：《神仙传》："麻姑谓王方平曰：'接待以来，已见东海三为桑田'。" ③清歌妙舞落花前：白头翁年轻时曾和公子王孙在树下花前共赏清歌妙舞。④光禄：光禄勋。用东汉马援之子马防的典故。《后汉书·马援传》载，马防在汉章帝时拜光禄勋，生活很奢侈。⑤文锦绣：指以锦绣装饰池台中物。⑥将军：指东汉贵戚梁冀，他曾为大将军。《后汉书·梁冀传》载，梁冀大兴土木，建造府宅。白头翁昔年曾出入权势之家，过着豪华的生活。⑦宛转蛾眉：本为年轻女子的面部妆容，此代指青春年华。

[诗解]

洛阳城东的桃花李花，飞来飞去飘落到谁家了呢？在这落花飘坠的季节，洛阳女儿不禁见落花而伤心叹息。今年花落，自己的容颜也渐渐老去，明年花开的时候会有谁来欣赏呢？大自然是永恒的，沧海变桑田已经运行了几千年。但人生却很短暂，古人已经不在了。今人面对着古人曾经站立过的地方，不禁感慨万千。年年岁岁花是相似的，而岁岁年年人却不同。对那些红颜女子来说，她们的未来不免是白头老翁的今日，白头老翁的往昔即是红颜女子的今日。此翁往昔是一红颜美少年，年轻时曾和公子王孙在树下花前共赏轻歌曼舞。他那时生活很奢侈，以锦绣装饰池台中的物品。白头翁昔年也曾出入权势之家，过着豪华的生活。但一朝卧病就无人相识了，三春行乐也随之而去。青春年华能有几时，转瞬就会逝去，须臾就会老去，白发苍苍。回首看年轻时曾经歌舞的地方，只有鸟雀在黄昏悲鸣。

[诗评]

诗的前半部分（十二句）写洛阳女儿见花落而感伤，抒发青春易逝之悲；后半（十四句）写白头翁由青春到年老的经历，倾吐人生短暂、富贵无常的感慨。诗中欢乐与悲哀交织，一昂一低，大起大落，构思极其独特，情思宛转，音韵和谐、流畅、优美。诗中告诫人们：青春和富贵都不是永恒的，谁都有衰老之时。诗中蕴含一个生命哲理：宇宙万物时刻在变化，人生短暂，红颜易逝，富贵难久，世事无常。

——倪其心

白头吟

唐·李白

[题解]

《白头吟》，传说最初为卓文君所作。司马相如要娶茂陵的女子为妾，卓文君作《白头吟》以自绝，相如才停止纳茂陵女为妾。李白在这首诗里借女子的失宠来抒发自己不得志的情怀。

[原文]

锦水①东北流，波荡双鸳鸯。雄巢汉②宫树，雌弄秦草芳。宁同万死碎绮翼③，不忍云间两分张④。此时阿娇⑤正娇妒，独坐长门愁日暮。但愿君恩顾妾深，岂惜黄金买词赋？相如作赋得黄金，丈夫好新多异心。一朝将聘茂陵女，文君因赠《白头吟》。东流不作西归水⑥，落花辞条归故林⑦。兔丝⑧固无情，随风任颠倒。谁使女萝⑨枝，而来强萦抱。两草犹一心，人心不如草。莫卷龙须席⑩，从他生网丝⑪。且留琥珀枕，或有梦来时。覆水再收岂满杯？弃妾已去难重回。古来得意不相负，只今唯见青陵台⑫。

独坐长门愁日暮

陈后又名阿娇，为汉武帝的皇后，是“金屋藏娇”故事的女主角。她被废后，居长门宫，天天在寂寞清冷中度过。据说她为了重新得宠，曾出千金请司马相如写《长门赋》，向皇帝陈情。南宋辛弃疾的词句“千金纵买相如赋，默默此情谁诉”，即是用此典故。

[注释]

①锦水：锦江，在今四川成都南。②汉：指长安一带。③绮翼：鸳鸯美丽的翅膀。④分张：分离。⑤阿娇：指汉武帝陈皇后。陈皇后失宠，退居长门宫，愁闷悲思，请司马相如作了一首《长门赋》以表自己的

悲伤之情。⑥东流不作西归水：用“不见东流水，何时复归西”的语意。⑦归故林：重返故林。⑧兔丝：即菟丝，一种寄生植物，茎细如丝，寄生缠绕在其他植物上。⑨女萝：菟丝有时缠在女萝上，比喻男女的爱情。⑩龙须席：用龙须草编织的席子。⑪从他生网丝：任它生蛛网。⑫青陵台：战国时宋康王所筑造。在今河南商丘。康王的舍人韩凭的妻子何氏长得貌美出众，被康王所夺，夫妻二人先后自杀。康王非常愤怒，把他们分开埋葬，后来两人的坟上长出连理枝，根交于下，枝错于上，人称相思树。树上有鸳鸯一对，交颈悲鸣，音声感人。

[诗解]

锦江之水潺潺流向远方，水波荡漾，一对鸳鸯在水波荡漾处快乐相伴。它们虽然来自不同的地方，一个家在长安，一个家在芳草弥漫处，但彼此心心相许，宁愿共死也不忍分离。此时阿娇失宠了，长门宫前无限凄凉，她常常愁苦地独坐到天黑。但愿汉武帝还能够顾念往日的恩情，为了这，又岂会顾惜黄金不让司马相如为自己作赋呢？相如作赋得到了黄金，就喜新厌旧，对卓文君怀有异心了。他要聘茂陵一女子为妾，卓文君十分伤心，作《白头吟》以相赠。从来没有见过东流之水返回西去的，凋零落败的花朵终会重返故林。菟丝本就无情，任风倾倒，但却紧紧地缠在女萝上，与它萦抱在一起。自然界的两草尚且如此，人心却不如草那样执着坚定。不要把龙须席子卷起来，任它落满灰尘，生满蛛网。暂且留着琥珀枕头，或许彼此还会有相梦的时候。覆水难收，弃妾难以重回。自古以来，至死不相负的爱情，只有青陵台的韩凭及其妻子何氏。

[诗评]

太白诗固多寄托，然必欲事事牵合，谓此指废王皇后事，殊支离也。

——沈德潜《唐诗别裁》

梁甫吟

晋·陆机

[题解]

梁甫是个地名，为泰山脚下一小丘，古人死后多葬于梁甫山，遂赋予《梁甫吟》悲凉的葬歌体特征。这首诗中陆机是在感叹岁月的流逝，人生的短促，虽然行为正直，仍然不免有种种忧患。

[原文]

玉衡①固已骖②，羲和③若飞凌④。四运⑤寻环转，寒暑

自相承⑥。冉冉⑦年时暮，迢迢天路⑧征。招摇⑨东北指，大火西南升⑩。悲风无绝响，玄云互相仍⑪。丰水凭川结，零露弥天凝。年命特相逝，庆云⑫鲜克乘。履信⑬多愆（qiān）期，思顺焉足凭⑭。慷慨临川响⑮，非此孰为兴。哀吟梁甫巅，慷慨独抚膺。

［注释］

①玉衡：北斗七星的第五星。这里代指斗柄，北斗的柄随着时节的变换而改变方向。②骖：驾三匹马。③羲和：日神，这里指太阳。④凌：升高。⑤四运：指四季。⑥承：接替。⑦冉冉：逐渐。⑧天路：天象的运行。⑨招摇：北斗第七星。招摇指向东北，时节是农历二月。⑩大火西南升：大火星从西南方升起。这里是指世界变换迅速。⑪仍：接连不断。⑫庆云：一种吉祥的云气。⑬履信：实行忠信的道理。⑭思顺焉足凭：按正道而行却又哪能靠得住。⑮临川响：指孔子在水边的叹息。

［诗解］

时节在变换，北斗星的斗柄改变了其所指的方向，太阳也好像飞到了高空。四季在循环运转，寒暑相互接替。现在的年时和日暮，就是天象运行的明证。刚才招摇星还指向东北，时值二月，转瞬大火星就从西南升起，到了秋季。悲风一直在吹，没有停歇的时候，乌云一直在接连不断地飘飞。到了冬季水面都结冰了，天气十分寒冷，露水都凝结了。人生的岁月只管逝去，祥瑞的云彩很少被人乘坐使人得以升仙。想按正道而行，实行忠信哪能靠得住呢？孔子在水边的叹息“逝者如斯夫，不舍昼夜”，不就是感慨人生短促而发的吗？在梁甫山顶上想到这些，我不禁也悲愤地抚膺叹息。

梁甫吟

唐·李白

［题解］

《梁甫吟》是古代用作葬歌的一支民间曲调，音调悲切凄苦。古辞今已不传，宋郭茂倩《乐府诗集》收有诸葛亮所作一首，写春秋时齐相晏子“二桃杀三士”事，通过对死者的伤悼，谴责谗言害贤的阴谋。李白这首也有“力排南山三壮士，齐相杀之费二桃”之句，显然是沿用了诸葛亮那首的立意。这首诗大概写于天宝三载（744），李白“赐金放还”，刚离开长安之时。作者通过吕尚、郦食其等人的故事和一些神话传说，表达遭受挫折的愤懑以及期盼明君知己的愿望。全诗纵横跌宕，变幻惝恍，淋漓悲壮，是李白的代表作之一。

吕　尚

吕尚即姜太公，他姓姜，名尚，字子牙，因封地在吕，故称吕尚。他大半生都在潦倒中度过，曾在渭水边钓鱼。直到八十岁时，吕尚才遇周文王，才得以施展自己的才华，他后来又辅佐武王灭了商纣王。

［原文］

长啸[1]《梁甫吟》[2]，何时见阳春[3]？君不见，朝歌屠叟辞棘津[4]，八十西来钓渭滨！宁羞白发照渌水，逢时壮气思经纶[5]。广张三千六百钩，风雅暗与文王亲[6]。大贤[7]虎变[8]愚不测，当年颇似寻常人。君不见，高阳酒徒起草中，长揖山东隆准公！入门不拜骋雄辩，两女辍洗来趋风[9]。东下齐城七十二[10]，指麾楚汉如旋蓬[11]。狂生落拓尚如此，何况壮士当群雄[12]！我欲攀龙[13]见明主，雷公砰訇(hōng)[14]震天鼓。帝旁投壶[15]多玉女。三时大笑开电光，倏烁晦冥起风雨[16]。阊阖九门不可通，以额叩关阍(hūn)者怒[17]。白日不照吾精诚，杞国无事忧天倾[18]。猰(yà)貐(yǔ)[19]磨牙竞人肉，驺(zōu)虞[20]不折生草茎。手接飞猱搏雕虎，侧足焦原未言苦[21]。智者可卷愚者豪，世人见我轻鸿毛[22]。力排南山三壮士，齐相杀之费二桃[23]。吴楚弄兵无剧孟，亚夫咍尔为徒劳[24]。梁甫吟，声正悲。张公两龙剑，神物合有时[25]。风云感会起屠钓，大人屼(wù)屼当安之[26]。

[注释]

①长啸：吟唱。②《梁甫吟》：亦作《梁父吟》，属乐府《相和歌辞·楚调曲》，声调悲凉。梁甫，又名梁父，泰山下的小山，古时死人丛葬的地方。③阳春：阳光明媚的春天。这里喻指光明。④棘津：在今河南延津东北。相传吕尚五十岁时曾在棘津当小贩，七十岁时在朝歌宰牛，八十岁时西行在渭河边钓鱼，九十岁时遇到周文王被重用。⑤“宁羞”二句：吕尚不以白发垂钓为羞，坚持在渭河边钓鱼，相信总有一天能够发挥自己治理国家的才能。经纶，整理丝线，喻治理国家大事。⑥“广张”二句：吕尚所以终为周文王所赏识，是因他的政见与文王暗合。广张，指每天设置钓具。三千六百钓，指吕尚在渭河边垂钓十年，共三千六百日。风期，风度。这里引申为谋略。⑦大贤：指吕尚。⑧虎变：指更新后的老虎皮毛所发出的光彩。《易经·革卦》有“大人虎变”之句，比喻有雄才大略的人，行动变化莫测，骤然得志，非常人所能料。⑨“高阳”四句：是叙郦生见刘邦的情况。高阳酒徒，西汉人郦食其的自称。起草中，喻出身微贱。长揖，古时不分尊卑的相见礼，自上而下，拱手行礼。隆，高。准，鼻子。隆准公，指刘邦。据《史记·高祖本纪》记载：刘邦“隆准而龙颜”。骋，发挥。趋风，疾行如风。据《史记·郦生陆贾列传》记载，郦食其好读书，家贫落魄，被称为狂生。刘邦行军过陈留时，郦食其到军门求见，正逢刘邦坐在床上叫两个侍女替他洗脚，听说郦是儒生打扮，拒不接见。郦食其怒向守门人说：“我是高阳酒徒，并非儒生。”刘邦于是请他相见。见面时，他长揖不拜，并责备刘邦说：“你既然要起兵讨秦，就不该对长者如此无礼。”刘邦听后立即停止洗脚，以礼相待。⑩东下齐城七十二：据《史记·郦生陆贾列传》记载，楚、汉在荥阳、成皋一带相持时，郦生建议刘邦联齐孤立项羽。他受命到齐国游说，齐王田广表示愿以所辖七十余城归汉。⑪旋蓬：在空中飘旋的蓬草，这里形容轻而易举。⑫“狂生”二句：穷困失意的郦食其尚且能如此，何况我是个足抵群雄的壮士。狂生，指郦食其。⑬攀龙：据《后汉书·光武帝纪》记载，耿纯对刘秀说：“天下士大夫所以跟随大王（指刘秀）南征北战，本来是希望攀龙鳞，附凤翼，以成就功名。”后人因以“攀龙附凤”比喻依附帝王建立功业。⑭砰訇：形容声音宏大。⑮投壶：古时宴会时的娱乐活动，大家轮流把箭投入壶中，投中少者须罚酒。⑯“三时”二句：指权奸和宦官弄权，朝廷政令无常。三时，指春、夏、秋三个季节。大笑，指天笑，古人称不雨而有闪电为天笑。倏烁，电光闪动的样子。晦冥，昏暗。⑰“阊阖”二句：指唐玄宗昏庸无道，宠信奸佞，使有才能的人报国无门。阊阖，神话中的天门。叩关，敲门。阍者，指看守天门的人。⑱“白日”二句：皇帝不理解我的忧国之心，这样我岂不是同杞人忧天倾一样。相传古代杞国有人害怕天掉下来，无处藏身，愁得不吃不睡，

见《列子·天瑞》。⑲猰貐：古代神话中一种吃人的野兽，这里比喻阴险凶恶的人物。⑳驺虞：古代神话中一种白质黑纹的虎，不伤人畜，不践踏生草。这里李白以驺虞自比，表示不与猰貐样的人同流合污。㉑“手接”二句：我一手抓住猕猴，一手与猛虎搏斗，即使站在别人不敢正立的焦原上也不以为险。这里表明自己有才能和勇气，经得起艰难险阻的考验。接，执、抓住。雕虎，毛色斑斓的猛虎。侧足，指因恐惧而不敢正立。焦原，传说春秋时，莒国有一块宽五十步的大石，名叫焦原，下有百丈深渊，只有无畏的人才敢站上去。㉒“智者”二句：有智慧的人受到压抑，而愚蠢庸俗的人反而骄横一时，因此世俗的人把我看得比鸿毛还轻。可，却。卷，曲。这里指政治抱负不得施展。豪，骄横。㉓“力排”二句：据《晏子春秋·谏下二》记载，齐景公手下有公孙接、田开疆、古冶子三勇士，有一次得罪了相国晏婴。晏婴便向齐景公建议除掉他们。他要景公给三人送去两只桃子，要他们自己比较功劳的大小，功劳大的可以吃桃子。公孙接、田开疆叙功后先拿了桃子，古冶子认为自己的功劳比他们二人大得多，要他们把桃子拿回来。于是二人羞愧自杀，古冶子觉得对不起他们也自杀了。㉔“吴楚”二句：剧孟自比，暗示不被重用。剧孟，西汉洛阳（今河南洛阳）人，以任侠闻名。亚夫，周亚夫，汉景帝时名将，沛县（今江苏沛县）人，曾任太尉，后任丞相。咍，讥笑。尔，指反叛的吴、楚七国。吴楚弄兵无剧孟，据《史记·游侠列传》记载：汉景帝时，以吴王刘濞为首的吴、楚七国诸侯起兵叛汉，景帝派周亚夫领兵去平乱。当周亚夫到达河南时，找到了剧孟，便高兴地说：“吴楚七国反叛，不用剧孟，可见他们必然失败。”㉕“张公”二句：表示相信自己的才能总有一天会得到施展。相传西晋时丰城县令雷焕，在丰城掘地得到一个石制的剑匣，中有双剑，即古代有名的宝剑干将和莫邪，他把干将给了张华，莫邪留着自佩。后来张华犯罪被杀，干将就此失踪。雷焕死后，他的儿子雷华有一天带着莫邪经过延平津（在今福建南平东），突然，剑从腰间跳进水中，过一会，只见水上出现两条蛟龙。原来那把干将就在水中，莫邪入水是去和它会合的。两条龙就是两把宝剑的化身（见《晋书·张华传》）。㉖“风云”二句：从事屠宰、钓鱼的吕尚还有风云际会之时，有才能的人虽暂时处境困厄，仍应该耐心等待。这里是作者的自励。风云感会，即风云际会。古人认为云从龙，风从虎，常以风云际会形容君臣相得，成就大业。大人，指有才干的人。屼屼，危险，不安。

［诗解］

吟唱《梁甫吟》，什么时候才能看到光明？你没有看见吕尚在棘津居住，八十岁时到渭河边钓鱼为求重用吗？他不以白发垂钓为耻，坚信有朝一日可以发挥自己的才能。吕尚在渭河边整整钓了十年鱼，最终因自己的政见与周文王相合而被重用。像吕尚这样有才能的人一旦被任用便大展宏图，谁能想到他当年与普通人一样呢？你没有看见郦食其虽出身卑微，但见到刘邦只是长揖而不跪吗？进门之后不跪拜只是一阵雄辩，刘邦为其折服而对其以礼相待。他凭借三寸不烂之舌，攻下了齐国七十二座城，轻而易举地指挥刘邦和项羽。穷困失意的郦食其尚能如此，何况我是个足抵群雄的壮士呢？我希望依附帝王建立功业，雷神将雷声传遍天空。皇帝与姬嫔们忙着宴饮娱乐。权奸和宦官专权，朝廷政令无常。天门道道都不开放，用头去敲门却激怒了守门的人。白天的光芒也无法照出我的一片赤诚，杞国人无所事事只担心天会掉下来。猰貐磨牙争吃人肉，驺虞连草木都不忍心破坏。我一手抓住猕猴，一手与猛虎搏斗，就算站在他人不敢站立的焦原上也不以为险。有智慧的人受到压制，而愚蠢庸俗的人反而骄横一时，因此世俗之人将我看得比鸿毛还轻。努力除去南山三位壮士，晏子只用了两个桃子。吴楚军中没有剧孟那样的人，周亚夫讥笑他们空忙一场。梁甫吟，悲声重。干将和莫邪两把宝剑终有时机相会。从事屠宰、钓鱼行业的吕尚还有风云际会之时，有才能的人虽暂时处境困厄，只要耐心等待，自然会遇到时机。

［诗评］

长篇不失古意，此极难。将诸葛亮旧词二桃三士攛入夹点，局阵奇绝。

——王夫之

东武吟

唐·李白

［题解］

《东武吟》，乐府《相和歌辞》旧题。这首诗描写了李白曾伴随皇帝左右、风光无限的昔日时光和今日的冷落无依，表达了希望辅佐明主、建功立业的热切愿望，以及他对现实中不得志的无奈之情。

［原文］

好古笑流俗①，素闻贤达②风。方希佐明主，长揖辞成功。白日在高天，回光烛微躬③。恭承凤凰诏④，歘(xū)⑤起云萝中⑥。清切⑦紫霄⑧迥，优游丹禁⑨通。君王赐颜色，声价凌烟虹。乘舆拥翠盖，扈从⑩金城⑪东。宝马丽绝⑫景，锦衣入新丰⑬。倚岩望松雪，对酒鸣丝桐。因学扬子云，献

赋甘泉宫。天书美片善，清芬[14]播无穷。归来入咸阳，谈笑皆王公。一朝去金马[15]，飘落成飞蓬。宾友日疏散，玉樽亦已空。才力犹可倚，不惭世上雄。闲作《东武吟》，曲尽情未终。书此谢知己，吾寻黄绮翁[16]。

商山四皓

商山四皓是汉高祖时的隐士，四人为东园公、甪里先生、绮里季、夏黄公。刘邦曾有意废太子刘盈立赵王如意，太子的母亲吕后听从张良的建议，请商山四皓出山，为太子说话，刘邦这才取消了废立太子的念头。

［注释］

①流俗：流行的习俗。②贤达：指有才德、声望的人士。③微躬：自谦。④凤凰诏：指皇帝的诏书。⑤欻：忽然。⑥云萝中：指草野间，隐者所居住的地方。⑦清切：清贵而接近天子。⑧紫霄：帝王的居处。⑨丹禁：帝王宫禁。⑩扈从：随从皇帝出行。⑪金城：指长安。⑫绝景：绝美的风景。⑬新丰：古代县名。唐朝的温泉宫在此。⑭清芬：好名声。⑮金马：代指唐代的翰林院。⑯黄绮翁：指商山四皓。

［诗解］

十分喜好古风，常常嘲笑流俗的轻薄，我向来就受到有才德、有声望的人士的熏陶，目睹了贤达之士的风采。特别希望能够辅佐明主，建立一番功业后归隐山林，过着一种悠游的日子。终于有了这样的机会，太阳的光辉终于照耀在我的身上。我恭敬地承奉了皇帝的诏命，突然就从隐居之地出山了。能进入宫廷接近天子，能目睹帝王居处的高迥雄伟，还能够进入帝王的禁宫，那是皇帝对我的厚待啊！因为受到了君王的宠赐，所以我的声价倍高。威风地乘着有翠羽装饰的华盖的车子，随从皇帝长安出游。骑在宝马上，沿途看不尽绝美景色，穿着锦衣随皇帝到了新丰温泉宫。温泉宫的景色真是别有一番天地。高高的劲松挺立，还有美酒和听不厌、看不尽的美妙歌舞。面对如此的良辰美景，我也不禁学习扬雄，向皇帝献赋甘泉宫一首。文章写得很好，为我传播了声名。归来后入咸阳，在朝廷上谈笑的人都是些王公贵族。一旦离开了翰林院，就会如飞蓬般飘落无依。先前围绕在自己身边的宾客渐渐地散去了，玉樽里再也没有了美酒，时常空着。我自认为，自己的才力是可以和天下间的英豪相比的。闲来作了首《东武吟》，曲尽了但情还没终了。写这首诗是为了酬谢知己，我将去深山中寻找商山四皓的影踪。

［诗评］

此诗乃太白放黜之后，作此以别知己者。抱材于世，始遇而卒不合，见知而不见用。眷恋不忘之意悠悠然见于辞外，亦可慨叹也已。

——萧立之《冰涯诗集》

王昭君二首

唐·李白

［题解］

《王昭君》，乐府旧题，属于《相和歌辞》。汉元帝时，后宫嫔妃众多，就命画工给后宫佳丽画像，按图召幸。于是很多宫女都贿赂画工，为了让画工把自己画得美些，以得到皇帝的召幸。王昭君不肯贿赂画工，画工就把她的样貌画得很丑，所以她一直得不到皇帝的召宠。匈奴派使者来汉朝求美女和亲，王昭君画像丑陋，被选中远嫁匈奴。出嫁前入宫辞别汉元帝，昭君光彩照人，惊动左右。汉元帝悔恨不及，但考虑不能失信于匈奴，无可奈何。后追究画工失责，将画工毛延寿等处死。汉人怜昭君远嫁，为她作歌诗，题名曰《王昭君》。

其一

［原文］

汉家秦地月，流影照①明妃。一上玉关道②，天涯去不归。汉月还从东海出，明妃西嫁无来日。燕支③长寒雪作花，蛾眉④憔悴没胡沙。生乏黄金枉图画⑤，死留青冢⑥使人嗟。

［注释］

①照：照耀，相送。②玉关道：玉门关。在今甘肃敦煌西北。③燕支：指焉支山，在今甘肃永昌东南。④蛾眉：美女的代称。⑤枉图画：被图画冤枉，

这里指画工把王昭君画得很丑。⑥青冢：指王昭君墓。相传她的墓上草色常青，在今内蒙古呼和浩特市。

[诗解]

秦时的月光洒在汉代的大地上，苍茫天地间唯有月亮的流影与王昭君相随。她从此便走出了玉门关，将在遥远的胡地生活，远在天涯再也没有归来之日了。汉月还从东面升起，但西行远嫁的王昭君再也没有归来之时了。焉支山外凄冷无比，常年飘雪，一个绝代美丽的女子就这样在荒漠的胡地而容颜憔悴，老死他乡，怎不令人感伤！就因为她缺乏黄金没有贿赂画工，所以始终没有得到皇帝的召幸，从此便注定了这悲剧的命运。死后，她的坟墓留在他乡异地，怎能不使人嗟叹不已！

其 二

[原文]

昭君拂玉鞍①，上马啼红颊。
今日汉宫人，明朝胡地妾。

[注释]

①玉鞍：形容华丽的马鞍。

[诗解]

昭君手拂着玉鞍，踏上了出塞的路程。她想起自己将永远远离故土，归来无期，不禁泪流满面，泪水濡湿了她的脸颊。今天，她还是汉宫之人，明天就要成为胡地之人的妻妾。人生的命运真是如此多变，不知明日胡地的生活，迎接她的将会是什么。

王明君

晋·石崇

作者简介

石崇（249－300），字季伦，西晋文学家。祖籍渤海南皮（今属河北），生于青州，小名齐奴。元康初年，出任南中郎将、荆州刺史。在荆州劫掠商人致富，生活极其奢华。后被杀。

[题解]

“明君”即昭君。这首诗写昭君远嫁。《王明君》属《相和歌辞·吟叹曲》之一。

[原文]

我本汉家子，将适[1]单于庭[2]。辞决未及终，前驱已抗旌[3]。仆御涕流离，辕马悲且鸣。哀郁伤五内[4]，泣泪沾朱缨[5]。行行日已远，遂造匈奴城。延我于穹庐[6]，加我阏氏（yān zhī）[7]名。殊类非所安，虽贵非所荣。父子见陵辱[8]，对之惭且惊。杀身良不易，默默以苟生。苟生亦何聊，积思常愤盈。愿假飞鸿翼，弃之以遐征[9]。飞鸿不我顾，伫立以屏营[10]。昔为匣中玉，今为粪上英。朝华不足欢，甘与秋草并。传语后世人，远嫁难为情。

孤雁汉宫秋

传说王昭君本是美丽的女子，因不肯贿赂宫廷画师毛延寿，所以毛延寿没有画出她的美丽容颜。等到和亲之日，汉元帝才吃惊地发现宫中竟有如此绝色的女子，但此时后悔已来不及了。在元杂剧《汉宫秋》中，昭君的结局是慷慨赴行匈奴，而后投江殉国。汉元帝梦到昭君，心中悲痛不已。

[注释]

①适：去往。②单于庭：是单于会见各部首领及祭祀之处。单于，匈奴君主的名号。③抗旌：举起旗帜。④五内：五脏。⑤朱缨：红色的系冠带子。⑥穹庐：游牧民族所住的帐篷。⑦阏氏：匈奴君主的妻子叫阏氏。⑧父子见陵辱：匈奴的习俗是父亲死后儿子以后母为妻。所以这里说父子都来凌辱自己。⑨遐征：往远方去。这是昭君幻想自己乘着鸟远飞。⑩屏营：惶恐。

[诗解]

我本是汉人，却要去匈奴单于的漠北之地。和相送者道别还没有结束，前面开道的人已经举起旗帜要出发了。车前的仆人也都伤心得落下了眼泪，驾车的马也为之悲鸣。我内心十分痛苦，眼泪沾湿了我的衣带。已经越行越远，匈奴地快到了。他们在帐篷中宴请了我，并且加给我阏氏的名号。但是自己不能安于和不同种族的人共居，因此不以阏氏的尊号为荣。父子都来凌辱自己，对此我感到羞惭惊惧。自己下不了杀身的决心，所以只能沉默苟求生存。但偷生也并非我所希望的，常常心里积郁着悲愤。我想借助鸟的翅膀，乘着它远飞，但是飞鸟根本就不懂我的心情，它在我面前只是惶恐地长久伫立。昔日我是宝匣中的美玉，今日却是粪土上的败花。昔日在汉朝的荣华已经过去，情愿像秋草一样枯死。不禁想对后世人说，远嫁异乡使人感情上难以承受。

艳歌何尝行

[题解]

一曰《飞鹄行》。《古今乐录》曰："王僧虔《技录》云：《艳歌何尝行》，歌文帝《何尝》《古白鹄》二篇。"《何尝》和《古白鹄》未必为曹丕所作，但可证《艳歌何尝行》是由这两篇合成的。《乐府解题》曰："古辞云：'飞来双白鹄，乃从西北来。'言雌病雄不能负之而去，'五里一反顾，六里一徘徊'。虽遇新相知，终伤生别离也。又有古辞云'何尝快独无忧'，不复为后人所拟。'鹄'一作'鹤'。"

[原文]

飞来双白鹄，乃从西北来。十十五五，罗列成行。妻卒被病[1]，行不能相随。五里一返顾，六里一徘徊[2]。"吾欲衔汝去，口噤[3]不能开；吾欲负汝去，毛羽何摧颓[4]。乐

哉新相知，忧来生别离[5]。踌躇[6]顾群侣，泪下不自知。”“念与君别离，气结[7]不能言。各各重自爱，道远归还难。妾当守空房，闭门下重关[8]。若生当相见，亡者会黄泉。”今日乐相乐，延年万岁期[9]。

[注释]

①妻卒被病：雌鹄突然染病。妻，雌鹄，此为雄鹄口吻。卒，同“猝”，突然，仓促。②“五里”二句：写出了雄鹄依依不舍的样子。③噤：闭口，嘴张不开。④摧颓：衰败，毁废，即受到损伤而不丰满。⑤“乐哉”二句：此处化用了屈原《九歌·少司命》中“悲莫悲兮生别离，乐莫乐兮新相知”一句，表现雄鹄的极度悲哀。⑥踌躇：犹豫不决、恋恋不舍的样子。⑦气结：抑郁而说不出话的样子。⑧关：此处指门闩。⑨“今日”二句：是乐府中的套语，是配乐演唱时所加，与原诗内容没有关联。

[诗解]

双双白鹄由西北向东南方飞去。罗列成行，比翼齐飞。突然一只雌鹄因疲病不能再相随。雄鹄不舍分离，频频回顾，徘徊不已。“我想衔你同行，无奈嘴小张不开；我想背你同去，无奈羽毛不够丰满，无力负重。相识的日子我们那么快乐，今日离别，真是无限忧伤。望着身边双双对对的同伴，我们却要憾恨相别，悲馘之泪不自禁地淌了下来。”雌鹄答道：“想到要与你分离，心情抑郁得说不出话来。各自珍重吧，归途茫茫，恐难再相聚了。我会独守空巢，一生忠于你。活着我们终当相会，死后也必在黄泉下相逢。”今日乐相乐，延年万岁期。

怨诗行

[题解]

《怨诗行》属于《相和歌辞》。《怨诗行》和《怨歌行》本是一曲。这个乐府诗题的诗，无论内容如何不同，都写得很伤感。

[原文]

天德悠且长，人命一何促。百年[1]未几时，奄[2]若风吹烛。嘉宾难再遇，人命不可赎。齐[3]度[4]游四方，各系太山录[5]。人间乐未央[6]，忽然归东岳[7]。当须荡[8]中情，游心恣

所欲。

[注释]

①百年：指一生。②奄：形容时间过得很快，忽地一下就过去了。③齐：等同。④度：风度。⑤太山录：古人认为泰山之神掌握着人的生死。⑥未央：没有止息。⑦东岳：指泰山。⑧荡：放肆。

泰 山

古人认为，泰山既是五岳之宗，也是神灵之府。宋代泰山被尊为东岳大帝，东岳大帝可以主人生之长短。诗中“人间乐未央，忽然归东岳”即为此意。

[诗解]

大自然永恒地运转，悠悠长存，而人生却何其短暂！一百年还没过去，但倏地一下就停止了，好像风吹灭蜡烛那样毫无预兆，十分迅速。嘉宾是难以再次遇到的，人的生命也不可以再次赎回。人们活着可以同样到四方游乐，但死后就没有这样的机会了。所以趁着现在的大好年华，尽情地游览天地吧！不要等到人间的欢乐还没有享受完，忽然就死去了。就放开自己的情怀，恣意地游乐人生吧。

怨诗行

魏·曹植

[题解]

曹植这首诗里的弃妇，是用作象喻的。曹植此时已自知功名无望，于是将满腔哀怨寄托在和他具备相同情感的怨妇的愁苦里。抱着成就功名期盼的臣子，如果不能获得君主的赏识任用，那便全无施展才能抱负之机，没有办法实现自我的价值。这样的君臣关系，就仿佛那个时代全心托靠男性的女子，一朝被夫君离弃，那就是没了依傍的怨妇，失去生存的价值以及生命的重心。

[原文]

明月照高楼，流光正徘徊。上有愁思妇，悲叹有余哀。

借问叹者谁，自云客子妻。夫行逾[①]十载，贱妾常独栖[②]。念君过于渴，思君剧于饥。君为高山柏，妾为浊水泥[③]。北风行萧萧，烈烈入吾耳。心中念故人，泪堕不能止。沉浮各异路，会合当何谐？愿作东北风，吹我入君怀。君怀常不开，贱妾当何依？恩情中道绝，流止任东西[④]。我欲竟此曲，此曲悲且长。今日乐相乐，别后莫相忘。

［注释］

①逾：超过。②独栖：独宿。形容丈夫远行后自己孤苦的生活。③“君为”二句：高山柏和浊水泥用来比喻夫妇之间疏远的关系。④流止任东西：这句话暗用古辞《白头吟》“沟水东西流”的句子，暗喻分手。

［诗解］

皎洁的明月照着高楼，清澄的月光如徘徊不止的流水轻轻晃动。伫立在高楼上登高望远的思妇，在月光的沐浴下伤叹着无尽哀愁。问是谁发出哀叹，自说是游子的妻子。丈夫外行已经超过十年了，为妻的常常形只影单地一人独处。对丈夫的思念比口渴还痛苦，对丈夫的思念比饥饿还难熬。夫妻本来像尘和泥那般共同一体，如今丈夫却像路上的轻尘，自己则成了水中的浊泥。轻尘浮空飞扬，浊泥却深沉水底。北风呼啸，声声入耳。心中怀念故人，眼泪止不住往下掉。我们一浮一沉已然陌路，什么时候才能重归于好？我愿化作东北风，随风重新投进你的怀抱。只是你的怀抱若是不展开，我又能依靠谁呢？我们的恩情从中断绝，从此之后我们各奔东西。我想要弹奏此曲，此曲既悲又长。今天我们共同欢乐，分别后不要遗忘彼此。

明月照高楼，流光正徘徊

曹植以夫妇关系喻君臣关系，诗中的弃妇实则是曹植自己不被君主重用、怀才不遇的写照。

［诗评］

子建与文帝同母骨肉，今乃浮沉异势，不相亲与，故特以孤妾自喻，而切切哀虑也。

——刘履

怨歌行

魏·曹植

[题解]

曹植后期的作品主要反映了曹魏统治集团内部的矛盾，控诉了曹丕父子对他的迫害，抒发了自己备受压抑，有志不得伸的满腔悲愤情绪，表现了自己不甘阶下囚的生活，希冀用世的强烈愿望。这篇《怨歌行》抒发了诗人对曹丕残害手足的满腔悲愤，吐露了朝不保夕的不安心情，反映了统治集团内部残酷的斗争，是诗人后期的“忧生之磋”。

[原文]

为君既不易，为臣良独难。忠信事不显，乃有见疑患。周公佐成王，金縢(téng)①功不刊②。推心辅王室，二叔③反流言。待罪居东国④，泣涕常流连⑤。皇灵⑥大动变，震雷风且寒。拔树偃秋稼⑦，天威不可干⑧。素服⑨开金縢，感悟求其端。公旦⑩事既显，成王乃哀叹。吾欲竟此曲，此曲悲且长。今日乐相乐，别后莫相忘。

[注释]

①金縢：是用金属封缄的柜子。《尚书》记载，周武王病危，周公曾祭告太王、王季、文王，要求代武王死，其祭祷之文，藏在金縢中。②功不刊：功绩不可埋没。③二叔：指管叔和蔡叔。他们制造流言，说周公将不利于周成王。④待罪居东国：指周成王听信谗言后，周公曾到东方避祸三年这件事。⑤流连：不断。⑥皇灵：皇天的神灵。⑦拔树偃秋稼：据《尚书》记载，大雷电时，风拔掉了大树，吹倒了秋天的庄稼。⑧干：触犯的意思。⑨素服：丧服，以示认罪。这里是说周成王穿戴素服以探求天变的原因。⑩公旦：周公名字叫姬旦。

[诗解]

作为君王不容易，当臣子实在更难。一旦得不到君王的信任，就会被猜疑，引起祸患。周公辅佐成王，功绩不可埋没。推心为王室效力，只因为他曾祭告太王、王季、文王，要求代武王而死这件事，就遭到管叔和蔡叔的诋毁。周公实在没有办法，就到东方避祸三年，在外躲避漂流，他每每想起这件事，就会悲愤地落泪。皇天的神灵显灵，上天警告周成王。大雷电时，风拔掉了大树，吹倒了秋天的庄稼。天威是不可触犯的，周成王穿戴素服以探求天变的原因。知道是因为周公，周成王就哀叹不已。我想唱完这首歌，但这首歌又悲且又长。今天我们共同欢乐，分别后不要相互遗忘。

怨歌行

唐·李白

[题解]

《怨歌行》，乐府《相和歌辞》旧题。这首诗借美人在宫中的得宠与失宠不定的悲惨命运，来抒发诗人自己得不到君王恩宠的失意心情。

[原文]

十五入汉宫，花颜笑春红。君王选玉色①，侍寝金屏②中。荐枕③娇夕月，卷衣④恋春风。宁知赵飞燕⑤，夺宠恨无穷。沉忧能伤人，绿鬓成霜蓬。一朝不得意，世事徒为空。鹔鹴(sù shuāng)换美酒⑥，舞衣罢雕龙。寒苦不忍言，为君奏丝桐⑦。肠断弦亦绝，悲心夜忡忡⑧。

赵飞燕

赵飞燕是汉成帝的皇后，本为婢女，后与其妹赵合德一起受到皇帝的宠幸。相传，她体态轻盈，汉成帝让宫人手托水晶盘，赵飞燕能在盘上翩翩起舞。

[注释]

①玉色：美女。②金屏：锦帐。③荐枕：侍寝。④卷衣：侍寝的意思。⑤赵飞燕：赵飞燕本为长安宫人，后为阳阿公主的舞女。汉成帝见而幸之，召入内宫，为婕妤，后终为皇后。⑥鹔鹴换美酒：司马相如初与卓文君还成都，家里十分贫困，曾用鹔鹴换美酒喝。鹔鹴，传说中的神鸟。另一说为骏马名。

⑦丝桐：指琴。丝为琴弦，桐为琴身。⑧忡忡：忧虑的样子。

［诗解］

十五岁来到汉宫中，正是青春烂漫的年纪，她微微一笑就会让春天的美景为之羞愧。君王选美女，她被选中服侍君王的寝息。柔曼的夕月下，她娇羞的模样让君王不能自持，她的侍寝更让君王恋恋不舍。可否知道赵飞燕，她夺宠后别的女子对她恨意无穷。但青春总是不能永驻的，绿鬓终会变白，成为霜蓬。在宫廷中，只要一朝不得意，世事都会成空。一旦不得宠，就像司马相如一样只能用鹔鹴换酒喝，舞衣也是很寒酸的。那样的寒苦不堪言表，只能暗自伤悲，偷偷为君王奏琴一曲。肠断弦也绝，心中无限伤悲而不能成音。

卷五　清商曲辞

大子夜歌

［题解］

《大子夜歌》是《子夜歌》的一种变调。据说有个叫“子夜”的女子创制了这个声调。这首诗写的是歌谣之妙。

［原文］

丝竹发歌响，假器[1]扬清音。不知歌谣妙，声势出口心[2]。

［注释］

①假器：借助于乐器。②声势出口心：声音出口却表现了歌者的内心。

［诗解］

丝竹之所以能发出美妙的歌响，是借助于乐器才有清妙的声音。你不明白歌谣的妙处，它的声音表现着歌者的内心。

子夜四时歌

唐·李白

［题解］

《子夜四时歌》由《子夜歌》变化而来。这首诗用采桑起兴，吟咏的是罗敷女的故事，赞扬她不为富贵所迷惑的高洁品质。

春　歌

［原文］

秦地[1]罗敷女，采桑绿水边。素手青条上，红妆[2]白日鲜。蚕饥妾欲去，五马莫留连[3]。

［注释］

①秦地，指今陕西关中地区。②红妆：女子盛装后非常艳丽。③五马莫留连：五马，驾着五匹马的人，这里指贵人。意为贵人莫要在此地流连。

［诗解］

秦地有罗敷女，她常在绿水边采桑。她的纤纤细手在青绿桑条的映衬下显得更加白嫩，她的盛装在白天阳光的照耀下显得更加艳丽。想着家里的蚕应该饿了，需要这些桑叶，她便思索着要回去了。为罗敷着迷的那些贵人们啊不要在此地流连了。

夏　歌

［题解］

这首诗是夏歌，以荷花起兴，借西施来感叹天下人都重视美色。

［原文］

镜湖①三百里，菡萏（hàn dàn）②发荷花。五月西施采，人看隘若耶③。回舟不待月，归去越王家④。

［注释］

①镜湖：又名鉴湖、贺监湖，在今浙江绍兴东南。②菡萏：荷花。③人看隘若耶：观看采荷女子的人多得使若耶溪显得狭窄起来。④归去越王家：西施被越王选入宫廷，一去不复返。

［诗解］

镜湖绵延三百里，荷花在水面上灿烂绽放。五月西施来此地采荷，引得观看西施等采荷女子的人多了起来，若耶溪好像一下子变得狭窄了。西施采荷不到月亮升起就回去了。她被越王选入宫廷，一去不复返。

秋　歌

［题解］

这首秋歌写征夫之妻秋夜怀思远征边陲的良人，希望战争早日结束，亲人得以团聚。前四句写秋月皎洁，秋晚里的捣衣声随处可听，秋风阵阵吹不尽，后两句由思念引出祝福与祈求，表达了希望早日结束战争的心声。虽未直写爱情，却字字渗透真挚情意；虽未高谈时局，却又不离时局。

[原文]

长安一片月，万户捣衣[1]声。秋风吹不尽，总是玉关[2]情。何日平胡虏，良人[3]罢远征。

[注释]

①捣衣：古时缝制衣服的一个过程，由两人对立，各执一棒，像舂米似的把铺好的布帛敲平，然后缝制。②玉关：即玉门关，故址在今甘肃敦煌西北。③良人：指丈夫。

长安一片月，万户捣衣声

秋天的夜晚，在长安城的思妇想起在边塞的良人，赶着为他制作寒衣，家家户户的捣衣声打破了夜空的宁静。李白此诗没有直接写人，而思妇的形象俨然就在诗中，渗透着深切的情感。

[诗解]

长安城里今晚月明如昼，正好捣衣，在这明朗的月夜，长安城就沉浸在一片此起彼落的砧杵声中！这特殊的秋声不禁勾起了思妇的怀人之情。月朗风清，阵阵秋风不断，送来砧声，声声都是思妇对玉关征人的思念。什么时候才能扫平胡虏，丈夫得以重返家园呢？

[诗评]

前四句是天壤间生成好句，被太白拾得。

——王夫之《唐诗评选》

冬　歌

[题解]

这首诗是冬歌，借驿使引发全诗。作者描述妇女在冬夜紧张地裁缝，为戍边的亲人赶制棉衣，忘记了自己的寒冷。

[原文]

明朝驿使发，一夜絮征袍[1]。素手[2]抽针冷，那堪把[3]剪刀。裁缝寄远道，几日到临洮[4]？

[注释]

①“明朝”二句：明晨驿使就要出发，必须连夜给亲人的棉袍铺絮。驿使，古时传递公文、邮件的人。絮，在衣服里铺棉花。②素手：指妇女洁白的手。③把：拿着。④临洮：郡名，在今甘肃境内。此处泛指边地。

[诗解]

明天清晨驿使就要出发了，妇人必须连夜制好亲人的棉袍，好及时给远方征戍的丈夫寄去。妇人在昏暗的灯光下认真地缝着给丈夫做的棉袍，心中充满了对远行的丈夫的牵挂之情。女子洁白的手抽着缝针，来回密密地缝着，像她这样纤弱的细手怎能拿得动重重的剪刀呢？天气渐渐转凉了，现在边塞也已经奇寒无比了吧，不知道远方的丈夫身上添没添衣服，只希望今夜能把棉衣赶做出来，明日好为丈夫寄去。这棉衣几天才能寄到临洮，送到丈夫的身边呢？

[诗评]

《冬歌》纯从侧面落笔，通过形象刻画与心理描写结合，塑造出一个活生生的思妇形象，成功表达了诗歌的主题。结构上一波未平，一波又起，起得突兀，结得意远，情节生动感人。

——周啸天《唐诗鉴赏辞典》

丁都护歌

唐·李白

[题解]

《丁都护歌》是乐府旧题，属《清商曲辞·吴声歌曲》。据传刘宋高祖的女婿徐逵之为鲁轨所杀，府内直督护丁旿奉旨料理丧事，其后徐妻向丁询问殓送情况，每发问辄哀叹一声“丁都护”，至为凄切。后人依声制曲，故定名如此。这首诗作于天宝六载（747）六月李白游丹阳横山时，描绘了纤夫拖船的劳苦情景，揭露了统治阶级穷奢极欲、不顾人民的死活，对劳动人民的苦难命运寄予了深切的同情。全诗言近旨远，意蕴深厚。

[原文]

云阳①上征去，两岸饶商贾。吴牛②喘月时，拖船一何苦！水浊不可饮，壶浆半成土。一唱《都护歌》，心摧泪

如雨。万人凿盘石，无田达江浒③。君看石芒砀(dàng)，掩泪悲千古。

［注释］

①云阳：秦以后为曲阿，天宝初改丹阳，属江南道润州，是长江下游商业繁荣区，有运河直达长江。即今江苏丹阳。②吴牛：指江淮间的水牛。③江浒：江边。

［诗解］

自云阳乘舟北上，两岸商贾云集。江淮间的水牛喘息休息的时候，纤夫们却还在卖力干活，真是十分辛苦。气候如此炎热，渴极了却只能就河取水，可是河水太浑浊了不可以喝啊！但他们还是喝了，这浊如泥浆，半成都是土的水！他们拉纤的时候唱着《都护歌》，其声凄切哀怨，口唱心悲，泪下如雨。船夫为官吏役使，得把这些难以开采尽的石头运往上游。可石芒砀是采之不尽、输之难竭的，纤夫之苦足以感伤千古！

春江花月夜

唐·张若虚

作者简介

张若虚，唐代诗人，扬州（今属江苏）人。曾任兖州兵曹。生卒不详。中宗神龙（705–707）中，与贺知章、贺朝、万齐融、邢巨、包融俱以文辞俊秀驰名于京都，与贺知章、张旭、包融并称“吴中四士”。玄宗开元时尚在世。张若虚的诗仅存二首于《全唐诗》中。其中《春江花月夜》是一篇脍炙人口的名作，它沿用陈隋乐府旧题，抒写真挚动人的离情别绪及富有哲理意味的人生感慨，语言清新优美，韵律婉转悠扬，洗去了宫体诗的浓脂艳粉，给人以澄澈空明、清丽自然的感觉。

［题解］

《春江花月夜》本为乐府旧题，相传为陈后主所创，内容是写艳情的“宫体”诗。隋及唐初人仿作，逐渐将其改变为写景诗，但仍为五言短篇。张若虚首次将这一旧题改造成长篇七言歌行，对春江花月夜景作尽情描绘，对自身内在情感与诗的情韵意境作了淋漓酣畅的展示。

［原文］

春江潮水连海平，海上明月共潮生。滟滟[1]随波千万里，何处春江无月明。江流宛转绕芳甸[2]，月照花林皆似霰(xiàn)[3]。空里流霜[4]不觉飞，汀[5]上白沙看不见。江天一色无纤尘[6]，皎皎空中孤月轮[7]。江畔何人初见月，江月何年初照人。人生代代无穷已[8]，江月年年望相似。不知江月待何人，但见[9]长江送流水。白云一片去悠悠[10]，青枫浦[11]上不胜愁。谁家今夜扁舟[12]子，何处相思明月楼。可怜楼上月徘徊[13]，应照离人妆镜台[14]。玉户[15]帘中卷不去，捣衣砧[16]上拂还来。此时相望不相闻[17]，愿逐月华[18]流照君。鸿雁长飞光不度，鱼龙潜跃水成文[19]。昨夜闲潭梦落花，可怜春半不还家。江水流春去欲尽，江潭落月复西斜。斜月沉沉藏海雾，碣石潇湘无限路[20]。不知乘月[21]几人归，落月摇情[22]满江树。

春江花月夜

春江、明月、落花、夜色共同构成了一幅澄澈清丽的画卷，亦虚亦实，如梦如幻，堪称千古绝唱。

［注释］

①滟滟：波光闪动的光彩。②芳甸：遍生花草的原野。③霰：雪珠。④流霜：古人以为霜和雪一样，是从空中落下来的，所以叫流霜。这里比喻月光皎洁，所以不觉得有霜霰飞扬。⑤汀：水中的空地。⑥纤尘：微细的灰尘。⑦月轮：指月亮，因月圆时像车轮，故称月轮。⑧穷已：穷尽。⑨但见：只见、仅见。⑩悠悠：渺茫、深远。⑪青枫浦：地名，今湖南浏阳市境内有青枫浦。这里泛指游子所在的地方。⑫扁舟：孤舟。⑬月徘徊：指月光移动。⑭妆镜台：梳妆台。⑮玉户：形容楼阁华丽，以玉石镶嵌。⑯捣衣砧：捣衣石、捶布石。⑰相闻：互通音信。⑱逐月华：跟从月光。⑲文：同"纹"。⑳无限路：言离人相去很远。㉑乘月：趁着月光。㉒摇情：激荡情思，犹言牵情。

［诗解］

春天的江潮水势浩荡，与大海连成一片，一轮明月从海上升起，好像与潮水一起涌出来。月光照耀着春江，随着波浪闪耀千万里，什么地方的春江没有明亮的月光？江水曲曲折折地绕着花草丛生的原野流淌，月光照射着开遍鲜花的树林，好像细密的雪珠在闪烁。月光像白霜一样从空中流下，感觉不到它的飞翔，它照得江畔的白沙都看不见。江水、天空成一色，没有些微灰尘，只有明亮的一轮孤月高悬空中。江边上什么人最初看见月亮？江上的月亮哪一年最初照耀着人？人生一代代无穷无尽，只有江上的月亮一年年总是相像。不知江上的月亮照耀着什么人，只见长江不断地输送着流水。游子像一片白云缓缓地离去，只剩下思妇站在离别的青枫浦不胜忧愁。哪家的游子今晚坐着小船在漂流？什么地方有人在明月照耀的楼上相思？可怜楼上不停移动的月光，应该照耀着离人的梳妆台。美好的闺房中的门帘卷不去月光，在捣衣石上拂去月光但它又来了。这时互相望着月亮可是彼此听不到声音，我希望随着月光流去照耀着您。送信的天鹅能够飞翔很远但不能随月光飞到您身边，送信的鱼龙潜游很远但不能游到您身边，只能在水面激起阵阵波纹。昨天晚上梦见花朵落在悠闲的水潭上，可怜春天过了一半还不能回家。江水流走春光，春光将要流尽，水潭上月亮晚晚落下，如今又西斜。斜月慢慢下沉，藏在海雾里，碣石与潇湘的离人距离无限遥远。不知有几人能乘着月光回家，只有那西落的月亮摇荡着离情，洒满了江边的树林。

［诗评］

诗中的诗，顶峰上的顶峰。

——闻一多《宫体诗的自赎》

阳春歌

唐·李白

[题解]

《阳春歌》，乐府《清商曲辞》旧题。在这首诗中，诗人描写了阳春三月景色，字里行间充满对春天的喜爱。

[原文]

长安白日照春空，绿杨结烟垂袅风①。披香殿②前花始红，流芳③发色④绣户中。绣户中，相经过。飞燕皇后⑤轻身舞，紫宫夫人⑥绝世歌⑦。圣君三万六千日，岁岁年年奈乐何！

[注释]

①袅风：微风，轻风。②披香殿：汉代长安的宫殿名。在未央宫中。③流芳：散发着香气。④发色：显露颜色。⑤飞燕皇后：赵飞燕。赵飞燕本是长安宫中的侍女，后为阳阿公主的舞女。汉成帝见而喜欢，召她入宫，初为婕妤，终为皇后。⑥紫宫夫人：汉武帝最宠爱的李夫人。⑦绝世歌：李延年的《北方有佳人》之歌："北方有佳人，绝世而独立。一顾倾人城，再顾倾人国。宁不知倾城与倾国，佳人难再得。"

[诗解]

阳春三月，暖暖的太阳照耀着长安城，碧空下，杨树的枝条已经抽出嫩芽，在和煦的春风吹拂下，远看轻烟曼舞。披香殿前的花儿正含苞待放，已经显露出红色，在绣房间散发着芬芳。从绣房间经过，不禁联想到皇后赵飞燕曼妙的身段舞姿，还有紫宫夫人的绝世嗓音。但春日里皇宫内园中这些美好的景色，都在历代帝王之家被消磨了，世人无法欣赏，实在可惜。

采莲曲

唐·李白

[题解]

《采莲曲》属乐府《清商曲辞》，兴起于梁武帝时，后人多有拟作。这首诗清丽明快，抒发诗人的闲情逸致，带有民歌色彩。

[原文]

若耶溪[①]傍采莲女，笑隔荷花共人语。日照新妆水底明，风飘香袂空中举。岸上谁家游冶郎[②]，三三五五映垂杨。紫骝[③]嘶入落花去，见此踟蹰[④]空断肠。

[注释]

①若耶溪：在今天的浙江绍兴市南。②游冶郎：出游寻乐的青年男子。③紫骝：毛色枣红的好马。④踟蹰：徘徊。

[诗解]

若耶溪旁采莲的女子，在荷花间快乐地谈着、笑着。阳光照耀下的溪水澄清明亮，把女子美丽的脸庞照在水面上；采莲女子的衣袂在微风中轻轻飘扬。溪岸上，是谁家出游寻乐的青年男子呢？他们也出来踏青了，三个一群，五个一伙，在垂杨边笑谈。但他们骑着紫骝马很快又离开了，只见马嘶鸣处，落花点点。这让采莲的女子看到后非常感伤，徘徊不去，独自惆怅。

[诗评]

卸开一步，取情为景，诗文至此，只存一片神光，更无行迹矣。

——王夫之《唐诗评选》

杨叛儿

唐·李白

[题解]

《杨叛儿》本为北齐时童谣，后来成为乐府诗题，为乐府西曲歌名。相传南朝齐隆昌时，女巫之子杨旻随母入内宫，长大后为何后所宠爱。当时童谣云："杨婆儿，共戏来。"讹传为"杨伴儿""杨叛儿"，并演变而为西曲歌的乐曲之一。李白此诗与《杨叛儿》童谣的本事无关，而与乐府《杨叛儿》关系十分密切。

[原文]

君歌杨叛儿，妾劝新丰酒[①]。何许最关人[②]，乌啼白门[③]柳。乌啼隐[④]杨花，君醉留妾家。博山炉[⑤]中沉香[⑥]火，

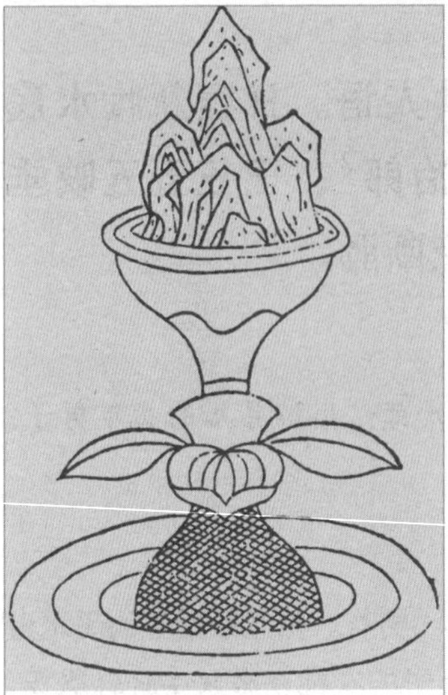

博山香炉

香炉是古人用来焚香的器具，古人熏衣服、祭祀神佛时都会用到香炉。古人读书也喜欢在案头焚上一炷清香，增添一分诗意。

双烟一气凌紫霞。

［注释］

①新丰酒：新丰，汉代县名。在今陕西临潼东北。六朝以来以产美酒而著名。②最关人：最牵动人心的，最让人动情的。③白门：本是刘宋都城建康（今南京）城门。因为南朝民间情歌常常提到白门，所以成了男女欢会之地的代称。④隐：隐没，这里指乌栖息在杨花丛中。⑤博山炉：一种炉盖作重叠山形的熏炉。⑥沉香：一种名贵的香木，放到水里就会沉下去，所以称为沉水香。

［诗解］

一对热恋的青年男女，相聚在清爽盎然的夏日，感到无限甜蜜幸福。女子哼唱着情歌小曲，劝男子举杯畅饮，他们的感情十分融洽。在这温馨幸福的时刻，什么事物最牵动这对幸福之人的心呢？是日暮时分的乌啼、白门前的垂柳。杨柳依依，昭显着他们彼此间无限的柔情蜜意，依恋缱绻。乌鸦归巢之后渐渐停止啼鸣，在柳叶杨花之间甜蜜地憩息了。男子陶醉在女子的柔情蜜意中，不忍离去，留宿在女子家。帷幄内，熏炉散发着阵阵沉香的香味，这香火化成屡屡清烟，双双凌入云霞。而男女双方的醉留，正像沉香投入炉中，爱情的火焰立刻燃烧起来。

玉树后庭花

南朝陈·陈叔宝

作者简介

陈叔宝，即陈后主，南朝陈皇帝，字符秀。在位时大建宫室，生活奢侈，日与妃嫔、文臣游宴，制作艳词。隋兵南下时，陈后主恃长江天险，不以为意。祯明三年（589），隋兵攻入建康，被俘，后在洛阳病死。有《陈后主集》。

［题解］

陈后主所作的《玉树后庭花》写的是嫔妃们娇娆媚丽，堪与鲜花比美竞妍，其词哀怨靡丽而悲凉，后来成为亡国之音的代称。

［原文］

丽宇芳林对①高阁，新妆艳质本倾城②。映户凝娇乍③不进，出帷④含态笑相迎。妖姬脸似花含露，玉树⑤流光⑥照后庭。

［注释］

①对：相对，对面。这里指高阁前有芳林花草。②倾城：使城池倾倒，形容女子貌美。③乍：开始，起初。④帷：帷帐，帷幄。⑤玉树：玉树的树冠挺拔秀丽，茎叶碧绿，顶生白色花朵，十分清雅别致。⑥流光：玲珑剔透，流光溢彩。

［诗解］

楼殿高阁前有芳林花草竞相争春，妃子们本就貌美如花，再加上盛装打扮，更加显出倾城之貌。妃子起初掩映着窗子，外面春光的娇美之景无法进入她们的芳阁。但妃子一出闺阁，万般春日丽景都失去了颜色。妃子笑容可掬，盈盈走出门户。她们的脸就像带着晶莹雨露的鲜花，她们的美态就如玉树那样秀丽，流光溢彩，清雅别致。

大堤曲

唐·李白

［题解］

《大堤曲》属于南朝乐府旧题，属于《清商曲辞》。这首诗里诗人触景伤情，抒发的是作者久别家乡，对家乡的无限思念之情。

［原文］

汉水临襄阳，花开大堤①暖。佳期②大堤下，泪向南云③满。春风复无情，吹我梦魂乱。不见眼中人，天长音信断。

[注释]

①大堤：在襄阳城外，东临汉江，西至万山。②佳期：指美好的春日。③南云：陆机《思亲赋》中有："指南山以寄款，望归风而效诚。"后来，"南云"指思念家乡或是怀念亲人之词。

[诗解]

汉水临近襄阳城，襄阳城已经有花盛开，襄阳城外的大堤也变得暖起来了。大堤下美好的春日让人看不尽，只是看到这样的美景总会让人想起家乡，思乡的泪水弥漫在整个大堤上。总觉春风无情，屡屡吹散我回家的梦。已经很久没有看到我的亲人了，相隔万里，音信难通，想起来怎不让人伤怀！

[诗评]

幽秀绝远俗艳。胡应麟谓白诗人，知其华藻，而不知其神骨之清，于此亦见一斑。

——乾隆御选《唐宋诗醇》

拔蒲二首

[题解]

《拔蒲》为《西曲歌》之一。《古今乐录》曰："《拔蒲》，倚歌也。"

其一

[原文]

青蒲衔紫茸①，长叶复从风。
与君同舟去，拔蒲五湖②中。

[注释]

①青蒲衔紫茸：出自谢灵运《于南山往北山经湖中瞻眺》中的诗句"新蒲含紫茸"。②五湖：太湖。

[诗解]

青青的蒲草开着紫色的细茸花，时而有一阵风吹过，轻轻拂动着蒲草的叶子。女子与情人一起乘着小舟，小舟在碧波万顷的太湖上慢慢飘荡，两人在舟上拔着蒲草，他们非常愉快，轻声笑语传得很远。

其二

[原文]

朝发桂兰渚，昼息桑榆下。
与君同拔蒲，竟日不成把①。

[注释]

①“与君”二句：意为女子与情人一起拔蒲，因为感到快乐而拔蒲心不在焉，才会“竟日不成把”。

[诗解]

天才刚刚亮，女子和情人从桂兰渚出发，劳作一天后，晚上就歇息在桑榆之下。在湖上，女子和情人一块儿拔着蒲草，她的心沉浸在甜蜜之中，只顾与情人说笑，拔了一天，手里的蒲草还没有一把呢。

七日夜女歌

[题解]

《七日夜女歌》是关于牛郎织女的组诗。汉代古诗《迢迢牵牛星》中就写过这个故事。晋代以后的文人如谢惠连、颜延之等都写过这个题材。这组诗出自民间，但很显然经过文人们的加工。

其一

[原文]

三春怨离泣，九秋欣期歌①。
驾鸾②行日时，月明济长河③。

[注释]

①“三春”二句：形容时间非常漫长。期，会面之期。②驾鸾：织女驾鸾在天空中飞行。③长河：银河。

[诗解]

牛郎和织女被银河阻隔，二人分别的时间这么长，织女心中哀怨，禁不住哭泣。假如织女能够驾着鸾车在天空中飞行，每天晚上都能飞过银河，那该多好啊。

其 二

[原文]

长河起秋云，汉[1]渚风凉发。

含欣出霄路[2]，可笑向明月。

[注释]

①汉：云汉，指银河。②霄路：指云路。

[诗解]

秋天的季节，夜凉如水。一条银河横在天空，团团秋云让银河若隐若现。天上和人间一样，秋天的银河也变凉了，时有凉风吹过。织女从云雾中走出，她心情舒畅，微笑着一直走到明月的方向。

卷六　舞曲歌辞

东海有勇妇

唐·李白

［题解］

大诗豪李白在天宝三载（744）离开长安，来到临淄。他在太守李邕的陪同下，游览了孟姜庙、杞梁墓和淳于意墓等胜迹，并听闻到了辖区内的一些民间侠女的事迹。李白有感于“三妇”的英烈事迹，写了一首诗，名曰:《东海有勇妇》。李白在诗中写道:“梁山感杞妻，恸哭为之倾。金石忽暂开，都由激深情……”诗中提到的杞妻便是春秋时期齐国大将杞梁的妻子孟姜。杞梁战死于莒，其妻在齐城下枕尸而哭，十天之后城墙被她哭倒。李白力赞齐贤女孟姜对丈夫忠贞不渝的爱情。在这首诗里，李白以高度的热情，讴歌了齐地勇妇不辞万死为夫报仇的义勇行为，流露出诗人除暴安良的侠义思想。

齐杞梁妻

孟姜女的传说可以追溯到春秋时齐杞梁妻的故事。齐国杞梁战死后，他的妻子在城下痛哭，路过的人看见了也为之挥泪。十日之后，城墙竟然都崩塌了。这个故事逐渐演化，后来就有了孟姜女哭长城的故事。

［原文］

梁山①感杞妻②，恸哭为之倾。金石忽暂开，都由激深情。东海有勇妇，何惭苏子卿③。学剑越处子④，超腾若流星。捐躯报夫仇，万死不顾生。白刃耀素雪，苍天感精诚。十步两躩(jué)⑤跃，三呼一交兵。斩首掉国门，蹴踏⑥五藏行。割此伉丽⑦愤，粲然大义明。北海李使君⑧，飞章奏天庭。舍罪警风俗，流芳播沧瀛(yíng)⑨。名在列女籍，竹帛已

光荣。淳于免诏狱[10]，汉主为缇萦。津妾一棹歌，脱父于严刑。十子若不肖[11]，不如一女英。豫让[12]斩空衣，有心竟无成。要离杀庆忌[13]，壮夫素所轻。妻子亦何辜？焚之买虚名。岂如东海妇，事立独扬名！

［注释］

①梁山：山名。在今山东东平境内。②杞妻：春秋齐大夫杞梁之妻，或云孟姜。杞梁，名殖（一作植）。齐庄公四年，齐袭莒，杞梁战死，其妻迎丧于郊，哭甚哀，遇者挥涕，城为之崩。后演为孟姜女哭长城的传说。③苏子卿：苏武，字子卿。他奉汉武帝命令，出使匈奴，被囚禁北海牧羊十九年，坚贞不屈。后来汉武帝去世，昭帝即位，汉朝与匈奴修好，苏武归汉。苏武的民族气节从此流传千古。④越处子：越女。春秋越国，南林会稽一个山野少女，在竹林中奇遇一化身老翁的通灵白猿，白猿以竹枝为剑与少女对阵，遂长啸一声而去。少女悟出用剑法，与越王勾践坐而论剑，动静之术，虚实之法，无不精通。越王赐其号曰"越女"，称"当世莫胜越女之剑"。⑤躩：跳。⑥蹴踏：踩，踢。⑦伉丽：即"伉俪"，夫妇。⑧北海李使君：李邕，字泰和。唐代书法家。广陵江都（今江苏扬州）人。曾任左拾遗、户部员外郎、括州刺史、北海太守，人称李北海。⑨沧瀛：沧海，大海。这里指东方海隅之地。⑩淳于免诏狱：西汉初期著名医学家淳于意，因曾任齐太仓长，故人们尊称他为"仓公"或"太仓公"。淳于意自幼热爱医学，曾拜公孙光、公乘阳庆为师，学黄帝、扁鹊的脉书、药论等书，精于望、闻、问、切四诊，尤以望诊和切脉著称。淳于意为使自己专志医术，辞去官职，不营家产，长期行医民间，对封建王侯却不肯趋承。赵王、胶西王、济南王、吴王都曾召他做官廷医生，他都一一谢绝了。因常拒绝对朱门高第出诊行医，被富豪权贵罗织罪名，送京都长安受肉刑。其幼女淳于缇萦毅然随父西去京师，上书汉文帝，痛切陈述父亲廉平无罪，自己愿意身充官婢，代父受刑。文帝受到感动，宽免了淳于意，且废除了肉刑。⑪不肖：品行不好，没有出息。⑫豫让：春秋战国晋国人。为晋卿智瑶家臣。晋出公二十二年（前453）赵、韩、魏共灭智氏。豫让用漆涂身，吞炭使哑，暗伏桥下，谋刺赵襄子未遂，后为赵襄子所捕。临死时，求得赵襄子衣服，拔剑击斩其衣，以示为主复仇，然后伏剑自杀。⑬要离杀庆忌：庆忌是吴王僚的儿子，有万夫不当之勇，据说他能够"走追奔兽，手接飞鸟"，是吴国第一勇士。吴王阖闾派专诸刺杀王僚后，登上王位。庆忌逃亡卫国，招兵买马，欲报杀父之仇。阖闾想除掉庆忌，伍子胥就推荐要离刺杀庆忌。经过策谋，要离决定采用

苦肉计。一日要离在王宫与阖闾斗剑时，故意先用竹剑刺伤阖闾的手腕，再取真剑斩断自己的右臂，投奔卫国找庆忌去了。庆忌探得事实，便对要离深信不疑，视为心腹。三月之后，庆忌出征吴国，与要离同坐一条战舰。要离乘庆忌在船头畅饮之机，迎着月光独臂猛刺庆忌。庆忌诧异之极倒提要离，沉溺水中三次，然后将要离放在膝上，笑着说："天下竟有如此勇士敢于刺我！"遂让士兵放走要离。要离回国后辞谢封赏，自刎而死。

[诗解]

杞梁死后，他的妻子在梁山脚下哭泣，梁山为她的一片至诚所感动，为之倒倾。只要是一往情深，至诚一片，金石都会为之打开。东海有勇妇，怎么会惭愧不如苏子卿呢？东海的勇妇有苏子卿的气节。她向越处子学剑，腾奔若流星。她不惜自己的生命，为夫报仇，即使死一万次也绝不后悔。连苍天都被她的真情所感动。她身手不凡，手握兵器，跳跃呼喊着与仇人厮杀。割下仇人的头扔在都城门口，脚下踩着仇人的五脏。她消除了失夫之恨，她粲然明大义。北海的李邕，把她的事迹奏到朝廷。天子免去了她杀人的罪过，将她作为烈妇的典型给予表彰，并以她来警明风俗，使她的美名远播。她名在烈女籍里，彪炳史册，已很光荣了。淳于意之所以能免诏狱，是因为他的幼女淳于缇萦毅然随父西去京师，上书汉文帝，痛切陈述父亲廉平无罪，自己愿意身充官婢，代父受刑。文帝受到感动，宽免了淳于意，并且自此废除了肉刑。如果十个儿子都没有出息，那还不如一个女子。豫让替智氏报仇，谋刺赵襄子数次不成而斩其衣，以示为主报仇。要离谋杀庆忌，向来是被壮夫所轻视的。要离的妻子和孩子是无辜的，焚烧他们的尸体为了买虚的声名。怎么能够与东海勇妇相比呢，为夫报仇成功了，而且还宣扬了自己的美名！

白纻辞三首

唐·李白

[题解]

《白纻辞》，一作《白苎辞》，乐府《舞曲歌辞》旧题。

其一

[原文]

扬清歌，发皓齿。北方佳人[1]东邻子[2]，且吟《白纻》

停《渌水》[3]。长袖拂面为君起。寒云夜卷霜海空，胡风吹天飘塞鸿。玉颜满堂乐未终，馆娃[4]日落歌吹蒙。

西 施

西施是越国的美女。在越国危难的时候，她与越王共施美人计，由越王勾践献给吴王夫差，并得到吴王的宠爱，让吴王无心国事，使勾践得以东山再起，最后灭掉吴国。

[注释]

①北方佳人：指李延年的诗《北方有佳人》，诗中歌颂的女子貌美绝伦。②东邻子：指貌美的女子。宋玉《登徒子好色赋》："天下之佳人莫若楚国，楚国之丽者莫若臣里，臣里之美者莫若臣东家之子。"③《渌水》：舞曲名。④馆娃：宫名。春秋时期吴王夫差为西施所造，故址在今苏州西南灵岩山上。

[诗解]

歌声清亮，牙齿洁白。女子貌美如花，真有如李延年所歌的《北方有佳人》那样的倾国倾城之貌，如东邻子那样貌美无双。女子轻启皓齿，便发出了曼妙的歌声。今日逢君到来，她十分高兴，为君轻轻舞动长袖，显出她轻盈的舞姿。外边夜卷寒云，秋霜浓浓，胡地之秋夜如此寒冷，唯有塞鸿飘飞到国中。满堂的美女玉颜，乐曲没有终散，日落时分在馆娃宫中传来了阵阵歌声。

其二

[原文]

月寒江清夜沉沉，美人一笑千黄金[1]。垂罗舞縠(hú)[2]扬哀音，郢(yǐng)中《白雪》[3]且莫吟，《子夜》[4]吴歌动君心。动君心，冀君赏。愿作天池双鸳鸯，一朝飞去青云上。

[注释]

①一笑千黄金：指女子笑容娇美。一笑价值千金。②縠：轻纱。③郢中《白雪》：指美妙的音乐。郢中，楚国。《白雪》，古歌曲名。④《子夜》：晋曲名。

[诗解]

在这月寒江清的夜晚，女子笑容娇美，价值千金。她舞动罗袖，唱出了哀伤之曲。不唱郢中《白雪》，因为能懂得唱和高山流水的人太少了，唱的是易让人动情的《子夜》吴歌。希望能够得到君王的恩赏。愿与君王做天池的鸳鸯一对，同飞到青云之上。

其三

[原文]

吴刀剪彩①缝舞衣，明妆丽服夺春辉。扬眉转袖若雪飞，倾城独立②世所稀。《激楚》《结风》③醉忘归。高堂月落烛已微，玉钗挂缨④君莫违。

[注释]

①吴刀剪彩：吴刀，吴地出产的剪刀。彩，指彩色的丝织品。②倾城独立：指女子貌美。③《激楚》《结风》：都是歌曲名。④玉钗挂缨：宋玉出行，夜间投宿，主人之女殷勤留客，引入兰房，“以其翡翠之钗，挂臣冠缨”。后用做男女狎昵的典故。

[诗解]

女子漂亮的彩色丝制舞衣是用吴地出产的剪刀裁制而成的，她明妆丽服，比今日的春光还要灿烂照人。她的一举一动都是那么迷人，扬眉转袖之间，好像片片雪花在轻盈地飞舞。她的容貌真是倾国倾城，为世间所罕见。听歌的君子陶醉在她的歌声中，忘却了时间，忘记了归去。月亮已经落下，屋内烛光已微，希望君子能够在此留宿，不要违背了她的情意。

碣石篇

魏·曹操

[题解]

这首诗表现了诗人登山临海时的激荡心情，透出一股叱咤风云、吞吐宇宙的豪情壮志，刻画出一位政治家、军事家的胸襟气度。

［原文］

东临碣石①，以观沧海。水何澹澹②，山岛竦峙③。树木丛生，百草丰茂。秋风萧瑟，洪波涌起。日月之行，若出其中。星汉粲烂，若出其里④。幸甚至哉，歌以咏志。

东临碣石，以观沧海

曹操在北征乌桓途中，来到秦皇、汉武曾经登临过的碣石，面对浩瀚的大海，抒发了自己豪迈的气魄和抱负。

［注释］

①碣石：山名，在今河北乐亭西南。②澹澹：水波摇荡貌。③竦峙：耸立。④“日月”四句：是写沧海包含之大。星汉，银河。

［诗解］

我登上碣石山顶，居高临海，视野寥廓，大海的壮阔景象尽收眼底。海水多么浩荡，碣石山高高耸立在海边。碣石山上树木丛生，各种草长得很繁茂。秋风飒飒，海上涌起巨大的波涛。日月的运行，好像是从这浩渺的海洋中出发的。银河星光灿烂，好像是从这浩渺的海洋中产生出来的。真是幸运极了，用歌唱来表达自己的情志吧！

［诗评］

不言所悲，而充塞八极无非愁者。

——王夫之

独漉篇

唐·李白

［题解］

《独漉篇》原为乐府拂舞歌五曲之一，古辞以“刀鸣削中，倚床无施。父仇不报，欲活何为”抒写了污浊之世，为父复仇的儿女之愤。这首《独漉篇》是李白仿古之作。全诗可分六小段，沈德潜说“中作六解，似岭断之连，若离若合”。反映了李白以天下为己任，把为国雪耻建功作为第一奋斗目标的伟大抱负。

[原文]

独漉[1]水中泥，水浊不见月。不见月尚可，水深行人没。越鸟从南来，胡鹰亦北度。我欲弯弓向天射，惜其中道失归路。落叶别[2]树，飘零随风。客无所托，悲与此同。罗帷舒卷，似有人开。明月直入，无心可猜。雄剑挂壁，时时龙鸣。不断犀象[3]，绣涩苔生。国耻未雪，何由成名。神鹰梦泽，不顾鸱鸢[4]。为君一击，抟(tuán)鹏九天。

[注释]

①独漉：河流之名，在今河北，传说它湍急浚深、浊流滚滚，即使在月明之夜，也吞没过许多行人。②别：离别，离开。这里指树叶从树上飘落。③犀象：犀牛和象，这里代指乱臣贼寇。《孟子·滕文公下》有“（周公）驱虎豹犀象而远之”。④“神鹰”二句：据《幽明录》载，楚文王得一神鹰，带到云梦泽打猎。此鹰对攻击凶猛的鸱、鸢毫无兴趣，只是瞪目远瞩云际。突然看见“一物鲜白不辨”，它即“竦翮而升，轰若飞电。须臾羽堕如雪，血下如雨。良久，有大鸟坠地，其两翅广十余里”，那是被神鹰击落的九天巨鹏！

[诗解]

独漉之水，污泥满载，河水浑浊而映不出天上月亮的影子。映不出月亮的影子也是可以的，但它水深不可测，不知道湮没了多少行人，这样的罪恶怎能原谅呢？眼看着越鸟南来、胡鹰北飞，想要弯弓射天，又怕误伤了空中的鸟、鹰，徒然使它们中道折翅、失却归路，这真叫人左右为难！眼望月下的树影，偶有落叶在风中飘坠，我不禁一声长叹：自己不正如这风中落叶一样，飘荡无主吗？门边的罗帷忽然飘拂起来，仿佛有人正掀帷而入。我在惊喜中转身，才发现来客只有清风！随着罗帷之开，月光便无声直入，正如豪爽的友人，未打招呼便闯了进来——然而它只是月光的“无心”造访，又哪有什么深意呢？我的宝剑此刻就挂在壁间，它如同古帝颛顼的“曳影之剑”一样，当四方兵乱之际，便震响龙虎之吟，意欲腾空飞击。令人伤怀的是，它却至今闲置不用，没有一试锋芒、断其犀象的机会。神鹰击空，对攻击凶猛的鸱、鸢毫无兴趣，只是瞪目远瞩云际。我也甘愿像这神鹰一样，搏击长空，为国家洗雪国耻，施展自己的抱负。

[诗评]

此诗共分六解,初读起来似乎“解各一意”、互不相属,其实却是“峰断云连”、浑然一体。从时局的动乱,引出客中漂泊的悲愤;从独伫空堂的期待,写到雄剑挂壁的啸吟;最后壮心难抑、磅礴直上,化出神鹰击天的奇景。其诗情先借助五、七言长句盘旋、摩荡,然后在劲健有力的四言短句中排宕而出。诗虽作于诗人五十六岁的晚年,而奇幻峥嵘之思、雄迈悲慨之气,就是与壮年时代的名作《行路难》《梦游天姥吟留别》相比,亦更见其深沉而一无逊色之憾。

——萧涤非《唐诗鉴赏辞典》

卷七 琴曲歌辞

渌(lù)水曲

唐·李白

[题解]

《渌水曲》属于乐府《琴曲歌辞》旧题。诗仅短短四句，却形象生动地展现了一幅妇女生活的风俗画面，勾勒出了人物瞬间的心理动态。

[原文]

渌水明秋月，南湖采白苹[①]。荷花娇欲语，愁杀荡舟人。

[注释]

①白苹：水草名。叶子是四方的，中折如十字，夏天开花。俗称“田字草”。

[诗解]

一潭清澈的水在这个明朗的秋天更显澄澈鲜亮，女子们在南湖边悠悠地采摘白苹。荷花如此娇艳欲滴，如同女子美丽的面庞，她们姿态轻盈，虽未启唇但嘴角已经漾起了笑意。她们可望却不可即，这让在湖中荡舟的人感到无限伤感。

[诗评]

少陵“春去春来洞庭阔，白苹愁杀白头人”，太白“荷花娇欲语，愁杀荡舟人”，风神摇漾，一语百情。李、杜洵敌手也。

——马位《秋窗随笔》

秋 思

唐·李白

[题解]

《秋思》，乐府《琴曲歌辞》旧题。

［原文］

春阳如昨日，碧树鸣黄鹂。芜然蕙草①暮，飒尔凉风吹。天秋木叶下②，月冷莎鸡③悲。坐愁群芳歇，白露凋华滋④。

［注释］

①蕙草：香草名。②天秋木叶下：《楚辞·九歌》里有诗句："袅袅兮秋风，洞庭波兮木叶下。"③莎鸡：虫子名。在这里指纺织娘。又名络纬、络丝娘。④华滋：繁盛的枝叶。

［诗解］

今日的春光如同昨天一样明媚，碧树绿草间，有黄鹂鸟在唧唧鸣叫。但突然之间，蕙草就枯萎凋零了，衰飒的秋风吹来阵阵凉意，让人顿感忧伤。已经进入秋天，树木的叶子纷纷落下，一片凄清的景象。冰冷惨淡的月光下纺织的女子正独自伤悲。她为群芳的逝去而感到无限忧愁，繁盛的枝叶如今都已凋落，秋露浓浓，让人感到无限落寞。

飞龙引

唐·李白

［题解］

《飞龙引》是乐府中的琴曲歌辞。两篇都是李白借黄帝升天的神话传说描写游仙的情景。

其 一

［原文］

黄帝①铸鼎于荆山②，炼丹砂③。丹砂成黄金，骑龙飞上太清④家。云愁海思令人嗟。宫中彩女颜如花，飘然挥手凌紫霞，从风纵体登鸾车⑤。登鸾车，侍轩辕⑥。遨游青天中，其乐不可言。

[注释]

①黄帝：我国古代神话中的五天帝之一，中华民族的始祖。《史记·孝武本纪》载，相传黄帝采首山铜，铸鼎于荆山之下，鼎既成，有龙垂胡髯下迎黄帝，黄帝上骑，群臣后宫上者七十二余人皆乘龙升天。②荆山：山名。在今河南灵宝阌乡南。相传黄帝采首山铜铸鼎于此。亦名覆釜山。③丹砂：朱砂。矿物名，色深红。古代道教徒用以化汞炼丹，中医作药用，也可制作颜料。④太清：三清之一。道教谓道德天尊所居之地，其境在玉清、上清之上，唯成仙方能入此，故亦泛指仙境。⑤鸾车：神仙所乘的车。⑥轩辕：黄帝居于轩辕之丘，故名曰“轩辕”。

[诗解]

黄帝采首山之铜，在荆山下铸造宝鼎，炼制仙丹。仙丹炼成后，黄帝和群臣后宫乘龙飞仙进入仙境。天上的彩云迷迷茫茫，变幻如海，找不到升天的途径，让我们世间的凡人空自感叹。联想天宫中披着七彩霓裳羽衣的宫女一定貌美如花，真想乘风飞身而上。登上黄帝乘坐的鸾车，陪在黄帝旁边。一起遨游在青天中，那种乐趣一定妙不可言。

其 二

[原文]

鼎湖[1]流水清且闲。轩辕去时有弓剑[2]，古人传道留其间。后宫婵娟[3]多花颜，乘鸾[4]飞烟亦不还。骑龙攀天造天关[5]。造天关，闻天语。长云[6]河车载玉女。载玉女，过紫皇[7]。紫皇乃赐白兔[8]所捣之药方。后天[9]而老凋三光[10]。下视瑶池见王母，蛾眉[11]萧飒如秋霜。

弄 玉

萧史善吹箫，他的箫声能让孔雀和白鹤都飞来。秦穆公把自己的女儿弄玉嫁给萧史，萧史天天教弄玉吹箫作凤鸣，后来他们双双骑凤成仙。

[注释]

①鼎湖：地名。古代传说黄帝在鼎湖

乘龙升天。②弓剑：相传黄帝与群臣乘龙飞天，剩下些小吏不能上去，于是都拽住龙髯不放，龙髯都被拔掉坠落下来，黄帝所用的弓也掉了下来。黄帝在百姓的仰望中飞向天庭，那些小吏们只能抱着龙髯和弓大声呼喊，但也无济于事。③婵娟：美女。④乘鸾：传说春秋时秦有萧史善吹箫，穆公女弄玉慕之，穆公遂以女妻之。萧史教弄玉学箫，作凤鸣声，后凤凰飞至其家，穆公为作凤台。一日夫妇俱乘凤凰升天而去。后因以"乘鸾"比喻成仙。⑤天关：犹天门。⑥长云：很多的云彩。⑦紫皇：道教传说中最高的神仙。《太平御览》卷六五九引《秘要经》："太清九官，皆有僚属，其最高者，称太皇、紫皇、玉皇。"⑧白兔：指神话中月亮里的玉兔。⑨后天：谓后于天，极言长寿。后用为祝寿之词。晋王嘉《拾遗记·炎帝神农》："时有流云洒液，是谓'霞浆'，服之得道，后天而老。"⑩三光：日、月、星。⑪蛾眉：蚕蛾触须细长而弯曲，因以比喻女子美丽的眉毛。

[诗解]

鼎湖的水静静地流动，清澈见底。这里就是传说中黄帝乘龙飞天时不小心把弓箭遗落人间的地方。天宫中的美女一定众多，光彩照人，仙人们乘凤而去消失在烟波浩渺中，也都一去不复返。如果再有机会能乘龙升天的话，我一定到达仙境，登上天门，去聆听天上神仙的谈话，坐上伴着祥云的河车，载着美丽的仙女，去拜访玉皇。玉皇见到我一定会很高兴，并赐给我天宫玉兔捣制的长生不老药。吃了仙药，我就可以长生不老，寿比天齐，可以活到日月星辰都凋谢的时候。到那时我再去看瑶池的西王母，她已经满头白发如霜了。

山人劝酒

唐·李白

[题解]

《山人劝酒》，乐府《琴曲歌辞》旧题。在这首诗里，诗人借隐逸之士来抒发自己的归隐之意以及对仕途不顺的无奈和感伤。

[原文]

苍苍云松，落落[1]绮皓[2]。春风尔来为阿谁[3]？蝴蝶忽然满芳草。秀眉霜雪颜桃花，骨青髓绿长美好。称是秦时避世人，劝酒相欢不知老。各守麋鹿志[4]，耻随龙虎争[5]。欻(xū)[6]起佐太子，汉王乃复惊。顾谓戚夫人，彼翁羽翼成。

归来商山下，泛若云无情。举觞酹(lèi)⑦巢由，洗耳⑧何独清！浩歌望嵩岳，意气还相倾⑨。

许由洗耳

许由是尧舜时的贤人，尧想把帝位传给他，他拒绝后隐居起来，还到河边洗耳朵，表示不愿意听尧的话。许由淡泊名利，后来被奉为隐士之祖，也称为“洗耳翁”。

[注释]

①落落：豁达、开朗。②绮皓：指商山四皓，是秦代末年四位白发苍苍的老人，他们隐居在商山，人称“商山四皓”。汉高祖刘邦素来敬重他们四人的贤名，想让他们辅佐自己，而被拒绝。后来，吕后用张良的计谋，让太子亲自去恭请四位长者出山，四人才决定辅佐太子。他们四人与太子同去见高祖刘邦，太子的地位由此才得以巩固。③阿谁：谁人。④麋鹿志：指隐居山野的志向。⑤龙虎争：刘邦和项羽的楚汉之争。⑥欻：忽然，突然。⑦酹：用酒洒地以祭拜。⑧洗耳：尧召许由，欲将帝位传给他，许由不想听，就洗耳于颍水之滨。⑨相倾：指意气相投。

[诗解]

松柏苍翠挺拔，高入云端，商山四皓的胸襟豁达开朗。又到了温暖的春日，春风为谁而轻轻吹拂？小草绿了，花儿开了，芳香在满园弥漫，引来了蝴蝶在绿丛花间翩翩飞舞。商山四皓长得慈眉善目，眉间充溢着一片侠义傲骨。他们自称是秦代避乱世而居的人，归隐在林间过着闲适无忧的生活，饮酒谈笑间，不知道年老将至。他们各自守着隐居山野的志向，以项羽和刘邦的楚汉之争为耻。汉朝基业确立后，刘邦多次请商山四皓出山辅佐，他们都没有答应。忽然间他们辅佐了刘邦的太子，刘邦为此而惊叹不已。回头告诉戚夫人说，虽然想改换戚夫人的儿子继承大业，但无奈太子羽翼已成，有贤人辅佐而改动不了。巢父和许由归隐在南山之下，似乎像飘忽不定的云一样无情于世间的尘事。我不禁举杯，把酒洒在地上以祭拜巢父和许由，洗耳不闻尘间事是多么的清静啊！唱着浩歌，仰望着贤人所居的嵩岳，觉得自己和他们的志向十分相投。

幽涧泉

唐·李白

[题解]

《幽涧泉》，乐府旧题，属于《琴曲歌辞》。李白在这首诗里抒发自己哀时失志的苦闷之情，他的抑郁苦闷之情无处可倾诉，只能借幽咽的琴声来传达。

[原文]

拂彼白石，弹吾素琴。幽涧愀(qiǎo)①兮流泉深。善手②明徽③，高张④清。心寂历⑤似千古，松飕飗(sōu liú)兮万寻⑥。中见愁猿吊影而危处兮，叫秋木而长吟。客有哀时失志而听者，泪淋浪⑦以沾襟。乃缉商缀羽⑧，潺湲(yuán)成音。吾但写⑨声发情于妙指，殊不知此曲之古今。幽涧泉，鸣深林。

[注释]

①愀：忧惧的样子。②善手：高手。这里指弹琴的高手。③明徽：徽，指琴节，这里代指琴。古代用金玉、水晶等宝物装饰以显示琴的明亮晶莹。④高张：弹琴的手法。古代有诗："高张生绝弦，声急由调起。"⑤寂历：空旷。⑥寻：八尺为一寻。⑦淋浪：泪流不止的样子。⑧缉商缀羽：指奏乐。商、羽都是五声之一。⑨写：通"泻"，流出。这里指发出声音。

[诗解]

拿起白玉拨子，拂动琴弦，我开始弹奏心爱的素琴。清澈的山泉缓缓流入山涧，清幽而深远，像是满载着绵绵不断的淡淡忧愁。我弹琴的技术娴熟，弹琴的手法高超，琴弦在我的拨弄下闪动出美妙的音符，纯净而美妙。琴声诉不尽我的千古哀愁，我的琴声似乎承载了太多的凄怨。幽涧边的松树高耸入云，在秋风的吹拂下发出瑟瑟的声响，诉不尽我心中凄苦的寂寞。一只愁猿吊影危处在山涧中，发出凄惨的哀鸣。它的鸣叫声回荡在山谷丛林中，久久不散。座中听琴的过客，有哀时失志的，听到琴声感慨万千，泪湿沾襟。琴曲接近尾声，我缓缓拨动琴弦，结束了此曲。我只是借琴声以抒发自己的情怀，真不知道古今以来与我有同样情怀的人竟是如此之多。琴声如幽涧中潺潺流淌的泉水，在深林中鸣荡不已。

雉朝飞操

唐·李白

[题解]

《诗经》中曾以“雉之朝飞”作为爱情生活的象征。后琴曲继承了这一主题，并流传着一个故事：牧犊子终年放牧打柴，直至暮年仍是孤身一人，他见雉鸟都是成双成对地愉快飞翔，非常羡慕，愈加感到自己的孤独凄凉，伤心地唱道：“雉朝飞兮鸣相和，雌雄群兮于山阿。我独伤兮未有室，时将暮兮可奈何？”据《乐府古题要解》记载，魏武帝时有个卢姓宫女，擅长此曲，可见它是源远流长的古曲。

[原文]

麦陇青青三月时，白雉[1]朝飞挟两雌。锦衣绮翼何离褷(shī)[2]，犊沐采薪[3]感之悲。春天和，白日暖。啄食饮泉勇气满，争雄斗死绣颈断。雉子班奏急管弦，心倾美酒尽玉碗。枯杨枯杨尔生荑，我独七十而孤栖。弹弦写恨意不尽，瞑目归黄泥。

[注释]

①白雉：白色羽毛的野鸡。古时以为瑞鸟。②离褷：毛羽始生貌。③犊沐采薪：喻指老而无妻的人。

[诗解]

阳春三月，万物生机勃勃，垄上青青的麦苗散发着春天的气息，一只白色的雄野鸡带着两只雌鸡从田间飞起。雌鸟的新羽毛刚刚长出，色彩鲜亮。我这个老而无妻的人看到这情景心中感到一片凄凉。春风和煦，太阳暖洋洋的。鸟儿们在河边啄食，雄鸟们为求得配偶在互相争斗，脖子上的羽毛散落一地，还不肯罢休。雌鸟也急切地鸣叫着，准备好好地犒劳自己未来的丈夫。就连枯死的杨树在春天都能生出嫩芽，为什么只有我到了七十还一个人生活没有伴偶，这种滋味是管弦音乐、诗词歌赋无法表达，无法排遣的，恐怕只有我死后化为灰烬，灵魂才能得以安息。

卷八 杂曲歌辞

出自蓟北门行①

南朝宋·鲍照

［题解］

本篇写壮士从军卫国的壮志和朔方边塞的风物。全诗可分为三层：第一层写边塞报警，天子派兵救援；第二层写边塞的苦寒，战斗的艰苦；第三层写将士们以死报国的决心。

［原文］

羽檄(xí)②起边亭③，烽火④入咸阳⑤。征师屯广武⑥，分兵救朔方⑦。严秋⑧筋竿⑨劲，虏阵精且强。天子按剑怒，使者遥相望⑩。雁行⑪缘⑫石径，鱼贯⑬度飞梁⑭。箫鼓流汉思⑮，旌甲⑯被胡霜。疾风冲塞起，沙砾自飘扬。马毛缩如猬⑰，角弓⑱不可张。时危见臣节，世乱识忠良。投躯报明主，身死为国殇⑲。

［注释］

①出自蓟北门行：本诗写北方发生边警，将士不畏艰险、誓死卫国的决心。诗风奇峻迅急。蓟，古地名，在今北京西南。②羽檄：征召的文书，写在一尺二寸长的木简上，情况紧急时插上羽毛。③边亭：边地岗亭。④烽火：古代边防报警的烟火。⑤咸阳：秦都城，故址在今陕西长安西。此处泛指京都。⑥屯广武：屯，驻扎。广武，县名，在今山西北部。⑦朔方：郡名，治所在今内蒙古鄂尔多斯西北。⑧严秋：肃杀的秋天。⑨筋竿：筋，弓弦。竿，箭杆。⑩遥相望：形容使者往来不绝。⑪雁行：形容

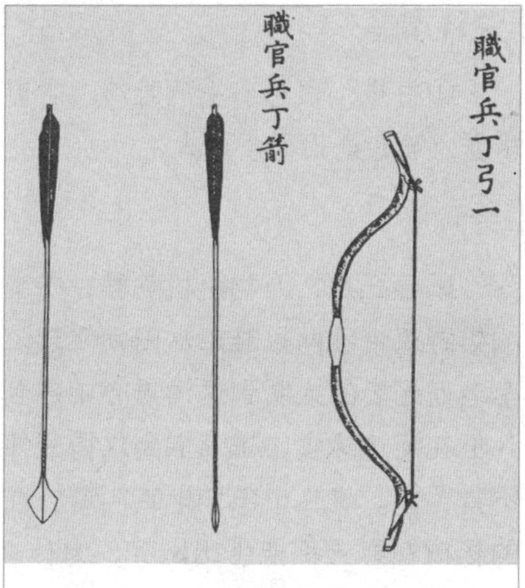

弓　箭

弓一般以桑木或榆木为干，弓弦用皮条做成。箭包括箭头、箭杆和箭羽。箭杆用柳木，箭头以铁做成扁刃状或尖钉状。

军队沿石径行进，如雁飞排成的行列。⑫缘：沿。⑬鱼贯：形容士兵依次渡过桥梁，如游鱼前后连贯。⑭飞梁：高架的桥梁。⑮箫鼓流汉思：军乐流露出汉人的情思。箫鼓，两种乐器，此处代指军乐。⑯旌甲：旌旗、铠甲。⑰猬：刺猬。⑱角弓：用角装饰的弓。⑲国殇：为国牺牲的人。《楚辞·九歌》有《国殇》篇，追悼阵亡战士。

投躯报明主，身死为国殇

将士们为报君主之恩，都奋勇杀敌，不顾自己的性命。

[诗解]

紧急征召的文书从边塞岗亭传来，战争爆发的消息已经传到京都。被征召的骑兵驻扎在广武县，将兵分几路解救被困的朔方。肃杀的秋天虽然十分寒冷，但战士们的战斗豪情丝毫没有减弱，他们手里的弓箭更加强劲了，但敌人的战阵也精锐而坚强。天子听到敌兵气焰嚣张的消息，按捺不住心中的怒火，也亲临战场与敌人一搏。战争十分激烈，传送军情战况的使者往来不绝。军队沿石径行进，如雁飞排成的行列；士兵依次渡过桥梁，如游鱼前后连贯。军乐流露出汉人的情思，战士们的旌旗和铠甲都披上了胡地的霜雪。他们冒着疾风冲锋陷阵，战场上的沙砾被扬起，随风飘荡。因为天气寒冷，马毛都像刺猬一样缩成一团，角弓也拉不开了。但在时局危险的时候，才可以看出那些臣子的节操；天下乱的时候，才能看出一个人是否忠良。战士们为回报君主之恩，都奋力拼杀，不顾自己的性命安危。身死之后，他们会成为为国牺牲的光荣烈士。

出自蓟北门行

唐·李白

[题解]

《出自蓟北门行》，乐府“都邑曲”调名，内容多写行军征战之事。天宝十一载（752），李白北游蓟门时作此诗。诗中歌颂了反击匈奴贵族侵扰的战争，同时也描绘了远征将士的艰苦生活。

［原文］

虏阵[1]横北荒，胡星[2]曜精芒。羽书速惊电，烽火昼连光[3]。虎竹救边急，戎车森已行[4]。明主不安席[5]，按剑心飞扬。推毂[6]出猛将，连旗登战场。兵威冲绝漠[7]，杀气凌穹苍。列卒[8]赤山[9]下，开营[10]紫塞[11]傍。孟冬风沙紧，旌旗飒凋伤[12]。画角悲海月，征衣卷天霜[13]。挥刃斩楼兰[14]，弯弓射贤王[15]。单于[16]一平荡[17]，种落[18]自奔亡。收功报天子，行歌归咸阳。

［注释］

①虏阵：指敌阵。②胡星：指旄头星。古人认为旄头星是胡星，当它特别明亮时，就会有战争发生。③“羽书”二句：告急的文书快如闪电，报警的烽火日夜燃烧。羽书，同“羽檄”。这里指告急的文书。④“虎竹”二句：救边的将领受命出征，战车森严地列队前进。虎竹，泛指古代发给将帅的兵符。⑤不安席：寝不安席，形容焦急得不能安眠。⑥推毂：相传是古代的一种仪式，大将出征时，君王要为他推车，并郑重地嘱咐一番，授之以指挥作战全权。毂，车轮。⑦绝漠：极远的沙漠。⑧列卒：布阵。⑨赤山：山名，在辽东（今辽宁西部）。⑩开营：设营，扎营。⑪紫塞：指长城。因城土为紫色，故名。⑫“孟冬”二句：北方的初冬风沙十分猛烈，旌旗飒飒，飘扬在万物凋伤的边塞。孟冬，初冬。飒，飒飒风声。⑬“画角”二句：在边地的月光下吹奏出悲壮的画角声，战士的军衣上凝聚了层层寒霜。画角，古乐器。本细末大，用竹木或皮革制成，外加彩绘，军中用以报告昏晓。卷，这里是凝聚的意思。天霜，古人认为霜是从天上落下来的。⑭楼兰：西域古国名。⑮贤王：指敌军的高级将领。⑯单于：匈奴的首领。⑰平荡：荡平。⑱种落：种族，部落。这里指匈奴所属的部落。

［诗解］

胡虏横行于北方，胡星闪耀着光芒，胡人又一次发动了对汉族的侵略战争。告急的文书快如闪电，报警的烽火日夜燃烧。汉朝救边的将领受了皇帝的命令出征，战车森严地列队前进。英明的皇帝急得不能安眠，他按着宝剑，驱除胡虏的决心十分坚定。大将出征讨伐胡人时，君王亲自为他推车，并郑重地对他嘱咐一番，授之以指挥作战全权。极远的沙漠上顿时扬起了战争的硝烟，杀气顿时充斥在边塞。在赤山安兵布阵，在长城边的紫塞设营扎寨。北方初冬的风沙十分猛烈，旌旗飒飒，飘扬在万物凋伤的边塞。在边地的月光下吹奏出悲壮的画角声，战士的军衣上凝聚了层层寒霜。挥刀攻破楼兰国，弯弓射杀胡人的贤王。终于平荡了单于的部队，匈奴所属的部落各自奔亡。功成回来酬报天子，各地人民纷纷行歌庆贺，一直迎接战胜的军队回归到咸阳。

君子有所思行

唐·李白

［题解］

《君子有所思行》，乐府《杂曲歌辞》旧题。在这首诗里，李白抒发了自己不得重用的无奈和愤懑，以及他“老骥伏枥，志在千里”的情怀。

［原文］

紫阁[1]连终南[2]，青冥天倪[3]色。凭崖望咸阳，宫阙罗北极。万井[4]惊画出，九衢（qú）[5]如弦直。渭水清银河，横天流不息。朝野盛文物[6]，衣冠何翕赩（xī xì）[7]？厩马散连山，军容威绝域[8]。伊皋[9]运元化[10]，卫霍[11]输筋力。歌钟[12]乐未休，荣去老还逼。圆光过满缺，太阳移中昃（zè）[13]。不散东海金，何争西辉匿。无作牛山悲[14]，恻怆泪沾臆。

皋　陶

传说皋陶是舜帝时期掌管刑法的官，他面貌奇特，脸是青绿色，嘴像鸟嘴一样。皋陶有一只獬豸，这只獬豸有确认罪犯的神奇本领，皋陶断狱时，獬豸会用角抵触有罪的人。

［注释］

①紫阁：终南山峰名。②终南：山名。秦岭主峰之一，在陕西西安南。一称南山，即狭义的秦岭。③天倪：天际，天边。④万井：古代以地方一里为一井，万井即一万

平方里。⑤九衢：纵横交错的大道，繁华的街市。⑥文物：文采物色。指礼乐典章制度。⑦翕赩：光色盛貌。⑧绝域：极远之地。⑨伊皋：伊尹和皋陶。伊尹，商代名相。皋陶，舜之大臣，掌刑狱之事。后二人常并称，喻指良相贤臣。⑩元化：造化，天地。⑪卫霍：西汉名将卫青和霍去病。他们皆以武功著称，后世并称“卫霍”。⑫歌钟：伴唱的编钟。⑬中昃：日过午而渐西斜。⑭牛山悲：亦作“牛山叹”。《晏子春秋·谏上十七》：“景公游于牛山，北临其国城而流涕曰：‘若何滂滂去此而死乎？’”后以“牛山叹”“牛山泪”“牛山悲”“牛山下涕”喻为人生短暂而悲叹。

[诗解]

紫阁山峰和终南山相连，遥远天边的颜色青翠鲜明。凭崖远望，可以看到咸阳城，城里宫阙众多，似乎能与北极相接。城内的南北大街交错纵横，好像画里画的那样；繁华的街市像弓弦那样笔直。渭河的水清澈明净，奔流不息。朝廷的礼乐典章制度非常完善，只有高官重臣的衣冠才会光色鲜亮。祁连山边经常有战争发生，汉朝的军威浩荡，声播西域。有像伊尹和皋陶这样的良相贤臣辅佐，又有卫青、霍去病这样的武将为朝廷出战效力，所以才有今日昌盛的局面。宫内歌舞升平，欢乐未歇。月圆月缺，如今我也已经老去了。日头正旺时都没有尽情散发自己的光彩，又何必在夕阳西下时去争那些许的光辉呢？不要为人生的短暂而悲叹、忧伤以致泪水沾满衣襟。

空城雀

唐·李白

[题解]

乐府《杂曲歌辞》旧题。诗人在这首诗里表达的是自己志向不得伸展，又不想屈节钻营，只能过着悲苦日子的愤懑与无奈之情。

[原文]

嗷嗷空城雀，身计何戚促！本与鹪鹩(jiāo liáo)①群，不随凤凰族。提携四黄口②，饮乳未尝足。食君糠秕余，常恐乌鸢③逐。耻涉太行险，羞营覆车粟④。天命有定端，守分⑤绝所欲。

[注释]

①鶺鶒：鸟名，似黄雀而小。②黄口：雏鸟。③鸢：鹰类的猛禽。④覆车粟：杨宣为河内太守，行县，有群雀鸣桑树上，宣谓吏曰："前有覆车粟，此雀相随，欲往食之。"行数里，果如其言。⑤分：名分，职分。

[诗解]

嗷嗷待哺的空城雀，生计是多么的戚促啊！本与鶺鶒为群，不随凤凰之类逐飞。提携、哺育着四只雏鸟，饮乳常常不足。吃人间的秕糠的时候，常常畏惧乌鸢来抢逐。以涉太行险为耻，羞于相随着覆车粟而飞往食之。天命自有定数，安守着自己的职分，不得不屡屡断绝自己这小小的欲望。

[诗评]

文末二句，乃是远客思妇口气。或注作闺情，恐误。

——许昂霄《词综偶评》

妾薄命

唐·李白

[题解]

《妾薄命》，《杂曲歌辞》旧题。这首诗写的是阿娇失宠的事情，但诗人借此事寄托了自己的思想："以色事他人，能得几时好？"李白认为如果想始终得到君王的恩宠一定要有真本领，不是以色侍人。李白在这首诗里，表达的是对那些没有真正本领，光靠谄媚来侍奉君主的朝中臣子的不满之情，并指出他们的谄媚不会维持多长时间，自己这样的贤人终会得到君王的重用。

[原文]

汉帝重阿娇，贮之黄金屋①。咳唾落九天，随风生珠玉②。宠极爱还歇，妒深情却疏。长门一步地，不肯暂回车。雨落不上天，水覆难再收③。君④情与妾⑤意，各自东西流。昔日芙蓉花，今成断根草⑥。以色事他人，能得几时好？

芙蓉花

诗歌把芙蓉花断根比作失宠，那些以色貌赢得恩宠的人，一旦年老色衰，就会被抛弃，像花开花落一样，好景不长。

［注释］

①“汉帝”二句：汉武帝曾有语：“若得阿娇作妇，当作金屋贮之。”②“咳唾”二句：这里化用了《庄子》里的故事。《庄子·秋水》中有：“子不见夫唾者乎？喷则大者如珠，小者如雾，杂而下者不可胜数也。”③水覆难再收：据说姜太公妻子马氏，不堪太公的贫困而离开了他。到太公富贵的时候，她又回来找太公请求和好。太公取了一盆水泼在地上，令其收之，不得，太公就对她说：“若言离更合，覆水定难收。”④君：指汉武帝。⑤妾：指阿娇。⑥断根草：比喻失宠。

［诗解］

汉武帝曾经十分宠爱阿娇，为她筑造金屋赐她居住。武帝对她娇宠万分，即使她的唾沫落下，也会被看作像珠玉那样珍贵。娇宠到极点，恩爱也就停歇了，武帝对她的情意渐渐停歇淡薄。阿娇被贬长门后，即使与武帝的寝宫相距很近，武帝也不肯回车，在阿娇那里暂时停留。雨落之后再也不会飞上天空，覆水也难再收回。武帝与阿娇的情意，各自东西。往日美丽的芙蓉花，今日成为凄凉的断根之草。如果凭借姿色侍奉他人，相好的日子是十分短暂的。

名都篇

魏·曹植

［题解］

名都者，邯郸、临淄之类也。以刺时人骑射之妙，游骋之乐，而无忧国之心也。这是曹植自己创作的乐府新题之一。本篇内容描写都市富家子弟的游荡生活，反映了曹植自己少年时代的豪情放诞生涯。篇题中的“名都”意指著名的国都。

[原文]

名都①多妖女②，京洛③出少年。宝剑直千金，被服丽且鲜。斗鸡东郊道，走马长楸(qiū)间④。驰骋未能半，双兔过我前。揽弓捷⑤鸣镝(dí)⑥，长驱上南山。左挽因右发⑦，一纵⑧两禽⑨连。余巧未及展，仰手接飞鸢⑩。观者咸称善，众工⑪归我妍⑫。归来宴平乐⑬，美酒斗十千。脍(kuài)鲤臇(juǎn)胎虾⑭，炮⑮鳖炙熊蹯(fán)⑯。鸣俦(chóu)啸匹侣⑰，列坐竟⑱长筵。连翩⑲击鞠壤⑳，巧捷惟万端。白日西南驰，光景㉑不可攀㉒。云散还城邑，清晨复来还㉓。

[注释]

①名都：大都市。②妖女：艳丽的女子。③京洛：当时东汉的京城洛阳。④长楸间：指大道上。长楸，是一种枝干高耸的落叶乔木，古时往往于大道两旁种楸树。⑤捷：插。⑥鸣镝：响箭。⑦左挽因右发：左手挽弓，右手发箭。⑧纵：放箭。⑨两禽：指双兔。“禽”字古时对鸟兽通用。⑩鸢：鹞鹰的俗称。⑪众工：许多善射的人。⑫归我妍：夸赞我的本领高超。⑬平乐：洛阳西门外的一座楼观。⑭“脍鲤”句：把鲤鱼的肉切得很细，用斑鱼做少汁的羹。脍，细切肉。臇，汁很少的肉羹。胎虾，有子的斑鱼。⑮炮：与下文“炙”皆为烧烤。⑯熊蹯：熊掌。⑰鸣俦啸匹侣：呼朋唤友。俦、匹侣，朋友，同伴。⑱竟：坐满。⑲连翩：连续而轻捷之状。⑳击鞠壤：蹴鞠、击壤，都是古时的游戏。鞠为毛球，玩时用脚踢。壤为木制的游戏器具，共两块，玩时先将一块放在三四十步以外的地上，用另一块投击它。㉑光景：日光。㉒攀：追挽，留住。㉓“云散”二句：众少年在黄昏时分星散回家，明天清早再来游玩。

[诗解]

名都盛产艳丽的美女，洛阳更有风度翩翩的少年。我佩带的宝剑价值千金，身着的衣服奢华鲜艳。斗鸡在东郊的道路上，赛马于长列的楸树间。我骑马驰骋还不到半路，一双野兔就蹦到了跟前。于是立即弯起弓弩搭上了响箭，扬鞭策马追上了南山。我左手挽弓，右手发箭，只一箭就把双兔射倒了。别的技巧还没有施展，又迎头射中空中的飞鸢。观猎的行人齐声喝彩，旁边的射手为我赞叹。归来大宴于平乐古观，美酒一斗便值十千钱。细切了鲤鱼烹煮虾羹，爆炒甲鱼再烧烤熊掌。呼朋引伴地前来入座，长长的筵席顷刻坐满。蹴鞠和击壤忙个不停，选手们身手敏捷，花样翻新。太阳永远疾驰在西南，流逝的光景不可追攀。盛宴后我们如云骤散，明天清晨再来此畅饮游玩！

美女篇

魏·曹植

[题解]

《美女篇》是乐府歌辞，属《杂曲歌辞·齐瑟行》，以开头二字为题。这首诗以美女盛年不嫁，比喻志士怀才不遇。美女者，以喻君子。言君子有美行，愿得明君而事之。若不遇时，虽见征求，终不屈也。

[原文]

美女妖且闲[1]，采桑歧路间。柔条[2]纷冉冉[3]，落叶何翩翩。攘袖[4]见素手，皓腕约[5]金环。头上金爵钗[6]，腰佩翠琅玕(láng gān)[7]。明珠交[8]玉体，珊瑚间木难[9]。罗衣何飘飘，轻裾随风还。顾眄(miǎn)遗光采，长啸气若兰。行徒用息驾，休者以忘餐。借问女何居，乃在城南端。青楼临大路，高门结重关。容华耀朝日，谁不希[10]令颜。媒氏何所营，玉帛不时安[11]。佳人慕高义，求贤良独难。众人徒嗷嗷[12]，安知彼所观[13]。盛年处房室，中夜起长叹。

美女妖且闲，采桑歧路间

美女挽起袖子采桑，露出了洁白的手腕。她头上佩戴着美丽的金钗，春天的阳光照着她，她的裙子在春风中飘扬。

[注释]

①妖且闲：美丽而且优雅。②柔条：桑树的枝条。③冉冉：柔弱的样子。④攘袖：卷起袖子。⑤约：束，戴上。⑥金爵钗：金

钗一端铸成雀形。⑦琅玕：像珠子一样的石头。⑧交：指珠子交错地挂着。⑨木难：一种出于大秦的绿色珠子。⑩希：羡慕。⑪安：定的意思，指要求定亲。⑫嗷嗷：愁叹的声音。⑬彼所观：她所向往的，想要的。

［诗解］

女子美丽且优雅地在小路上采桑。桑树的枝条十分柔嫩，女子采桑时桑叶也随之翩翩而落了。美女挽起袖子采桑，露出了她那洁白的手。为了采桑，她的素手高举，这样又露出她戴着金手镯的洁白而有光泽的手腕。她头上插着雀形的金钗，腰上挂着翠绿色的玉石。身上佩着明珠，还点缀着碧色宝珠和红色的珊瑚。美女穿着轻薄的丝罗上衣，衣襟随风飘动，显得那么的动人。她的一顾一盼都留下迷人的光彩，呼出的气息，芬芳如幽兰。行路的人见到美女停车不走了，休息的人见到美女忘了吃饭。这美女在哪里居住呢？她住在城南，出自大户人家。她家的朱楼临近大街，高高的院墙，重重的门。她不是普通人家的女儿，而是大家闺秀。美女的容光如同早晨的阳光，谁不爱慕她的美貌呢？媒人都干什么去了呢？为什么不及时送来聘礼，订下婚约呢？美女爱慕的是品德高尚的人，要想寻求一个贤德的丈夫实在很困难。美女的理想不是一般人所能理解的，因而吵吵嚷嚷，议论纷纷，他们哪里知道她看得上的是怎样的人。美女正当青春盛年，而独居闺中，忧愁怨恨，深夜不眠，发出长长的叹息。

［诗评］

《美女篇》意致幽眇，含蓄隽永，音节韵度皆有天然姿态，层层摇曳而出，使人不可仿佛端倪，固是空千古绝作。

——叶燮

白马篇

魏·曹植

［题解］

白马者，见乘白马而为此曲。言人当立功立事，尽力为国，不可念私也。这首诗的内容是写幽并少年立功边塞的雄心壮志，诗中也表现了曹植自己希望建功立业、一展抱负的志向。

［原文］

白马饰金羁①，连翩②西北驰。借问谁家子，幽并③游侠儿。少小去乡邑，扬声沙漠垂④。宿昔⑤秉⑥良弓，楛(hù)矢⑦

捐躯赴国难，视死忽如归

汉末晋初，北方有匈奴、鲜卑等侵犯。诗人曹植希望破除胡虏的抱负在此诗中得到了展现，诗中的白马少年，敏捷矫健，身怀绝技，有着视死如归的气概，也是诗人自己豪情的写照。

何参差。控弦破左的[8]，右发摧月支[9]。仰手接飞猱[10]，俯身散马蹄[11]。狡捷过猿猴，勇剽[12]若豹螭[13]。边城多警急，胡虏数迁移。羽檄从北来，厉马登高堤。右驱蹈匈奴，左顾陵鲜卑。寄身锋刃端，性命安可怀[14]。父母且不顾，何言子与妻。名编壮士籍，不得中顾私[15]。捐躯赴国难，视死忽如归。

［注释］

①羁：马笼头。②连翩：接连不断。③幽并：古代两个州的名字。幽州在今河北北部及辽宁西南一带。并州在近山西北部及中部。④垂：与“陲”相通，边陲，边地的意思。⑤宿昔：从来。⑥秉：手持。⑦楛矢：一种箭的名称，箭杆用楛木做成。⑧左的：是左边的靶子。的，是射箭的靶子，⑨月支：箭靶。⑩猱：一种猿猴。⑪马蹄：也是一种箭靶。⑫剽：轻捷。⑬豹螭：豹和螭都是凶猛的动物。⑭怀：顾惜，吝惜。⑮“名编”二句：自己已经名列壮士之林，中途再顾不得自己的家事了。

［诗解］

白色的战马，饰着金黄的笼头，直向西北飞驰而去。请问这是谁家的少年，是幽州、并州一带的游侠儿。他很小的时候就离开了家乡，在边地一带无人不知。他早晚弓箭不离手，有着过硬的骑射技术：左右开弓，仰射俯射，或动或静，箭无虚发。敏捷胜过猿猴，勇猛好像虎豹和蛟龙。边塞城邑多次报警告急，敌军骑兵频繁犯边。插着羽毛的紧急文告从北方传来，白马英雄立即催马登上防御工事。英雄有急国家所急的侠肝义胆。在边塞紧急的关头，国家一声令下，他毫不犹豫，立即奔赴前线，右驱匈奴，左凌鲜卑，表现得十分英勇。他有压倒敌人而不被敌人所压倒的英雄气概。投身于刀锋剑刃的战场，岂能不置生死于度外？哪里还顾得上父母妻儿之情？既然编入壮士的名册，参加到军队的行列，心中就不能有什么私念，就要随时准备为国捐躯，视死如归。

［诗评］

诗人不仅以激情的笔调写出了白马少年的英雄行为，而且以精湛的语言揭示了人物的爱国精神。诗歌的最后几句，道出了白马少年的思想底蕴和壮烈情怀，音哀气壮，声沉调远，大有易水悲歌的遗韵。

——周英

发白马

唐·李白

［题解］

《发白马》属于乐府《杂曲歌辞》旧题。

［原文］

将军发白马①，旌节渡黄河。箫鼓聒川岳，沧溟涌涛波。武安有振瓦②，易水无寒歌③。铁骑若雪山，饮流涸滹(hū)沱④。扬兵猎月窟⑤，转战略朝那⑥。倚剑登燕然⑦，边峰列嵯(cuó)峨。萧条万里外，耕作五原⑧多。一扫清大漠，包虎戢金戈⑨。

［注释］

①白马：白马津，在今河南滑县北。②武安有振瓦：《史记》中记载，秦国伐魏，赵王令赵奢救魏，秦军驻军在武安西，秦军鼓噪勒兵，武安屋瓦尽震。武安，在今河北武安。③易水无寒歌：荆轲刺秦之前，与高渐离慷慨悲歌，高为之送行。歌曰："风萧萧兮易水寒，壮士一去兮不复还。"④滹沱：河名。在河北西南部，为子牙河的北源。⑤月窟：月生之处，最西边。⑥略朝那：略，取的意思。朝那，是古代的城市名，旧址在今宁夏固原。⑦燕然：燕然山，在今内蒙古境内。⑧五原：郡县名。治所在今陕西定边。⑨包虎戢金戈：《礼记》记载："武王克殷反商，倒载干戈，包之以虎皮。"唐孔颖达疏："包之以虎皮者，虎皮，武猛之物也。用此虎皮包裹兵器，示武王威猛能包天下兵戈也，或以虎皮有纹，欲见文止武也。"戢，收藏兵器。

[诗解]

将军从白马津出发，张展旌旗跨渡黄河。箫鼓声震动川岳，气势壮大如海上涌起的波涛。武安县有战事，战事浩大，把武安县的屋瓦全都震落了，但易水却无寒歌，战场上兵士气势昂扬，没有慷慨的悲歌。铁骑如若在雪山上行走，那马饮的水之多，能让滹沱河的水全部干涸。战争在最西部的月窟发起，后来又转战到朝那。倚剑登上燕然山，那里边峰高峻，战争频繁。万里外十分萧条，唯有五原的耕作多。希望能够一扫大漠对中原的威胁，能以武力制服大漠的胡虏。

千里思

唐·李白

[题解]

《千里思》，乐府《杂曲歌辞》旧题。这首诗表达的是对那些滞留在胡地不能归汉之人的无限同情。

[原文]

李陵[①]没胡沙，苏武[②]还汉家。迢迢五原关[③]，朔雪乱边花。一去隔绝域[④]，思归但长嗟。鸿雁向西北，因书报天涯。

[注释]

①李陵：汉武帝命令将军李广利抗击匈奴，李陵率部出居延北千余里，以分单于兵。后李陵军被匈奴大军围困，兵败而降。②苏武：苏武出使匈奴被扣留，不屈服匈奴，就在北海牧羊。多年后才得以重返汉朝。③五原关：在唐盐州五原县境内。④绝域：绝远之国。

[诗解]

汉武帝时，李陵被匈奴大军围困，兵败后投降匈奴，从此他的一生就埋没在胡沙边塞之地。苏武出使匈奴被扣留，不屈服匈奴，就在北海牧羊，多年后才得以重返汉朝。五原关迢迢万里，朔雪纷飞，大如夏花。从此一去就相隔在绝远之国，思念家乡却不能归来，只能长嗟短叹。鸿雁年年飞向西北，让它们来替自己传递书信，寄到远方的亲人身边。

伤歌行古辞

［题解］

《伤歌行》，侧调曲也。古辞伤日月代谢，年命遒尽，绝离知友，伤而作歌也。

［原文］

昭昭素明月，辉光烛我床。忧人不能寐，耿耿[1]夜何长。微风吹闺闼(tà)[2]，罗帷[3]自飘扬。揽衣曳长带，屣履[4]下高堂。东西安所之[5]，徘徊以彷徨。春鸟翻南飞，翩翩独翱翔。悲声命俦(chóu)匹[6]，哀鸣伤我肠。感物怀所思，泣涕忽沾裳。伫立吐高吟，舒愤诉穹苍[7]。

［注释］

①耿耿：心中难以忘怀的样子。②闺闼：妇女所居内室的门户。③罗帷：丝制的帷幔。④屣履：穿上鞋子。屣，鞋子。⑤安所之：到哪里去。⑥俦匹：文中指鸟的伙伴。⑦穹苍：天空。

［诗解］

清冷的夜晚，一轮皎洁的月亮挂在天空，月光照在床头，屋子里格外明亮。屋里的女子想起故人，心中忧伤，难以入睡。思念不能断绝，夜晚也显得无比漫长。不时有微风吹进闺阁，吹得罗帷不停地飘动。女子重新披上衣服，穿上鞋子走出屋子。可是到哪里去呢？只有在附近徘徊彷徨。春天鸟儿都向南方飞去，而有一只鸟却留了下来，独自翱翔。它呼唤伙伴的声音多么悲伤，哀鸣的声音让人断肠。看到鸟儿想起自己，女子悲伤得哭了起来，眼泪都沾湿了衣裳，只好站在外边高吟，向天空倾诉着自己的忧愤。

忧人不能寐，耿耿夜何长

夜深人静，女子思念故人，难以成眠。

长相思

唐·李白

[题解]

《长相思》属于乐府《杂曲歌辞》旧题。李白这首诗以春花、春风起兴，写女思男，望月怀思，抚琴寄情，忆君怀君，悱恻缠绵。真有“人比黄花瘦”之叹。

[原文]

日色已尽花含烟，月明欲素愁不眠。赵瑟①初停凤凰柱②，蜀琴欲奏鸳鸯弦③。此曲有意无人传，愿随春风寄燕然。忆君迢迢隔青天，昔日横波目，今成流泪泉。不信妾肠断，归来看取明镜前。

[注释]

①赵瑟：相传古代赵国的人善弹瑟。瑟，弦乐器。②凤凰柱：瑟柱上雕饰凤凰形状。③蜀琴欲奏鸳鸯弦：旧注谓蜀琴与司马相如琴挑故事有关。鲍照有“蜀琴抽白雪”句。白居易也有“蜀琴安膝上，周易在床头”句。李贺有“吴丝蜀桐张高秋”，王琦注云：“蜀中桐木宜为乐器，故曰蜀桐。”蜀桐实即蜀琴。古人诗中常以蜀琴喻佳琴，与司马相如、卓文君事无关。鸳鸯弦也只是为了强对凤凰柱。

[诗解]

夕阳西下暮色朦胧，花蕊笼罩轻烟，月华如练，我思念着情郎终夜不眠。柱上雕饰凤凰的赵瑟，我刚刚停奏，心想再弹奏蜀琴，又怕触动鸳鸯弦。这饱含情意的曲调，可惜无人传递，但愿它随着春风，送到遥远的燕然。忆情郎啊，情郎他迢迢隔在天那边，当年递送秋波的双眼，而今成了流泪的源泉。您若不信贱妾怀思肝肠欲断，请归来看看明镜前我的容颜！

仙人篇

魏·曹植

[题解]

《仙人篇》，杂曲歌辞。这种游仙题材在曹植诗中为数不少，他其实不信神仙，只是借此排解自己受压抑的苦闷。《乐府广题》曰："秦始皇三十六年，使博士为《仙真人诗》，游行天下，令乐人歌之。"曹植《仙人篇》曰："仙人揽六箸。"言人生如寄，当养羽翼，徘徊九天，以从韩终、王乔于天衢也。

西王母

西王母是我国古代的女神仙，相传她住在昆仑山的瑶池。周穆王坐着八匹骏马拉的车，在瑶池接受西王母的宴请。

［原文］

仙人揽六箸（zhù）①，对博太山隅②。湘娥③拊（fǔ）琴瑟，秦女④吹笙竽。玉樽盈桂酒，河伯献神鱼。四海一何局⑤，九州安所如⑥。韩终⑦与王乔，要⑧我于天衢⑨。万里不足步，轻举凌太虚。飞腾逾景云，高风吹我躯。回驾观紫微⑩，与帝合灵符⑪。阊阖正嵯峨，双阙万丈余。玉树扶道生⑫，白虎⑬夹门枢。驱风游四海，东过王母庐。俯观五岳间，人生如寄居。潜光养羽翼⑭，进趣⑮且徐徐⑯。不见昔轩辕，升龙出鼎湖。徘徊九天下，与尔长相须⑰。

［注释］

①六箸：古人博戏用的器具，类似于棋子，共十二枚，黑白各六枚，以此争胜。②太山隅：泰山的一角。③湘娥：湘水女神，一说即帝尧的两个女儿娥皇和女英。④秦女：指秦穆公之女。她嫁给萧史，善吹箫。⑤局：局促，狭小。⑥安所如：到哪里可安身。⑦韩终：人名，传说中古代的仙人。⑧要：与"邀"相通，邀请的意思。⑨天衢：天上的路。⑩紫微：星名，古代人认为天帝所居之地。⑪与帝合灵符：指手持神符，让天帝相信自己得以升仙。⑫扶道生：夹生在道路旁。⑬白虎：古代神话中为天帝守门的兽。⑭潜光养羽翼：指隐居求仙，得道后长出羽翼，得以升天。⑮进趣：一作"进趋"，行进的意思。⑯徐徐：安稳的样子。⑰与尔长相须：与黄帝相约在天上。

[诗解]

仙人们把揽着黑白各六枚棋子，悠闲地在泰山一角对博。女神湘娥抚弄着琴瑟，秦穆公之女秦娥吹着笙竽。仙境中，不仅有美妙的音乐，还有美酒珍肴。而尘世中天地何其狭小，不知道哪里才可以安身。仙人韩终与王乔，邀请我来到天上。还没举步就已经行了万里路程，轻轻一跃就登上了太虚仙境。在云端飞腾，天上的风吹着我。回头看到了天帝所居之所，手持神符，让天帝信任自己得以升仙。只见宫门高峻，殿高万丈，玉树夹生于道旁，门枢有守门的神兽。驾着轻风游览四海，向东经过王母的居所。俯观五岳之间，人生就如寄居那样无所着落。真希望能够隐居求仙，得道后长出羽翼，得以升天。想着往昔黄帝铸好鼎以后，上天便派龙下来迎接，黄帝就骑着龙升天了。真希望我也如此。在九天中徘徊，希望与黄帝相约在天上。

春日行

南朝宋·鲍照

[题解]

《春日行》属古乐府《杂曲歌辞》。这首诗描写在明媚的春光中男女青年郊游嬉戏的欢乐情景。

[原文]

献岁①发，吾将行②。春山茂，春日明。园中鸟，多嘉声③。梅始发，柳始青。泛舟舻(lú)，齐棹④惊。奏《采菱》，歌《鹿鸣》。风微起，波微生。弦亦发，酒亦倾。入莲池，折桂枝。芳袖动，芬叶披。两相思，两不知。

[注释]

①献岁：即岁首，一年之始。《楚辞·招魂》："献岁发春兮，汩吾南征。"②吾将行：是借用《楚辞·涉江》"忽乎吾将行兮"中的成句，在此谓我将出发春游。③嘉声：形容鸟的鸣叫声十分动听。④齐棹：整齐地举起船桨。

[诗解]

新年伊始，我将出发春游。我所见到的郊外春光是如此明媚：百草绿缛争茂，万木欣荣葳蕤，千山万岭都披上了青春的绿装。光明灿烂的春晖，洒满绿色大地，焕然成彩，暖气融融。园林中到处莺声燕语，鸣声清脆，仿佛一曲曲悦耳动听的春歌。红梅在春风中率先怒放，向人间报告春的信息。含烟惹雾的杨柳枝条，已纷纷生出嫩芽，渐渐由黄转青，春天给人们带来的一切，都那样新鲜明丽，生机盎然。春游的人们来到烟波浩渺的水上，荡起了龙舟画舫，他们整齐地举起桨片，使劲地划呀划呀。船儿飞快地在水上滑行，水鸟被惊得扑翅飞向两岸。人们不禁心旷神怡，逸兴遄飞，在船上奏起了江南的《采菱》曲，音调流转柔婉；时而又唱起古老的《鹿鸣》歌，情韵和雅古朴。和煦的春风吹皱了一池春水，泛起层层涟漪。大家在弦歌声中频频举杯祝酒，尽情痛饮。女子们荡开双桨，时而没入一片荷叶田田的池中，时而又傍岸攀折那尚未开花的桂枝。随着她们透着香气的罗袖频频挥动，船儿便轻快地前进，那些芬芳的水草叶子纷纷地向两边倒伏让路。春游中的青年男女彼此产生了爱慕相思，都钟情于对方，又都不知道对方也在相思中。

春日行

唐·李白

[题解]

《春日行》，时景二十五曲之一，本咏春游，李白拟作咏君王游乐之词。唐玄宗春日泛游白莲池，召李白作辞。时李白已酒醉翰林苑，乃命高力士扶以登舟，即兴而作。

[原文]

深宫高楼入紫清①，金作蛟龙盘绣楹。佳人当窗弄白日，弦将手语②弹鸣筝。春风吹落君王耳，此曲乃是《升天行》③。因出天池④泛蓬瀛，楼船蹙沓波浪惊。三千双蛾献歌笑，挝钟考鼓宫殿倾。万姓聚舞歌太平。我无为，人自宁。三十六帝⑤欲相迎，仙人飘翩下云軿[píng]。帝不去，留镐京⑥。安能为轩辕，独往入杳冥？小臣拜献南山寿，陛下万古垂鸿名。

[注释]

①紫清：紫微清都之所，天帝居住的地方。②弦将手语：意思是弦与手摩擦而成声。③《升天行》：古乐府名。④天池：指御园的池沼。⑤三十六帝：道教传说有三十六个天帝。⑥镐京：西周武王建都镐京，在长安县西北十八里，

自汉武帝后遗址沦陷。这里代指国都。

[诗解]

皇宫深深，楼阁高耸云霄，金色的蛟龙盘旋在堂前华丽的柱子上。美女们在窗前梳妆打扮，玉手抚动琴弦。美妙的筝声随春风吹落，传入游乐的君王耳里，这应该是那首《升天行》吧。泛舟在白莲池上，如蓬莱仙境一般，楼船划破湖面急促前进，惊起阵阵波浪。众多的宫女们奏起音乐唱起歌曲，敲打钟鼓的声音都要使宫殿轰倒。这是多么壮观的天下百姓歌舞太平的场面呀。只要君王于民休养生息，百姓就会安居乐业，天下太平。天庭上三十六个天帝要来迎接，仙人们驾着彩云翩然而下。但皇帝不愿意随他们而去，宁愿留在人间。皇帝岂能像轩辕氏那样，乘龙飞天而去，不顾他的子民，独自来往于青天之上？小臣我祝愿皇帝寿比南山，陛下的英明万古流芳。

[诗评]

此以王道讽求仙也。不直讥求仙，而曰“帝不去，留镐京。安能为轩辕，独往入杳冥？”以反规荒废万机之失，明不如王道太平之可慕也。孰谓太白不闻道，但赋凌云飘遥之气者？

——陆沆云《诗比兴笺》

朗月行

唐·李白

[题解]

《朗月行》是乐府古题，属于《杂曲歌辞》。这首诗大概是李白针对当时朝政黑暗而发的。唐玄宗晚年沉湎声色，宠幸杨贵妃，权奸、宦官、边将擅权，把国家搞得乌烟瘴气。诗中“蟾蜍蚀圆影，大明夜已残”似是讽刺这一昏暗局面。然而诗人的主旨却不明说，而是通篇作隐语，化现实为幻景，以蟾蜍蚀月影射现实，说得十分深婉曲折。诗中一个又一个新颖奇妙的想象，展现出诗人起伏不平的感情，文辞如行云流水，富有魅力，发人深省，体现出李白诗歌的雄奇奔放、清新俊逸的风格。

[原文]

小时不识月，呼作白玉盘。又疑瑶台[1]镜，飞在青云端。仙人垂两足[2]，桂树何团团。白兔捣药成，问言与

谁餐？蟾蜍蚀圆影，大明③夜已残。羿昔④落九乌⑤，天人清且安。阴精⑥此沦惑⑦，去去不足观。忧来其如何，恻怆摧心肝。

嫦　娥

嫦娥是神话中的月中仙子。传说嫦娥是后羿的妻子，她过不惯清苦的生活，乘后羿不在家的时候，偷吃了后羿从西王母那里取来的长生不死药，到月亮里去了。

[注释]

①瑶台：神话中西王母的居所，在昆仑山。②仙人垂两足：指古代的传说。传说月亮里有仙人和桂树，先看见仙人的两只脚，月亮渐渐升起，就看到仙人的全影，然后看见桂树。③大明：这里指月亮。④羿昔：传说尧帝时天上有十个太阳，十个太阳同时升起，草木焦枯。尧帝命令后羿射掉九个太阳，只留下一个，这样人民才得以安定。⑤乌：三只脚的乌鸦，这里代指太阳。⑥阴精：指月亮。⑦沦惑：沉没，这里指被蟾蜍吃掉。

[诗解]

小时候天真烂漫，对月亮是没有什么认识的，只把它称为白玉盘。月光如此皎洁可爱，怀疑它是仙人瑶台之上的一块明镜，飘飞在青云之端。月亮初生时逐渐明朗，宛若仙境般美丽。古代神话说月中有仙人、桂树、白兔。当月亮初生的时候，先看见仙人的两只脚，而后逐渐看见仙人和桂树的全影，看见一轮圆月，看见月中白兔在捣药。看到这宛若仙境般的景致，不知道他们在月中是在和谁共餐呢？然而好景不长，月亮渐渐地由圆而蚀，被蟾蜍啮食而残损，变得晦暗不明。古代善射的后羿，射落了九个太阳，只留下一个，使天和人都免除了灾难。月亮既然已经沦没而晦惑不清，还有什么可看的呢！不如趁早走开吧。可我却不忍一走了之，内心矛盾重重，忧心如焚。

[诗评]

暗指贵妃能惑主听。

——沈德潜《唐诗别裁》

少年行

唐·王维

[题解]

《少年行》是王维的组诗，共四首，分咏长安少年游侠高楼纵饮的豪情、报国从军的壮怀、勇猛杀敌的气概和功成无赏的遭遇。这首诗是组诗之一，写少年游侠的日常生活。要从日常生活的描写中显示出少年游侠的精神风貌，选材颇费踌躇。诗人精心选择了高楼纵饮这一典型场景。游侠重义气、重然诺，而这种性格又总是和"使酒"密不可分，所谓"三杯吐然诺，五岳倒为轻"，把饮酒的场景写活，少年游侠的形象也就跃然纸上了。

[原文]

新丰①美酒斗十千，咸阳游侠多少年。相逢意气②为君饮，系马高楼垂柳边。

[注释]

①新丰：汉代县名。在今陕西临潼东北。六朝以来以产美酒而著名。②意气：指少年游侠轻生报国的壮烈情怀、重义疏财的侠义性格、豪纵不羁的气质和使酒任性的作风等。

[诗解]

一斗新产的新丰美酒价值十千，长安城中有许多少年游侠。与你一见如故，开怀畅饮，我们将马拴在酒楼旁的垂柳边。

少年行

唐·李白

[题解]

《少年行》，乐府《杂曲歌辞》旧题。古代诗人一般以此题咏少年壮志，以抒发其慷慨激昂之情。李白的《少年行》，一组两首，这里所选的是其中的一首。这两首《少年行》皆沿用乐府旧题，以寥寥数语勾勒了豪侠少年的形象，摹写了其个性特征。

[原文]

君不见，淮南少年游侠客，白日球猎夜拥掷。呼卢①百万终不惜，报仇千里如咫尺。少年游侠好经过，浑身装束皆绮罗。兰蕙相随喧妓女，风光去处满笙歌。骄矜自言不可有，侠士堂中养来久。好鞍好马乞与②人，十千五千旋③沽酒。赤心用尽为知己，黄金不惜栽桃李④。桃李栽来几度春，一回花落一回新。府县尽为门下客，王侯皆是平交人。男儿百年且乐命，何须徇⑤书受贫病？男儿百年且荣身，何须徇节甘风尘？衣冠半是征战士，穷儒浪作⑥林泉民。遮莫⑦枝根长百丈，不如当代多还往。遮莫姻亲连帝城，不如当身自簪缨⑧。看取富贵眼前者，何用悠悠身后名？

[注释]

①呼卢：古代的博戏。②乞与：给予。③旋：漫然，随意。④栽桃李：这里指的是交朋友。⑤徇：又作“读”。⑥浪作：使作。⑦遮莫：尽管，任凭。⑧簪缨：古代时达官贵人的冠饰，这里指仕宦高官。

[诗解]

你难道不知，淮南游侠的少年郎，白天游猎晚上掷骰。他们玩博戏一日散尽百万也不惋惜，报仇即使要行千里之远也觉得近在咫尺。少年游侠，他们注重的只是经过，浑身上下装束华贵，遍身绮罗。他们身边常有美女香花为伴，常光顾风月场所，他们所去之处皆是笙歌飘飞。他们看来虽然骄纵但其实却很谦和，与他们结交的人都是高人侠士。自己的好鞍好马都送给了友人，遇见相投之人散尽千金也不可惜，对知己绝对是一片赤诚。他们散尽千金，年年如此，所以结交了很多朋友，府县官吏都是他们的门下客，王侯都与他们平起平坐。男儿生来就应该享尽人生的欢乐，何必要读书遭受贫穷和疾病？男儿生来就应该豪气冲天，征战立功，自己建立功业，哪里用得着为保全节操而死，甘落风尘？少年就该为国征战，书生才愿意做隐士。尽管有着深厚的背景，不如这辈子多还往。不要凭借着与帝王的姻亲关系而爬上高枝儿，不如凭借自身获取仕宦高官。尽情享用眼前的荣华富贵，何必贪图身后的声名呢？

游侠篇

晋·张华

作者简介

张华（232-300），字茂先，西晋文学家。《晋书·张华传》说他“学业优博，辞藻温丽，朗赡多通，图纬方伎之书，莫不详览”。

［题解］

张华的诗风表现了由魏到晋的过渡。他的《游侠篇》模仿曹植的《名都篇》，诗中赞赏游侠之士和战国四公子的贤明。

［原文］

翩翩四公子①，浊世称贤明。龙虎方交争，七国②并抗衡。食客三千余，门下多豪英。游说朝夕至，辩士自从横③。孟尝东出关，济身由鸡鸣④。信陵西反魏，秦人不窥兵⑤。赵胜⑥南诅⑦楚，乃与毛遂行。黄歇⑧北适秦，太子还入荆⑨。美哉游侠士，何以尚四卿。我则异于是，好古师老彭⑩。

鸡鸣狗盗

齐国孟尝君出使秦国时，被秦昭王扣留，他逃至函谷关时，昭王又令追捕。孟尝君的一个食客学鸡叫，引起所有的鸡齐鸣，这样骗开城门，孟尝君才得以逃回齐国。

［注释］

①四公子：指战国时期的孟尝君、平原君、信陵君和春申君。②七国：指战国七雄。③从横：指无拘无束地施展自己的才能。④“孟尝”二句：指孟尝君出函谷关，依靠门客学鸡叫，才得以顺利通过。⑤“信陵”二句：指信陵君救赵国后，留居赵国，后秦攻打魏国，魏

王召信陵君回来，秦兵不再敢伐魏。⑥赵胜：平原君。⑦诅：以福祸之言在神前相约定。⑧黄歇：春申君。⑨荆：楚国别名。⑩老彭：老子、彭祖。

[诗解]

战国四公子，风度翩翩，在那个战乱的时代成就了自己的贤达之名。那时龙争虎斗，战国七雄相互抗衡。但他们之所以成就自己的万古美名，多是依靠他们招徕的门下食客。孟尝君出函谷关，依靠门客学鸡叫，才得以顺利通过。信陵君救赵国后，留居赵国，后秦攻打魏国，魏王召信陵君回来，秦兵不再敢伐魏。秦兵攻打赵国的都城邯郸，平原君到楚地求救，靠毛遂说服了楚王，楚国才出兵相救。春申君曾经游说秦王，才使楚国太子得以还楚。游侠之士真是贤明，但他们为什么反而要崇尚四公子呢？我则与那些游侠士不同，我喜好古人，以老子、彭祖为师。

同声歌

汉·张衡

作者简介

张衡（78–139），字平子，南阳西鄂人。他是东汉时期伟大的天文学家，为我国天文学的发展作出了不可磨灭的贡献；在数学、地理、绘画和文学等方面，张衡也表现出了非凡的才能和广博的学识。他发明了地动仪，能测报地震；他所作的《二京赋》《四愁诗》等，均颇有名。

[题解]

同声歌，有"同声相应"之意。这首诗写女子自幸得嫁给令自己满意的丈夫，表示愿意尽妇职，希望能够与丈夫长久恩爱。

[原文]

邂逅承际会①，得充②君后房③。情好新交接，恐栗若探汤④。不才勉自竭，贱妾职所当。绸缪⑤主中馈⑥，奉礼助蒸尝⑦。思为苑蒻⑧席，在下蔽匡床⑨。愿为罗衾帱⑩，在上卫风霜。洒扫清枕席，鞮(dī)芬以狄香⑪。重户结金扃(jiōng)，高

举案齐眉

东汉梁鸿与孟光夫妻二人互相尊敬，美满和谐。梁鸿每次回家时，孟光总是托着放好饭菜的盘子送到丈夫面前。为了表示对丈夫的恭敬，她都把盘子托得和眉毛齐平。

下华灯光。衣解巾粉御，列图陈枕张。素女[12]为我师，仪态盈万方。众夫希所见，天老[13]教轩皇[14]。乐莫斯夜乐，没齿焉可忘。

［注释］

①际会：机遇。②得充：能够。③后房：妻子。④探汤：把手伸进滚开的水中，这里表示诚惧之意。⑤绸缪：系好衣服的带结。比喻整顿好仪表。⑥主中馈：主管厨中飨客的菜肴。⑦蒸尝：祭祀。冬天祭祀叫蒸，秋祭叫尝。⑧苑蒻：细嫩的蒲草，可以做成席子。⑨匡床：方正安适的床。⑩罗衾帱：绸做的被子。帱，床帐。⑪狄香：古代西域的一种香料。⑫素女：天上的仙女。⑬天老：皇帝的辅臣。⑭轩皇：指黄帝。

［诗解］

女子和男子的故事始于一次邂逅，因为这样的机会，有幸成为他的妻室。虽然与丈夫感情很好，但毕竟是新妇，在丈夫家中仍不免有诚惧之心。但她还是决定尽力扮演好她在家庭中的角色，她愿意成为男方家族的一员，获得正式地位。整顿好仪表去主管厨中飨客的菜肴，并遵循礼仪、辅佐举办祭祀。愿意变成蒲草做成的席子，在下面遮蔽方正安适的床。愿意变成绸做的被子，在上面防卫风霜。她很贤惠地把枕席清扫干净，并用狄香来熏皮鞋。把重重门户关好，屋里上下都点上了华灯。解衣就寝，挂好帐子，陈列素女、天老的图像。出嫁之后，再不能像以往那样任性，天上的仙女仪态端庄，她要以仙女为师，并像天老辅助黄帝那样，辅助自己的丈夫，做好家里的事。遇到了满意的夫君，如此幸福，她感受到了前所未有的欢乐，一辈子也忘不了和丈夫共度的时光。

侠客行

唐·李白

[题解]

《侠客行》属于乐府《杂曲歌辞》。在李白这首诗之前，没有以《侠客行》为名的诗作。同类题材的诗多见于《汉书·游侠传》，以《游侠篇》或《游侠行》为名。李白这首诗用的是乐府体裁吟咏传统的游侠题材。李白所吟咏的侠客，是慷慨悲歌、行侠仗义的勇士。李白借这首诗表达他豪猛的壮志以及期望立功边塞的决心。

[原文]

赵客①缦胡缨②，吴钩③霜雪明。银鞍照白马，飒沓④如流星。十步杀一人⑤，千里不留行。事了拂衣去，深藏身与名。闲过信陵饮，脱剑膝前横。将炙啖朱亥，持觞劝侯嬴⑥。三杯吐然诺⑦，五岳倒为轻。眼花耳热⑧后，意气素霓生。救赵挥金槌，邯郸先震惊。千秋二壮士⑨，烜赫大梁城。纵死侠骨香，不惭世上英。谁能书阁下，白首《太玄经》⑩？

[注释]

①赵客：战国时燕赵一带多出侠士，所以后人称侠客一类的人物为燕赵之客。②缦胡缨：一种没有纹理的粗制帽带。③吴钩：春秋时吴王阖闾命令国中之人制作金钩，有人贪图吴王的重赏，杀了自己的两个儿子，以血衅金，因而成二钩，献给了吴王。后来，吴钩就用来泛指利剑宝刀。钩，兵器，形状似剑而刃弯曲。④飒沓：群飞的样子。这里指马行疾速。⑤十步杀一人：形容刀剑疾快。这里用的是典故。源自《庄子·说剑》："臣之剑十步一人，千里不留行。"⑥"将炙"二句：用的是信陵君窃符救赵的典故。炙，用火烤的肉。啖，食用，吃。持觞，举杯同饮。⑦然诺：许诺。⑧眼花耳热：形容酒酣时的形态。⑨二壮士：指朱亥和侯嬴。⑩"谁能"二句：用的是西汉末年著名词赋家扬雄的典故。扬雄曾在皇帝藏书的天禄阁校勘经典，对《太玄经》有很深的研究。书阁下，代指扬名后世，丹青留名。

[诗解]

燕赵一带多出侠士，他们身佩宝刀，身骑白马，利剑明亮逼人，白马疾飞像天上的流星。侠士的宝剑锋利无比，剑术高超，所向无敌，在十步之内就能结束别人的性命。侠士身下的白马日行千里，漫漫长途却不见身影。然而，他们喜欢功成身退，不愿示恩于人，等事情办完之后，他们便拂身而去，远离红尘。这些侠士堪与战国时期的信陵君相比，他们尚侠好士，膝前横剑，志气威猛。七国争雄的战国时期，信陵君礼贤下士，广纳门客，朱亥和侯嬴都曾受到信陵君的知遇和厚待。信陵君爱士、重士、敬士，与朱亥和侯嬴一起吃肉，举杯同饮。朱、侯二人豪爽重义，适逢知己，三杯酒之间，便立定了为信陵君效命的决心。他们的豪爽和一诺千金，感动了时人，感动了苍天，天空中呈现出白虹。朱亥槌杀晋鄙，壮举雄风，一时惊震了赵国邯郸。朱、侯一诺千金、愿为知己者死的豪侠精神千古传诵，万古不朽，他们的侠肝义胆、铮铮铁骨将永远垂照大梁都城。万年之后，究竟谁能彪炳史册、垂名千古呢？是老于《太玄经》的扬雄这样的儒生吗？

[诗评]

诗文采用叙事体，但大开大合，收转自然，中间偶见议论之句，亦如画龙点睛，使人对全诗主旨更加了然。

——李春祥《乐府诗鉴赏辞典》

游子吟

唐·孟郊

作者简介

孟郊（751—814），字东野，湖州武康（今浙江德清）人。他的诗共有四百多首，多是乐府和古诗，大多倾诉穷愁孤苦、愤世嫉俗的思想感情；用字造句力避平庸，追求古拙奇险，诗风冷峭。与韩愈齐名，为韩孟诗派的开创者。

[题解]

这是一首母爱的颂歌。在宦途失意的境况下，诗人饱尝世态炎凉，穷愁终生，故愈觉亲情之可贵。这首诗，虽无藻绘与雕饰，却清新流畅，于淳朴素淡中体现其诗味的浓郁醇美。

[原文]

慈母手中线，游子身上衣。临行密密缝，意恐迟迟归。谁言寸草[1]心，报得三春晖[2]。

[注释]

①寸草：小草，比喻游子。②三春晖：春天的阳光，这里比喻母亲。

[诗解]

一个头发花白的老母亲在穿针引线、赶制衣衫，她的眼睛已经花了，皱纹布满了额头，但还是默默地一针一针地缝着，只因为这细细的线上寄托着母亲对儿子无限的爱。虽然儿子已经长大，可以出门远行了，但她还是放心不下，临行前，老母亲还是要亲手为儿子缝补衣衫。她缝了一针又一针，连了一线又一线，那缝上去的针针线线正是她那颗伟大的慈母心。现在儿子要远游了，她真担心儿子迟迟不归，这怎能让母亲心安呢？春天的阳光驱散了冬日的严寒，给人间带来了温暖，小草正是在阳光的普照下才欣欣向荣的。一棵小草，要报答给予它生命的无限春晖，何时才能报答完呢？要知道，这样的大恩本就是难以回报的啊！

秦女休行

唐·李白

[题解]

乐府《杂曲歌辞》旧题。女休为燕王妇，为宗报仇，杀人都市，虽被囚系，终以赦宥，得宽刑戮。

[原文]

西门[1]秦氏女，秀色如琼花。手挥白杨刀[2]，清昼杀仇家。罗袖洒赤血，英声凌紫霞。直上西山去，关吏相邀遮[3]。婿为燕国王，身被诏狱[4]加。犯刑若履虎[5]，不畏落爪牙。素颈未及断，摧眉伏泥沙。金鸡忽放赦[6]，大辟[7]得宽赊[8]。何惭聂政姊[9]，万古共惊嗟。

齐聂政姊

聂政是齐国的勇士，他行刺韩国宰相后，为了不连累自己的姐姐，毁容自杀而死。谁知聂政的姐姐认尸自杀，并为聂政扬名。他们都是重然诺、轻生死的侠义之人。

［注释］

①西门：左延年《秦女休行》：“始出上西门，遥望秦氏庐。秦氏有好女，自名为女休。”诗用其意。②白杨刀：宝刀名。③邀遮：拦截。④诏狱：奉皇帝的诏命拘禁罪犯的监狱。⑤履虎：踩在虎身上。比喻处境危险。⑥金鸡忽放赦：指大赦，赦免罪行。⑦大辟：死刑。⑧宽赊：宽大赦免。⑨聂政姊：这里运用的是典故。聂政为人报仇，刺杀韩国宰相，然后毁容自杀。韩国把他的尸首暴露街头，悬赏千金，购问其姓名。政姊听说这件事，哭诉说：“今死而无名，父母既殁矣，兄弟无有，此为我故也。夫爱身不扬弟之名，吾不忍也。”于是抱尸而哭，自杀于尸下。

［诗解］

西门有秦氏女，长得秀色如花。她手里挥一把白杨刀，清早就找仇家报仇去了。杀了仇人，她的罗袖上布满了血迹，她的英雄豪气充斥在紫霞之上。她报完仇，径直回西山去，关吏把她拦截了下来。她因为杀人被关在了监狱。当官吏向她用刑，处境十分危险时，她仍意气凛然，毫不畏惧那些官吏爪牙。只要她的头还没断，她就不会让恶势力得逞，不会向他们屈服。突然遇到了天下大赦，她被宽大处置，赦免了死刑。她和聂政的姐姐相比，有什么可自愧不如的呢？她们都是万古以来的女侠英豪！

［诗评］

按女休事奇烈，重述一过，便堪击节，太白拟乐府，有不与本辞为异，正复难及者，此类是也。

——胡应麟《诗薮》

壮士篇

晋·张华

[题解]

燕荆轲歌曰："风萧萧兮易水寒，壮士一去兮不复还。"《壮士篇》盖出于此。张华的这首《壮士篇》是述志于征战的，诗中先述说宇宙天地的运行变化，继而到人世人生的生息规律，隐含着时光珍贵、机遇不常的求实、惜时观。接着提出，身为壮士，有生之年要把建功立业放在迫切、首要之位，不能迷恋于万物为虚、万事无为的老庄哲学。

[原文]

天地相震荡，回薄①不知穷。人物禀常格②，有始必有终。年时俯仰过，功名宜速崇③。壮士怀愤激，安能守虚冲④。乘我大宛马，抚我繁弱弓⑤。长剑横九野，高冠拂玄穹。慷慨成素霓，啸咤起清风。震响骇八荒⑥，奋威曜四戎⑦。濯(zhuó)鳞⑧沧海畔，驰骋大漠中。独步圣明世，四海称英雄。

[注释]

①回薄：指天地生生息息，不停运动的过程。②禀常格：遵从宇宙间的自然规律。③速崇：指功名应该尽快建立并使之崇高。④虚冲：守于虚无。⑤繁弱弓：名为"繁弱"的大弓。⑥八荒：也叫八方，指东、西、南、北、东南、东北、西南、西北八方向，指离中原极远的地方。后泛指周围、各地。⑦四戎：指周边的敌国。⑧濯鳞：这里代指壮士。

[诗解]

天地在不停地运动变化，这种生生息息的过程是没有穷尽的。世间的人或物都遵从着宇宙间的生灭规律，都有自己的初始与终结。人生的时光俯仰之间就已逝去，功名应该尽快建立并使之崇高。身为壮士，应该勇搏，激情满怀，怎能够安守于所谓的虚无呢？骑上我那大宛产的良种战马，手按我那名为"繁弱"的大弓。手握我那可以横扫九野的长剑，头戴高得可以连接天际的征战之冠。慷慨地走上战场的时候，有天上的白虹壮气，有萧萧而起的清风送行。杀敌的吼声、鼓声震骇八方，奋勇向前的威势震慑周边的敌国。壮士既可横渡河海，也可驰骋于大漠。壮士独步于圣明之世，四海之内都称其为英雄。

秦女卷衣

唐·李白

［题解］

乐府《杂曲歌辞》有《秦王卷衣》，言咸阳春景及宫阙之美，秦王卷衣，以赠所欢也。李白的《秦女卷衣》与《秦王卷衣》十分不同。李白这首诗表达的是对爱情的看法，对爱情应该始终如一，不能因为年老色衰而背弃对方。其实在这首诗里，也隐含着李白自己的用世情怀，他希望为君王效力，不会因年老而放弃这一理想。

［原文］

天子居未央①，妾侍卷衣裳。顾无紫宫②宠，敢拂黄金床。水至③亦不去，熊来尚可当④。微身奉日月⑤，飘若萤火光。愿君采葑菲，无以下体妨⑥。

［注释］

①未央：汉代宫阙名称。②紫宫：指天子所居住之处。③水至：典出《列女传》："贞姜者，齐侯之女，楚昭王夫人。楚昭王出游，留夫人渐台之上而去。王闻江水大至，使使者迎夫人，忘持其符。"夫人与楚昭王以符相约，没符不去。"于是使返回取符，则水大至。台崩，夫人流而死。"④熊来尚可当：这里运用的是典故。汉元帝观斗兽，有熊逃出圈，攀槛欲上殿。左右皆惊走。唯有冯婕妤上前，当熊而立，保护元帝。⑤日月：比喻皇帝。⑥"愿君"二句：化用《诗经》里的句子："采葑采菲，无以下体。""葑""菲"，是植物的名称，上下都可以吃。但根有时长得美，有时长得丑，不损害它们的味道。比喻夫妇应该以礼仪合，不可以因为容颜衰老而相弃。

［诗解］

天子居住在未央宫，妾卷衣为君王侍寝。妾知道自己没有受到皇帝的百般恩宠，所以不敢在帝王面前娇纵造次。只是期望能够常伴君王左右，为他守护一生。没有他的约定，即使即将淹没于水中也不离去；猛熊若对他构成威胁，妾愿为他阻挡。自己身份如此卑贱，能够侍奉君王，已经感到很满足了。希望君王能够懂得妾的一片真情实意，不要因为妾的容颜衰老而遗弃。

丽人行

唐·杜甫

［题解］

本诗约作于天宝十二载（753）春天，旨在讥刺杨国忠兄妹骄奢淫逸的生活，曲折地反映了君王的昏庸和时政的腐败。这一切，作者并没有直接点出来，而是通过场面描写和情节叙述，让读者清楚地意识到。这正是艺术上的成功之处。

［原文］

虢国夫人

虢国夫人是杨贵妃的姐姐，杨贵妃得宠后，她的三个姐姐也来到京师，分别被封为虢国夫人、韩国夫人和秦国夫人。杨氏一时权倾天下，甚至当时都城中有歌谣唱道：“生男勿喜女勿悲，生女也可妆门楣。”

三月三日天气新，长安水边多丽人。态浓意远淑且真，肌理细腻骨肉匀。绣罗衣裳照暮春，蹙金孔雀银麒麟。头上何所有，翠微[1]㔩(è)叶[2]垂鬓唇[3]。背后何所见，珠压[4]腰[5]衱(jié)稳称身。就中云幕椒房亲，赐名大国虢与秦。紫驼之峰出翠釜，水精之盘行素鳞。犀箸厌饫(yù)久未下，鸾刀缕切空纷纶。黄门飞鞚(kōng)不动尘，御厨络绎送八珍。箫鼓哀吟感鬼神，宾从杂遝实要津。后来鞍马[6]何逡巡[7]，当轩下马入锦茵。杨花雪落覆白苹，青鸟[8]飞去衔红巾[9]。炙手可热势绝伦，慎莫近前丞相嗔。

［注释］

①翠微：薄薄的翡翠片。②㔩叶：妇女髻上戴的花叶饰物。③鬓唇：鬓边。

④珠压：把珠子按在上面，不让风吹起。⑤腰：这里指腰带。⑥后来鞍马：隐晦的说法，这里指杨国忠。⑦逡巡：原意是犹豫不决，这里指顾盼自得的样子。⑧青鸟：神话中的鸟名，西王母的使者。相传西王母见汉武帝时，先有青鸟飞集殿前。后来被用做男女间的信使。⑨红巾：指妇女所用的红手帕。这里指男女暗传消息。

［诗解］

三月三日阳春时节天气清新，长安曲江河畔聚集了好多美人。她们姿态庄重，神情高远，文静自然，肌肤丰润，身材匀称。她们身上穿着绫罗衣服，绫罗衣服上金丝绣的孔雀、银丝绣的麒麟在春日温暖阳光的照耀下显得更加怡人。她们头上戴着什么呢？原来是翡翠花片直贴到鬓角边。在她们背后能看见什么呢？原来是宝珠压住裙身，显得那么合身。她们就是云幕椒房的后妃至亲，皇上所封的虢国夫人和秦国夫人。她们身份高贵，吃的全是山珍海味。翡翠蒸锅端出香喷喷的紫驼峰，水晶圆盘送来肥美的鱼。她们吃腻了山珍海味，犀角的筷子久久不动，只害得刀工空忙活了一场。宦官骑马飞来却扬不起灰尘，御厨络绎不绝送来山珍海味。她们听着笙箫鼓乐，在座的都是些达官贵人。有一个骑马官人是多么骄横，到轩门才下马从绣毯上走进帐厅。白雪似的杨花覆盖白苹，青鸟飞去衔起地上的红巾。丞相杨国忠意气骄恣，气焰煊赫，真是不可一世，千万不要上前惹他生气啊！

［诗评］

成功的文学作品，它的倾向应当从场面和情节中自然而然地流露出来，不应当特别把它指点出来，作者的见解愈隐蔽，对艺术作品来说就愈好；而且作家不必要把他所描写的社会冲突的历史未来的解决办法硬塞给读者。《丽人行》就是这样的一篇成功之作。

——陈贻焮

东飞伯劳歌

南朝梁·萧衍

作者简介

萧衍（464–549），字叔达，小字练儿。南兰陵中都里（今江苏武进市西北）人。南梁政权的建立者，庙号高祖，史称梁武帝。

[题解]

《东飞伯劳歌》,《杂曲歌辞》旧题。通常所说的“劳燕分飞”即出于此。

[原文]

东飞伯劳[1]西飞燕，黄姑[2]织女时相见。谁家女儿对门居，开颜发艳照里间。南窗北牖桂月光，罗帷绮帐脂粉香。女儿年几[3]十五六，窈窕无双颜如玉。三春已暮花从风[4]，空留可怜谁与同。

[注释]

①伯劳：鸟名。②黄姑：即“河鼓”，星星名称。③几：将要。④三春已暮花从风：比喻时光已经渐渐逝去，而女儿虽然可爱，但尚未婚嫁。

[诗解]

伯劳东飞，燕子西去，黄姑和织女时而相见。是谁家的女儿蹲坐在门前，美丽倩影投照在里屋。皎洁的月光透过窗户，照耀在女子的帷帐上，屋内飘散着脂粉的芳香。女子今年将要十五六岁，身材窈窕，容颜如玉，洁白美丽，无与伦比。但三春已经过去，日暮时分花朵都已凋零，女儿虽然可爱，但没有夫家，这般美丽又有谁爱怜呢?

树中草

唐·李白

[题解]

《树中草》，乐府《杂曲歌辞》旧题。在这首诗中，诗人抒发了世人命运飘忽不定的郁闷之情。

[原文]

鸟衔野田草，误入枯桑里。客土[1]植危根[2]，逢春犹不死。草木虽无情，因依尚可生。如何同枝叶，各自有枯荣?

[注释]

①客土：异地的土壤。②危根：入地不深容易拔起的根。

[诗解]

鸟在野草田间衔枝，却误入了枯桑丛里。入地不深容易拔起的根植生在异地的土壤中，适逢春天尚且不会枯死。野草和枯木虽无亲情，因为彼此的依靠尚可以生存。为什么同一棵树上的枝叶，命运却有枯与荣的不同？

长相思

唐·李白

[题解]

《长相思》，乐府《杂曲歌辞》。多写思归之怨，李白此诗拟其格而别有寄寓，豪放之外更兼含蓄。这首《长相思》大约是他离开长安后，于沉思中回忆过往情绪之作，意旨在于抒发追求政治理想却不能实现的苦闷。

[原文]

长相思，在长安。络纬①秋啼金井栏②，微霜凄凄簟(diàn)色寒③。孤灯不明思欲绝，卷帷望月空长叹。美人如花隔云端。上有青冥④之长天，下有渌水之波澜。天长路远魂飞苦，梦魂不到关山难。长相思，摧心肝。

[注释]

①络纬：虫名，即莎鸡，俗称络丝娘、纺织娘。夏秋夜间振羽作声，声如纺线，故名。②金井栏：精美的井栏。③簟色寒：指竹席的凉意。④青冥：形容青苍幽远。指青天。

[诗解]

在长安城中，有一个孤独的人，他身居华府，但内心却感到寂寞和空虚。暮秋的傍晚，阶下纺织娘凄切地鸣叫。天气渐凉，竹席上泛着微微寒意，一个人躺在竹席上，夜不能眠。昏黄的孤灯下，一个人守着这份寂寞，这种滋味真叫人痛苦欲绝。起身卷起帷帐，抬头看看天上的那一轮明月，清寒凄幽，更让人哀叹。如花美人的影子总在眼前浮现，有时近在眼前，有时却远隔云端，与月儿一样，可望而不可即。恍惚中他梦魂飞扬，要去寻找他所思念的人儿。然而天高地远，上有幽远难及的高天，下有波澜动荡的渌水，路途遥遥，关山迢递，梦魂依然无法和思念的人相聚，徒留梦中苦苦的思念，相思的苦楚像刀子在心肝上搅动。

荆州歌

唐·李白

[题解]

《荆州歌》，乐府旧题，属于《杂曲歌辞》。李白的这首诗，模拟旧题，描写闺中少妇一人独居，思念情郎的怀春情绪。

[原文]

白帝城①边足风波，瞿塘②五月谁敢过？荆州③麦熟茧成蛾，缫（sāo）丝④忆君头绪多。拨谷⑤飞鸣奈妾何！

瞿塘峡

瞿塘峡在长江三峡中，非常险峻湍急，峡两岸山峦连绵起伏。诗中少妇思念丈夫，而丈夫尚在外，归家要经过瞿塘峡的急流险滩，想起这些，她不禁为丈夫担心。

[注释]

①白帝城：在今四川奉节白帝山上。②瞿塘：瞿塘峡，长江三峡之一，峡中水流险急，水中多暗礁，夏历五月涨水时，行舟更加危险。③荆州：在今湖北江陵。④缫丝：抽茧成丝。这里指思绪。⑤拨谷：布谷鸟，五月飞鸣，鸣叫声像呼唤情哥哥一样。

[诗解]

白帝城边，风波甚多，瞿塘峡水流险急，动不动就会触到水中的暗礁。在夏历五月水流上涨之时，在瞿塘峡中行舟就更加危险了。荆州的麦子熟了，蚕茧吐完蚕丝，生命殆尽，破茧化成飞蛾。少妇的思绪交错，就像蚕抽的丝那样纷乱，理也理不清。布谷鸟在窗外鸣叫，似乎在呼唤自己的情郎，使少妇思夫的情绪更加浓郁，她真不知道此时该如何整理自己的这份情怀。

[诗评]

此歌有汉谣之风。唐人诗可入汉魏乐府者，唯太白此首。

——杨慎《李诗选》

行路难

南朝宋·鲍照

[题解]

《行路难》，说行路之艰难，也借此说明世路艰难及离别的悲伤之情。

[原文]

对案①不能食，拔剑击柱长叹息。丈夫生世能几时②，安能③蹀躞④垂羽翼。弃檄罢官去，还家自休息。朝出与亲辞，暮还在亲侧。弄儿⑤床前戏，看妇机中织。自古圣贤尽贫贱，何况我辈孤且直⑥。

[注释]

①案：一种放食器的小几。②丈夫生世能几时：这句是说一个人生在世上能有多久呢？③安能：怎能。④蹀躞：小步行走的样子。⑤弄儿：逗小孩。⑥“自古”二句：这两句是说自古以来圣人贤者都贫困不得意，何况像我们这样孤高而耿直的人呢！孤且直，孤高并且耿直。

[诗解]

对着席案上的美食却难以下咽，拔出宝剑对柱挥舞，发出长长的叹息。大丈夫一辈子能有多长时间，怎么能像蝴蝶六足落地时一样垂下翅膀？既然在政治上不能有所作为，不如丢开自己的志向，罢官回家休息，还能够与亲人朝夕相处，共叙天伦之乐。早上出家门与家人道别，傍晚回家依然在亲人身边。在床前与孩子玩耍，看妻子在织布机前织布。自古以来圣人贤者都贫困不得意，何况像我们这样孤高而耿直的人呢！

［诗评］

同为诗人抗议人生的哀歌，本诗较之上一首的正言若反、半吐半吞，写法上要直露得多，但本诗也并非一泻到底。起调的高亢，转为中间的平和，再翻出结语的峭拔，照样是有张有弛，波澜顿挫。音节安排上由开首时七言长调为主，过渡到中间行云流水式的五言短句，而继以奇峰突出的两个长句作收煞，其节奏的高下抗坠也正相应于情感旋律的变化。所以两首杂言体乐府仍有许多共同之处。

——陈伯海

行路难三首

唐·李白

［题解］

《行路难》是古乐府《杂曲歌辞》名，其内容多叙写社会道途艰难和离别悲伤。《行路难》是李白创作的一组诗歌。722 年诗人应诏入京，供奉翰林，试图施展自己的经国济世的宏愿，但他很快受到排挤，找不到政治出路，在或去或留之时，写下这组诗。诗人此时心情复杂，失意、愤懑、迷惘困惑、愤世嫉俗、自负及自信等种种情感交织在一起，感慨万千。诗中写世路艰难，充满了在政治上遭遇挫折后的抑郁不平之感。

其 一

［原文］

金樽①清酒斗十千②，玉盘珍羞③直万钱。停杯投箸不能食，拔剑四顾心茫然④。欲渡黄河冰塞川，将登太行雪满山。闲来垂钓碧溪上，忽复乘舟梦日边⑤。行路难，行路难，多歧路，今安在？长风破浪⑥会有时，直挂云帆济沧海。

［注释］

①樽：古代盛酒的器具。②斗十千：形容酒价昂贵。③珍羞：珍贵的菜肴。羞通“馐”。④“停杯”二句：化用鲍照《行路难》：“对案不能食，拔剑击柱长叹息。”⑤“闲来”二句：垂钓碧溪，《史记·齐太公世家》记载，吕

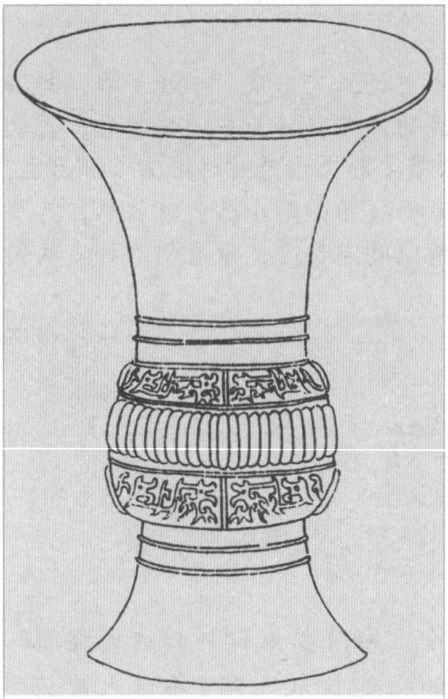

樽

樽是古代温酒或盛酒的器具，也作“尊”。温酒樽一般为圆筒形或盆形，有盖，腹较深。盛酒樽一般为鼓腹，圆底，下有三足。古代诗文中常提到樽，如陶渊明《归去来兮辞》：“有酒盈樽”，辛弃疾《水调歌头》：“我饮不须劝，正怕酒尊空。”

尚年老垂钓于渭水边，后遇西伯姬昌（即周文王）而得重用。乘舟梦日边，相传伊尹在受商汤聘请的前夕，梦见自己乘船从太阳旁边经过。吕尚和伊尹都曾辅佐帝王建立不朽功业，李白借此表明对自己的政治前途仍存极大的希望。⑥长风破浪：据《宋书·宗悫传》载，宗悫少年时，叔父宗炳问他的志向，他说：“愿乘长风破万里浪。”后人用“乘风破浪”比喻施展政治抱负。

[诗解]

金杯盛着昂贵的美酒，玉盘装满价值万钱的佳肴，朋友设下盛宴为我饯行。我举起酒杯想痛饮一番却又把酒杯推开了；拿起筷子，却又把筷子撂下了。我离开坐席，拔下宝剑，举目四顾，心绪茫然。想渡黄河，冰雪却冻封了河川；要登太行山，但满山风雪把山给封住了。我受诏入京，有幸接近皇帝，却不得任用，被“赐金放还”撵出了长安，这不正像遇到冰塞黄河、雪拥太行吗！当年吕尚闲居，曾在碧溪垂钓；伊尹受聘前，梦见乘舟从太阳旁边经过。行路难啊，行路难！岔路何其多，我的路在何处？总会有一天，我能乘长风破巨浪，高高挂起云帆，在沧海中勇往直前！

其二

[原文]

大道如青天，我独不得出。羞逐长安社中儿，赤鸡白狗①赌梨栗。弹剑作歌②奏苦声，曳裾王门③不称情。淮阴市井笑韩信④，汉朝公卿忌贾生⑤。君不见，昔时燕家重郭隗⑥，拥篲⑦折节⑧无嫌猜。剧辛⑨乐毅⑩感恩分，输肝剖胆效英才。昭王白骨萦蔓草，谁人更扫黄金台？行路难，归

去来!

［注释］

①赤鸡白狗：羽毛呈红色的鸡、白色的狗。②弹剑作歌：冯谖在孟尝君门下做客，觉得孟尝君对自己不够礼遇，开始时经常弹剑而歌，表示要回去。后“弹剑作歌”比喻怀才不遇。③曳裾王门:《汉书·邹阳传》:“饰固陋之心，则何王之门不可曳长裾乎？”后以“曳裾王门”比喻在王侯权贵门下做食客。④淮阴市井笑韩信：据《汉书·韩信传》记载，西汉开国功臣韩信是淮阴人。他出身平民，父母早逝，贫寒无依。淮阴屠户中有个年轻人想侮辱韩信，说：“虽长大，好带刀剑，怯耳。”并当众侮辱他说：“能死，刺我；不能，出胯下。”韩信注视了对方良久，慢慢低下身来，从他的胯下爬了过去。街上的人都耻笑韩信，认为他是个怯懦之人。⑤贾生：贾谊，西汉著名的政论家，力主改革弊政，提出许多重要政治主张，却遭谗被贬，一生抑郁不得志。⑥郭隗：战国中期燕国大臣、贤者。燕王哙七年，齐宣王攻破燕国，哙被杀。赵武灵王闻燕国内乱，将燕王哙的庶子职从韩国送回燕国，职被燕人拥立为王，称燕昭王。昭王为报齐灭燕之仇，并复兴燕国，拜访郭隗，求计问策。郭隗以古人千金买骨为例，使昭王广纳社会贤才，建筑“黄金台”，昭王尊郭隗为师。此举使天下震动，乐毅、邹衍、剧辛及其他有才能的人都来归附燕国，燕国因此强大起来。⑦拥篲：拿扫帚扫门。“篲”也作“彗”，表示恭恭敬地迎接宾客或长者。⑧折节：降低自己的身份。⑨剧辛：战国时燕将。原居于赵，闻燕昭王下诏求贤，乃由赵赴燕。⑩乐毅：战国后期杰出的军事家，曾替魏出使燕国，燕昭王用客礼厚待乐毅。乐毅谦辞退让，最后终于被昭王的诚意所感动，答应委身为臣，燕昭王封乐毅为亚卿。乐毅辅佐燕昭王振兴燕国，率军攻下齐国七十余城，报了强齐伐燕之仇。

乐毅济上劳军

战国时，燕昭王礼贤下士，拜乐毅为上将军。后来乐毅率兵伐齐，攻下齐国都城临淄，取尽齐国财宝礼器运回燕国，其中还包括齐国以前抢走的燕国的宝鼎。燕昭王知道后大喜，亲自到济河边犒赏三军，并封乐毅为昌国君。

［诗解］

天地如此之大，为什么独独我找不到

出路呢？我羞于去结交长安里社中的纨绔子弟，和他们一起斗鸡走狗，游戏赌博，以求得仕途上的平坦。和那些达官贵人交往又感觉自己像冯谖在孟尝君门下做客时一样不能忍受，权贵们并不把我当一回事，我得不到应有的礼遇。韩信得志之前，曾在淮阴受到一些市井无赖们的嘲笑和侮辱。贾谊年轻有才，汉文帝本打算重用，但由于受到大臣灌婴、冯敬等的忌妒、反对，后来竟遭贬逐。我此时在长安受到的嘲笑、忌妒和他们有什么不同呢？难道你们没有看到当初燕国君臣互相尊重和信任的情景吗？燕昭王为了使国家富强，尊郭隗为师，筑黄金台，招贤纳士，乐毅、邹衍、剧辛纷纷来归，为燕所用。燕昭王不仅对他们言听计从，而且屈己下士，折节相待，当邹衍到燕时，昭王甚至亲自扫除道路迎接，恐怕灰尘飞扬，竟用衣袖挡住扫帚，以示恭敬。剧辛、乐毅等人感激昭王的恩德，恨不得剖开肚子，拿出自己的肝胆以示自己的忠诚。可是如今朝廷昏庸，像燕昭王这样的明君早已经化为白骨埋葬在乱草中，世间已经没有了，还有谁去打扫昔日的黄金台招揽贤士呢？仕途太难了，既然不容于朝廷，我只有拂手而去，归隐山林了。

其　三

［原文］

有耳莫洗颍(yǐng)川水①，有口莫食首阳蕨②。含光混世贵无名③，何用孤高比云月。吾观自古贤达人，功成不退皆殒身。子胥既弃吴江上④，屈原终投湘水滨⑤。陆机才多岂自保？李斯税驾苦不早。华亭鹤唳讵可闻？上蔡苍鹰何足道⑥？君不见，吴中张翰⑦称达生，秋风忽忆江东行。且乐生前一杯酒，何须身后千载名？

［注释］

①颍川水：传说帝尧曾多次向当时的贤人许由请教，后来想把君位传给他，许由跑到颍水边洗耳，表示不愿意听这种话。许由以自己淡泊名利的崇高节操赢得了后世的尊敬，从而被奉为隐士的鼻祖。②首阳蕨：《史记·伯夷列传》：“武王已平殷乱，天下宗周，而伯夷、叔齐耻之，义不食周粟，隐于首阳山，采薇而食之。……遂饿死于首阳山。”蕨，前人误以薇、蕨为一种草本植物。③含光混世贵无名：《高士传》记载巢父谓许由曰：“何不隐汝形，藏汝光？”此句言不露锋芒，应随世俯仰。④子胥即弃吴江上：伍子胥，名员，春秋时楚国人，其

父兄为楚平王所杀，他逃至吴国，助吴王阖闾筑城练兵，发愤图强，后率吴兵攻下楚国都城郢，掘楚平王墓，鞭尸三百。阖闾死后，被吴王夫差逼迫自杀。《吴越春秋》中记载："吴王乃取子胥尸，盛以鸱夷之器，投之于江中。"⑤屈原终投湘水滨：屈原早年得楚怀王信任，后遭人谗言与排挤，被楚怀王逐出郢都，流落到汉北。后秦兵南下攻破郢都，屈原在绝望和悲愤之下怀石投汨罗江而死。⑥"陆机"四句：李白借历史上陆机、李斯的遭遇说明应功成身退的道理。《晋书·陆机传》载，陆机因宦人诬陷而被杀害于军中，临终叹曰："华亭鹤唳，岂可复闻乎？"秦丞相李斯辅助秦始皇完成了统一六国的大业，官拜丞相，后为赵高所忌，于秦二世二年被腰斩于咸阳闹市。《史记·李斯列传》载：李斯喟然叹曰："斯乃上蔡布衣……今人臣之位，无居臣上者，可谓富贵极矣。物极则衰，吾未知所税驾也。""斯出狱，与其中子俱执，顾谓其中子曰：'吾欲与若复牵黄犬俱出上蔡东门逐狡兔，岂可得乎！'"税驾，解驾，指休息。⑦张翰：西晋文学家，字季鹰。性格放纵不拘，酣饮恣游，时人号为"江东步兵"。据《晋书·张翰传》载，有人劝他顾惜点名声，他却说："使我有身后名，不如即时一杯酒。"齐王司马冏执政，召授为大司马东曹掾。当时王室争权，张翰托言见秋风起而思吴中"莼羹"、鲈鱼，弃官还乡。不久，齐王冏败，张翰因得免于难。

［诗解］

许由不是不想接受尧的领导吗？那么就别用颍川水洗耳朵！伯夷和叔齐不是不吃周朝的粮食吗？那么就不要吃首阳山的蕨！因为普天之下莫非王土，你们并不是真的想归隐，只不过在沽名钓誉罢了。人生须含光混世，不务虚名，何必故作清高，装作归隐山林，淡泊名利呢？据我的观察，自古以来那些贤人达士，功成名就后如果不退隐会招来杀身之祸。伍子胥最后被吴王夫差逼迫自杀，弃尸江上，屈原被楚怀王逐出郢都流放汉北，最后怀石投汨罗江而死。陆机胸怀雄才大略还不是被人诬陷，死于军中，难道你没听说过"华亭鹤唳"的典故吗？李斯功成名扬后不及早退隐，以至于在刑场的路上怀念和儿子一起出上蔡东门牵黄犬、逐狡兔的日子，这些例子还用我一一列举吗？你们难道没看到，西晋张翰见秋风起而思吴中美味佳肴，弃官还乡得免于难，我们真应该像张翰说的一样，只求现在能喝酒行乐，适意人生，管他千载后是否名留青史呢！

［诗评］

冰塞雪满，道路之难甚矣。而日边有梦，破浪济海，尚未决志于去也。后有二篇，则畏其难而决去矣。此篇被放之初，述怀如此，真写得"难"字意出。

——乾隆御选《唐宋诗醇》

远别离

唐·李白

[题解]

《远别离》，乐府别离曲十九首之一。诗人借传说中舜帝与皇、英二妃的别离，来抒发对现实政治的感慨。唐玄宗晚年贪图享乐，荒废朝政，把政事交给李林甫、杨国忠，边防交给安禄山、哥舒翰。“太白熟观时事，欲言则惧祸及己，不得已而形之诗，聊以致其爱君忧国之志。”李白诗中强调人君如果失权，即使是圣哲也难保社稷、妻子。后来在马嵬坡事变中，玄宗和杨贵妃演出一场远别离的惨剧，可以说是正好被李白言中了。

[原文]

远别离，古有皇英之二女①，乃在洞庭之南，潇湘之浦②。海水直下万里深，谁人不言此离苦③。日惨惨兮云冥冥，猩猩啼烟兮鬼啸雨，我纵言之将何补。皇穹④窃恐不照余之忠诚，雷凭凭⑤兮欲吼怒，尧舜当之亦禅禹。君失臣兮龙为鱼⑥，权归臣兮鼠变虎。或云尧幽囚⑦，舜野死⑧，九疑⑨联绵皆相似，重瞳⑩孤坟竟何是。帝子⑪泣兮绿云间，随风波兮去无还。恸哭兮远望，见苍梧⑫之深山。苍梧山崩湘水绝，竹上之泪乃可灭。

[注释]

①皇英之二女：皇英，尧的女儿，长娥皇、次女英。传说帝尧曾经将两个女儿嫁给舜。舜南巡，死于苍梧之野。二妃溺于湘江，神游洞庭之渊，出入潇湘之浦。②浦：水滨。③“海水”二句：这句诗为倒装句，意思是离别之苦似海深。此离苦，离别之苦。④皇穹：天。⑤凭凭：形容雷电众多。凭，盛。⑥为鱼：《说苑·正谏篇》：“吴王欲从民饮酒，伍子胥谏曰：‘昔白龙下清泠之渊，化为鱼，渔者豫且射中其目。’”⑦尧幽囚：《竹书纪年》记载：尧年老德衰，为舜所囚，使尧的儿子丹朱不得与其父相见。由此有人怀疑尧禅位于舜的说法。⑧舜野死：舜南征有苗，死于苍梧之野。⑨九疑：据《史记·五帝本纪集解》记载，舜冢在零陵营浦县，其山九谷皆相似，故曰九疑。⑩重瞳：传说舜的眼珠是双

瞳孔。⑪帝子：尧的女儿。⑫苍梧：古地名，在今湖南境内。

［诗解］

古代传说中舜妃娥皇、女英就投水自尽在浩渺的洞庭湖南面，清清的潇湘江畔。湘夫人苦苦等待着丈夫的归来，有谁不说这种相思的苦楚比万丈的海水还要深？太阳惨淡无光，云天晦暗，猩猩在烟雨中啼叫，鬼魅在呼唤着风雨。对于这一切，我一个连一官半职都没有的诗人，即使说了，又于世何补，有谁能听得进去呢？我觉得皇天恐怕不能照察我的忠心，相反，雷声殷殷，又响又密，好像正在对我发怒呢。奸邪当道，国运堪忧，当此之际，就是尧亦得禅让舜，舜亦得禅让禹，如果君主用臣失当，大权旁落，就会像龙变成鱼，而把权力窃取到手的野心家，则会由老鼠变成吃人的猛虎。传说尧年老德衰，为舜所囚，舜南巡时死于苍梧，这些事情恐怕都与失权有关吧？舜死在湘南的九嶷山，但九座山峰连绵相似，究竟何处是他的葬身之地呢？舜死后连坟地都不能为后人确切知道，真是有些凄凉，不是死得暧昧，何至如此呢！娥皇、女英二位帝子，在绿云般的丛竹间哭泣，哭声随风波远逝，去而无应。二妃在洞庭、潇湘边放声痛哭，抬头远望，寻找舜帝的影子，却茫茫然不知其所，只有莽莽深幽的苍梧山映入眼帘。也不知道他们什么时候才能团聚，恐怕要等到苍梧山崩倒之日，湘水也涸绝之时吧，到那时二妃滴在潇湘竹上的泪痕也许会消失吧。

娥皇、女英

娥皇、女英是古代传说中尧的两个女儿，姐妹两人同嫁给帝舜为妻。帝舜南巡，死于苍梧后，娥皇、女英赶到湘水边，痛哭后投水而死。传说天帝封她们为湘水女神，号曰“湘夫人”。湘江边生长着沾着她们泪痕的斑竹，被称为“湘妃竹”。

［诗评］

此篇最有楚人风。所贵乎楚言者，断如复断，乱如复乱，而辞意反复行于其间者，实未尝断而乱也；使人一唱三叹，而有遗音。

——瞿蜕园、朱金城《李白集校注》

久别离

唐·李白

[题解]

《久别离》，乐府《杂曲歌辞》。李白这首诗写的是女子期盼久离不归的丈夫早日归来以及对丈夫的思念之情。

[原文]

别来几春未还家，玉窗五见樱桃花。况有锦字书①，开缄②使人嗟。至此肠断彼心绝，云鬟绿鬓③罢揽结。愁如回飙④乱白雪。去年寄书报阳台⑤，今年寄书重相催。东风兮东风，为我吹行云⑥使西来。待来竟不来，落花寂寂委⑦青苔。

[注释]

①锦字书：这里运用的是典故。前秦苻坚时，秦州刺史窦涛被流放到边远之地，他的妻子思念他，就织锦回文，在丝锦上写诗赠给丈夫，她的诗作写得凄婉动人。②缄：封。③云鬟绿鬓：形容女子头发浓密如云，而且很有光泽。④回飙：旋风。⑤阳台：楚王梦到与巫山神女欢会，神女离开时对楚王说："旦为朝云，暮为行雨，朝朝暮暮，阳台之下。"⑥行云：取"旦为朝云，暮为行雨"之意。⑦委：堆积。

[诗解]

自从分别以后，不知几个春天没有回家了，又是个温暖的春日，隔窗望去，樱桃花已经开放了。在这美好的季节，丈夫还没有归来。这时远方又有书信传来，开启后不禁让人嗟叹不已。至此女子伤心肠断，悲痛欲绝。女子头发浓密如云，因为她愁绪万千，像旋风吹动雪花那样绵绵不断，她实在懒得梳理。去年寄信回来，说要回来了；今年寄信重新诉说将要归来之意。东风啊，请你捎去女子的思念，使他早些归来吧。等待他归来，他却迟迟未归；实在是百无聊赖，只见满地落花堆积，青苔蔓延整个台阶。

西洲[1]曲古辞

[题解]

《西洲曲》，南朝乐府民歌名，最早著录于徐陵所编的《玉台新咏》。西洲曲是南朝乐府民歌中最长的抒情诗篇，历来被视为南朝乐府民歌的代表作。诗中描写了一位少女从初春到深秋，从现实到梦境，对钟爱之人的苦苦思念，洋溢着浓厚的生活气息和鲜明的感情色彩，表现出鲜明的民族特色和纯熟的表现技巧。

[原文]

忆梅下[2]西洲，折梅寄江北。单衫杏子红，双鬓鸦雏色[3]。西洲在何处，两桨桥头渡。日暮伯劳[4]飞，风吹乌臼树。树下即门前，门中露翠钿[5]。开门郎不至，出门采红莲。采莲南塘秋，莲花过人头。低头弄莲子，莲子青如水。置莲怀袖中，莲心[6]彻底红[7]。忆郎郎不至，仰头望飞鸿[8]。鸿飞满西洲，望郎上青楼。楼高望不见，尽日栏干头。栏干十二曲，垂手明如玉。卷帘天自高，海水摇空绿[9]。海水梦悠悠[10]，君[11]愁我亦愁。南风知我意，吹梦到西洲。

低头弄莲子，莲子清如水

秋天莲子成熟的季节，一位穿着红衫的女子在采摘莲子。诗中“莲”谐音“怜”，“莲子”谐音“怜子”，表明了女子对情郎的深情和思念。

[注释]

①西洲：地名，所在未详。它是本篇中男女共同纪念的地方。②下：落。落梅时节是本诗中男女共同纪念的时节。③鸦雏色：形容头发乌黑发亮。鸦雏，小鸦。④伯劳：鸣禽，仲夏始鸣。⑤翠钿：用翠玉做成或镶嵌的首饰。⑥莲心：和“怜心”双关，就是相爱之心。⑦彻底红：就是红得通透彻底。⑧望飞鸿：有望书信的意思，

古人有鸿雁传书的传说。⑨“卷帘”二句：此二句似倒装。意思是秋夜的一片蓝天像大海，风吹帘动，隔帘见天便觉似海水荡漾。一说这里把江称为海，“海水”即指江水。⑩悠悠：渺远。大海辽阔无边，所以说它“悠悠”，大海的“悠悠”正如梦的“悠悠”。⑪君：指住在江北的爱人。

［诗解］

女子曾在西洲与情人幽会时，看到过梅花片片飘落。因而落梅时节是女子和情人共同纪念的时节。因思念情人想去西洲，女子折梅一枝，唤起对过去西洲梅下相会的回忆。于是穿上了杏子红的单衫，梳起了乌黑发亮的头发。西洲在什么地方呢？在我们相约共渡的桥头。日暮时分，伯劳都飞走了，仲夏的风吹着洲边的乌臼树。此时少女沉浸在对情人的思念中，风吹叶落，她误以为是情人的足音，就从门缝中探出头去。但情人依旧无影无踪，心中的焦急之情再也抑制不住了。为了掩过邻人的耳目，只好借故出门去采莲。去南塘采莲，那里的莲花高过人头。低头弄莲子，见莲子清净如水。把莲子放在衣袖中，表达对莲的爱惜之心。此刻的她，百感交集，深切的思念、失意的感觉与受窘为难的心态，一起涌向心头。思念情郎，他却不能到来，就仰头望着天上的飞鸿，期望它能捎来情人的消息。女子思念情郎，就到青楼之上等待，盼望看到情人的影踪。但高楼阻隔，望不见情郎的身影，只有夕阳西下的斜影照在栏杆上。女子垂手扶着栏杆，还在翘首等待。秋夜的一片蓝天像大海，风吹帘动，隔帘见天，便觉似海水荡漾。大海辽阔无边，正如梦悠悠，对情郎终年的相思没有尽头。南风知道她的心意，把她的梦吹到西洲。

长干行二首

唐·李白

［题解］

《长干行》，乐府旧题《杂曲歌辞》调名，原为长江下游一带民歌，其源出于《清商西曲》，内容多写船家妇女的生活，崔颢也以绝句形式写过四首《长干行》。长干，地名，今江苏南京秦淮河南，古时有长干里，其地靠近长江。行，古诗的一种体裁。李白《长干行》是一篇以商人妇思夫为题材的富于民歌风味的作品。全篇通过人物的独白，以景物为衬托，描述了幼小相处、结婚、远别等几个生活阶段，把叙事、写景、抒情巧妙地融为一体。诗的基调爽朗明快，真挚动人。

其一

［原文］

妾[1]发初覆额[2]，折花门前剧[3]。郎骑竹马[4]来，绕床弄青梅[5]。同居长干里[6]，两小无嫌猜[7]。十四为君妇，羞颜未尝开。低头向暗壁，千唤不一回[8]。十五始展眉，愿同尘与灰[9]。常存抱柱信，岂上望夫台[10]？十六君远行，瞿塘滟(yù)滪堆[11]。五月不可触，猿声天上哀。门前迟[12]行迹，一一[13]生绿苔。苔深不能扫，落叶秋风早。八月蝴蝶来，双飞西园草[14]。感此[15]伤妾心，坐愁[16]红颜老。早晚下三巴[17]，预将书报家。相迎不道远[18]，直至长风沙[19]。

［注释］

①妾：古代妇女自称。②初覆额：指头发还短，盖不住额头。覆，掩盖。③剧：玩耍，游戏。④骑竹马：把竹竿当作马骑。⑤绕床弄青梅：绕着井栏互相追逐，以投掷青梅为游戏。床，井床，井上的栏杆。弄，游戏。⑥长干里：里巷名，故址在今南京秦淮河南，靠近长江。⑦嫌猜：嫌疑和顾忌。⑧“十四”四句：写初婚时的害羞情景。⑨“十五”二句：十五岁方才开朗不害羞，即使化为灰尘，也希望能融合在一起。⑩“常存”二句：这两句是说相信丈夫对己爱情坚贞，哪里想到有离别的悲痛。抱柱信，相传古代有一个叫尾生的人，与一女子约好在一座桥下相会。女子临期未至，潮水忽然上涨，尾生不肯失信于女，抱着桥柱等待，结果被水淹死。见《庄子·盗跖》。望夫台，即望夫山。据《寰宇记》记载：古代有人久出不归，其妻登山望夫，后来变成一块石头。⑪“十六”二句：我十六岁的时候，你就

长干里

“长干”意为山间的长条形平地，“里”为居住区。在春秋战国时期，南京长干里就是百姓聚居之处，范蠡曾选择在此地筑越城。

远行经商，常为你经过瞿塘峡、滟滪堆担心。瞿塘，瞿塘峡。滟滪堆，原是瞿塘峡峡口的一个危险的石滩。冬季水位低，它突出江面，夏历五月江水上涨，就没入江中，船只容易触礁。⑫迟：一作"旧"。⑬一一：一处一处。⑭西园草：西园的草地上。⑮此：指蝴蝶双飞。⑯坐愁：因为衰愁。⑰三巴：巴郡（今重庆）、巴东（今奉节东北）、巴西（今阆中）的总称。⑱不道远：不管多远。⑲长风沙：地名，在今安徽安庆东的长江边上，距离金陵长干里约七百余里。

［诗解］

女子童年时与丈夫一起长大，青梅竹马，两小无猜。那时女子还小，头发刚刚覆额，她和他在门前无忧无虑地玩折花的游戏，绕着井栏互相追逐，以投掷青梅为游戏。那时，她与丈夫的家都在长江下游的长干里。十四岁时，女子嫁给了丈夫，尽管对方是童年的伙伴，但出嫁时仍然羞涩不已。女子低着头，朝向墙壁的方向，任男子呼唤千遍也羞涩得难以抬起头来。女子十五岁才懂得些人事，感情也在眉宇间显现出来。他们夫妇之间发出炽热的爱恋，女子愿意永远和丈夫结合在一起，至死不渝，死了化作灰尘也不分离。小夫妻但愿同生共死，常常怀着尾生抱柱的信念，哪里曾想到会有上望夫台的今日呢？十六岁时丈夫远行经商，而所去的方向又是长江三峡那条险途，想到那哀猿长啸的恶劣环境，想到高浪急流下的暗礁滟滪堆，女子不由得为丈夫担惊受怕。今日女子触景生情，她看到门前自己伫立等待时留下的足迹已经长满了青苔，盖上了落叶，再加上西园双飞的蝴蝶，格外叫人伤感。因为忧愁的煎熬，自己的容貌也受得憔悴了，刻骨的相思折磨着她的心。少妇寄语远方的丈夫：你不论什么时候回来，预先都要给家里捎封书信，好让我去迎接你，即使到七百里外的长风沙去迎候，我也不会嫌远。

［诗评］

儿女情事，直从胸臆流出。萦回曲折，一往情深。

——乾隆御选《唐宋诗醇》

其 二

［原文］

忆妾深闺里，烟尘不曾识。嫁与长干人，沙头候风色。五月南风兴，思君下巴陵①。八月西风起，想君发扬子②。去来悲如何！见少别离多。湘潭③几日到？妾梦越风波。

昨夜狂风度，吹折江头树。淼淼暗无边，行人在何处？北客真王公，朱衣满江中。日暮来投宿，数朝不肯东。好乘浮云骢（cōng）④，佳期兰渚东。鸳鸯绿浦上，翡翠锦屏中。自怜十五余，颜色桃李红。那⑤作商人妇，愁水复愁风。

[注释]

①巴陵：郡县名称。在今湖南岳阳。②扬子：渡口名称。在今江苏仪征东南。③湘潭：即今湖南湘潭。④浮云骢：汉文帝的骏马名称。⑤那：奈何，无奈。

[诗解]

想起我在春闺绣房中的时候，年纪尚小，不懂得世间男女的情愁。自我嫁作商人妇后，经常在长江的渡头，伴着江风，顶着秋月，等候丈夫归来，这时我才明白思念与等待的苦楚。每当五月，南风吹起，柳絮飘飞的时候，我就在想，此时丈夫应该到达巴陵了吧！八月西风吹起，秋意浓浓的时候，我就在想，此时丈夫应该从扬州出发，正在回家的路上了。不管是离去还是归来，都让人那么感伤。因为相见的日子总是短暂的，而等待总是那么漫长。从湘潭出发，几天才能到达家中呢？我希望他能够一路平安，早日顺利返回家中。然而，昨天夜晚狂风不止，吹断了江岸边的柳树，江中波浪滚滚，暗无边际，不知丈夫现在在哪里？那些北客王公，穿着朱衣坐在船上。天黑了他们就在岸边投宿，一连几天都不肯东下。他们常乘着骏马，到兰渚之东与人相会。一对鸳鸯在江水之上栖息，成双的翡翠鸟绣在锦屏上。可怜我只有十五岁的年纪，如桃花般美丽。无奈嫁给了商人，每日为远行在外的丈夫担忧，怕路上多风雨，怕江中多风浪，路途难行。

[诗评]

人负轻捷妍媚之才者，每于换韵疾佻，结句疏宕。太白尤甚。

——谭元春《唐诗归》

悲　歌

[题解]

《悲歌》，乐府古辞，《乐府诗集目录》作《悲歌行》，收在《乐府诗集》的《杂曲歌辞》中。这是一首描写游子思乡的诗，诗人用浑朴自然的语句，写出了游子思乡不得归的百转愁思。本诗在思想内容上和《古歌·秋风萧萧愁杀人》相似，最后两句均是“心思不能言，肠中车轮转”。但比起《古歌》的触景生情，这首诗既不写景，也不叙事，它以肺腑之言、真挚的感情、痛苦的体验而动人心弦。

[原文]

悲歌可以①当泣②，远望可以当归。思念故乡，郁郁累累③。欲归家无人，欲渡河无船。心思④不能言，肠中车轮转⑤。

[注释]

①可以：此处作“聊以”解。②当：代替。③郁郁累累：形容忧思很重。郁郁，愁闷的样子。累累，失意的样子。④思：悲也。⑤肠中车轮转：形容内心十分痛苦。司马迁《报任安书》：“肠一日而九回。”

[诗解]

无法还乡，悲歌一曲代替思家的哭泣，登高望远就当作回到了故乡。茫茫的草木，重重的山冈遮住瞭望的眼，思乡的忧愁盈满心怀。家里已经没有亲人了，哪里还有家？无家可归。即便是有家可归，也回不去，因为前途坎坷，走投无路，无船可渡。很想向人诉说思乡之情、痛苦遭遇，但有许多难言之隐无法倾诉，只好憋闷在心中。心里万分痛苦，就像车轮在肠子里转动一般，阵阵绞痛。

结客少年场行

唐·李白

[题解]

《结客少年场行》，乐府旧题，属于《杂曲歌辞》。李白在这首诗里表达了他任侠使气的豪迈情怀以及他渴望建功立业的壮志。

[原文]

紫燕①黄金瞳，啾啾②摇绿鬃。平明相驰逐，结客洛门③东。少年学剑术，凌轹④白猿公⑤。珠袍曳锦带，匕首插吴鸿⑥。由来万夫勇，挟此生雄风。托交从剧孟⑦，买醉入新丰。笑尽一杯酒，杀人都市中。羞道易水寒，从今日

贯虹[8]。燕丹事不立，虚没秦帝宫。武阳[9]死灰人，安可与成功？

[注释]

①紫燕：骏马的名称。②啾啾：马的鸣叫声。③洛门：指洛阳城门，汉代的长安城门。④凌铄：欺凌，辱蔑。⑤白猿公：这里运用了典故。越国的一名女子善于剑术，在路上遇见了一名老翁，他自称袁公，与女子比试剑术，没有胜利，而飞上树，变成了一只白色的猿猴。⑥吴鸿：宝剑，吴钩的代称。⑦剧孟：人名，汉代洛阳人，著名侠士。⑧日贯虹：白虹贯日，形容志气威猛。⑨武阳：指秦武阳，是荆轲的副手，见到秦王后特别惊恐，让秦王有所察觉。

[诗解]

紫燕这匹骏马有着黄金色的眼珠，马嘶鸣时摇动它颈上那美丽的绿色鬃毛。它一路奔驰，天刚亮的时候就到了长安洛门。年少时学习剑术，剑术高超，白猿公败在少年手下。少年穿着饰有珠宝的锦袍，腰间插着匕首和吴钩。他自小一个人就有万人的英勇，如今腰间插有宝剑就更显雄风了。与豪侠剧孟结为好友，二人一见如故，一同去新丰畅饮美酒。少年志气豪猛，哪怕在都市中，杯酒之间就可以结束一个人的性命。不要说易水寒冷如冰，看看今日白虹贯日，如此晴朗。只可惜荆轲刺秦没有成功，徒然死在秦宫之中。秦武阳如同死灰，跟他这样的人结交朋友，事情怎么会取得成功呢？

董娇饶

汉·宋子侯

[题解]

《董娇饶》始见于《玉台新咏》，《乐府诗集》收入《杂曲歌辞》。董娇饶，女子名，疑是当时的著名歌姬。在后来的唐人诗中多作为美女典故用，并且都是歌姬一类。此诗是以花拟人，设为问答，伤悼女子命不如花。

[原文]

洛阳城东路，桃李生路旁。花花自相对，叶叶自相当[1]。春风东北起，花叶正低昂。不知谁家子，提笼行采桑。纤手折其枝，花落何飘扬。请谢彼姝子[2]，何为见损伤？高

秋八九月，白露变为霜。终年会飘堕，安得久馨香。秋时自零落，春月复芬芳。何时盛年去，欢爱永相忘。吾欲竟此曲，此曲愁人肠。归来酌美酒，挟瑟上高堂③。

［注释］

①相当：指叶叶相交通，叶子稠密连到了一起。②彼姝子：那美丽的女子。③高堂：高大的厅堂，宽敞的房屋。

［诗解］

洛阳城东的小路上，桃、李生在两边的路旁。桃花、李花相对而开，甚是美丽。叶子生得都很稠密，两边的树叶相交在一起。春风自东北而来，花也随风飘扬。不知远处来了谁家的女子，提着竹笼在采桑。她用纤纤的手折着桃、李的枝叶，树上的花也随之飘落。请允许我向那美丽的女子问一声，为什么要损伤这些花呢？即使不损伤它们，到了秋高八九月，白露变为霜，这些花叶也自然会飘落啊。这些可怜的花叶，整年有风刀霜剑相逼，它们的馨香怎能久留呢？它们秋时零落，来年春日再吐芬芳，始终不渝地遵循着大自然的规律。而美丽的女子却还不如这花叶，盛年过去后，就会色衰爱弛，被无情的男子相忘。我想弹奏完这首曲子，但此曲实在是太痛断人肠了，怎么能继续呢？干脆归来，饮酌美酒，登上厅堂，暂时忘却这样的愁绪吧！

羽林郎

汉·辛延年

［题解］

羽林郎，汉代所置官名，是皇家禁卫军军官。诗中描写的却是一位卖酒的胡姬，义正词严而又委婉得体地拒绝了一位权贵家奴的调戏，谱写了一曲反抗强暴凌辱的赞歌。题为《羽林郎》可能是以乐府旧题咏新事。

［原文］

昔有霍家①奴，姓冯名子都。依倚将军势，调笑酒家胡②。胡姬年十五，春日独当垆③。长裾连理带，广袖合欢襦。头上蓝田④玉，耳后大秦珠。两鬟何窈窕，一世良所

无。一鬟五百万，两鬟千万余。不意⑤金吾子⑥，娉婷⑦过我庐。银鞍何煜爚(yuè)，翠盖⑧空⑨踟蹰。就我求清酒，丝绳提玉壶。就我求珍肴，金盘鲙鲤鱼。贻我青铜镜，结我红罗裾。不惜红罗裂⑩，何论轻贱躯！男儿爱后妇，女子重前夫。人生有新故，贵贱不相逾。多谢⑪金吾子，私爱⑫徒区区⑬。

［注释］

①霍家：指西汉大将军霍光之家。②酒家胡：指卖酒的少数民族女子，因两汉通西域以来，西域人有居内地经商者。③独当垆：指独自守垆卖酒。④蓝田：地名，在长安东南三十里。蓝田在古代以出产美玉出名。⑤不意：没有料想到。⑥金吾子：即执金吾，是汉代掌管京师治安的禁卫军长官。这里是语含讽意的“敬称”。⑦娉婷：形容姿态美好，这里指豪奴为调戏胡姬而做出婉容和色的样子前来酒店拜访。⑧翠盖：代指饰有翠羽的马车。⑨空：等待，停留。⑩裂：裁剪的意思。古人从织机上把满一匹的布帛裁剪下来叫“裂”。⑪多谢：一语双关，表面是感谢，骨子里却含“谢绝”意。⑫私爱：即单相思。⑬区区：意谓拳拳之心，恳挚之意。

［诗解］

以前有个霍家的奴才，叫冯子都。他不过是狗仗人势的豪门恶奴，依倚着霍家将军的势力，调笑一位卖酒的少数民族女子。胡姬今年十五岁，正是美貌俏丽的年纪。年轻的胡姬独自守垆卖酒，在明媚春光的映衬下益显艳丽动人：内穿一件长襟衣衫，腰系两条对称的连理罗带，外罩一件袖子宽大、绣着象征男妇合欢图案的短袄，显出她那婀娜多姿的曲线和对美好爱情的追求。再看她头上，戴着著名的蓝田美玉做的首饰，发簪两端挂着两串西域大秦国产

当垆卖酒

卓文君随司马相如私奔后，二人开了一家小酒店谋生。文君当垆卖酒。垆，是酒铺在店门口安放酒瓮的土台子。本诗中的胡姬就是一位当垆卖酒的美丽女子。

的宝珠，一直下垂到耳后，流光溢彩而又具有民族特色。她那高高地挽着的两个环形发髻更是美不胜言，简直连整个世间都很罕见，这两个窈窕的发髻，恐怕也要价值千万。没有想到有不测风云降临，执金吾的豪奴为调戏胡姬而做出婉容和色的样子前来酒店拜访。你看他派头十足，驾着车马而来，银色的马鞍光彩闪耀，车盖上饰有翠羽的马车停留在酒店门前，徘徊地等着他。他一进酒店，便径直走近胡姬，向她要上等美酒，胡姬便提着丝绳系的玉壶来给他斟酒；一会儿他又走近胡姬，向她要上品菜肴，胡姬便用讲究的金盘盛了鲤鱼肉片送给他。恶奴要酒要菜，显然是为大摆排场阔气；而两次走近，则分明已露动机不纯的端倪。果然，在他酒酣菜饱之后，公然对胡姬调戏：他赠胡姬一面青铜镜，又送上一件红罗衣要与胡姬欢好。胡姬面对倚权仗势的豪奴调戏，既不怯懦，也不急躁，而是有理有节，以柔克刚，进行了义不容辱的严词拒绝。她首先从容地说道："君不惜送红罗衣前来结好，妾怎能计较这轻微低贱之躯呢！"仿佛将一口答应，实则是欲扬先抑，欲擒故纵。之后，她说："但是，你们男人总是喜新厌旧，爱娶新妇；而我们女子却是看重旧情，忠于前夫的。"她所以暗示自己"重前夫"，亦如罗敷一样，一则表明自己忠于爱情的信念，更主要的则是权借礼法规范作为抗暴的武器。"既然女子在人生中坚持从一而终，决不以新易故，又岂能弃贱攀贵而超越门第等级呢！""我非常感谢官人您这番好意，让您白白地为我付出这般殷勤厚爱的单相思，真是对不起！"态度坚决而辞气和婉，语含嘲讽而不失礼貌。弄得这位不可一世的"金吾子"除了有狼狈而逃的可耻下场外，还能怎么样呢？

焦仲卿妻

[题解]

此诗又名《孔雀东南飞》，根据序说，故事发生在汉末建安年间，记述的是东汉末建安（196—219）时期，庐江太守衙门里的小官吏焦仲卿的妻子刘兰芝被焦母赶回娘家，她回娘家后发誓不再嫁人。她的娘家逼迫她改嫁，她便投水死了。焦仲卿听到刘兰芝投水而死，也在自家庭院的树上吊死了。当时的人哀悼他们，写下这首诗记述这件事。

[原文]

其序曰：汉末建安中，庐江①府小吏②焦仲卿妻刘氏，为仲卿母所遣，自誓不嫁。其家逼之，乃投水而死。仲卿

闻之，亦自缢于庭树。时人伤之，而为诗云尔。

孔雀东南飞，五里一徘徊。“十三能织素[3]，十四学裁衣。十五弹箜篌，十六诵诗书。十七为君妇，心中常苦悲。君既为府吏，守节情不移[4]。贱妾留空房，相见常日稀。鸡鸣入机织，夜夜不得息。三日断五匹，大人故嫌迟。非为织作迟，君家妇难为。妾不堪驱使，徒留无所施[5]。便可白公姥[6]，及时相遣归。”

［注释］

①庐江：汉郡名。东汉末治所在今安徽潜山。②府小吏：太守官署中的小吏。③素：白色生绢。④守节情不移：感情不会变，指不会变心。⑤施：用处。⑥公姥：公婆。

［诗解］

东汉末建安年间，庐江太守衙门里的小官吏焦仲卿的妻子刘兰芝被焦仲卿的母亲赶回娘家，她回娘家后发誓不再嫁人。她的娘家逼迫她改嫁，她便投水死了。焦仲卿听到刘兰芝投水而死这件事，也在自家庭院的树上吊死了。当时的人哀悼他们，写下这首诗记述这件事。

孔雀鸟向东南方向飞去，飞上五里便徘徊一阵。"我十三岁能够织精美的白绢，十四岁学会了裁剪衣裳。十五岁会弹箜篌，十六岁能诵读诗书。十七岁做了您的妻子，心中常常感到痛苦悲伤。您既然做了太守府的小官吏，那就要遵守官府的规则,专心不移。我一个人留在空房里,我们见面的日子实在少得很。鸡叫我就上机织布，天天晚上都不得休息。三天就织成五匹布，婆婆还故意嫌我织得慢。并不是因为我织得慢，而是您家的媳妇难做啊！我既然担当不了您家的使唤，白白留着也没有什么用。您现在就可以去禀告婆婆，趁早把我遣送回娘家。"

［原文］

府吏得闻之，堂上启阿母：“儿已薄禄相[7]，幸复得此妇。结发[8]同枕席，黄泉[9]共为友。共事二三年，始尔未为久。女行无偏斜[10]，何意致不厚[11]？”阿母谓府吏：“何乃太区区[12]。此妇无礼节，举动自专由。吾意久怀忿，汝岂得自

由。东家有贤女，自名秦罗敷⑬。可怜⑭体无比，阿母为汝求。便可速遣之，遣去慎莫留。”府吏长跪告：“伏惟启阿母。今若遣此妇，终老不复取。”阿母得闻之，槌床便大怒：“小子无所畏，何敢助妇语。吾已失恩义，会不相从许。”

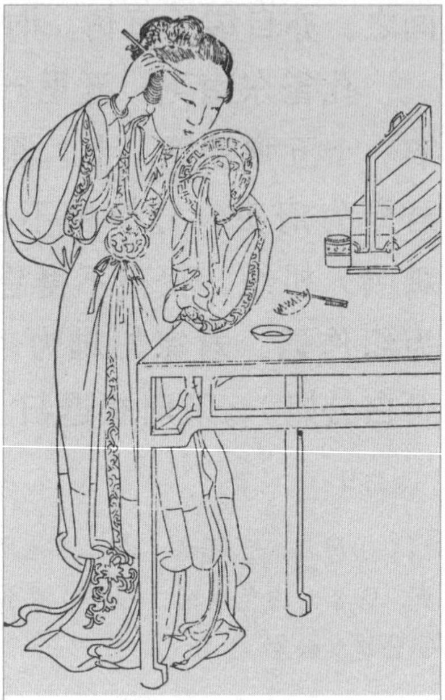

鸡鸣外欲曙，新妇起严妆

天还没亮，刘兰芝便起来梳洗打扮，体现出她即将被送回家的沉重心情。

[注释]

⑦薄禄相：命中注定官禄微薄。⑧结发：结为夫妻。⑨黄泉：地下，指死后。⑩偏斜：过错。⑪致不厚：引起您对她的不满。⑫区区：微小，这里指小事。⑬秦罗敷：《陌上桑》中的美女，古人认为是美女的典型。⑭可怜：可爱。

[诗解]

焦仲卿听了这般诉说后，到堂上去禀告母亲：“我已经没有做高官、享厚禄的命相，幸亏还能娶到这个贤惠能干的妻子，结婚后少年夫妻相亲相爱地生活，并约定死后在地下也要相依为伴。我们相处在一起不过二三年，生活才开始，还不算很久，这个女子的行为并没有什么不正当，哪里料到会使母亲不满意呢？”焦母对仲卿说：“你怎么这样没见识！这个女子不讲礼节，一举一动全凭自己的意思。我早就憋了一肚子气，你怎么可以自作主张！邻居有个贤惠的女子，名字叫秦罗敷，长相可爱，没有谁比得上，母亲替你去求婚。你就赶快休掉她，打发她走，千万不要挽留她！”焦仲卿伸直腰跪着禀告：“孩儿恭敬地禀告母亲，现在假如休掉这个女子，我一辈子就不再娶妻子了！”焦母听了儿子的话，用拳头敲着坐具大发脾气骂道：“你这小子没有什么害怕的了，怎么敢帮你媳妇说话！我对她已经没有什么恩情了，当然不能答应你的要求。”

[原文]

府吏默无声，再拜还入户⑮。举言谓新妇，哽咽不能

语。“我自不驱卿，逼迫有阿母。卿但暂还家，吾今且报府[16]。不久当归还，还必相迎取。以此下心意，慎勿违吾语。”新妇谓府吏：“勿复重纷纭。往昔初阳[17]岁，谢家来贵门。奉事循公姥，进止敢自专。昼夜勤作息，伶俜(pīng)[18]萦苦辛。谓言无罪过，供养卒大恩[19]。仍更被驱遣，何言复来还。妾有绣腰襦[20]，葳蕤[21]自生光。红罗复斗帐，四角垂香囊。箱帘[22]六七十，绿碧青丝绳。物物各自异，种种在其中。人贱物亦鄙，不足迎后人。留待作遣施，于今无会因。时时为安慰，久久莫相忘。”

［注释］

⑮户：寝室的门。⑯报府：去官府中办公。⑰初阳：指冬至到立春间的一段时间。⑱伶俜：孤独的样子。⑲卒大恩：尽力以报父母养育之恩。⑳绣腰襦：绣花的齐腰小袄。㉑葳蕤：形容短袄上的花纹精美。㉒箱帘：指箱子和镜匣。

［诗解］

焦仲卿默默不敢作声，对母亲拜了两拜，回到自己房里，张嘴想对妻子说话，却抽抽咽咽话也说不成句：“本来我不愿赶你走，但有母亲逼迫着。你只好暂时回娘家去。我现在暂且回太守府里办事，不久我一定回来，回来后必定去迎接你回我家来。为此，你就受点委屈吧，千万不要违背我说的话。”刘兰芝对焦仲卿说：“不要再增加麻烦了！记得那一年冬末，我辞别娘家嫁到你府上，侍奉时总是顺从婆婆的意旨，一举一动哪里敢自作主张呢？白天黑夜勤恳地操作，我孤孤单单地受尽辛苦折磨，总以为没有过错，终身侍奉婆婆。我到底还是被赶走了，哪里还说得上再回到你家来？我有绣花

举言谓新妇，哽咽不能语

夫妇二人相对无言，惟有泪千行。体现出二人感情深厚。

的齐腰短袄，上面美丽的刺绣发出光彩；红色罗纱做的双层斗帐，四角挂着香袋；盛衣物的箱子六七十个，箱子上都用碧绿色的丝绳捆扎着。样样东西各自不相同，种种器皿都在那箱奁里面。我人低贱，东西也不值钱，不配拿去迎接你日后再娶的妻子，留着作为我赠送给你的纪念品吧，从此没有再见面的机会了。时时把这些东西做个安慰吧，希望你永远不要忘记我。”

［原文］

鸡鸣外欲曙，新妇起严妆。着我绣夹裙，事事四五通。足下蹑丝履，头上玳瑁光。腰若流纨素㉓，耳着明月珰。指如削葱根，口如含朱丹。纤纤作细步，精妙世无双。上堂谢阿母，母听去不止㉔。“昔作女儿时，生小出野里。本自无教训，兼愧贵家子。受母钱帛多，不堪母驱使。今日还家去，念母劳家里。”却与小姑别，泪落连珠子。“新妇初来时，小姑始扶床。今日被驱遣，小姑如我长。勤心养公姥，好自相扶将㉕。初七及下九㉖，嬉戏莫相忘。”出门登车去，涕落百余行。

［注释］

㉓流纨素：纨素的衣服闪光如在流动。纨素，一种丝织品。㉔听去不止：任凭她走而不挽留。㉕扶将：扶持。㉖下九：指阴历的每月十九。古代习俗，女子在七夕和下九，都可以休息游玩，所以叮嘱说游戏时不要忘了自己。

［诗解］

鸡鸣啼了，外面天将亮了，刘兰芝起床打扮得整整齐齐。穿上绣花夹裙，每穿戴一件衣饰，都要更换好几遍。脚下穿着丝鞋，头上戴着闪闪发光的首饰；腰上束着白绢子，光彩像水波一样流动，耳朵戴着用明月珠做的耳坠；手指纤细白嫩像削尖的葱根，嘴唇红润，像含着红色宝石；轻盈地踏着细步，精巧美丽，真是世上没有第二个。刘兰芝走上厅堂拜见婆婆，婆婆任凭她离开，也不挽留。兰芝说：“从前我做女儿时，从小生长在乡间，本来就没受过什么好的教养，同你家少爷结婚，更感到惭愧。接受婆婆送的钱财礼品很多，却不能承担婆婆的使唤。今天我就回娘家去，只是记挂婆婆在家里辛苦操劳。”回头再与小姑告别，眼泪像连串的珠子掉下来。刘兰芝对小姑说：“我初来你家时，小姑你刚能扶着床学走路，今天我被赶走，你长得和我一样高了。希望你努力尽心奉养母亲，好好服侍她老人家，初七和下九，在玩耍的时候不要忘记我。”兰芝说完出门登上车子离去了，眼泪不停地落下。

[原文]

府吏马在前，新妇车在后。隐隐何甸甸，俱会大道口。下马入车中，低头共耳语：“誓不相隔卿，且暂还家去。吾今且赴府，不久当还归，誓天不相负。”新妇谓府吏：“感君区区[27]怀。君既若见录，不久望君来。君当作盘石，妾当作蒲苇。蒲苇纫如丝，盘石无转移。我有亲父兄[28]，性行暴如雷。恐不任吾意，逆以煎我怀。”举手长劳劳，二情同依依。

[注释]

㉗区区：深情眷恋的样子。㉘亲父兄：同胞哥哥。

[诗解]

焦仲卿的马走在前面，刘兰芝的车行在后面，车子发出隐隐甸甸的响声，一起会合在大路口，焦仲卿下马坐入刘兰芝的车中，两人低头互相凑近耳朵低声说话。焦仲卿说：“我发誓不与你断绝关系，你暂且回娘家去，我现在暂且去庐江太守府办事，不久一定会回来，我对天发誓，决不会对不起你。”刘兰芝对焦仲卿说：“感谢你忠诚相爱的心愿！你既然这样记着我，盼望你不久就能来接我，你一定要成为盘石，我一定要成为蒲草和苇子。蒲草和苇子柔软结实得像丝一样，盘石不容易被转移。我有一个亲哥哥，性情行为暴躁如雷，恐怕不会听任我的意愿，想到将来我心里像煎熬一样。”接着举手告别，惆怅不止，两人的感情同样的恋恋不舍。

[原文]

入门上家堂，进退无颜仪。阿母大拊掌[29]：“不图子自归。十三教汝织，十四能裁衣。十五弹箜篌，十六知礼仪。十七遣汝嫁，谓言无誓违[30]。汝今无罪过，不迎而自归。”兰芝惭阿母：“儿实无罪过。”阿母大悲摧。

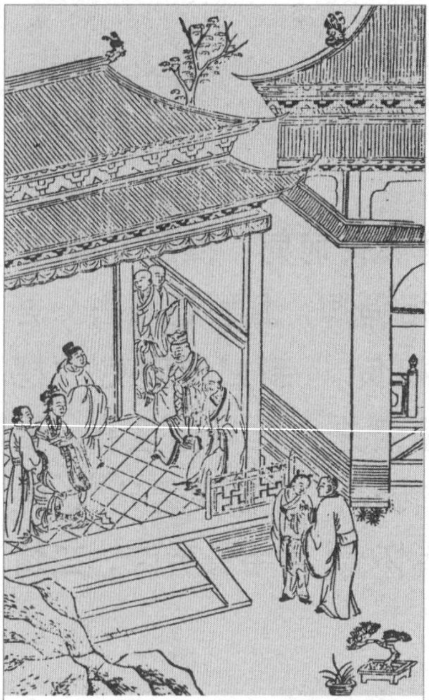

还家十余日，县令遣媒来

兰芝回娘家没几日便有人上门提亲，为下文悲剧埋下了伏笔。

还家十余日，县令遣媒来。云有第三郎，窈窕世无双。年始十八九，便言多令才。阿母谓阿女："汝可去应之。"阿女衔泪答："兰芝初还时，府吏见丁宁㉛，结誓不别离。今日违情义，恐此事非奇。自可断来信，徐徐更谓之。"阿母白媒人："贫贱有此女，始适㉜还家门。不堪吏人妇，岂合令郎君。幸可广问讯，不得便相许。"

［注释］

㉙拊掌：拍掌，这里表示惊诧。㉚无誓违：没有过失。㉛丁宁：同"叮咛"，嘱咐的意思。㉜始适：刚嫁出去。

［诗解］

兰芝走进了家门，来到内堂，上前后退都自觉羞耻。刘母看见兰芝回来大为惊讶，拍着手掌说："没想到你自己回来了！十三岁就教你纺织，十四岁就能裁剪衣裳。十五岁会弹箜篌，十六岁懂得礼节。十七岁送你出嫁，总以为你不会有什么过失。你现在究竟有什么过错，没有人迎接你就自己回来了！"兰芝惭愧地对母亲说："女儿实在没有什么过错。"母亲听后非常悲伤。

兰芝回家才十多天，县令派了媒人上门来。媒人说，县令家有个三公子，人长得漂亮文雅，世上无双，年龄只有十八九岁，口才很好，又非常能干。刘母对女儿说："你可以去答应他。"女儿含着眼泪回答说："兰芝才回来时，焦仲卿再三嘱咐我，立下誓言，永不分离。今天违背情义，恐怕这件事这样做不合适。您可以回绝来说媒的人，以后慢慢再讲这件事吧。"刘母告诉媒人说："我们贫贱人家，有了这个女儿，她刚出嫁不久就被休回娘家。她不能做府吏的妻子，怎么配得上县太爷的公子？希望你多方面打听打听再访求别的女子，我不能答应你。"

[原文]

媒人去数日，寻[33]遣丞请还。说有兰家女，承籍有宦官。云有第五郎，娇逸未有婚。遣丞为媒人，主簿通语言。直说太守家，有此令郎君。既欲结大义[34]，故遣来贵门。阿母谢媒人："女子先有誓，老姥[35]岂敢言。"阿兄得闻之，怅然心中烦。举言谓阿妹："作计何不量。先嫁得府吏，后嫁得郎君。否泰如天地，足以荣汝身。不嫁义郎[36]体，其往欲何云？"兰芝仰头答："理实如兄言。谢家事夫婿，中道还兄门。处分适兄意，那得自任专。虽与府吏要[37]，渠[38]会永无缘。登即相许和，便可作婚姻。"

[注释]

㉝寻：不久。㉞结大义：结为婚姻。㉟老姥：我一个老婆子。㊱义郎：对太守儿子的尊称。㊲要：同"邀"，约定的意思。㊳渠：他，指焦仲卿。

[诗解]

县令的媒人走了几天后，不久被派到太守那里请示事情的县丞回来了。太守示意县丞劝县令另外向兰家女求婚，让刘兰芝嫁给他的第五个儿子。他的第五个儿子，娇美俊逸，还没有结婚，请县丞去做媒人，这是主簿传达下来的话。县丞直接对刘母说："太守家有这样一个好公子，既然想和你家结为婚姻，所以派我到你府上来说媒。"刘母谢绝媒人说："女儿先前有过誓言，老妇我怎么敢对她说再嫁这件事呢？"兰芝哥哥听到太守求婚被拒这件事，心中烦躁不安，开口对妹妹说："你做这样打算怎么不好好考虑！前次出嫁得到的是一个小官吏，这次出嫁得到一个贵公子。运气的好坏相差得像天上地下一样，好运气足够使你终身荣耀富贵。不嫁给这样仁义的公子，往后你打算怎么办？"兰芝抬头回答道："道理确实像哥哥说的话一样，我辞别娘家去侍奉丈夫，半途回到哥哥家里。怎么处理完全听从哥哥的主意，哪敢自己随便做主呢？虽然我与府吏立下誓约，但与他永远没有机会见面了。立刻就答应太守这门亲事，就可以结成婚姻。"

[原文]

媒人下床去，诺诺复尔尔。还部白府君："下官奉使命，

言谈大有缘。”府君得闻之，心中大欢喜。视历[39]复开书，便利此月内。六合[40]正相应。“良吉三十日，今已二十七，卿可去成婚。”交语[41]速装束[42]，络绎如浮云。青雀白鹄舫，四角龙子幡。婀娜随风转，金车玉作轮。踯躅青骢马，流苏金镂鞍。赍[43]钱三百万，皆用青丝穿。杂彩三百匹，交广[44]市鲑珍。从人四五百，郁郁登郡门。

阿母谓阿女：“适得府君书，明日来迎汝。何不作衣裳，莫令事不举。”阿女默无声，手巾掩口啼，泪落便如泻。移我琉璃榻，出置前窗下。左手持刀尺，右手执绫罗。朝成绣夹裙，晚成单罗衫。晻晻[45]日欲瞑，愁思出门啼。

［注释］

㊴历：指历书，古人办婚事，要看历书选择良辰吉日。㊵六合：指“月建”和“日辰”相配合适，即为“六合相应”，是吉日。㊶交语：即“教语”，下令手下的属官。㊷速装束：赶快准备。㊸赍：赠送，这里是给彩礼。㊹交广：交州和广州。㊺晻晻：昏暗的样子。

［诗解］

太守的媒人从座位上起来连声说：“是，是，就这样办，就这样办。”他回到郡府报告太守说：“我接受您交给的使命，到刘家去做媒，公子很有缘分，说媒很成功。”太守听了这些话，心里非常欢喜，马上查看婚嫁历，又翻看婚嫁书，便告诉郡丞：“婚期定在这个月内就很吉利，年、月、日的干支都相适合，好日子就在三十这一天，今天已经是二十七了，你赶快去刘家订好结婚日期。”太守府内大家互相传话说：“赶快筹办婚礼吧！”赶办婚礼的人像天上的浮云一样来来往往连接不断。装彩礼的船绘有青雀和白天鹅的图案，四角挂着绣有龙的旗幡，轻轻地随风飘荡。金色的车子白玉镶的车轮，缓步前行的青骢马，套有四周垂着彩缨、下面刻着金饰的马鞍。赠送的聘金有三百万，都用青色的丝线穿着，各色绸缎有三百匹，从交州、广州采购来的山珍海味。跟从的人有四五百，热热闹闹来到庐江郡府门。

阿母对女儿说：“刚才接到太守的信，明天来迎接你，为什么还不做衣裳？不要让婚事办不起来！”兰芝默不作声，用手巾捂着嘴哭泣，眼泪淌下就像水一样倾泻。移动坐着的琉璃榻，搬出来放在前面窗子下。左手拿着剪刀和尺子，右手拿着绫罗绸缎动手做衣裳。早晨就做成了绣花的夹裙，晚上做成了单罗衫。天阴沉沉地快要黑了，兰芝满怀愁思，走出门去痛哭。

[原文]

府吏闻此变，因求假(jiǎ)暂归。未至二三里，摧藏马悲哀。新妇识马声，蹑履相逢迎。怅然遥相望，知是故人来。举手拍马鞍，嗟叹使心伤。“自君别我后，人事不可量。果不如先愿，又非君所详。我有亲父母，逼迫兼弟兄。以我应他人，君还何所望。”府吏谓新妇：“贺卿得高迁。盘石方可厚，可以卒千年。蒲苇一时纫，便作旦夕间。卿当日胜贵㊻，吾独向黄泉。”新妇谓府吏：“何意出此言。同是被逼迫，君尔妾亦然。黄泉下相见，勿违今日言。”执手分道去，各各还家门。生人作死别，恨恨那可论。念与世间辞，千万不复全。

[注释]

㊻日胜贵：一天天富贵起来。

[诗解]

焦仲卿听说有此变故，于是请求暂时回去，到兰芝家还有二三里的地方，人伤心，马也哀鸣。兰芝熟悉府吏的马叫声，轻步快跑去迎接他，悲伤失意地望着，知道相爱的人来了。她举起手抚摸着马鞍，哀声长叹使人心都碎了。她说：“自从你离开我以后，人事的变化真料想不到啊！我有亲生母亲，逼迫我的还有亲哥哥，硬把我许配给别人了，你回来有什么指望的地方呢！”焦仲卿对兰芝说：“祝贺你得到高升！我这块盘石方正又坚实，可以一直存放上千年，而蒲苇一时柔韧，就只能保持在早晚之间罢了。你将会一天天地富贵起

执手分道去，各各还家门

夫妇二人各自回家，心中已经决定要同赴黄泉。

来，我一个人独自走到地府去吧！”兰芝对焦仲卿说：“哪里想到你会说出这种话来！同是被逼迫，你这样我也这样，我们在地府下互相见面吧！但愿不要违背今天的誓言！”他们互相紧紧地握着手，然后告别离去，各自回到自己的家里。活着的人却做临死的诀别，心里的愤恨哪里说得尽呢？想到他们将要永远离开人世间，无论如何不能再保全生命了！

[原文]

府吏还家去，上堂拜阿母：“今日大风寒[47]，寒风摧树木，严霜结庭兰。儿今日冥冥，令母在后单。故作不良计[48]，勿复怨鬼神。命如南山石，四体康且直。”阿母得闻之，零泪应声落。“汝是大家子，仕宦于台阁。慎勿为妇死，贵贱情何薄。东家有贤女，窈窕艳城郭。阿母为汝求，便复在旦夕。”府吏再拜还，长叹空房中，作计乃尔立。转头向户里，渐见愁煎迫。

[注释]

㊼大风寒：指不幸的变故，这里比喻自己的生命行将结束。㊽作不良计：指自杀的念头。

[诗解]

焦仲卿回到家，走上厅堂拜见母亲说：“今天风大又非常寒冷，寒风摧折了树木，院子里的白兰花上结满了浓霜。儿子现在就像快要落山的太阳一样，使得母亲在今后很孤单。我是有意做这样不好的打算的，不要再去怨恨什么鬼神了！愿您的寿命像南山的石头一样长久，愿您的身体永远健康又舒顺！”焦母听到儿子这些话，泪水随着说话声一起流下，说：“你是世家的子弟，又在官府里任官职，千万不要为了一个妇人去寻死，你和她贵贱不同，休掉了她哪里就算薄情呢？东邻有个贤惠的女子，她的美丽在城内外是出名的，我替你去求婚，很快就会有答复。”焦仲卿向母亲拜了两拜就回房，在自己的空房里长声叹息，自杀的打算就这样决定了。他把头转向兰芝住过的内房，睹物生情，越来越被悲痛煎熬逼迫。

[原文]

其日牛马嘶，新妇入青庐[49]。奄奄黄昏后，寂寂人定

初。"我命绝今日，魂去尸长留。"揽裙脱丝履，举身赴清池。府吏闻此事，心知长别离。徘徊庭树下，自挂东南枝。

两家求合葬，合葬华山旁。东西植松柏，左右种梧桐。枝枝相覆盖，叶叶相交通。中有双飞鸟，自名为鸳鸯。仰头相向鸣，夜夜达五更。行人驻足听，寡妇起彷徨。多谢后世人，戒之慎勿忘。

[注释]

㊾青庐：古人娶新娘时所设置的帐屋。

[诗解]

约定结婚的那一天牛叫马嘶，刘兰芝走进了等待新郎的青布篷帐。在暗沉沉的黄昏后，静悄悄的，人们开始安歇了。兰芝自言自语说："我的生命将在今天结束，灵魂要离开了，让这尸体长久地留在人间吧！"于是挽起裙子，脱去丝鞋，纵身跳进清水池里。焦仲卿听到刘兰芝投水自杀这件事，心里知道从此与刘兰芝永远离别了，在庭院里的树下徘徊了一阵，自己就在向着东南的树枝上吊死了。

焦、刘两家要求合葬，于是把两个人合葬在华山旁边。坟墓的四周种植上松柏和梧桐树，树枝枝叶相互覆盖，交错连接。树中有一对飞鸟，它们的名字叫作鸳鸯，仰头相互对着叫，天天夜里直叫到五更。走路的人停下脚步听，寡妇听见了，从床上起来，心里很不安定。多多劝告后世的人，把这件事作为教训，千万不要忘记啊！

[诗评]

因为是叙事诗，不但有人物，作者还以白描的手法极其生动地刻画了人物的性格。作者否定了一切应该否定的东西，也肯定了一切应该肯定的东西，然而无论是否定或者肯定，都不是遵循一个简单的公式，而是通过复杂的和具体的描写，暗示人物的社会地位和个性特点，给予他们以恰如其分的评价。从作者所把握的生活深度而论，不能不说，这是现实主义艺术创造在我国古典文学中一个杰出的范例。

——唐弢《〈孔雀东南飞〉的现实主义》

于阗（tián）采花

唐·李白

［题解］

《于阗采花》，乐府《杂曲歌辞》旧题。李白借王昭君身陷胡虏，感伤君子生不逢时，为谗妒所蔽，有才能的人被埋没，弃之不用，那些无能的人反而受到重用。

［原文］

于阗①采花人，自言花相似。明妃②一朝西入胡，胡中美女多羞死。乃知汉地多名姝，胡中无花可方比。丹青③能令丑者妍④，无盐⑤翻在深宫里。自古妒蛾眉⑥，胡沙埋皓齿⑦。

［注释］

①于阗：古代西域的国名。在今新疆和田一带。②明妃：即王昭君。③丹青：指画家。④能令丑者妍：这里运用的是典故。汉元帝为了便于选美临幸，就让宫廷画师毛延寿将后宫美女各画肖像一幅，供皇帝御览。一些宫女为让画师美化自己，便贿赂画师。宫女王昭君不屑于同流合污，画师便把昭君画得十分难看，因此昭君也备受冷遇。汉元帝竟宁元年，匈奴单于来长安朝见元帝，并向汉室求婚。昭君自荐于皇上，表示愿嫁匈奴。元帝应允，同意昭君出塞和亲。当昭君远嫁出塞时，元帝见其貌若天仙，然已后悔莫及。后来元帝知道是毛延寿索贿造成的，便以欺君之罪将毛延寿斩首。⑤无盐：战国时齐国一位相貌极丑的女子，宣王立她为王后。⑥蛾眉：美女的代称。⑦皓齿：美女的代称。

无盐女

战国时齐国无盐邑的女子钟离春相貌丑陋，但她怀有治国之才。钟离春敢于面谏齐宣王，指出宣王治国的“四失”。结果齐宣王心服口服，还封她为后。

［诗解］

西域于阗的采花人，自认为天下的花

虽出自不同地域，但大体上都差不多，女人大概也是如此。自从明妃王昭君远嫁匈奴，胡地原来自认为貌美的女子都惭愧得要死。这时才知道汉地多出美女，是胡地的女子不能相提并论的。只可惜王昭君不肯贿赂画工才使其画像被丑化，得不到汉元帝的召见，让那些相貌丑陋的女子占据皇宫后妃的位置。自古以来有多少貌美女子，都不被赏识，弃置在荒漠胡地，抑郁终老。

夜坐吟

唐·李白

［题解］

《夜坐吟》，乐府歌辞名，始于鲍照，内容为听歌曲时的感触。李白这首《夜坐吟》塑造的是一个具有刚强性格的女性。诗中的女子要求的是男女双方建立在彼此平等相待、情投意合基础上的爱情，否则即使对方唱出千万支动人的歌曲她也不屑一听。

［原文］

冬夜夜寒觉夜长，沉吟久坐坐北堂。冰合井泉①月入闺，金釭(gāng)②青凝明照悲。金釭灭，啼转多。掩妾泪，听君歌。歌有声，妾有情。情声合，两无违。一语不入意，从君万曲梁尘③飞。

［注释］

①井泉：水井。《礼记·月令》："天子命有司，祈祀四海、大川、名源、渊泽、井泉。"②金釭：古代照明用的灯盏，或用铜制，称为金釭。③梁尘：相传汉朝鲁人虞公擅长歌唱，发声清哀，盖振梁尘。

［诗解］

冬天的夜晚寒冷而漫长，闲无聊赖，夜起坐在北屋低吟歌唱，消解难耐的寂寞。窗外的水井台上已经结了厚厚的一层冰，月光透过窗户将清辉洒落我的闺房，更给冬夜增添了一丝的孤寒。凝望昏黄的烛光，泪止不住地流淌，泣声在低吟中已经不能掩盖，随着越来越黯淡的灯光，啼哭声越来越大。我不时地擦擦眼泪，倾听着情郎唱歌，歌声缠绵，情意浓浓，好像在诉说我们彼此的爱意。两个人必须情意相投，才能忠贞不渝。如果有一丝的虚情假意，就算他唱上一万首美妙的歌曲，我也不屑一顾。

古别离

梁·江淹

[题解]

《楚辞》曰:“悲莫悲兮生别离。”《古诗》曰:“行行重行行，与君生别离。相去万余里，各在天一涯。”后苏武出使匈奴，李陵与之诗曰:“良时不可再，离别在须臾。”故后人拟之为《古别离》。梁简文帝又为《生别离》，宋吴迈远有《长别离》，唐李白有《远别离》，亦皆类此。

[原文]

远与君别者，乃至雁门关。黄云蔽千里，游子何时还。送君如昨日，檐前露已团。不惜蕙草①晚，所悲道里寒。君在天一涯，妾身长别离。愿一见颜色②，不异琼树枝③。兔丝及水萍，所寄④终不移。

[注释]

①蕙草：一种香草。②颜色：表情，神色。③琼树枝：这里指女子洁丽的容颜。④寄：寄托。

[诗解]

女子心爱的人要到雁门关外的地方去了，二人只有无奈地道别，离别让人多么忧伤啊！天上的黄云遮蔽了千里，地上的尘埃与黄云相接，天空也暗了下来，到远方去的游子什么时候才能回来啊。时间已经过去了这么久，想起当时送心爱的人远去的情景，是多么清晰啊，就好像发生在昨天一样。可是如今，已经到了深秋，檐前的露已经凝结成团。蕙草虽然凋零了，却没有什么好可惜的。女子担忧远方的爱人，不知他在外是否饱暖。爱人远在天涯，二人长年分别。女子时而看见自己的容颜，还是像琼树枝一样美丽。但愿能像兔丝和水萍一样，有所寄托，与爱人的感情也能始终不渝。

独不见

唐·李白

[题解]

《独不见》，乐府《杂曲歌辞》旧题。这首诗描写的是闺中女子对丈夫的思念之情。

[原文]

白马谁家子，黄龙[1]边塞儿。天山三丈雪，岂是远行时？春蕙[2]忽秋草，莎鸡[3]鸣曲池。风摧寒棕[4]响，月入霜闺[5]悲。忆与君别年，种桃齐蛾眉。桃今百余尺，花落成枯枝。终然独不见，流泪空自知。

[注释]

①黄龙：古代城池名。又名龙城。在今辽宁朝阳一带。此处泛指边塞地区。②蕙：蕙兰，兰花的一种，春日开花。③莎鸡：虫名。又名络纬。俗称纺织娘、络丝娘。④寒棕：谓织布梭，状家境的贫寒，或冷天犹织，故称。⑤霜闺：即秋闺。此处指秋天深居闺中的女子。

蕙

蕙也叫蕙兰、佩兰，叶子狭长，和兰草很像。蕙初夏开花，气味芳香。常以蕙比喻女子品格高洁，如“蕙质兰心”。

[诗解]

骑在白马上翩翩而驰的，那是谁家的少年，是在龙城边塞戍城立功的征戍之人。天山如今天寒地冻，积雪厚有三丈，这个时候怎么适合远行呢？春日的蕙兰忽而变得枯萎，变成了秋草，闺中的美人也已经到迟暮之年了。在这凄清落寞的深秋，曲池边传来阵阵莎鸡吱吱呀呀的鸣叫。秋天的寒风吹动织布梭发出声响，月亮伴着清霜，更显出秋天深居闺中的女子的无限伤悲。还记得与丈夫离别的那年，门前种的桃树与她齐眉。如今桃树已经高百余尺了，花开花落几十年过去，很多枝条已经枯萎了。始终不见丈夫归来，只有凄伤的眼泪独自空流。

定情诗

汉·繁钦

作者简介

繁钦，字休伯，东汉颍川（今河南禹县）人。曾任曹操掌书记，以善写诗、赋、文章知名于世。

[题解]

《定情诗》最初见于《玉台新咏》，《乐府诗集》收录其到《杂曲歌辞》中。此诗是写女子私下爱上一个男子，摘下自己的饰物来致意，但男子却失约了，女子于是感到懊丧悔恨。

[原文]

我出东门游，邂逅承清尘①。思君即幽房，侍寝执衣巾②。时无桑中契③，怕此路侧人。我即媚④君姿，君亦悦我颜。何以致拳拳⑤，绾⑥臂双金环；何以致殷勤，约指⑦一双银；何以致区区⑧，耳中双明珠；何以致叩叩⑨，香囊系肘后；何以致契阔⑩，绕腕双跳脱；何以结恩情，佩玉缀罗缨⑪；何以结中心，素缕⑫连双针⑬；何以结相于⑭，金薄画搔头⑮；何以慰别离，耳后玳瑁钗；何以答欢悦，纨素三条裾⑯；何以结愁悲，白绢双中衣。与我期何所，乃期东山隅，日旰⑰兮不来，谷风⑱吹我襦。远望无所见，涕泣起踟蹰。与我期何所，乃期山南阳，日中兮不来，飘风吹我裳。逍遥莫谁睹，望君愁我肠。与我期何所，乃期西山侧，日夕兮不来，踯躅长叹息。远望凉风至，俯仰正衣服。与我期何所，乃期山北岑，日暮兮不来，凄风吹我衿。望君不能坐，悲苦愁我心。爱身以何为，惜我华色时。中情

既款款[19]，然后克[20]密期。褰衣[21]蹑花草，谓君不我欺。厕[22]此丑陋质，徙倚[23]无所之。自伤失所欲，泪下如连丝。

［注释］

①清尘：车马扬起的灰尘。这里用以代指对方。②“思君”二句：女子表示愿意在对方入室就寝时手持衣巾侍候。③桑中契：指男女约会之事。契，约会的意思。④媚：爱的意思。⑤拳拳：眷恋不忘的意思。⑥绾：缠绕。⑦约指：戒指。⑧区区：诚挚的心意。⑨叩叩：真诚的心意。⑩契阔：这里是偏义词，指契，指两人的亲密之意。契，指聚合。阔，指分别。⑪佩玉缀罗缨：佩玉上装有丝制的带子。⑫素缕：白线。⑬连双针：用双针连贯，象征同心相连。⑭相于：与“相与”相通。这里指交好的意思。⑮搔头：一种首饰。用金箔装饰的搔头，形容十分珍贵。⑯三条裾：有三条丝带的衣袍。条，又作“绦”，丝带。⑰旰：晚。⑱谷风：山谷中的凉风。⑲款款：忠诚。⑳克：约定。㉑褰衣：挽起衣服。㉒厕：置身于。㉓徙倚：徘徊迟疑。

［诗解］

我从东门出去游玩，不经意间遇到了你。我对你一见倾心，心中一下子有了以身相许的念头。我愿意在你入室就寝时在一旁手持衣巾，伺候你更衣入睡。当时我们没有约会，因为我怕让旁人看见。我爱慕你，你也喜欢我。用什么表达我的眷恋之意呢？绾在我臂上的一双金环；用什么表达我对你的殷勤？套在我指上的一双银戒指；用什么表达我的真诚呢？戴在我耳上的一对明珠；用什么表达我的挚诚呢？系在我肘后的香囊；用什么表达我们之间的亲密呢？套在我腕上的一对手镯；用什么连接我们的感情呢？缀有罗缨的佩玉；用什么让我们的心连在一起呢？用白色的丝绒双针连贯；用什么表达我们的交好呢？用金箔装饰的搔头；用什么慰藉我们的别离之情呢？用我耳后的玳瑁钗；用什么报答你对我的欢悦呢？用有三条丝带

逍遥莫谁睹，望君愁我肠

诗中的恋人以指环、耳珠、香囊等信物来盟誓，显示了爱情的坚定不移。然而在分别后，男子却负约了，女子怎么也等不到他来，心中感到无限悲伤。

的衣袍；用什么连接我们的悲愁呢？用缝在内衣里的白绢。但是，你与我相约在东山的一个角落相会，到很晚了都还没有来，山谷中的凉风吹着我的衣衫，我是那么无助。远远地望去，还看不到你的踪影，我的眼泪不禁掉了下来。与我相约在山南相见，但我从清晨等到中午，你还没有来，只有风吹动着我的衣裳。四下张望却没有看到你，盼望你的出现让我愁肠满腹。与我相约在西山之侧，日暮还看不到你的身影，我不禁踯躅叹息。抬头眺望，一阵凉风吹来，我连忙低头整理衣裳。与我相约在山北的一个小丘上，你又一次没来，只有凄风吹着憔悴的我。每次盼望等待，你都令我失望伤心。我爱惜自己，只因为想在年华正好时，找到如意郎君，与他约定终生。我挽起衣服，在花草间踟蹰，告诉自己你是不会欺骗我的。如今自己已经老了，容颜已变得丑陋，自己伤心地独自徘徊，不知应到哪里去。我为失去了自己想要的爱情而感到无限悲伤，不禁泪下如雨，泣涕不已。

卷九　近代曲辞

纪辽东二首

隋·杨广

作者简介

隋炀帝杨广，隋朝的第二个皇帝，隋文帝杨坚的次子。对于国政，他曾有恢宏的抱负，并且戮力付诸实现。主政后，他巡视边塞，开通西域，推动大建设。然而最终因人民不能负荷他一而再、再而三地穷兵黩武，遂以残暴留名于世。

[题解]

《纪辽东》，隋炀帝所作。隋炀帝在位期间曾三次征讨辽东，即高句丽。《通典》曰："高句丽自东晋以后，居平壤城，亦曰长安城。随山屈曲，南临㶏水，在辽东南。复有辽东、玄菟等数十城。"大业八年（612），隋炀帝征伐高句丽，渡过辽水，与高句丽大战于东岸，大败高句丽，进围辽东。王建又有《渡辽水》，也出于此。

其一

[原文]

辽东海北翦(jiǎn)①长鲸②，风云③万里清④。方当销锋⑤散马牛，旋师宴镐京⑥。前歌后舞振军威，饮至解戎衣。判⑦不徒行万里去，空道五原归。

[注释]

①翦：剪除，消灭。②长鲸：大鲸，这里用的是比喻意，指巨寇。③风云：指硝烟弥漫的战场氛围。④万里清：指战争结束后万里晴空，一切都回归平静。⑤销锋：熔化兵器。⑥镐京：地名，在今陕西西安长安区西北，是西周时代的首都，又称西都、宗周，周武王即位后，由丰邑迁都镐京。镐京与东都洛邑（今河南洛阳西），为西周时的两大都城。这里代指隋的都城。⑦判：截然不同。

［诗解］

不远万里跨海渡江，征讨辽东，终于剪除了辽东巨寇，使风云弥漫的战场归于平静。此时正应当熔化兵器，放养马牛，尽享太平。将士们班师回朝，在京都设宴庆功。酒席上歌舞欢闹，更显现出军威。战士们开怀畅饮，直到醉了方才归去。我盛大之国，决不会去辽东白走一遭，要战就一定会胜利而回！

其二

［原文］

秉旄(máo)①仗节②定辽东，俘馘(guó)③变夷风④。清歌凯捷九都水，归宴洛阳宫。策功行赏不淹留⑤，全军藉智谋。讵⑥似南宫⑦复道上，先封雍齿⑧侯。

［注释］

①旄：代指用牦牛尾装饰的旗子。②节：古称司节、竹节。满族敲击打鸣乐器。俗称柳节、簸箕、柳条簸箕。③俘馘：指敌人被俘虏斩杀。④变夷风：指平定。⑤不淹留：指不滞留，不吝惜封赏。⑥讵：怎能，难道。⑦南宫：唐及以后，尚书省六部统称南宫。⑧雍齿：汉代的人名。这里运用的是典故。刘邦最忌恨雍齿，几次想把他杀掉，因为他虽然功劳多，但太张狂。刘邦定国后，封赏故旧亲近，诛伐旧日私怨，张良力谏刘邦封赏夙怨雍齿，用来安定群臣之心。

［诗解］

军威浩荡地去平定辽东，敌军被俘虏，我们在战争中取得胜利。我们凯旋而归，在洛阳宫开宴庆功。这次战争的胜利是全军智慧凝聚的结果，在庆功宴上，对全军论功行赏，丝毫不吝惜地对大家进行封赏。这次征讨辽东获得巨大胜利，炀帝非常高兴，别说是尚书省这样高级的官员得到了封赏，就连与炀帝素来有积怨的人也不例外。

辽东行

唐·王建

作者简介

王建，字仲初，颍川（今河南许昌）人。他写了大量的乐府诗，同情百姓疾苦，与张籍齐名。又写过宫词百首，在传统的宫怨之外，还广泛地描绘宫中风物，是研究唐代宫廷生活的重要材料。

[题解]

继隋炀帝出兵辽东，征讨高句丽后，唐代在唐太宗和唐高宗时，持续对高句丽出兵，战争长达几十年。王建的《辽东行》反映了战事的艰苦，流露出反战的情绪。

[原文]

辽东万里①辽水曲，古戍②无城复无屋。黄云盖地雪作山，不惜黄金买衣服。战回各自收弓箭，正西回面家乡远。年年郡县送征人，将与辽东作丘坂。宁为草木乡中生，有身不向辽东行。

[注释]

①万里：形容道路遥远。②古戍：指戍守的古城楼。

[诗解]

辽东之地路途遥远，辽水曲曲折折难以横渡。战士们戍守的古城已经破旧不堪，早已没有城楼，城墙之上也早就没有房屋了。那里气候异常寒冷，常常是黄云满天冰雪盖地，战士们身上的衣服真是难以御寒！如果有厚厚的暖和的衣服可以抵御这异地的寒冷，即使耗费掉万两黄金，又怎会吝惜呢？战争结束后战士们各自收回弓箭准备回家。但遥望回家的路，唯觉路途遥远。年年郡县都会送来征人，将在这凄寒的辽东戍守征战，不知又有多少人牺牲于此。我宁愿生为草木，终生守候在家乡的土地上，至死也不往辽东这地方来！

渡辽水

唐·王建

[题解]

王建这首诗，只摄下士兵渡过辽河时的一个镜头，用战争开始前士兵们沉重的心情来打动读者。这首诗切入的角度别致，写得虽别致，但同样能揭示战争的残酷。

[原文]

渡辽水，此去咸阳五千里。来时父母知隔生，重着衣裳如①送死。亦有白骨归咸阳②，营家③各与题④本乡。身在应无回渡日，驻马相看辽水旁。

[注释]

①如：动词，去。②咸阳：古都城。③营家：军中的长官。④题：上奏呈请。

[诗解]

离开咸阳，此去辽水，漫漫五千里。还未出门父母就已知道此去将隔海茫茫，今生很难再次相聚。临出门时，母亲又为我重新做了几件衣裳，怕我有去无回，万一死在路途中没有干净的衣服可以殓葬。又有征人的白骨被送回咸阳，军中长官呈请皇上让烈士本乡的人充任征戌。想想自己真是可怜，身在之时将再没有回来的时候，为此心里无限伤感，茫然驻马停在辽水之边。

昔昔盐

隋·薛道衡

作者简介

薛道衡（540–609），隋代诗人，字玄卿，河东汾阴（今山西万荣）人。历仕北齐、北周。隋朝建立后，任内史侍郎，加开府仪同三司。炀帝时，出为番州刺史，改任司隶大夫。后为炀帝所杀。传说在大业五年（609），薛道衡将要被处死时，隋炀帝问他："你还能写'空梁落燕泥'这样的诗句吗？"由于隋炀帝妒忌薛的诗才而特别提出这句诗，因而使之传为名句。

[题解]

《昔昔盐》，隋、唐乐府题名。明代杨慎认为就是梁代乐府《夜夜曲》。昔昔，夜夜。盐，即艳，曲的别名。《乐苑》曰："《昔昔盐》，羽调曲，唐亦为舞曲。"

[原文]

垂柳覆金堤①，蘼(mí)芜②叶复③齐。水溢芙蓉沼④，花飞桃李蹊⑤。采桑秦氏女⑥，织锦窦家妻⑦。关山别荡子，风月守空闺⑧。恒敛⑨千金笑⑩，长垂双玉⑪啼。盘龙随镜隐⑫，彩凤⑬逐帷低⑭。飞魂⑮同夜鹊⑯，倦寝忆晨鸡⑰。暗牖⑱悬蛛网，空梁⑲落燕泥。前年过代⑳北，今岁往辽㉑西。一去无消息，那能惜马蹄㉒。

苏 蕙

西晋末年的才女苏蕙嫁给窦滔，夫妻二人情同鱼水。然而，窦滔任秦州刺史时，因"忤旨"而被流放到流沙。苏蕙思夫心切，织锦为《回文璇玑图诗》，遥寄情思。这首回文诗有多种读法，按不同的读法可以读出多首诗歌，足见苏蕙的才情。

[注释]

①金堤：即堤岸。堤之土黄而坚固，故用"金"修饰。②蘼芜：香草名，其叶风干后可做香料。③复：又。④沼：池塘。⑤桃李蹊：桃、李树下的路。⑥秦氏女：指罗敷。汉乐府诗《陌上桑》："秦氏有好女，自名为罗敷。罗敷喜蚕桑，采桑城南隅。"这里用来表示思妇的美好。⑦窦家妻：指窦滔妻苏蕙。窦滔为前秦苻坚时秦州刺史，被谪戍流沙，其妻苏蕙织锦为回文诗寄赠。这里用来表示思妇的相思。⑧"关山"二句：游子已去关山之外，思妇则在风月之夜独守空闺。荡子，在外乡漫游的人，即游子。⑨敛：收

敛。⑩千金笑：一笑值千金。⑪双玉：指双目流泪。⑫盘龙随镜隐：思妇无心打扮，用不着镜子。盘龙，铜镜背面所刻的龙纹。随镜隐，是说镜子因为不用而藏在匣中。⑬彩凤：锦帐上的花纹，是凤形。⑭逐帷低：是说帷帐不上钩而长垂。思妇懒得整理房间，故帷帐老是垂挂着。⑮飞魂：唐朝赵氏用《昔昔盐》的每一句为题作诗，第十三首以本句为题，“飞魂”作“惊魂”。⑯同夜鹊：出自曹操《短歌行》：“月明星稀，乌鹊南飞，绕树三匝，何枝可依”意，用来形容神魂不定。即夜里睡不着，就像夜鹊见月惊起而神魂不定。⑰倦寝忆晨鸡：像晨鸡那样早起不睡。倦寝，睡觉倦怠，即睡不着。⑱牖：窗户。⑲空梁：空屋的房梁。⑳代：隋朝代州治所，在今山西代县。㉑辽：辽水，今辽宁境内的辽河。㉒惜马蹄：爱惜马蹄，指不回来。化用东汉苏伯玉妻《盘中诗》：“何惜马蹄归不数。”埋怨丈夫久戍于外而不归。

[诗解]

丝丝垂柳低垂，轻轻覆盖在金黄色的堤岸上。又是浓浓夏日，蘼芜的叶子变得异常繁茂浓密。在美丽的荷叶映衬下显得更加碧绿的池塘水溢出池塘外，桃、李的花瓣飘然而下，洒满树下的路。思妇长得如采桑的罗敷一样貌美，她对丈夫的思念情怀像织锦的窦家妻那样真切。丈夫已去关山之外，思妇则在风月之夜独守空闺。独处闺中，她常收敛笑容，整日流泪。游子不在的日子她无心打扮，用不着镜子，背面刻有龙纹的铜镜被藏在匣中。思妇懒得整理房间，凤形花纹的帷帐不上钩而长垂。思妇因思念丈夫夜里睡不着，就像夜鹊见月惊起而神魂不定，也像晨鸡那样早起不睡。丈夫久行不归，思妇的住屋也渐渐萧条破落。她居住的房屋内窗户昏暗，到处悬着一张一张的蜘蛛网；空废的屋梁上，剥落着一块一块的燕巢泥。丈夫征戍行踪不定，前年还在代州，而今却在辽西。一去从此便再无消息，何时才能听到丈夫归来的马蹄声？真的埋怨丈夫戍于外却久久不归。

清平调三首

唐·李白

[题解]

《清平调》，唐代大曲名，《乐府诗集》编入近代曲辞中，后用做词牌。此诗作于天宝二年（743）暮春李白供奉翰林时。正是芍药花开的季节，皇上乘夜召见太白，贵妃杨玉环乘步辇来到此处。春暖花开，唐明皇十分高兴，诏选梨园子弟中最优秀者前来助兴。唐明皇以一句“赏名花，对妃子，焉用旧乐词为”，令李白速进《清平调》三首，并令李龟年歌之。

其一

[原文]

云想衣裳花想容，春风拂槛①露华浓。
若非群玉②山头见，会③向瑶台④月下逢。

[注释]

①槛：栏杆。②群玉：山名。神话传说中西王母居住的地方。因山中多玉石，所以得名。③会：应该。④瑶台：西王母所居宫殿。

[诗解]

看到天上美丽缥缈的云彩，就会想起贵妃飘逸的衣裳；看到园中盛开的花朵，就会想起贵妃那美丽的容颜。正是温暖的春季，春风轻轻拂过栏杆，花朵上还羞羞答答地带着些露水，晶莹透亮。如果不是曾经在西王母居住的地方见过，那就一定是在仙人们居住的瑶台下相逢。

其二

[原文]

一枝红艳露凝香①，云雨巫山②枉断肠。
借问汉宫谁得似？可怜③飞燕倚新妆。

[注释]

①一枝红艳露凝香：指牡丹花（芍药花）而言。②云雨巫山：宋玉《高唐赋》描写楚王与巫山神女欢会，神女离去时辞别说：“妾在巫山之阳，高丘之阴，旦为朝云，暮为行雨。朝朝暮暮，阳台之下。”后用来指男女欢会离别。③可怜：可爱。

[诗解]

一枝红艳的花朵上露水凝香，仿佛是与情人相别时痛断心肠的泪水。如果要问汉宫中谁能和她的美艳相比，唯有赵飞燕倚新妆时的美艳能与其相提并论。

其三

[原文]

名花[①]倾国[②]两相欢，长得君王带笑看。
解释[③]春风无限恨，沉香亭[④]北倚栏干。

[注释]

①名花：指牡丹花。②倾国：指杨贵妃。③解释：消除。④沉香亭：亭子名称。在唐兴庆宫龙池东。

杨贵妃

唐玄宗后期宠爱杨贵妃，不理政事。杨贵妃善舞，据说，唐玄宗编创了《霓裳羽衣曲》，杨贵妃把这首曲子编为舞蹈。李白《清平调》为杨贵妃而作，"云想衣裳花想容"一句，从虚处着笔，而贵妃之美呼之欲出。

[诗解]

今日有牡丹花与美人两相为伴，十分欢洽，惹得君王带着笑容细细观看。君王的笑消除了春风带来的无限恨意，使得春风在沉香亭北驻足，倚在栏杆上欣赏这里的美景与佳丽。

[诗评]

三章合花与人言之，风流旖旎，绝世丰神。或谓首章咏妃子，次章咏花，三章合咏，殊见执滞。

——沈德潜《唐诗别裁》

渭城曲[①]

唐·王维

[题解]

《渭城》一曰《阳关》，王维之所作也。本是送人出使安西的诗，后遂被谱写成歌曲。友人将西出阳关，远去边陲，从此难以相见，于是王维作诗相送，惜别之情，清真空旷，足以令人伤心落泪。诗歌言情是通过描绘送别场景，截取场景中的一个典型细节来表现的。

[原文]

渭城朝雨浥轻尘[2]，客舍青青柳色新。

劝君更尽一杯酒，西出阳关无故人[3]。

[注释]

①渭城曲：乐府《近代曲》名，又称《阳关曲》。诗题一作《送元二使安西》。安西，在今新疆库车县境。②浥轻尘：意谓一场朝雨后，尘土湿润不飞扬。浥，沾湿。③“劝君”二句：劝君再干一杯饯别酒，出了阳关就再也见不到老朋友。

[诗解]

朝雨乍停，天气晴朗，道路洁净。道边、客舍周围的柳树被晨雨洗出青翠的本色。天空、道路、客舍、柳树，一切都是那么明亮和清新。行人寥寥，只有我备下了一张方桌、几杯薄酒，送别友人。劝友人再干一杯饯别酒，出了阳关就再也见不到老朋友了啊。当友人即将在此启程之际，殷殷劝酒，依依惜别，几许悲壮，几许苍凉！

杨柳枝二首

唐·白居易

[题解]

《杨柳枝》，白居易洛中所制也。《本事诗》曰：“白尚书有妓樊素善歌，小蛮善舞。尝为诗曰：‘樱桃樊素口，杨柳小蛮腰。’年既高迈，而小蛮方丰艳，乃作《杨柳枝》辞以托意曰：‘永丰西角荒园里，尽日无人属阿谁？’及宣宗朝，国乐唱是辞。帝问谁辞，永丰在何处，左右具以对。时永丰坊西南角园中有垂柳一株，柔条极茂，因东使命取两枝植于禁中。”

其一

[原文]

一树春风万万枝，嫩于金色软于丝。永丰[1]西角荒园里，尽日无人属阿谁？

[注释]

①永丰：指永丰坊，为唐代东都洛阳坊里名。

[诗解]

春风吹拂，千丝万缕的柳枝，随风起舞。柳枝绽出细叶嫩芽，望去一片嫩黄；细长的柳枝，随风飘荡，比丝缕还要柔软。这样一株生机勃勃的柳树，却长在永丰坊西南角的荒园中，只能顾影自怜，有谁来赏识、关注它呢？

其二

[原文]

一树衰残委泥土，双枝荣耀植天庭[1]。定知玄象今春后，柳宿光中添两星。

[注释]

①天庭：指古代神话中的玉帝皇庭，也指帝王的宫廷。此处即指宫廷。

[诗解]

垂柳一株，委身于永丰坊西南角的荒园中，因柔条极茂，被东使取两枝植于宫中，从此荣耀百倍，无异升天。料想今春的天象，将会有两颗新星得蒙柳宿星的光芒惠泽了。

忆江南三首

唐·白居易

[题解]

《忆江南》本名《谢秋娘》，是唐李德裕为已经亡故的姬妾谢秋娘所作。《忆江南》又名《望江南》《梦江南》，但因白居易有一首咏“江南好”的词，最后一句是“能不忆江南”，所以又叫《忆江南》。这三首《忆江南》，是白居易六十七岁时，在洛阳所作。诗人年轻时曾漫游江南，又在苏杭做过刺史。苏杭的美丽景色使他终生难忘，诗人从内心深处发出“江南好”的赞叹和对江南的眷恋之情。

其　一

［原文］

江南好，风景旧曾谙[1]。日出江花红胜火，春来江水绿如蓝[2]。能不忆江南？

［注释］

①谙：熟记，熟悉。②蓝：植物名。一种草本植物，叶子可以提制蓝色染料。

［诗解］

江南的春色是多么好啊，如今回想起来，江南的美景还历历在目。早晨日出后，江花在阳光的照耀下那样红艳，像火焰一样，红得那样热烈；春天来了，江水碧绿如蓝花一样。江花、江水红绿相映，色彩明艳，给人以光彩夺目的强烈印象。江南太美了，怎能不忆江南呢？

［诗评］

作者抓住了景物的特点，运用贴切的比喻和工整的对偶句，把明媚、艳丽、温馨、柔美而富有生气、诗情画意般的江南水乡春色，凝练成寥寥十四个字，成为千古传诵、脍炙人口的佳句。读之，令人心驰神往。

——王方俊《唐宋词赏析》

其　二

［原文］

江南忆，最忆是杭州。山寺月中寻桂子[1]，郡亭枕上看潮头[2]。何日更重游！

［注释］

①山寺月中寻桂子：作者《东城桂》诗自注说："旧说杭州天竺寺每岁中秋有月桂子堕。"②看潮

钱塘观潮

钱塘秋潮自古就有盛名。苏东坡咏赞钱塘秋潮："八月十八潮，壮观天下无。"关于钱塘潮有一个传说，当年吴王奸忠不分，赐剑让伍子胥自刎，还将其尸首抛入钱塘江中。伍子胥死后九年，越王勾践在大夫文种的帮助下灭掉了吴国。但越王听信传言，迫使文种伏剑自刎。伍子胥与文种的满腔愤恨化作滔天巨浪，形成了钱塘怒潮。

头：钱塘江入海处，有二山南北对峙如门，水被夹束，势极凶猛，为天下名胜。

[诗解]

回忆江南，最为怀念的是杭州。中秋夜在天竺寺中寻找月桂子，在城楼上看钱塘江大潮。什么时候能重游杭州啊！

其　三

[原文]

江南忆，其次忆吴宫①。吴酒一杯春竹叶②，吴娃③双舞醉芙蓉④。早晚⑤复相逢！

[注释]

①吴宫：指吴王夫差为西施所建的馆娃宫，在苏州西南灵岩山上。②竹叶：酒名。③娃：美女。④醉芙蓉：形容舞伎之美。⑤早晚：犹言何时。

[诗解]

回忆江南，其次怀念的是苏州的馆娃宫。喝着竹叶美酒，看着吴地美女曼妙的舞姿。什么时候能再次相逢！

竹枝词

唐·刘禹锡

[题解]

这首诗摹拟民间情歌的手法，写一位初恋少女听到情人的歌声时乍疑乍喜的复杂心情。

[原文]

杨柳青青江水平①，闻郎江上踏歌②声。
东边日出西边雨，道是无晴却有晴。

[注释]

①江水平：江中流水平缓，水平如镜。②踏歌：一种古老的舞蹈形式，源自民间，始于汉代，是有记载的歌舞相合的民间自娱舞蹈形式。早在两千多年前的汉代就已兴起，到了唐代更是盛行。

[诗解]

这是一个春风和煦的日子，江边杨柳依依，柳条轻拂着水面；江中流水平缓，水平如镜。在这动人情思的环境中，一位少女忽然听到了江面上飘来小伙子的歌声。这歌声就像一块石头投入平静的江水，溅起一圈圈涟漪一般，牵动了姑娘的感情波澜。她心中早就爱上了这个小伙子，但对方还没有明确表态。今天从他的歌声中多少听出了点情意，于是她觉得：这个人的心就像捉摸不定的天气一样，说它是晴天吧，西边却下着雨；说它是雨天吧，东边却又出着太阳。

宫中调笑

唐·王建

[题解]

《宫中调笑》，又名《调笑令》《转应曲》《三台令》等。由“调笑”之名，可见此调原本只是一种游戏的歌词；由“转应”之名，可见此词的转折，最初应该是和答的歌词；由“三台令”之名，可见此调是从六言的“三台”变出来的。《调笑令》本是专门供君王开玩笑的，王建却用来抒写宫中妇女的哀怨，别具一格。

[原文]

团扇①，团扇，美人病来遮面。玉颜憔悴②三年，谁复商量管弦？弦管，弦管，春草昭阳路断③。

[注释]

①团扇：团扇因其形如圆月而得名，中国古代的皇宫中常用，所以又叫宫扇。汉成帝的妃子班婕妤失宠后，写了一首《团扇歌》，诗中说团扇曾经“出入君怀袖，动摇微风发”，但是一旦夏季过去，炎热退去，便被“弃捐箧笥中，恩情中道绝”，以团扇自喻，充满了被弃的悲凉之感。因此，在古代诗词中出现的团扇，常常笼罩着人生失意、世态炎凉的哀怨气氛。②憔悴：困顿萎靡的样子。③昭阳路断：通往昭阳宫的路径被淹没。昭阳，即昭阳宫，汉时宫殿。后泛指嫔妃所居之宫。

[诗解]

这昭阳殿曾是何等的荣耀，皇上的御辇曾多少次临幸这个所在！而每当他光顾，殿里便整日回荡着急管繁弦，轻歌曼舞中翩翩飘闪着这鲜丽的团扇。如今这一切都结束了，往日轻歌曼舞中用的团扇早已失去了它昔日的光彩，现在被用来遮挡美人憔悴的容颜；春天来了，昭阳殿前的路上绿草茵茵，但皇帝再也不会幸临这里了。殿里那种急管繁弦、轻歌曼舞的欢快日子已经永远成为了过去，有谁能与我一起亲密探讨演奏乐器的事情？如今管弦已落满尘埃，自身再也没有被召幸的希望。失宠被弃后，春可重、弦可再，召幸"路断"却再也不会来。

［诗评］

王仲初古《调笑》，融情会景，犹不失题旨。

——顾起纶《〈花庵词选〉跋》

卷十　杂歌谣辞

鸡鸣歌

［题解］

鸡鸣，据说是一种楚歌，起源于汉代。《乐府广题》曰："汉有鸡鸣卫士，主鸡唱。宫外旧仪，宫中与台并不得畜鸡。昼漏尽，夜漏起，中黄门持五夜，甲夜毕传乙，乙夜毕传丙，丙夜毕传丁，丁夜毕传戊，戊夜，是为五更。未明三刻鸡鸣，卫士起唱。"《汉书》曰："高祖围项羽垓下，羽是夜闻汉军四面皆楚歌。"应劭曰："楚歌者，鸡鸣歌也。"

［原文］

东方欲明星烂烂，汝南①晨鸡登坛唤。曲终漏尽②严具陈③，月没星稀天下旦。千门万户递鱼钥④，宫中城上飞乌鹊。

［注释］

①汝南：后汉郡名，在洛阳东面。②漏尽：指夜尽天亮。漏，铜壶滴漏，古代的计时器。③严具陈：戒严的设施都陈列好了。④鱼钥：古代的钥匙，铸成鱼形。

［诗解］

东方渐渐亮了，天已快明，这时夜空中还有星星闪耀，汝南的晨鸡已经开始啼叫了。一曲终了后，夜尽天亮，戒严的设施都陈列好了。月亮隐没，星星稀落，天大亮了。耳畔传来用钥匙开宫门的声音，其声音之大就像千家万户都在开门，这时宫中城墙之上有乌鹊翩翩飞来。

戚夫人歌

汉・戚夫人

［题解］

戚夫人是汉高祖刘邦的宠妾，刘邦死后，被吕后所囚禁，罚她舂米，最后被吕后杀死。《汉书・外戚传》曰："高祖得定陶戚姬，爱幸，生赵隐王如意。惠帝立，吕后为皇太后，乃令永巷囚戚夫人，髡钳，衣赭衣，令舂。戚夫人舂且歌。太后闻之大怒，曰：‘乃欲倚子邪！’召赵王杀之。戚夫人遂有人彘之祸。”

［原文］

子为王[1]，母为虏。终日舂薄暮，常与死为伍[2]。相离三千里，当谁使告汝。

［注释］

①子为王：指戚夫人所生的儿子赵王刘如意。②常与死为伍：经常有死的危险。伍，伴。

［诗解］

儿子啊，你为赵王，而你的母亲却成了奴隶。整日舂米一直到日落西山，还经常有死的危险。与你相离三千里，应当让谁去给你送信，告知你呢？

秋　兰

秋兰是一种香草，它的叶子香味浓郁，阴干的秋兰叶可以装入香囊随身佩带。屈原在《离骚》中说：“纫秋兰以为佩。”以秋兰喻自己高洁的品行。

秋风辞

汉·刘彻

［题解］

诗歌篇名为汉武帝刘彻作。汉武帝巡行河东，泛舟于汾河之上，与臣下宴饮时作。“怀佳人兮不能忘”等句，抒发了他渴求“贤才”的愿望。《汉武帝故事》曰：“帝行幸河东，祠后土。顾视帝京，忻然中流，与群臣饮燕。帝欢甚，乃自作《秋风辞》。”

［原文］

秋风起兮白云飞，草木黄落兮雁南归。兰有秀[1]兮菊有芳，怀佳人[2]兮不能忘。泛楼船兮济汾河，横中流兮扬素波。箫鼓

鸣兮发棹歌[3]，欢乐极兮哀情多，少壮几时兮奈老何。

[注释]

①兰有秀：当指秋兰开花。秀，是开花的意思。②佳人：指汉武帝的宠姬李夫人。③棹歌：船上人摇动船桨时唱的歌。

[诗解]

阵阵秋风起，白云飞舞，岸边的树木已不复葱郁，然而纷纷飘坠的金色落叶，为秋日渲染了一幅斑斓的背景。大雁苍鸣，缓缓掠过樯桅向南飞去。秋日惹人情思，虽有幽兰含芳，秋菊斗艳，然而凋零的草木、归雁声声，勾起汉武帝对故去的“佳人”不尽的思念之情。此为汉武帝泛舟中流、君臣欢宴的景致。当楼船在汾河中流疾驶，潺湲的碧水顿时扬起一片白色的波浪。在酒酣耳热之际，不禁随着棹橹之声叩舷而歌。君临天下，俯视天地之间时，心中却有无限幽情哀音。武帝求长生而慕神仙，正悲苦难遣，想到此而歌啸中流，觉得意兴全无。原来，即便是君王也免不了生老病死，眼前的尊贵荣华终有尽时，人生老之将至，所有一切也会随着死亡不复存在，所以又怎能不因为“少壮几时兮奈老何”而忧伤呢?

[诗评]

缠绵流丽，虽词人不能过也。

——鲁迅

李延年歌

汉·李延年

[题解]

《汉书·外戚传》曰：“李延年，性知音，善歌舞，武帝爱之。尝侍上起舞而歌。延年后为协律都尉。”

[原文]

北方有佳人，绝世[1]而独立[2]。一顾倾人城，再顾倾人国。宁不知倾城与倾国[3]，佳人难再得。

[注释]

①绝世：夸其姿容出落之美，简直是举世无双。②独立：写美人幽处娴雅，

超俗出众。③倾城与倾国：都是形容佳人的顾盼之美。这里是使动用法，意思是使城墙倒塌，使国家倾覆。

[诗解]

北方的佳人何止千万，但万千佳人中“绝世独立”的只一人而已：她的姿容出落得很美，举世无双；她幽处娴雅，超俗出众。这位佳人她只要对守卫城垣的士卒瞧上一眼，便可令士卒弃械、墙垣失守；倘若再对驾临天下的人君秋波一转，亡国灭宗的灾祸，可就要降临其身了！佳人的顾盼之美，真是“倾城”“倾国”啊！美好的佳人，常常给人君带来“倾城”、“倾国”的灾难。但是，纵然是倾城、倾国，也别失去获得佳人的良机，她毕竟是世所难逢、不可再得的啊！

[诗评]

这首歌表现佳人之美，不像《卫风·硕人》那样，以形象的比喻、生动的肖像描绘见长，而以惊人的夸张和反衬，显示了自己的特色。在表现方法上，倒是更接近于宋玉的《登徒子好色赋》。如果两者有什么不同的话，那就是此歌在动用夸张、反衬时，又紧紧抓住了人们常有的那种“畏”而可“怀”“难”而愈“求”的微妙心理，终于产生出不同寻常的效果，打动了一代雄主的心弦。这就是它的艺术魅力之所在。

——潘啸龙

中山孺子妾歌

唐·李白

[题解]

《中山孺子妾》，乐府旧题，属于乐府《杂歌谣辞》。诗人在这首诗里表达了失意之人的苦闷与心酸。

[原文]

中山孺子妾，特以色见珍。虽不如延年妹①，亦是当时绝世人。桃李出深井②，花艳惊上春③。一贵复一贱，关天岂由身？芙蓉老秋霜，团扇④羞网尘。戚姬髡(kūn)发入舂市⑤，万古共悲辛。

[注释]

①延年妹：李延年的妹妹李夫人，有倾国倾城之貌，是汉武帝最宠爱的妃

子。②深井：庭中天井。③上春：指孟春，春季的第一个月。④团扇：汉成帝时，班婕妤失宠，供养于长信宫，作《团扇歌》以表达自己失宠后的心情。⑤戚姬髡发入舂市：汉高祖刘邦时，戚夫人得宠，高祖驾崩以后，吕后成为皇太后，用残酷的手段整治戚夫人，挖去她的双眼，放入脏臭的茅房中。

[诗解]

中山王的孺子妾，只是凭着美丽的容貌而得到中山王的宠爱。虽然说比不上李延年的妹妹李夫人，但仍然是当时的绝色佳人。庭院天井中生出的桃树和李树，花开在初春季节，分外艳丽。一贵一贱，自己怎么能够决定呢？全在于上天的安排。芙蓉花在寒意渐深的秋霜季节里渐渐凋零，美人的团扇很久不用，已经落满了灰尘。戚夫人在高祖时曾是多么得宠，却落得髡发入舂市的悲惨下场。万古以来，失意人的悲辛都是一样的啊！

匈奴歌

[题解]

此歌本匈奴人所唱。汉武帝派卫青、霍去病率兵出击匈奴，夺取焉支山和祁连山。匈奴人悲伤作此歌。《十道志》曰：“焉支、祁连二山，皆美水草。匈奴失之，乃作此歌。”《汉书》曰：“元狩二年春，霍去病将万骑出陇西，讨匈奴，过焉支山千有余里。其夏，又攻祁连山，捕首虏甚多。”“祁连山即天山，匈奴呼天为祁连，故曰祁连山。焉支山即燕支山也。”

渡河受款

霍去病是西汉名将，汉武帝元狩二年（前121），霍去病任骠骑将军，出击匈奴。同年夏天，霍去病追击匈奴至居延泽，又至祁连山，俘获匈奴贵族和将领多人，取得了空前的胜利。本诗即为匈奴失去焉支、祁连二山后所作。

[原文]

失我焉支山①，令我妇女无颜色②。失我祁连山，使我六畜不蕃息③。

［注释］

①焉支山：在今甘肃西部。②妇女无颜色：妇女因生活贫困而无好的容颜。③使我六畜不蕃息：指丧失了良好的牧场，不能繁殖牲畜。

［诗解］

失去了焉支山，我们放牧困难，生活贫困，妇女们因过着穷苦的日子都没有好的容颜。失去了祁连山，使我们丧失了良好的牧场，牲畜不能繁殖。我们是多么凄惨啊！

瓠（hù）子歌二首

汉·刘彻

［题解］

元封二年（前109），汉武帝发动几万人修复瓠子堤防。瓠子堤在河南，黄河故道两岸。堤修好后，汉武帝作了这两首诗纪念功绩。这两首诗生动地记述了西汉时期一次规模宏大的治河史实。浩浩荡荡的黄河水冲决堤防，注入巨野大泽，又南夺淮河、泗水，村巷闾里，一派汪洋，沿河人民二十余年饱尝水灾之苦。

其　一

［原文］

瓠子①决兮将奈何？浩浩洋洋②兮虑殚③为河。殚为河兮地不得宁，功无已时兮吾山④平。吾山平兮巨野⑤溢，鱼弗郁⑥兮柏冬日。正道⑦弛⑧兮离常流，蛟龙骋兮方远游。归旧川兮神哉沛，不封禅兮安知外。为我谓河伯⑨兮何不仁，泛滥不止兮愁吾人。啮桑⑩浮兮淮泗满，久不反兮水维缓。

［注释］

①瓠子：地名，在今河南濮阳南边。黄河故道南岸。②皓皓洋洋：形容水势之猛。③殚：尽，完。④吾山：鱼山，在今山东东阿。⑤巨野：河泽名称。在今山东巨野北边。⑥弗郁：众多的样子。⑦正道：这里指正常的水道。⑧弛：

毁坏。⑨河伯：黄河之神。⑩啮桑：亭子名称。在今江苏境内。

［诗解］

黄河瓠子堤决口后，洪水注入巨野泽，流入淮河、泗水，梁、楚等十六郡国均被水淹。遭灾后，汉武帝调拨几万人筑堤治水。不料，水患猖獗，塞而复坏，以致前功尽弃。洪水不走正道而离开以往的河床，像蛟龙一样肆虐为害。汉武帝怨天，认为是上天的意志，人力无可奈何。他把水患全部归咎于水神河伯，说他没有半点仁慈，泛滥不止的洪水淹没了黄河以南的大片土地，却久久没有退去的迹象。

其　二

［原文］

河汤汤①兮激潺湲②，北渡③回兮迅流难。搴（qiān）④长茭⑤兮湛美玉，河伯许兮薪不属⑥。薪不属兮卫⑦人罪，烧萧条⑧兮噫乎何以御水。隤林竹兮楗⑨石菑，宣房⑩塞兮万福来。

［注释］

①汤汤：水大的样子。②潺湲：指波浪。③北渡：向北流。④搴：拔取。⑤长茭：竹绳。⑥不属：供应不上。⑦卫：濮阳一带，春秋时期属于卫国。⑧烧萧条：柴草缺乏，百姓把草都烧尽，地里一片萧条。⑨楗：河工以埽料所筑的柱桩。⑩宣房：指宣房官，汉武帝在决口堵塞后，建立宣房官以纪功。

［诗解］

元封二年（前 109），汉武帝到泰山封禅，调拨数万人筑堤堵水。汉武帝亲临现场，命将士一齐上工地，伐竹运土。但这里施工的环境十分艰难，因为要在急流中进行。这次治水，河伯总算答应了，但是却缺乏柴草。什么原因呢？汉武帝把原因归罪于卫地的人，是他们把柴草都烧了，弄得现在筑堤垒坝而找不到柴草。没有柴草，武帝下令砍伐竹子，做成“楗”和“石”，沉入河底，填土筑坝。这次治水，取得了胜利，降服了为害二十多年的蛟龙。为此，汉武帝很高兴，诏示官员们向百姓“宣房塞”，让人们懂得，兴修水利是为子孙造福的大事。

司马将军歌

唐·李白

[题解]

《司马将军歌》，乐府《征伐王曲》调名，是李白模仿《陇上歌》而作的乐府诗。诗中歌颂南征将士威武的气概和严肃的纪律，表达了诗人对平定康、张叛乱的必胜信念。

[原文]

狂风吹古月①，窃弄章华台②。北落明星动光彩，南征猛将如云雷③。手中电曳倚天剑④，直斩长鲸海水开。我见楼船壮心目，颇似龙骧⑤下三蜀。扬兵习战张虎旗⑥，江中白浪如银屋。身居玉帐⑦临河魁⑧，紫髯⑨若戟冠崔嵬⑩。细柳开营揖天子，始知灞上为婴孩⑪。羌笛横吹《阿亸（duǒ）回》⑫，向月楼中吹《落梅》⑬。将军自起舞长剑，壮士呼声动九垓⑭。功成献凯⑮见明主，丹青画像麒麟台⑯。

孙　权

孙权，字仲谋，是三国吴帝国的创建者。他自幼就聪明机智，接掌江东后，在名将周瑜的辅佐下战胜曹操，使天下成三国鼎立之势。孙权治国有术，曹操也不无感慨“生子当如孙仲谋”。

[注释]

①古月：是“胡”的隐语。这里指叛将康楚元、张嘉延。②窃弄章华台：指康、张叛军弄兵窃取荆州。窃弄，非法弄兵。章华台，楚灵王所筑造，旧址在今湖北省。这里代称荆、襄一带。③“北落”二句：北落星的光彩明亮闪耀；南征猛将密集如云，气势如雷。北落，星名，即北落师门星。位置在北方，古代常用此星占卜战争胜负。如星光明亮，就认为胜利在望。④电曳倚天剑：像闪电一样挥动靠近天的长剑。⑤龙骧：人名，指益州刺史王浚。太康元年（280），他率领军队东下，直取吴国的

都城，接受吴军投降。官至大将军。⑥虎旗：熊虎旗，古时主将的军旗。⑦玉帐：指主将所居的军帐，坚固不可侵犯，像玉制作的帐篷一样。⑧临河魁：在河魁星的方位设置军帐。古人认为军中主将须根据时历选择一定的方位设置军帐。⑨紫髯：原为三国时吴国孙权的美称，这里指南征将领容貌威武。⑩崔嵬：高耸的样子。⑪“细柳”二句：据《史记·绛侯周勃世家》记载，文帝后元六年，匈奴侵犯边境，朝廷任命刘礼、徐厉、周亚夫率军屯驻灞上和棘门、细柳（古代西北的两个要塞，在今陕西渭河沿岸）等地，以防匈奴袭击。一次，文帝亲往劳军，先到灞上、棘门，刘礼、徐厉恭敬地迎送，军门内外，通行无阻。后到细柳，军中戒备森严，车驾被阻不得入。文帝下诏后，周亚夫才传令开营门，请皇帝下马徐行；仅以军礼相见，没有跪拜。事后，文帝对将士们说：“这才是真正的将军！灞上和棘门两处队伍，就像孩子们在做游戏，很容易受到敌人的袭击。”李白引用这个典故，称赞南征将领治军的严谨。⑫《阿亸回》：乐曲名，即《阿滥堆》。⑬《落梅》：乐曲名，即《梅花落》。⑭九垓：九重天。⑮献凯：献捷、奏凯歌，军队得胜庆功时演奏的乐曲。⑯麒麟台：麒麟阁，在汉代的未央宫内。汉宣帝时，画功臣霍光、苏武等十一人图像在麒麟阁上。

［诗解］

叛将康楚元、张嘉延非法弄兵，窃取荆州。北落星的光彩明亮闪耀，战争胜利在望；南征猛将密集如云，气势如雷。靠近天的长剑像闪电一样挥动，直斩长鲸，劈开海水。我看到楼船这样壮阔，就想到了王浚当年率领军队从三蜀东下，直取吴国，接受吴军投降的景象。扬兵开战，虎旗张扬，杀声震天，江中顿时白浪翻滚，犹如银屋。指挥的将军在河魁星的方位设置军帐。紫髯若戟，头冠高耸，十分威武雄壮。天子驾临细柳营看到细柳治军严谨，纪律严明，才知道灞上的队伍，就像孩子们在做游戏，很容易受到敌人的袭击。羌笛横吹《阿亸回》，月光笼罩下的戍楼中吹起《落梅》。将军舞起长剑，壮士呼声震天。军队得胜庆功，演奏献凯之曲时，功臣的画像能被画在未央宫的麒麟阁上。

上云乐

唐·李白

［题解］

乐府《神仙二十二曲》中有《上云乐》，又名《洛滨曲》。相传是梁武帝时所制，假想生于上古时期的西方神仙老胡文康，长得青眼高鼻白发，携弄孔雀、凤凰、白鹿，慕梁朝来游，伏拜祝千岁寿。

李白拟作《上云乐》，在前人歌辞的基础上做了发挥，写西域胡人携狮子、凤凰来唐朝祝天子寿的盛况。

［原文］

金天①之西，白日所没。康老②胡雏③，生彼月窟④。巉岩⑤容仪，戌削⑥风骨。碧玉炅炅双目瞳，黄金拳拳⑦两鬓红。华盖⑧垂下睫，嵩岳⑨临上唇。不睹诡谲貌，岂知造化神？大道是文康之严父，元气⑩乃文康之老亲。抚顶弄盘古⑪，推车转天轮。云见日月初生时，铸冶火精与水银⑫。阳乌未出谷，顾兔半藏身⑬。女娲⑭戏黄土，团作愚下人。散在六合间，蒙蒙若沙尘。生死了不尽，谁明此胡是仙真⑮？西海栽若木，东溟植扶桑⑯。别来几多时，枝叶万里长。中国有七圣⑰，半路颓鸿荒。陛下应运起，龙飞入咸阳。赤眉立盆子⑱，白水⑲兴汉光。叱咤四海动，洪涛为簸扬。举足踏紫微⑳，天关自开张。老胡感至德，东来进仙倡。五色师子㉑，九苞凤凰㉒。是老胡鸡犬㉓，鸣舞飞帝乡㉔。淋漓飒沓，进退成行。能胡歌，献汉酒。跪双膝，立两肘。散花指天举素手。拜龙颜，献圣寿。北斗戾，南山㉕摧。天子九九八十一万岁，长倾万岁杯。

女娲

女娲是中国神话里的女神。传说天塌地陷之时，女娲炼五色石来修补苍天，又杀死恶兽猛禽。又传说女娲用黄土仿照自己造成了人，创造了人类社会。

［注释］

①金天：西方之天。②康老：西方老胡文康，传说中胡人神仙名。生自上古，长生不死，能歌善舞，又善弄凤凰、狮子。③胡雏：胡人小儿，胡人僮仆。④月

窟：传说月的归宿处，这里泛指边远之地。⑤巉岩：本意是指山峰陡峭，这里形容长相奇特。⑥戌削：清瘦的样子。⑦黄金拳拳：金黄色弯曲的头发。⑧华盖：指眉毛，道教的说法。⑨嵩岳：嵩山，这里比喻高高的鼻梁。⑩元气：指天地未分前的混沌之气。⑪盘古：我国神话中开天辟地创世的人。《太平御览》记载："天地混沌如鸡子，盘古生其中。万八千岁，天地开辟，阳清为天，阴浊为地。盘古在其中，一日九变，神于天，圣于地。天日高一丈，地日厚一丈，盘古日长一丈，如此万八千岁，天数极高，地数极深，盘古极长，后乃有三皇。"⑫火精与水银：指太阳和月亮。汉王充《论衡·说日》："夫日，火之精也；月，水之精也。"⑬"阳乌"二句：古代神话传说中在太阳里有三足乌，月中阴精积成兔形，这里借指太阳和月亮。⑭女娲：古代神话传说，在天地开辟之初，大地上并没有人类，是女娲抟捏黄土造了人。后来，她就拿了绳子投入泥浆中，举起绳子一甩，泥浆洒落在地上，就变成了一个个人。后人说，富贵的人是女娲亲手抟黄土造的，而贫贱的人只是女娲用绳沾泥浆，把泥浆洒落在地上变成的。⑮仙真：道家称升仙得道之人。⑯"西海"二句：若木、扶桑是古代神话中的树名。⑰七圣：指传说中的黄帝、方明、昌寓、张若、謵朋、昆阍、滑稽七人。《庄子·徐无鬼》："黄帝将见大隗乎具茨之山，方明为御，昌寓骖乘，张若、謵朋前马，昆阍、滑稽后车，至于襄城之野，七圣皆迷，无所问涂。"⑱赤眉立盆子：《汉书·王莽传下》："赤眉樊崇等众数十万人入关，立刘盆子，称尊号。"赤眉，指汉末以樊崇等为首的农民起义军。因以赤色涂眉为标志，故称。⑲白水：水名，源出湖北枣阳东大阜山，相传汉光武帝旧宅在此。⑳紫微：即紫微垣。星官名，三垣之一。《晋书·天文志上》："大帝之座也，天子之常居也，主命主度也。"㉑五色师子：五色狮子，道家传说中元始天尊的坐骑。㉒九苞凤凰：古时认为凤凰在外形和内在上有许多美质，有"凤有六象九苞"的说法。"九苞"则是就内在而言的。㉓鸡犬：传说汉朝淮南王刘安修炼成仙后，把剩下的药撒在院子里，鸡和狗吃了，也都升天了。㉔帝乡：传说中天帝住的地方。㉕南山：指终南山帝乡。

［诗解］

在遥远的西方，太阳落山的地方，传说中的胡人神仙文康就出生在那里。老胡文康仪容奇特，五官就像陡峭的山峰一样古怪，骨骼清瘦，风度不凡。他的双眼眼瞳碧绿而有光，头发金黄而弯曲，两鬓呈红色。眼眉下垂着长长的睫毛，高耸的鼻子像山峰一样耸立在嘴唇的上方。要不是看到这样离奇古怪的容貌，真不知道天地造物的神奇。大道应该是文康的严父，元气是文康的老亲。老胡文康起身举手可以像盘古一样摸到天顶，可以像推车一样推动天地转动。他说他曾看见日月出生时的情景，当时太阳和月亮没有铸造成功，三足乌还没有出谷，月中阴精还没有积成兔形，半隐着身子。女娲百无聊赖用黄土捏造了富贵人，把泥浆洒落在地上，变成了一个个贫贱的人，把他们散落到人间，茫茫就像沙尘一样。文康生命不息，长生不老，谁又能说他不是神仙呢？在西海栽上若木，在东海种植扶桑，过些日子再来看，神树的枝叶已经长了几万里长了。安禄山倡乱，两京覆没，天下就像上古时期的洪荒之世。陛下应运而起，即位于灵武，克复西京，大驾还都。安禄山已死，群贼又拥立他的儿子为首领，但这不足为患，这就像汉代赤眉军叛乱立刘盆子为天子一样，成不了什么气候，陛下您就要像光武帝一样，励精图治，光复汉室。天下振动，寰宇洗清，边关无事，贸易开通。西方的老胡文康感激陛下您的恩德，不远万里来到长安朝拜。他带来了五彩狮子、九苞凤凰等，表演酣畅淋漓，英姿飒爽，进退有序，纵横成行。他们唱胡歌，献上美酒，朝拜陛下时，都双膝跪地，前臂举起，素手指天如散花状，给陛下祝寿。愿陛下寿比南山，万寿无疆！

[诗评]

广平王复西京，此诗当是闻西京克复捷音以后而作。

——瞿蜕园、朱金城《李白集校注》

敕勒歌

[题解]

这是一首敕勒人唱的民歌，是由鲜卑语译成汉语的。它歌唱了大草原的景色和游牧民族的生活。全诗寥寥二十余字，就展现出我国古代牧民生活的壮丽图景。这首诗具有北朝民歌所特有的明朗豪爽的风格，境界开阔，音调雄壮，语言明白如话，艺术概括力极强。

[原文]

敕勒①川，阴山②下。天似穹庐③，笼盖四野。天苍苍④，野茫茫，风吹草低见⑤牛羊。

[注释]

①敕勒：民族名，北齐时居住在朔州（今山西北部）一带。②阴山：在今内蒙古自治区北部。③穹庐：用毡布搭成的帐篷，即蒙古包。④苍苍：青色。⑤见：通“现”，显现。

[诗解]

敕勒人生活的原野在阴山脚下，天空如毡制的圆顶大帐篷，盖住了草原的四面八方，极目远望，天野相接，无比壮阔。苍天浩渺无边，草原茫茫无际，一阵风儿吹弯了牧草，显露出成群的牛羊。

[诗评]

仓卒之间，语奇如此，盖率意道事实耳。

——黄庭坚《山谷题跋》

天苍苍，野茫茫

大草原碧绿如画，一望无际，极目远望，天地相连，壮阔无比。

箜篌谣

唐·李白

[题解]

《箜篌谣》，古乐府旧题，即《箜篌引》，又名《公无渡河》。李白这首诗借用旧题名，大致说朋友结交当有始有终，内容上与《箜篌引》有差别。

[原文]

攀天莫登龙，走山莫骑虎。贵贱结交心不移，唯有严陵①及光武。周公②称大圣，管蔡③宁相容！汉谣一斗粟，不与淮南舂④。兄弟尚路人，吾心安所从？它人方寸间，山海几千重。轻言托朋友，对面九疑峰⑤。多花必早落，桃李不如松。管鲍⑥久已死，何人继其踪！

[注释]

①严陵：严光，字子陵，东汉余姚人。少有高名，与刘秀同游学。刘秀即位为光武帝后，严光乃隐名换姓，避至他乡。刘秀思贤念旧，令绘其形貌寻访。齐地报称有一男子披着羊裘在泽中垂钓，帝疑是严光，即遣使备车，三聘而始至京都洛阳。刘秀至馆所看望，严光卧着不起。刘秀抚严光腹说：“咄咄子陵，

不可相助为理邪？”不应，良久乃张目熟视，答：“士故有志，何至相迫乎？”刘秀上车叹息而去。后复请他入官论道旧故，因共偃卧。相传严光以足加帝腹上，次日太史官奏“客星犯御座甚急”，帝笑着说：“联故人严子陵共卧耳。”授谏议大夫，不从，归隐富春山耕读垂钓。②周公：周文王姬昌第四子，因封地在周（今陕西岐山北），故称周公或周公旦。西周初期杰出的政治家、军事家和思想家，被尊为儒学奠基人，是孔子一生最崇敬的古代圣人之一。③管蔡：管叔和蔡叔，都是周武王的弟弟。周武王死后，成王年幼，周公摄政，管叔、蔡叔不服，扬言周公将不利于成王，和商纣王之子武庚一起作乱。周公三年东征，平定管蔡之乱。管叔、武庚被杀，蔡叔被逐。④“汉谣”二句：语出自《史记·淮南衡山列传》：“民有作歌歌淮南厉王曰：一尺布，尚可缝；一斗粟，尚可舂。兄弟二人不能相容。”讲的是汉文帝与淮南王之间的兄弟恩怨故事。⑤九疑峰：山名。在湖南宁远县南。其山九谷皆相似，故称“九疑”。⑥管鲍：春秋时期的政治家管仲和鲍叔牙。管仲年轻的时候，常和鲍叔牙交往，鲍叔牙知道他贤明、有才干。管仲家贫，经常占鲍叔牙的便宜，但鲍叔牙始终善待他，不因为这些事而有怨言。不久，鲍叔牙侍奉齐国公子小白，管仲侍奉公子纠。等到小白即位，成为齐桓公以后，桓公让鲁国杀了公子纠，管仲被囚禁。于是鲍叔牙向齐桓公推荐管仲。人们常常用“管鲍之交”，来形容自己与好朋友之间亲密无间、彼此信任的关系。

［诗解］

要想升天飞仙，千万不要骑龙；要想游历河川，千万不能骑虎。龙虎虽然能叱咤风云，但最终必然会给自己带来祸害。朋友相交应不分贵贱，不管以后是荣华富贵还是贫困潦倒，都不能忘掉朋友之间的珍贵友谊，就像东汉的严光和光武帝一样。周公执政是如此的贤明，管叔和蔡叔为什么还苦苦相逼，不能相容呢？汉代歌谣中说“一尺布，尚可缝；一斗粟，尚可舂。”汉文帝却容不下淮南王，将他流放。骨肉兄弟尚且如同路人，我要结交的知己哪里会有呀？朋友虽然表面上亲密无间，可是心却如同隔着千重山、万重海，真是咫尺天涯！和他们相交时，就像面对九嶷山一样，让人分不清真假。许多花长在一个树枝上，必然会早早凋谢，桃、李开花虽然很美丽，但不如松、柏能四季常青，朋友也是一样。管仲和鲍叔牙这样彼此信任的朋友早已死去，不知道后世还有没有人像他们一样，结交朋友能够贵贱不相移。

［诗评］

此诗亦有所指，观其引管仲及淮南事，疑亦与永王一案有关。

——瞿蜕园、朱金城《李白集校注》

卷十一 新乐府辞

老将行

唐·王维

［题解］

这首诗叙述了一位老将的经历。他一生东征西战，功勋卓著，结果却落得个“无功”被弃、不得不以躬耕叫卖为业的可悲下场。边烽再起，他又不计恩怨，请缨报国。作品揭露了统治者赏罚蒙昧、冷酷无情，歌颂了老将的高尚节操和爱国热忱。

［原文］

少年十五二十时，步行夺得胡马骑①。射杀山中白额虎②，肯数③邺下黄须儿④。一身转战三千里，一剑曾当百万师。汉兵奋迅如霹雳，虏骑崩腾畏蒺藜⑤。卫青⑥不败由天幸，李广无功缘数奇⑦。自从弃置便衰朽，世事蹉跎成白首。昔时飞箭无全目⑧，今日垂杨生左肘⑨。路旁时卖故侯瓜⑩，门前学种先生柳⑪。苍茫古木连穷巷，寥落寒山对虚牖。誓令疏勒出飞泉⑫，不似颍川空使酒⑬。贺兰山下阵如云，羽檄交驰日夕闻。节使三河募年少，诏书五道出将军。试拂铁衣如雪色，聊持⑭宝剑动星文⑮。愿得燕弓射天将，耻令越甲鸣吴君⑯。莫嫌旧日云中守，犹堪一战取功勋。

［注释］

①步行夺得胡马骑：汉将李广为匈奴骑兵所擒，广时已受伤，便即装死。后于途中见一胡儿骑着良马，便一跃而上，将胡儿推在地下，疾驰而归。②射杀山中白额虎：与上文连观，应是指李广为右北平太守时，多次射杀山中猛虎事。白额虎（传说为虎中最凶猛一种），则似是用晋名将周处除三害事。南山白额虎是三害之一。见《晋书·周处传》。③肯数：岂止是。④黄须儿：指

曹彰，曹操第二子，须黄色，性刚猛，曾亲征乌丸，颇为曹操爱重，曾持彰须曰："黄须儿竟大奇也。"⑤蒺藜：本是有三角刺的植物，这里指铁蒺藜，战地所用障碍物。⑥卫青：汉代名将，汉武帝皇后卫子夫之弟，以征伐匈奴官至大将军。卫青外甥霍去病，也曾远入匈奴境，却未曾受困折，因而被看作"有天幸"。"天幸"本霍去病事，然古代常卫、霍并称，这里因卫青而联想霍去病事。⑦李广无功缘数奇：李广曾屡立战功，汉武帝却以他年老数奇，暗示卫青不要让李广抵挡匈奴，

邵平种瓜

秦亡后，原秦朝东陵侯邵平在长安城东种瓜，他种的瓜味道甜美，也称"东陵瓜"。后以"邵平种瓜"比喻弃官归隐的田园生活。

因而被看成无功，没有封侯。缘，因为。数，命运。奇，单数，与偶对称，奇即不偶，不偶即不遇。⑧飞箭无全目：鲍照《拟古诗》："惊雀无全目。"李善注引《帝王世纪》，吴贺使羿射雀，贺要羿射雀左目，却误中右目。这里只是强调羿能使雀双目不全，于此见其射艺之精。⑨垂杨生左肘：庄子的"柳生其左肘"的"柳"本来即疡之意，王维却误解为杨柳之柳，因而有垂杨云。⑩故侯瓜：邵平本秦东陵侯，秦亡为平民，贫，种瓜长安城东，瓜味甘美。⑪先生柳：晋陶渊明弃官归隐后，因门前有五株杨柳，遂自号"五柳先生"，并作有《五柳先生传》。⑫誓令疏勒出飞泉：后汉耿恭与匈奴作战，据疏勒城，匈奴于城下绝其涧水，恭于城中穿井，至十五丈犹不得水，他仰叹道："闻昔贰师将军（李广利）拔佩刀刺山，飞泉涌出，今汉德神明，岂有穷哉。"旋向井祈祷，过了一会，果然得水。事见《后汉书·耿恭传》。疏勒，指汉疏勒城，非疏勒国。⑬颍川空使酒：颍川，指灌夫，汉颍阴人，为人刚直，失势后颇牢骚不平，后被诛。使酒，恃酒逞意气。⑭聊持：且持。⑮星文：指剑上所嵌的七星文。⑯耻令越甲鸣吾君：意谓以敌人甲兵惊动国君为可耻。《说苑·立节》：越国甲兵入齐，雍门子狄请齐君让他自杀，因为这是越甲在鸣国君，自己应当以身殉之，遂自刎死。鸣，这里是惊动的意思。

[诗解]

老将青壮年时代就有李广的智勇，当年十五、二十岁青春之时，徒步就能夺得胡人战马骑。年轻力壮时能射杀山中白额虎，数英雄岂止邺下的黄须儿？

身经百战驰骋疆场三千里，曾以一剑抵挡了百万雄师。他征战劳苦，功勋卓著，用兵神速，能够克敌制胜。但这样难得的良将，却无寸功之赏。汉武帝的贵戚卫青所以屡战不败，立功受赏，官至大将军，实由“天幸”；而与他同时的战将李广，不但未得封侯授爵，反而得罪受罚，最后落得个刎颈自尽的下场，是因“数奇”。老将被遗弃后过着清苦的生活，自从被弃置之后老将便“衰朽”了，岁月蹉跎，心情不好，连头发都白了。他昔日虽有后羿射雀而使其双目不全的本领，但久不习武，双臂就如同生了疡瘤，很不利落了。老将被弃，疡生左肘，却还得自寻生计。他像过去的东陵侯一样在路旁卖瓜，学习陶渊明在门前种上垂柳，生活过得毫无着落。至于住处则是苍茫一片古木丛中的穷巷，窗子面对着的则是寥落的寒山，这更见世态炎凉，门前冷落。但是老将并未因此消沉颓废，他仍然想“誓令疏勒出飞泉”，像后汉名将耿恭那样，在匈奴疏勒城水源断绝后，与战士们同甘共苦，终于又得泉水，退敌立功；而决不像前汉颍川人灌夫那样，在被解除军职之后，使酒坐骂，发泄怨气。边烽未熄，老将时时怀着请缨杀敌的爱国衷肠。西北贺兰山一带阴霾沉沉，阵战如云，告急的文书不断传进京师。受帝命而征兵的军事长官从三河（河南、河内、河东）一带征召大批青年入伍，诸路将军受诏命分兵出击。老将再也待不住了，把昔日的铠甲摩擦得雪亮闪光，又练起了武功。他的夙愿本就是能得到燕产强劲的名弓“射天将”擒贼擒王，消灭入寇的渠魁；并且绝不让外患造成对朝廷的威胁。老将再次表明态度：“莫嫌旧日云中守，犹堪一战取功勋。”表明只要朝廷肯任用老将，他一定能杀敌立功，报效祖国。

洛阳女儿行

唐·王维

［题解］

诗题取自梁武帝萧衍《河中之水歌》“洛阳女儿名莫愁”，用以概指当时贵族女子。全诗写豪家女子无比娇贵逸乐的生活状况，从容颜之娇美、住宅之富丽、饮食之珍奇写到夫婿之豪奢、交游之高贵，极尽铺排渲染之能事。这首诗是诗人十六岁时的作品。诗中的“女儿”似是从一小家碧玉而骤成为贵妇人，但她的生活并不幸福，除了陪丈夫玩乐之外，就只余下“妆成只是熏香坐”的空虚。她和浣纱的越女究竟谁可怜？可以从不同的角度作迥然不同的理解。诗的主旨是讽喻的，但也透出怜惜之情。

[原文]

洛阳女儿对门居，才可①颜容十五余。良人玉勒乘骢马，侍女金盘脍鲤鱼。画阁朱楼尽相望，红桃绿柳垂檐向。罗帏送上七香车，宝扇迎归九华帐②。狂夫富贵在青春，意气骄奢剧季伦③。自怜碧玉亲教舞，不惜珊瑚持与人。春窗曙灭九微④火，九微片片飞花⑤琐。戏罢曾无⑥理⑦曲时，妆成只是熏香坐。城中相识尽繁华，日夜经过赵李家⑧。谁怜越女⑨颜如玉，贫贱江头自浣沙。

[注释]

①才可：恰好。②九华帐：鲜艳的花罗帐。③季伦：晋石崇字季伦，家甚富贵。④九微：《汉武内传》记有“九光九微之灯”。⑤花：指雕花的连环形窗格。⑥曾无：从无。⑦理：温习。⑧赵李家：汉成帝的皇后赵飞燕、婕妤李平两家。这里泛指贵戚之家。⑨越女：指未入宫时的西施。

[诗解]

洛阳城里有个少女，和我对门而居；她颜容十分俏丽，年纪正是十五有余。迎亲时，夫婿乘骑的是玉勒青骢马；侍女端来的金盘，盛着脍好的鲤鱼。画阁朱楼庭院台榭，座座相对相望；桃红柳绿垂向屋檐，随风摆动飘扬。她打扮好了，被送上丝绸香木车子；精美宝扇遮日，迎归鲜艳的九华帐。丈夫年纪轻轻有权有势，富贵轻狂；意气骄奢，大大超过了富豪石季伦。自己怜爱娇妻，亲自教她练习歌舞；把稀世罕有的珊瑚送人，毫不可惜。彻夜欢娱，春窗拂晓才灭九微灯火；灯花片片飘落，掉在雕花环形窗格上。嬉戏之后，她从无温习曲子的工夫；梳妆好了，只坐在香炉边熏透衣裳。洛阳城中认

妆成只是熏香坐

女子梳妆好了也只是坐在香炉边。说明女子的生活并非看上去那么幸福。

识的人，尽是富贵豪门；日夜往来的，都是赵、李般的大户人家。西施洁净美丽，谁去怜爱这样的姑娘；贫贱的时候，只好在若耶溪头浣纱。

悲陈陶①

唐·杜甫

[题解]

唐肃宗至德元年（756）冬，唐军跟安史叛军在陈陶作战，唐军数万人几乎全军覆没。来自西北十郡（今陕西一带）清白人家的子弟兵，血染陈陶战场，景象是惨烈的。杜甫这时被困在长安，诗即为这次战事而作。

[原文]

孟冬②十郡③良家子④，血作陈陶泽中水。野旷天清无战声⑤，四万义军⑥同日死。群胡归来血洗箭，仍唱胡歌饮都市。都人回面向北啼⑦，日夜更望官军至。

[注释]

①陈陶：地名，即陈陶斜，又名陈陶泽，在长安西北。②孟冬：农历十月。③十郡：指秦中各郡。④良家子：从百姓中征召的士兵。⑤无战声：战事已结束，旷野一片死寂。⑥义军：官军，因其为国牺牲，故称义军。⑦向北啼：这时唐肃宗驻守灵武，在长安之北，故都人向北而啼。

[诗解]

初冬时节，从十几个郡征来的良家子弟在这次战争中都将鲜血洒在陈陶水泽之中。战罢，原野显得格外空旷，天空显得清虚，天地间肃穆得连一点声息也没有，蓝天下的旷野现在变得死寂无声，四万名兵士竟然在一日之内全部战死。野蛮的胡兵回到长安，他们的箭镞上滴着善良百姓的鲜血，在长安街市上唱着胡歌，饮酒狂欢。叛军得志骄横，胡兵想靠血与火，把一切都置于其铁蹄之下。人民抑制不住心底的悲伤，他们向着陈陶战场，向着肃宗所在的灵武方向啼哭，日夜盼望朝廷的军队打回来，渴望官军收复长安，恢复昔日的太平生活。

[诗评]

这首诗杜甫没有客观主义地展览伤痕，而是有正确的指导思想，他根据战争的正义性质，写出了人民的感情和愿望，表现出他在创作思想上达到了很高的境界。

——倪其心

悲青阪

唐·杜甫

[题解]

至德元年（756）十月二十一日，房琯在陈陶斜大败，收残兵几千驻青坂。由于宦官催督，房琯出战又大败。杜甫闻讯后写了这首诗，希望总结教训，充分准备，等待时机，再作反攻。青坂，当距陈陶斜与咸阳不远，在今陕西周至、武功之间的太白山区。

青是烽烟白人骨

安禄山攻下长安后，宰相房琯率领唐军在陈陶斜和青坂与叛军作战，大败后，唐军死伤几万人。消息传开后，诗人沉痛不已，作《悲陈陶》《悲青坂》，哀悼为国捐躯的将士，并对唐军的仓促用兵提出批评，指出唐军应该谋划好了，再和安史叛军交战。

[原文]

我军青坂在东门①，天寒饮马太白窟②。黄头奚儿③日向西④，数骑弯弓敢驰突⑤。山雪河冰⑥野萧飋（sè）⑦，青是烽烟⑧白人骨。焉得附书⑨与我军？忍待明年莫仓卒⑩。

[注释]

①东门：指青坂所属的县城东门。②太白窟：秦岭主峰，位于今天的陕西武功、太白诸县。这里说青坂在太白窟，山高天寒，饮马困难，条件极为艰苦。③黄头奚儿：安禄山的军队里有很多是奚、契丹的部族。④日向西：一天天向西推进。青坂在陈陶以西。⑤驰突：飞骑冲击突破，形容勇敢作战。⑥山雪河冰：指山上积雪，河水结冰，雪、冰都是动词。⑦野萧飋：指寒风凄厉。⑧烽烟：烽火，军事告急的信号。⑨焉得附书：怎能够托书信。⑩仓卒：仓促。

［诗解］

我军在青坂的东门和敌人交战。青坂在太白窟，山高天寒，饮马困难，条件极为艰苦。安禄山的军队一天天向西推进，我军的很多飞骑冲击突破，勇敢作战。山上积雪，河水结冰，寒风凄厉，战斗的环境十分恶劣。青色的烽火，是军事告急的信号，白色的是人骨。怎么才能够托书信给我军，告诉他们等到明年再与敌军奋死一战，不要过于仓促而招致失败。

哀江头

唐·杜甫

［题解］

这首诗作于至德二年（757）春。位于长安城南的曲江，当时曾是唐王朝贵族官僚以及仕女们游览的胜地，富丽繁华，盛极一时。由于安史叛军的盘踞和破坏，变得千门紧闭，萧条冷落。诗人抚今追昔，痛感玄宗君臣行乐无度，以致酿成悲剧。这首诗借唐玄宗和杨贵妃生离死别，感叹李唐王朝的盛衰巨变，充满了国破家亡的巨大悲痛。诗人先从曲江景象的变化写起，再由杨氏的娇宠和惨死道出国家灭亡的历史悲剧，对唐玄宗、杨玉环既有谴责，又寄予哀怜。最后表达平叛的愿望。

［原文］

少陵[1]野老吞声哭[2]，春日潜行[3]曲江曲[4]。江头宫殿锁千门，细柳新蒲为谁绿[5]？忆昔霓旌[6]下南苑[7]，苑中万物生颜色[8]。昭阳殿[9]里第一人[10]，同辇[11]随君侍君侧。辇前才人[12]带弓箭，白马嚼啮[13]黄金勒[14]。翻身向天仰射云[15]，一笑[16]正坠双飞翼[17]。明眸皓齿今何在[18]？血污游魂归不得。清渭[19]东流剑阁[20]深，去住彼此无消息。人生有情泪沾臆[21]，江水江花岂终极[22]？黄昏胡骑[23]尘满城，欲往城南[24]望城北[25]。

［注释］

①少陵：杜甫祖籍长安杜陵。少陵是汉宣帝许皇后的陵墓，在杜陵附近。杜甫曾在少陵附近居住过，故自称“少陵野老”。②吞声哭：不出声地

哭。③潜行：因在叛军管辖之下，只好偷偷地走到这里。④曲江曲：曲江的隐曲角落之处。⑤为谁绿：意谓国家破亡，连草木都失去了故主。⑥霓旌：云霓般的彩旗，指天子之旗。⑦南苑：指曲江东南的芙蓉苑。⑧生颜色：万物生辉。⑨昭阳殿：汉代宫殿名。汉成帝皇后赵飞燕之妹为昭仪，居住于此。唐人多以赵飞燕比杨贵妃。⑩第一人：最得宠的人。⑪辇：皇帝乘坐的车子。古代君臣不同辇，指贵妃之受宠超出常规。⑫才人：宫中的女官。⑬嚼啮：咬。⑭黄金勒：用黄金做的衔勒。⑮仰射云：仰射云间飞鸟。⑯一笑：杨贵妃因才人射中飞鸟而笑。⑰正坠双飞翼：或亦暗寓唐玄宗和杨贵妃的马嵬驿之变。⑱明眸皓齿今何在：写安史乱起，玄宗从长安奔蜀，路经马嵬驿，禁卫军逼迫玄宗缢杀杨贵妃。⑲清渭：渭水清澄，流经马嵬驿南。杨贵妃即葬于渭水之滨。⑳剑阁：在今四川剑阁县北，玄宗入蜀所经之地。㉑臆：胸膛。㉒江水江花岂终极：花草无知，年年依旧，岂有穷尽。终极，穷尽。㉓胡骑：指叛军的骑兵。㉔欲往城南：杜甫这时住在城南，天已黄昏，应回住处。㉕望城北：北望官军所在之地，盼望早日收复长安。当时肃宗在灵武，地处长安之北。

[诗解]

我暗自抽泣不停，春日里偷偷地到曲江深处漫行。曲江原是长安有名的游览胜地，但如今长安已沦陷，往日的繁华像梦一样过去了。我只能在冷僻无人的角落里偷偷潜行，想哭又不敢大放悲声，这是何等的不幸！昔日的曲江经过开元年间疏凿修建，亭台楼阁参差，奇花异卉争芳，一到春天，彩幄翠帱，匝于堤岸，鲜车健马，比肩击毂，真是说不尽的烟柳繁华、富贵风流。岸上是依依袅袅的柳丝，水中是抽芽返青的新蒲。想当年皇帝的旌旗仪仗浩浩荡荡地来到芙蓉苑，苑中真是风光无限，万物生辉。昭阳殿里最受宠爱的人，与皇上同车出入，陪伴在皇帝左右。御车前矫捷的女官，人人带着弓箭，白马嘴上的衔嚼勒全部是黄金做成。有个女官翻身向天上仰射一箭，一箭就射中了一对比翼齐飞的鸟。眼睛明亮、牙齿洁白，美貌异常的杨贵妃而今在何处？可怜她成了满脸污血的游魂，只能在旷野荒草间飘荡，欲归不得。清清渭水不停地向东流去，而蜀道中的剑阁是那么深邃；贵妃和玄宗一去一留，生者死者彼此永无消息。马嵬南滨的渭水，是杨贵妃死处；剑阁是玄宗入蜀所经之处，如今二人生死殊途。人生有情，想到世事变化，有谁不泪落沾襟？江水流啊江花飘，年年依旧，岂有终境？大自然是无情的，它不随人世的变化而变化，花自开谢水自流，永无尽期。黄昏时，胡骑往来践踏，尘埃满天。慌乱之中，我心意迷茫，认错了方向，想去城南，谁知却向城北走去，心烦意乱竟到了不辨南北的程度。

[诗评]

其词气如百金战马，注坡蓦涧，如履平地，得诗人之遗法。

——魏庆之《诗人玉屑》

哀王孙

唐·杜甫

[题解]

本诗作于唐天宝十五年（756）安禄山犯长安后几个月。自七月安禄山部将孙孝哲占领长安后，杀害了唐宗室霍国长公主以下百余人，诗里所哀的王孙是侥幸逃出来的。诗中即写了唐宗室逃离长安时连子弟都不能相顾的惊恐和王孙流落时的哀伤，也表现了诗人对他们的关切同情和对肃宗的希望。诗人当时还没有从长安逃出，因而能将其景其情写得这样逼真。

[原文]

长安城头头白乌，夜飞延秋门①上呼。又向人家啄大屋，屋底达官走避胡。金鞭断折九马死，骨肉不待同驰驱。腰下宝玦青珊瑚，可怜王孙泣路隅。问之不肯道姓名，但道困苦乞为奴。已经百日窜荆棘，身上无有完肌肤。高帝子孙尽高准②，龙种自与常人殊。豺狼在邑③龙在野④，王孙善保千金躯。不敢长语临交衢，且为王孙立斯须。昨夜东风吹血腥，东来橐驼满旧都。朔方健儿好身手，昔何勇锐今何愚⑤。窃闻天子已传位⑥，圣德北服南单于。花门剺面请雪耻⑦，慎勿出口他人狙⑧。哀哉王孙慎勿疏，五陵佳气⑨无时无⑩。

[注释]

①延秋门：唐宫苑西门。出此门，即由便桥渡渭水，自咸阳大道往马嵬。②高准：高鼻。③豺狼在邑：指安禄山在洛阳称帝。④龙在野：指玄宗出奔在蜀。⑤今何愚：指哥舒翰率朔方军二十万为安禄山所败。⑥已传位：指唐玄宗

传位给肃宗。⑦花门剺面请雪耻：肃宗即位后，与回纥修好。回纥又称花门。依匈奴风俗，在宣誓仪式上剺面流血以示诚意。南单于在后汉光武帝时曾遣使称臣，此处借指回纥。⑧狙：猕猴。因善伺伏攫食，比喻有人会暗中侦视。⑨佳气：指陵墓间郁郁葱葱之气，原是旧时堪舆家的风水之说。⑩无时无：意谓随时都有中兴的希望。

[诗解]

长安城头，伫立着一只白头乌鸦，夜深了还飞进延秋门上叫个不停。这怪物又向大官邸宅啄个不停，屋中的达官们以为是胡人来袭而吓得逃离了家。玄宗出奔，折断金鞭又累死九马，皇亲国戚来不及和他一同驱驾同奔。有个少年，腰间佩带玉玦和青珊瑚，可怜啊，他在路旁哭得嗓子嘶哑。千问万问总不肯说出自己的姓名，只说生活困苦，求人收他做家奴！已经逃窜荆棘丛下一百多天，身上无完肤，遍体伤疤。凡是高帝子孙，大都是鼻梁高直，龙种与布衣相比，自然来得高雅。安禄山在城称帝，龙种却流落荒野，王孙啊，你一定要珍重自己的身体。在十字路口，不敢与你长时交谈，只能站立片刻，交代给你重要的话。昨天夜里，东风吹来阵阵血腥味，长安东边，来了很多骆驼和车马。北方军队一贯是交战的好身手，往日勇猛，如今何以就如同流水落花。私下听说皇上已把皇位传给太子，南单于派使者拜服，圣德安定天下。他们个个剺面，请求雪耻上前线，你要守口如瓶，以防暗探缉拿。多可怜啊，你万万不要疏忽，五陵之气葱郁，大唐中兴有望呀！

唐玄宗

安史之乱是唐玄宗作为皇帝生涯的分水岭。叛乱发生后，这位曾创造了“开元盛世”的皇帝逃出长安，在奔蜀途中，经过马嵬坡时，应部将要求缢死了杨贵妃。太子李亨在灵武继位后，他失去了权力，被尊为太上皇，回到长安不久就抑郁而死。

[诗评]

全诗写景写情，皆诗人所目睹耳闻，亲身感受，因而情真意切，荡人胸怀。叙事明净利索，语气真实亲切。写同情处见其神，写对话处见其情，写议论处见其真，写希望处见其切。杜诗之所以称“诗史”者，盖在于此也。

——倪其心

卖炭翁

唐·白居易

[题解]

《卖炭翁》是白居易《新乐府》组诗中的第三十二首，自注云："苦宫市也。""宫市"的"宫"指皇宫，"市"是买的意思。皇宫所需的物品，本来由官吏采买。中唐时期，宦官专权，横行无忌，连这种采购权也抓了过去，常有数十百人分布在长安东西两市及热闹街坊，以低价强购货物，甚至不给分文，还勒索"进奉"的"门户钱"及"脚价钱"。名为"宫市"，实际是一种公开的掠夺，其受害者当然不止一个卖炭翁。诗人以个别表现一般，通过卖炭翁的遭遇，深刻地揭露了"宫市"的本质，对统治者掠夺人民的罪行给予有力的鞭挞。

[原文]

卖炭翁，伐薪①烧炭南山②中。满面尘灰烟火色，两鬓苍苍十指黑。卖炭得钱何所营③？身上衣裳口中食。可怜身上衣正单，心忧炭贱愿天寒。夜来城外一尺雪，晓驾炭车辗④冰辙⑤。牛困人饥日已高，市南门外泥中歇。翩翩⑥两骑来是谁？黄衣使者白衫儿⑦。手把文书口称敕⑧，回车叱牛牵向北⑨。一车炭，千余斤，宫使驱将惜不得。半匹红纱一丈绫，系⑩向牛头充炭直⑪。

[注释]

①伐薪：砍柴。②南山：终南山，在长安（今西安市）南面。③何所营：派什么用途。④辗：同"碾"，轧的意思。⑤辙：车轮辗出的痕迹。⑥翩翩：轻快得意的姿态。⑦黄衣使者白衫儿：唐朝的宦官品级较高的穿黄衣，无品级的穿白衣。⑧敕：皇帝的命令。⑨牵向北：唐代皇帝的宫殿在长安的北边，牵向北，指把炭车赶向皇宫。⑩系：挂。⑪直：同"值"。

[诗解]

一个卖炭的老翁，在终南山里一年到头地砍柴、烧炭。他满脸灰尘，完全是烟熏火燎的颜色；两鬓花白，十个指头就如乌炭一样黑。卖了炭得到一点钱，拿来做什么用呢？只不过是为了身上的衣裳和口中的饭食。可怜他身上的衣服破旧又单薄，但他却担心炭价太低，只盼望天气更加寒冷。昨天夜里，长安城外下了一尺多深的雪。一大清早，他就装好木炭，套上牛车，辗着冰雪，赶往京师集市。牛已十分疲倦，人也很饿了，日头已高。这时他才到达市场南门外，在泥泞中歇下脚来。有两人骑马扬鞭，翩翩而来，那是谁呀？是皇宫里派出来的采办，穿黄绸衣裳的是头儿，着白绸衫的是随从。他们来到卖炭翁前，手持文书凭证，装模作样，自称是奉旨办货。说着，就让车子掉转方向，吆喝着牛，往北边皇宫方向赶去。那一车木炭，足足有一千多斤重啊，就这样眼睁睁地被宫使拉走。老翁虽然捶胸顿足，万般不舍，却也无可奈何。结果他们只给了半匹红纱和一丈白绫，把它搭在牛角上边，说是用来充抵炭钱。

[诗评]

这篇诗没有像《新乐府》中的有些篇那样“卒彰显其志”，而是在矛盾冲突的高潮中戛然而止，因而更含蓄，更有力，更引人深思，扣人心弦。这首诗千百年来万口传诵，并不是偶然的。

——霍松林

桃源行

唐·王维

[题解]

本诗取材于陶渊明的散文《桃花源记》。在陶渊明的笔下，桃花源是一个没有兵灾战乱、剥削压迫的理想社会。王维则将陶渊明所描绘的逃避现实的世外桃源，描写成了一个带有虚无缥缈色彩的神仙境界。

[原文]

渔舟逐水①爱山春，两岸桃花夹古津②。坐③看红树不知远，行尽青溪不见人。山口潜行始隈隩(ào)，山开旷望旋平陆。遥看一处攒云树，近入千家散花竹。樵客初传汉姓名，居人未改秦衣服。居人共住武陵源，还从物外起田园。月明松下房栊静，日出云中鸡犬喧。惊闻俗客争来集，竞引还家问都邑。平明闾巷扫花开，薄暮渔樵乘水入。初因避

地去人间，乃至成仙遂不还。峡里谁知有人事，世中遥望空云山。不疑灵境难闻见，尘心未尽思乡县。出洞无论隔山水，辞家终拟长游衍。自谓经过旧不迷，安知峰壑今来变。常时只记入山深，清溪几度到云林。春来遍是桃花水，不辨仙源何处寻。

［注释］

①逐水：顺着溪水。②古津：古渡口。③坐：因。

［诗解］

渔船顺着溪流走，一路观赏春天的山色，古老的渡口夹岸的桃花艳丽缤纷。因为观赏红花绿树而忘却自己究竟走了多远，行至青溪尽头发现空空荡荡不见人。沿山洞入口暗行，小径开头曲折，走不多远就看见有陆地，还挺广阔。远远望去有一个云树相聚的去处，近看却是千家万户种满花卉竹林。樵夫最初自我介绍他们汉代的姓名，村中的居民都还穿着秦时的衣服。他们居住的地方是武陵的桃花源，还在世外仙境建起了一个恬静的田园。明月高照松下，他们的房舍窗棂显得格外清静，清晨一到就会听到远远的鸡鸣犬吠声。听说来了人，大家聚拢来看究竟，竞相引领回家打听家乡近来的情景。天一亮，他们就开门打扫街巷花径，傍晚，渔人樵夫便乘小船回到山村。他们对我讲述，他们当初是因为避乱才离开混乱的人间，来到这里后就不想回家了。居住在深山峡谷，谁也不知道外面发生的事情。而外界看这里，也只看见渺远的云山。我至今已不再怀疑仙境之难于闻见，只是尘心未尽，仍然思念旧的乡县。我出洞后尽管觉得桃花源山水远隔，仍然打算辞家去桃花源长期游历。自以为走过的旧路应该不会迷失方向，怎么知道如今山峦沟壑已经发生了变化。当时只记得进入山中后很远很深，沿着青溪几经转折才到达深邃云林。春天已经来到，遍溪都是桃花流水，

桃 源

东晋诗人陶渊明写过《桃花源记》，描述了一个如仙境般的桃花源，后来桃花源成了人们心中的美好寄托。

却不知道究竟该到哪里去找寻桃花仙境。

横江词六首

唐·李白

[题解]

开元十四年（726），李白来到了横江浦，面对白浪滔天的长江，他以夸张的语言，描绘了一幅汹涌澎湃的长江天险图。这组诗汲取了民歌的格调，语言自然，形象动人。《横江词》六首，多写横江浦波高浪险的景象和行人被阻的心情。诗句自然流畅，感情朴实真率，深受南朝乐府民歌影响。

其一

[原文]

人言横江①好，侬②道横江恶。
一风三日③吹倒山，白浪高于瓦官阁。

[注释]

①横江：横江浦，在今安徽和县东南，是长江下游的一个渡口。②侬：我，吴地（今江苏南部一带）人自称侬。③一风三日：连刮三天大风。

[诗解]

人人都说横江好，但是我觉得横江地势险恶无比。这里能连刮三天大风，风势之猛烈能吹倒山峰。江中翻起的白浪有瓦官阁那么高。

其二

[原文]

海潮①南去②过浔阳③，牛渚④由来险马当⑤。
横江欲渡风波恶，一水牵愁万里长。

[注释]

①海潮：倒灌进长江的海水。②南去：从横江浦流往浔阳的水是西南向，所以说南去。③浔阳：今江西九江。④牛渚：山名，在安徽当涂长江边，北部

突入江中，山下有矶，是唐代大江南北的重要渡口之一。⑤险马当：险过马当。马当，山名，在今江西彭泽东北，山形似马，横枕长江，回风撼浪，船行艰阻。

[诗解]

倒灌进长江的海水从横江浦向南流去，途中要经过浔阳。牛渚山北部突入江中，山下有矶，地势十分险要，马当山横枕长江，回风撼浪，船行艰阻。横江风波十分险恶，要跨渡这一水之江会牵动愁肠几万里。

其三

[原文]

横江西望阻西秦①，汉水②东流扬子津③。
白浪如山那可渡？狂风愁杀峭帆人④。

[注释]

①阻西秦：指视线为横江的如山白浪所阻，望不到长安。西秦，西方之秦，借指长安。②汉水：汉江，长江的最大支流，发源于陕西西南部，东南流经湖北至武汉入长江。③扬子津：古代长江下游的重要渡口之一，在今江苏扬州市南，长江北岸。④峭帆人：指船夫。峭帆，高耸的船帆。

[诗解]

从横江向西望去，视线为横江的如山白浪所阻，望不到长安。汉江东边与扬子津相连。江中的白浪翻滚如山，如此险阻怎么能够渡过呢？将要出行的船夫因为狂风而愁苦。

其四

[原文]

海神来过恶风回，浪打天门石壁开①。
浙江②八月何如此？涛似连山喷雪来。

[注释]

①浪打天门石壁开：汹涌的浪涛把天门山劈成两半。天门，山名，由东、西梁山组成。东梁山位于当涂西南方，西梁山位于和县以南，两山隔江相对如门，故称天门。②浙江：钱塘江。钱塘江潮水汹涌，夏历八月十八更为猛烈。

此指横江浦浪涛。

[诗解]

横江上常有急风暴雨，汹涌的浪涛能把天门山劈成两半。钱塘江八月的潮水比起它来又怎样呢？横江上的波涛好似连山喷雪而来。

其 五

[原文]

横江馆①前津吏②迎，向余东指海云生③。

郎④今欲渡缘何事⑤？如此风波不可行！

[注释]

①横江馆：横江浦渡口的驿馆。②津吏：管理渡口的小吏。③海云生：指海上升起了云雾，这是大风雨的预兆。④郎：古时对年轻男子的称呼。这里是津吏对作者的称呼。⑤缘何事：到底为了什么事？

[诗解]

我在横江浦渡口的驿馆前受到了管理渡口的小吏的迎接，他对着我指着东边，告诉我海上升起了云雾，大风雨即将来临。你这样急着渡江到底为了什么事情呢？如此大的风波十分危险，可不能出行啊！

其 六

[原文]

月晕①天风雾不开，海鲸东蹙②百川回。

惊波一起三山③动，公无渡河④归去来。

[注释]

①月晕：环绕月亮周围的白色光带，是起风的预兆。②东蹙：迫向东南。蹙，迫促。③三山：山名，在今江苏南京西南长江边，三峰并列，故名。④公无渡河：乐府《瑟调曲》调名。据《古今注》记载，朝鲜水夫霍里子高早起撑船，见一白发狂夫横渡急流，其妻阻之不及，夫堕河死，妻弹箜篌而唱："公无渡河，公竟渡河，渡河而死，当奈公何！"曲终，也投河而死。这里是借用乐府曲调名告诫人，横江水势湍急，勿轻易渡江。

[诗解]

横江之上经常起风，整日笼罩在风雾中，江水如海鲸东向，百川倒流。波涛大浪一起，声势浩大，三山都会被摇动。横江水势湍急，千万不要轻易渡江，如果轻易而渡，将会有去无回。

[诗评]

太白《横江词》六首，章虽分，意如贯珠。俗本以第一首编入长短句，后五首编入七言绝，首尾冲决，殊失作者之意。

——杨慎《李诗选》

静夜思①

唐·李白

[题解]

《静夜思》是诗人离开家人后写的诗。全诗仅短短四句，每句五个字，共二十个字，却意味深长地表达出一位远在他乡的游子对故乡那深深的怀念之情。

[原文]

床前明月光，疑②是地上霜。

举头③望山月，低头思故乡。

[注释]

①静夜思：在静静的夜晚引起的思念。②疑：怀疑，以为。③举头：抬头。

[诗解]

在床前看天上明月洒在地上的月光，宛如层层的白霜。仰首看空中的那轮明月，不由得低下头来沉思，愈加想念自己的故乡。

兵车行①

唐·杜甫

[题解]

这首诗是讽世伤时之作，也是杜诗中的名篇，为历代所推崇。

诗旨在讽刺唐玄宗穷兵黩武给人民带来莫大的灾难，充满非战色彩。全诗借征夫对老人的答话，倾诉了人民对战争的痛恨和战争所带来的痛苦。地方官吏在这样的情况下还要横征暴敛，百姓更加痛苦不堪。这是诗人深切地了解民间疾苦和寄予深刻同情的名篇之一。

［原文］

车辚辚②，马萧萧③，行人④弓箭各在腰。爷娘妻子走⑤相送，尘埃不见咸阳桥⑥。牵衣顿足拦道哭，哭声直上干⑦云霄。道傍过者⑧问行人，行人但云点行⑨频。或⑩从十五北防河⑪，便至四十西营田⑫。去时里正⑬与裹头⑭，归来头白还戍边。边亭流血成海水，武皇⑮开边⑯意未已。君不闻汉家山东二百州，千村万落生荆杞⑰。纵有健妇把锄犁，禾生陇亩无东西。况复秦兵耐苦战，被驱不异犬与鸡⑱。长者⑲虽有问，役夫敢申恨⑳？且如今年冬，未休关西卒㉑。县官急索租，租税从何出？信知生男恶，反是生女好。生女犹得嫁比邻㉒，生男埋没随百草。君不见青海头㉓，古来白骨无人收。新鬼烦冤旧鬼哭，天阴雨湿声啾啾㉔！

［注释］

①行：本是乐府歌曲中的一种体裁。但《兵车行》是杜甫自创的新题。②辚辚：车行的轧压声，车轮声。③萧萧：战马嘶鸣声。④行人：这里是指行经咸阳桥的新征军士。⑤走：奔跑。⑥咸阳桥：在咸阳西南，横跨渭水的一座大桥。⑦干：冲。⑧过者：过路的人，这里是杜甫自称。⑨点行：当时征兵用语，即按名册点名征召出征。“但云”以下，全是行人的答话。⑩或：不定指代词，有的人。⑪北防河：当时常与吐蕃发生战争，曾征召陇右、关中、朔方诸军集结河西一带防御。因其地在长安以北，所以说“北防河”。⑫西营田：古时实行屯田制，军队无战事即种田，有战事即作战。“西营田”也是防备吐蕃的。⑬里正：唐制，每百户设一里正，负责管理户口、检查民事、催促赋役等。⑭裹头：以黑绸三尺裹头，曰头巾。新兵因为年纪小，所以需要里正给他裹头。⑮武皇：汉武帝刘彻。唐诗中常有以汉指唐的委婉避讳方式。这里借武皇代指唐玄宗。

因为二者都有穷兵黩武之举。⑯开边：用武力开拓边疆。⑰荆杞：荆棘与杞柳，都是野生灌木。⑱“况复”二句：是说关中的士兵能顽强苦战，像鸡狗一样被赶上战场卖命。秦兵，指关中一带的士兵。耐苦战，能顽强苦战。⑲长者：上文的“道旁过者”，即杜甫。征人敬称他为“长者”。⑳役夫敢申恨：征人自言不敢诉说心中的冤屈愤恨。这是反诘语气，表现士卒敢怒而不敢言的情态。㉑未休关西卒：因为对吐蕃的战争还未结束，所以关西的士兵都未能罢遣还家。关西，当时指函谷关以西的地方。㉒比邻：近邻。㉓青海头：青海边。这里是自汉代以来，汉族经常与西北少数民族发生战争的地方。唐初也曾在这一带与突厥、吐蕃发生大规模的战争。㉔啾啾：象声词，表示一种呜咽之声。

车辚辚，马萧萧

吐蕃曾多次与唐发生战争，安史之乱后，唐朝连连失地，吐蕃甚至一度威胁到长安。为了在边境防御吐蕃，唐王朝不得不从内地调集大量兵力。杜甫此诗即反映了玄宗时期征兵征战给人民带来的灾难。

［诗解］

战车隆隆地响过，战马不停地嘶鸣；出征的士兵，都把弓箭佩挂在了腰上。爹娘、妻子和儿女跑着为被征的亲人送行，出征队伍踏起来的尘土遮住了咸阳桥。送行的人有的扯住亲人衣裳，有的因情绪激动而以脚跺地，拦堵着京郊大道放声哭号，哭声一直冲上了九重云霄。我询问出征士兵，出征士兵只是说按名册征兵很频繁。有的人十五岁到黄河以北去戍守，有的人四十岁到西部边疆屯田。去时里长给年纪小的裹头巾，他们回来时已经白头，却还要去守边。边疆无数士兵流出的血形成了海水，武皇开拓边疆的念头还没停止。您没听说汉家华山以东两百州，百千村落长满了野生的草木。即使有健壮的妇女手扶锄犁耕种，田里的庄稼也长得没有行列。况且秦地的士兵又能够苦战，被驱使去作战与鸡、狗没有分别。尽管我有疑问，服役的人们怎敢申诉怨恨？就像今年冬天，还没有停止征调函谷关以西的士兵。县官紧急地催逼百姓交租税，租税从哪里出？如今是生男不如生女好，女孩子还能嫁给近邻，男孩子只能丧命沙场。您没有看见，青海的边上，自古以来战死士兵的白骨没人掩埋。新鬼怨恨，旧鬼哭泣，天阴雨湿时众鬼啾啾地喊叫。

[诗评]

此体创自老杜，讽刺时事而托为征夫问答之词。言之者无罪，闻之者足以为戒，《小雅》遗音也。篇首写得行色匆匆，笔势汹涌，如风潮骤至，不可逼视。以下出点行之频，出开边之非，然后正说时事，末以惨语结之。词意沈郁，音节悲壮，此天地商声，不可强为也。

——乾隆御选《唐宋诗醇》

塞上曲①

唐·王昌龄

[题解]

这首乐府歌曲是写非战的。诗由征戍边塞庶几不回，而告诫少年莫夸武力，抒发非战之情。写边塞秋景，无限肃杀悲凉，写戍边征人，寄寓深切同情；劝世上少年，声声实在，句句真情。“从来幽并客，皆共尘沙老”，与王翰的“醉卧沙场君莫笑，古来征战几人回”，可谓英雄所见，异曲同工，感人至深。从对塞外景色的描写中，表现出羁旅远游者惆怅迷茫的心境。语言简练，特别是以劝诫游子矜夸马儿的口气反衬出征人的悲哀，十分巧妙。

[原文]

蝉鸣空桑林，八月萧关②道。出塞复入塞，处处黄芦草。从来幽并③客，皆向沙场老。莫学游侠儿④，矜⑤夸紫骝⑥好。

[注释]

①塞上曲：唐代的《塞上曲》《塞下曲》，由汉乐府中《入塞曲》《出塞曲》演化而来，内容多写边塞战争。②萧关：关名，在今宁夏固原东南。③幽并：幽州和并州，今河北、山西以及陕西一部分。④游侠儿：自恃勇武、讲义气而轻视生命的人。⑤矜：骄傲自夸，自命不凡。⑥紫骝：泛指骏马。

[诗解]

初秋时分，知了在桑林里鸣叫。八月，只见在萧关的道路上，士兵频繁地出塞入塞，到处芦草枯黄，一片荒凉。从古至今幽州和并州的健儿都在沙场度过一生，国家正是因为有了他们，才得以安全。千万不要学那些游侠儿骄奢放纵，只知夸耀自己的紫骝骏马。

塞下曲五首

唐·李白

[题解]

《塞下曲》，唐代的新乐府辞，其源出自汉乐府的《出塞曲》，内容主要描述边塞的征戍生活。这组诗以汉武帝平定匈奴贵族侵扰的史实，谱写了一曲热情洋溢的战斗颂歌。诗中描绘了将士们餐雪卧沙、日夜奋战的动人景象。这一组诗以乐观高亢的基调和雄浑壮美的意境反映了盛唐的精神风貌。

其一

[原文]

五月天山①雪，无花只有寒。笛中闻《折柳》，春色未曾看②。晓战随金鼓③，宵眠抱玉鞍④。愿将腰下剑，直为斩楼兰⑤。

[注释]

①天山：指祁连山。②“笛中”二句：只能在笛声中听到《折杨柳》的乐曲，却看不到柳色青青的春景。《折柳》，即《折杨柳》，古乐曲名。③晓战随金鼓：拂晓随金鼓声与敌作战。金鼓，以金装饰的珍贵的鼓，古代军队在作战时要击鼓前进。④宵眠抱玉鞍：晚上抱着马鞍露宿守卫。玉鞍，装饰华贵的马鞍。⑤楼兰：汉代西域国名，在今新疆鄯善东南。这里指楼兰国王。据《汉书·西域传》记载，楼兰是汉朝通往西域的要冲，汉使经过常被杀害。西汉大将军霍光派傅介子设计杀死了楼兰王。这里借用典故表示愿意身赴绝域，为国立功。

[诗解]

五月，在内地正值盛夏，而祁连山的五月还在大雪纷飞，那里没有鲜花盛开，只有彻骨的寒冷。战士们只能在笛声中听到《折杨柳》的乐曲，却看不到柳色青青的春景。他们戍守边疆，十分辛劳。拂晓随金鼓声与敌作战，晚上抱着马鞍露宿守卫。战士们来戍守边塞，早已把生死置之度外，他们愿意腰挎宝剑，身赴楼兰绝域，为国立功。

［诗评］

太白“五月天山雪，无花只有寒。笛中闻《折柳》，春色未曾看”，一气直下，不就羁缚。

——沈德潜《说诗晬语》

其二

［原文］

天兵①下北荒，胡马欲南饮②。横戈从百战，直③为衔恩④甚⑤。握雪海上餐，拂沙陇头寝⑥。何当⑦破月氏⑧，然后方高枕⑨。

［注释］

①天兵：指汉朝军队。②胡马欲南饮：匈奴贵族妄图到南方饮马，比喻南侵。③直：但，只。④衔恩：受恩。⑤甚：很多。⑥“握雪”二句：在沙漠上抟雪而食，在田野里拂沙露宿。握雪，捏雪成团。海，瀚海，大沙漠。陇头，田野。⑦何当：何日。⑧月氏：汉代西域国名，在今甘肃西部一带。⑨高枕：即高枕无忧。《汉书·匈奴传》：“故北狄不服，中国未得高枕安寝也。”

［诗解］

汉朝军队意欲攻下北方荒漠，匈奴贵族妄图南侵，两方都期望在战争中取得胜利，好夺取更多土地。汉军的战士们在战场奋力拼杀，是因为他们受到朝廷和皇帝的恩典很多。他们在沙漠上抟雪而食，在田野里拂沙露宿，条件虽然很艰苦，但绝不后退。什么时候才能消灭掉月氏，到那时他们才能高枕无忧。

其三

［原文］

骏马如风飙①，鸣鞭②出渭桥③。弯弓辞汉月④，插羽⑤破天骄⑥。阵解⑦星芒⑧尽，营空海雾销⑨。功成画麟阁⑩，独有霍嫖姚⑪。

［注释］

弯弓辞汉月，插羽破天骄

①骏马如风飙：骏马奔驰疾如暴风。飙，暴风。②鸣鞭：挥鞭。因鞭挥动即发出响声，故称。③渭桥：长安城西面咸阳东南渭水河上的一座大桥，是古代从长安到西域的要道。④辞汉月：离开中原的意思。⑤羽：指箭，因箭杆上有羽毛，故称。⑥天骄：指匈奴。据《汉书·匈奴传》记载，匈奴首领单于曾自称："胡者，天之骄子也。"⑦阵解：指队伍瓦解。⑧星芒：星的光芒。古代迷信说法，当客星的光芒变成白色时战争就要爆发。⑨营空海雾销：这句指战争胜利结束。海雾，喻指战场上烟尘弥漫。⑩麟阁：麒麟阁。汉高祖时造。据《汉书·苏武传》记载，汉宣帝甘露三年，曾画十一位功臣像于阁上。这里是用画像于麒麟阁来表示卓越的功勋和荣誉。⑪霍嫖姚：霍去病。汉武帝时抗击匈奴的名将，因功封嫖姚校尉。霍去病善骑射，用兵灵活，注重方略，勇猛果断，深得武帝信任。元狩四年春，霍去病率部重创匈奴，斩获几万人，封狼居胥山，取得漠北大捷。元狩六年霍去病病卒，年仅二十四岁。

［诗解］

骏马奔驰疾如暴风，兵士们挥动马鞭驰出渭桥，奔赴西域战场。他们为征战离开中原，带着弓箭去击败傲慢无礼的胡人。胡人的队伍瓦解，战场上烟尘弥漫，汉军取得了胜利。击破胡军后，功臣的画像将画于麒麟阁，来表彰他们卓越的功勋，这样崇高的赫赫战功只有霍去病能够担当得起。

［诗评］

总为末二语作前六句，直而赫奕，正以激昂见意。俗笔开口便怨。

——王夫之《唐诗评选》

其四

［原文］

塞虏乘秋下①，天兵出汉家。将军分虎竹②，战士卧

龙沙③。边月随弓影，胡霜拂剑花④。玉关殊未入，少妇莫长嗟⑤。

［注释］

①塞虏乘秋下：匈奴乘着秋天兵强马壮的时候，大举南侵。塞虏，对匈奴的贬称。②分虎竹：受命带兵出征的意思。虎竹，古代发给将帅的兵符，分铜虎符和竹使符两种，朝廷和领兵将领各执一半，发兵或调动军队时对合起来作为凭信。③龙沙：也称白龙堆。这里泛指塞外沙漠之地。④“边月”二句：月光伴着弓影，霜花拂着剑锋。描写战士夜行军的情状。⑤“玉关”二句：战士还远没有进入玉门关，少妇可不要长叹呀。殊，远。

［诗解］

匈奴乘着秋天兵强马壮的时候，大举南侵，汉军派出兵力进行反击。将军受命带兵出征，战士们出征在塞外沙漠之地。战士们夜晚行军十分艰苦，月光伴着弓影，霜花拂着剑锋。战士还远没有进入玉门关，少妇可不要长叹呀！

单于台

汉武帝时，主动对匈奴发起进攻。巡行过云中时，汉武帝统帅兵马十八万，登单于台，要和匈奴决一胜负，匈奴畏于武帝气势，逃避不敢战。

其五

［原文］

烽火①动沙漠，连照甘泉②云。汉皇③按剑起，还④召李将军⑤。兵气⑥天上合⑦，鼓声陇底⑧闻。横行负⑨勇气，一战静⑩妖氛⑪。

［注释］

①烽火：古代边境上夜间举火报警的信号。②甘泉：陕西淳化有甘泉山，秦时在此山造甘泉宫，汉武帝曾加以修理，作为避暑处。《史记·匈奴列传》：“胡骑入代（郡名）勾注（山名）边，烽火通于甘泉、长安。”③汉皇：指汉武帝。④还：仍旧。⑤李将军：西汉名将李广，陇西成纪（今甘肃秦安）人，善骑射。文帝时击匈奴

有功，为武骑常侍。武帝时任右北平太守，匈奴数年不敢犯界，称之为“飞将军”。后随大将军卫青攻匈奴，以失道被责，自杀。⑥兵气：战斗气氛。⑦合：满，弥漫的意思。⑧陇底：山坡下。⑨负：凭，靠。⑩静：平息。⑪妖氛：指侵扰边疆的匈奴贵族。

［诗解］

边境上燃起了烽火，沙漠上又兴起了战事。报警的信号迅速传到了京城。汉武帝十分愤怒，按剑而起，仍旧召见将军李广。战斗气氛顿时弥漫在中原大地和边境地区，战争十分激烈。擂动的鼓声在山坡下都能清楚地听到。横行倚靠的是勇气，汉武帝期望一次战役就能平息匈奴的侵扰之患，他的气魄真是浩大。

塞下曲

唐·王昌龄

［题解］

诗歌主旨含有非战之意，作者主观上并没有言反战，而是将这种情绪通过对战场荒凉凄惨景象的描述表露出来。

［原文］

饮马渡秋水，水寒风似刀。平沙日未没，黯黯见临洮[1]。昔日长城战，咸言意气高。黄沙足[2]今古，白骨乱蓬蒿。

［注释］

①临洮：今甘肃岷县，因其地临洮水，故名。秦代蒙恬筑长城，西边的起点即在临洮。②足：满的意思。

［诗解］

塞外正值晚秋，战士牵着疲弱的战马，来到河边饮马。天气已经相当寒冷，水也更冷，狂风凄厉地吹着，像刀子一样割得人的脸面疼痛。白天风沙很大，快日落的时候，飞沙渐渐平息，前方的视线开始变得清晰，隐隐约约能够看到临洮城。以前在长城边作战的时候，战士们的意气都很高。如今，战场上到处都是黄沙，还能看见死去战士的白骨静静地躺在乱蓬蒿中。

节妇①吟②

唐·张籍

作者简介

张籍（约766—约830），字文昌，世称张司业或张水部，其乐府诗多反映当时社会现实，与王建齐名，世称“张王”。有《张司业集》。

［题解］

这是一首具有双层内涵的唐诗精品。在文字层面上，它描写了一位忠于丈夫的妻子，经过思想斗争后终于拒绝了一位多情男子的追求，守住了妇道；在喻义的层面上，它表达了作者忠于朝廷、不被藩镇高官拉拢、收买的决心。

［原文］

君知妾③有夫，赠妾双明珠。感君缠绵④意，系在红罗襦⑤。妾家高楼连苑⑥起，良人⑦执戟⑧明光⑨里。知君用心如日月，事⑩夫誓拟⑪同生死。还君明珠双泪垂，何不相逢未嫁时。

［注释］

①节妇：能守住节操的妇女，特别是指对丈夫忠贞的妻子。②吟：一种诗体的名称。③妾：古代妇女对自己的谦称。④缠绵：情意深厚。⑤罗襦：丝织的短衣，质薄、手感滑爽而透气。⑥苑：帝王及贵族游玩和打猎的风景园林。⑦良人：丈夫。⑧戟：一种古代的兵器。⑨明光：明光殿，此指皇宫。明光本为汉代宫殿名，这里指宫殿。⑩事：服侍、侍奉。⑪拟：打算。

［诗解］

你明知我已经有了丈夫，还偏要送给我一对明珠。我心中感激你情意缠绵，把明珠系在我红罗短衫上。我家的高楼就连着皇家的花园，我丈夫拿着长戟在皇宫里值班。虽然知道你的真心朗如日月无遮掩，但我发誓要侍奉丈夫生死共患难。归还你的明珠时我两眼泪涟涟，只恨没有在我未嫁之前遇到你。

[诗评]

此诗富有民歌风味，它的一些描写，在心理刻画中显示，写得如此细腻，熨帖，入情入理，短幅中有无限曲折，真所谓“一波三折”。

——钱仲联、徐永端

征妇怨

唐·张籍

[题解]

在古典诗词中，良人从军、征妇哀怨是常见题材。张籍《征妇怨》却翻出新意，以其摧心呕血、深至沉痛而卓然不群，享誉后世。

[原文]

九月匈奴杀边将，汉军全殁①辽水上。万里无人收白骨，家家城下招魂葬②。妇人依倚③子与夫，同居④贫贱心亦舒。夫死战场子在腹，妾身虽存如昼烛⑤。

[注释]

①殁：覆没、被消灭。②招魂葬：民间为死于他乡的亲人举行的招魂仪式。用死者生前的衣冠代替死者入葬。③依倚：依赖、依靠。④同居：与丈夫、儿子共同生活在一起。⑤昼烛：白天的蜡烛，意为黯淡无光，没用处。

妾身虽存如昼烛

女子的丈夫战死沙场，纵然有遗腹子，可生活却看不到一丝希望。

[诗解]

在秋风萧瑟的凄寒九月，匈奴再次侵扰边塞，屠杀边地将领。汉军伤亡惨重，全部丧生在辽水边境。万里白骨无人收，由于无法收尸入殓，所以家家都在城下招魂安葬他们。那些牺牲者的家属生怕亲人的灵魂不知所归，于是高声呼唤亲人姓名，招引魂灵归来，并以死者衣冠葬入棺木。征妇曾经设想与丈夫、儿子共同生活，即使贫贱却舒心，但面对现实，向往破灭。丈夫死在战场上，今后谁才是她的依靠？肚子里的遗孤生下来怎样哺育？征妇欲死但怀有遗腹子，求生则衣食无着。她虽然还活着但就像白天的蜡烛那样黯淡无光，生活毫无希望。

［诗评］

此诗虽是小诗，但谋篇布局转折多变。由群哭场面转至独哀镜头，以大衬小。又以向往转至现实，以乐衬哀。大小相形、哀乐相辅、正衬反衬、盘旋作势。结构之针线绵密、起伏曲折，对哀情的表达起了烘托渲染作用。

——释文珣

青青水中蒲二首

唐·韩愈

［题解］

这二首乐府诗写于贞元九年（793），是韩愈青年时代的作品。这是具有同一主题的组诗——思妇之歌，是寄给他的妻子卢氏的。两首诗一脉贯通，相互联系。随着行子刚离家门及远去，思妇的离情别绪也由初蕴到浓重，而后与日俱增，一层深一层，全诗就在感情高潮中戛然而止，余韵无穷。本组诗语言上“炼藻绘入平淡”“篇法祖毛诗，语调则汉魏歌行耳”（朱彝尊），体裁为“代内人答”（陈沆），极为独特。

其 一

［原文］

青青水中蒲①，下有一双鱼。君今上陇②去，我在与谁居？

［注释］

①蒲：为多年生草本植物，生长在池沼中，高近两米。根茎长在泥里，可食。叶长而尖，可编席、制扇，夏天开黄色花。②陇：陇州，位于今甘肃省东部。

［诗解］

青青的水中蒲草萋萋，鱼儿成双作对，在水中香蒲下自由自在地游来游去。您如今要上陇州去，谁跟我在一起呢？

其 二

[原文]

青青水中蒲，长在水中居。寄语浮萍草[1]，相随我不如。

[注释]

①浮萍草：常见的水面浮生植物。茎细长柔软而多分枝，匍匐生长，节上生根，叶状体对称，倒卵状椭圆形或近圆形。

[诗解]

蒲草青青，长期生活在水里。哪及浮萍可以自由自在地随水漂流，我亦不能如浮萍般相随君去。

堤上行二首

唐·刘禹锡

[题解]

《堤上行》大约写于任夔州刺史到和州刺史时，即长庆二年（822）到长庆四年（824）。《堤上行》是刘禹锡根据梁简文帝的《大堤曲》创制的乐府新题。《古今乐录》曰：“清商西曲《襄阳乐》云：‘朝发襄阳城，暮至大堤宿。大堤诸女儿，花艳惊郎目。’梁简文帝由是有《大堤曲》，《堤上行》又因《大堤曲》而作也。”这组诗描绘了江边居民的生活图景和码头上商船来往不绝的繁荣景象，从一个侧面反映了中唐时期发达的商业经济和长江两岸的风土人情。

其 一

[原文]

酒旗相望大堤头，堤下连樯[1]堤上楼。日暮行人争渡急，桨声幽轧[2]满中流。

[注释]

①樯：比桨长大的划船工具，安在船尾或船旁。②幽轧：象声词。

[诗解]

堤头酒旗相望，堤下船只密集，樯橹相连，是一个繁华的江边码头。天色已晚，行人急于回家，在渡口争着摆渡，桨声荡漾在江中。

其二

[原文]

江南江北望烟波，入夜行人相应歌。《桃叶》①传情《竹枝》②怨，水流无限月明多。

[注释]

①《桃叶》：是乐府歌曲名，属吴声歌曲，泛指民间流行的表达爱情的歌。②《竹枝》：多表达哀怨之情，是巴山楚水人民爱唱的民歌。

[诗解]

月照寒江，夜色中隔江相望，烟波浩渺，两岸长堤之上，行人络绎不绝，歌声此起彼伏。《桃叶》表达爱情，《竹枝》诉说哀怨；流水和月光无穷无尽，歌声中情感绵绵。

更衣曲

唐·刘禹锡

[题解]

这首乐府以汉平阳公主家歌者卫子夫侍武帝更衣得幸，于元朔元年（前128）立为皇后事为题材而作。《汉武帝故事》曰：“武帝立卫子夫为皇后。初，上行幸平阳公主家，主置酒作乐。子夫为主讴者，善歌，能造曲，每歌挑上。上意动，起更衣，子夫因侍得幸。头解，上见其美发悦之。主遂纳子夫于宫。”

烛影摇红

汉武帝到平阳公主家做客，偶然见到一位舞女貌美动人，于是把她带回宫。舞女就是卫子夫，后来被汉武帝立为皇后，即卫皇后。此诗即是因感于这段故事而作。

[原文]

博山①炯炯吐香雾，红烛引

至更衣处。夜如何其夜漫漫，邻鸡未鸣寒雁度。庭前雪压松桂丛，廊下点点悬纱笼②。满堂醉客争笑语，嘈囋③琵琶青幕中。

[注释]

①博山：博山炉，又叫博山香熏，汉晋时期常见的焚香器具。炉体呈青铜器中的豆形，上有盖，盖高而尖，镂空，呈山形，山形重叠，其间雕有飞禽走兽，象征传说中的海上仙山博山而得名。②纱笼：纱质的灯笼。③嘈囋：喧闹，嘈杂。

[诗解]

博山炉飘出阵阵香雾，子夫秉红烛引武帝至尚衣轩。长夜漫漫，天还未明，邻鸡未鸣，寒雁已过。庭前雪花纷纷，松桂冒雪，与廊下的灯笼交相辉映。堂上宾客们还在饮酒作乐，帘幕中乐声扰扰。

上阳①白发人②

唐·白居易

[题解]

唐代著名诗人白居易继承并发展了《诗经》以来的现实主义传统，积极倡导新乐府运动，创作了《新乐府》五十首。《上阳白发人》是其中的第七首，写洛阳上阳宫的一个老宫女的痛苦生活。嫔妃制度是封建社会的一大罪恶。封建帝王为了满足自己的淫欲，强选民女，幽闭深宫，剥夺并葬送了她们的青春和幸福。在这首诗中，诗人通过对上阳女子一生遭遇的叙述，揭露了封建帝王荒淫无耻，摧残无辜女性的罪恶行径。宫女绝望的呼声，凄凉悱恻，怨可通天。愤怒的控诉，字字都是血泪凝成，令人不忍多闻。

[原文]

上阳人，红颜暗老白发新。绿衣监使③守宫门，一闭上阳多少春。玄宗末岁初选入，入时十六今六十。同时采择百余人，零落年深残此身。忆昔吞悲别亲族，扶入车中不教哭。皆云入内便承恩，脸似芙蓉胸似玉。未容君王得

见面，已被杨妃[4]遥侧目[5]。妒令潜配上阳宫，一生遂向空房宿。宿空房，秋夜长，夜长无寐天不明。耿耿[6]残灯背壁影，萧萧暗雨打窗声。春日迟，日迟独坐天难暮。宫莺百啭愁厌闻，梁燕双栖老休妒。莺归燕去长悄然，春往秋来不记年。唯向深宫望明月，东西四五百回圆。今日宫中年最老，大家遥赐尚书号。小头鞋履窄衣裳，青黛点眉眉细长。外人不见见应笑，天宝末年时世妆。上阳人，苦最多。少亦苦，老亦苦，少苦老苦两如何。君不见昔时吕向《美人赋》[7]，又不见今日《上阳白发歌》。

［注释］

①上阳：唐宫名，在洛阳皇宫内苑的东面。②白发人：指年老宫女。③绿衣监使：太监。唐制中太监着深绿或淡绿衣。④杨妃：杨贵妃。⑤遥侧目：远远地用斜眼看，表示忌妒。⑥耿耿：微微的光明。⑦《美人赋》：天宝时人吕向同情被幽禁的宫女，向皇帝进献《美人赋》来劝谏此事。

［诗解］

上阳宫的宫女不知不觉地衰老了，白发不断地新生。太监把守着宫门，自从被关进上阳宫以后，一幽闭就是多少年过去了。天宝末年，刚被选入宫时才十六岁，现在已经六十岁了。同时从民间选来的宫女有百十多个，一个个都凋零死去了。多年后只剩下这一个老宫女了。她从妙龄少女变成白发老妇，四十来年苦度韶光。回想当年离别亲人时，自己忍悲吞声地被家人扶进车里边，并嘱咐她不要哭。都说她脸似芙蓉花胸似白玉，一入宫就会受到皇帝的恩宠，可哪知事情并非如此。来到宫中还没容得君王看见，就已被杨贵妃发现了。杨贵妃由于妒忌就把她发配到上阳宫，于是她一生就在空房中度过了。入宫还未见到君王的面，就来到这里过着孤苦无依的生活。空房秋夜，谁能入睡！秋风冷雨，孤灯相伴，形影相吊。春日天长，春光虽好，但自己却孤独地坐在那儿，天越长越难熬过去。所以总是希望天快点黑。可天又长，很难黑。空中飞来的莺鸟叫得很好听，但由于自己愁绪难展不愿听；春天燕子来了，在梁间做窝，总是双栖双宿，可自己已老了，无须去妒忌燕子。春往秋来，自己总是这样单调度过，不记得过去多少个年头了。只是因为在深宫常常看月亮，似乎还记得月亮从东边升起，西边落下，大约有四五百回了。

到现在，她已成了宫中最老的一个宫女了，皇帝遥赐她一个尚书官衔。穿小头鞋窄衣裳，用青黛画细长细长的眉。外人是看不到的，如果一旦看到她了，谁都要笑的。为什么？这种小头鞋窄衣裳画细长眉，都是天宝末年流行的一种服装打扮，落后了五十多年了，成了老古董。上阳宫女的苦楚是最多的，年轻时也苦，到老了也苦。对这两种苦楚有什么办法呢？如果你不知道天宝末年有到民间采集美女的花鸟使，当时吕向献《美人赋》来讽谏这件事，那你还要读读这首《上阳白发歌》。

杜陵叟

唐·白居易

［题解］

从唐宪宗元和三年（808）冬天到第二年春天，江南广大地区和长安周围，遭受严重旱灾。这时白居易新任左拾遗，上疏陈述民间疾苦，请求“减免租税”“以实惠及人”。唐宪宗总算批准了白居易的奏请，还下了罪己诏，但实际上不过是搞了个笼络人心的骗局。为此，白居易写了《轻肥》和这首《杜陵叟》。这首诗通过杜陵叟在灾荒之年的遭遇，道出了农民们所受的深重灾难，揭示了下层官吏的横行残暴与统治者“施恩”的虚伪性。诗的暴露性和批判性非常强烈。作品从杜陵叟着眼，在描写他连遭干旱、旱霜等天灾的同时，重点放在对下层酷吏的不恤民情、谄上欺下的揭露上，客观地告诉人们，封建制度对农民的迫害远比自然灾难深重得多。

［原文］

杜陵[1]叟，杜陵居，岁种薄田一顷[2]余。三月无雨旱风起，麦苗不秀[3]多黄死。九月降霜秋早寒，禾穗未熟皆青干。长吏[4]明知不申破[5]，急敛暴征求考课[6]。典桑卖地纳官租，明年衣食将何如！剥我身上帛，夺我口中粟，虐人害物即豺狼，何必钩爪锯牙食人肉[7]。不知何人[8]奏皇帝，帝心恻隐[9]知人弊[10]。白麻纸[11]上书德音[12]，京畿[13]尽放[14]今年税。昨日里胥[15]方到门，手持敕牒[16]榜(bǎng)[17]乡村。十家租税九家毕，虚受吾君蠲(juān)[18]免恩。

［注释］

①杜陵：秦时为杜县，汉宣帝在此筑陵，改名杜陵。在今西安东南。②顷：一百亩。③秀：谷类抽穗开花。④长吏：县级官吏中的尊者，也泛指地方长官。⑤申破：上报说明。⑥考课：考察官吏的政绩。此处是说长官力求完成征收赋税的任务，作为考核的资本。⑦“虐人”二句：这两句说贪官污吏就是凶残的豺狼，不是一定要有钩一样尖锐的爪子、锯一样锋利牙齿的野兽才算豺狼。⑧不知何人：元和四年（809），作者曾写奏章呈请朝廷减免租税，故此处“不知何人”中的“何人”实指作者本人。⑨恻隐：怜悯，同情。⑩知人弊：知道百姓困顿的情况。弊，劳瘁困乏。⑪白麻纸：唐代中书省所用公文纸分黄白二种。重要的诏书如任命将相、豁免、征讨等用白麻纸，一般的诏令则使用黄麻纸。⑫德音：指皇帝颁布的减免赋税的消息。⑬京畿：国都所在地及其行政官署所直接管辖的地区。⑭放：免除。⑮里胥：里正，古时的乡村小吏。唐代一百户为里，设里正一人。⑯敕牒：指免税的公文、告示。⑰榜：张贴，动词。⑱蠲：免除。

［诗解］

居住在杜陵的老汉是一个非常普通的老农，他辛勤耕种着一顷多非常贫瘠的土地。一旦遇到雨旱灾荒之年，杜陵叟一家的衣食来源便有断绝之患。杜陵叟在灾荒之年的遭遇十分不幸。首先是春天遇到大旱，麦苗多不抽穗而死，致使夏季收成几无。继而秋天降霜过早，秋季作物禾穗未熟便枯萎。对于普通农家百姓来说，接连受到这两层灾祸的打击，则其一年中所赖以生存的生活资料便无从筹备，一家人处在嗷嗷待哺中，便不难想象。然而，地方长官明知灾情严重，庄稼歉收，却偏偏为了一己私利，谄上欺下，急征暴敛以赢得上司的青睐，作为自己考绩的资本。天灾、人祸加在一起，所以他只得“典桑卖地纳官租”，不管“明年衣食将如何”了。为了交纳官租，杜陵叟不得不把仅有的一点赖以生存的东西都典卖出去。那些打着父母官的旗号，专门搜刮民财以饱私囊的官吏们，真是比吃人肉的豺狼虎豹还厉害百倍啊！因为有人上奏章的缘故，天子终于了解了百姓受灾的情况，大动怜悯之心，赶快宣布对今年京城附近地区的赋税全部予以免除。可实际情况却是当那些受灾的农民们典桑卖地，勉强凑够赋税以后，里胥们方才贴出了免税的公文。农民们受了皇帝的口头恩惠，并未得到任何实际好处，但皇帝的“恩典”毕竟还是要领的。

农臣怨

唐·元结

[题解]

此诗是作者《系乐府》十二首之九，《系乐府》十二首写于天宝十载（751），是盛唐时较早的新乐府诗。此诗托古讽今，揭露朝廷失政，农民积怨，奔走呼号。这首诗虽是咏叹前世，但借古讽今，对时政弊端的揭露还是相当深刻的。

[原文]

农臣何所怨，乃欲干人主①。不识天地心，徒然怨风雨。将论草木患，欲说昆虫苦②。巡回宫阙傍，其意无由③吐。一朝哭都市，泪尽归田亩。谣颂若采之，此言当可取。

[注释]

①人主：古时专指一国之主，即帝王。②“将论”二句：庄稼歉收、昆虫为害的情景。③无由：指没有门径和机会。

[诗解]

农民因灾难频繁生活艰苦，要向君主申诉。他们不知上天意志，徒然埋怨风不调雨不顺。田里庄稼失收，虫害又很严重。当朝言路闭塞无处申述，只好来到京城，徘徊在宫阙门外，也无法见到皇帝，吐露自己的悲苦。整天在都城里痛哭，泪水都哭干了，才回到乡里。但愿我的这首诗能被朝廷的采诗之官收集去，当有助于皇帝了解民情，纠正时政之弊端。

田家行

唐·王建

[题解]

此诗以“乐”来写农家之苦，立意精巧，讽刺深刻。仲夏时节，农民麦、茧喜获丰收，却只够交纳官府的赋税，无法享受自己的劳动果实，只能过着“衣食无厚薄”的悲惨生活。这首诗所反映的事实，应是中唐时期整个农民生活的缩影，相当具有典型性。

缫 车

缫丝时，先用沸水煮茧，把丝胶脱去并散出丝头，然后抽成丝线，一般是同时从几个茧子上合抽成一缕丝线，这样线会更牢固。最初是手工缫丝，后来发展为手摇缫丝车和脚踏缫丝车。

［原文］

男声欣欣女颜悦①，人家不怨言语别。五月虽热麦风清，檐头②索索缫车③鸣。野蚕作茧人不取，叶间扑扑秋蛾生。麦收上场绢在轴④，的知输得官家足。不愿入口复上身，且免向城卖黄犊⑤。田家衣食无厚薄，不见县门身即乐。

［注释］

①男声欣欣女颜悦：此句运用了互文手法，不可解为只有男子才欢欣地喊叫，只有女子脸上才露出了笑容。其实无论男女，他们的声音，他们的容颜，都显露出喜乐自得的样子。②檐头：原指屋檐的边沿，此处应指屋檐下。③缫车：即“缲车”，缫丝用的器具。④轴：此处指织绢的机轴。⑤黄犊：指小牛。

［诗解］

乡间农家欢欣鼓舞，喜乐自得，平日的愁怨一洗而空，连话语的音调也与平常不同。炎炎夏日，麦浪滚滚，夏粮丰收了，夏茧也丰收了，檐头缫车索索作响，野蚕作茧无人收取，只得自生自灭，一派丰收之景。但麦打成粮，蚕茧织成绢丝，乡民却无法亲自享受这些劳动成果，而不得不把大部分粮、绢送给官家缴纳赋税。在这丰收的年景里，他们并不指望打下的粮食自己吃，织好的绢自己穿，只指望能免除到城里卖黄犊，以缴纳官府的横征暴敛就行了。乡民们说自家并不计较是否吃得好、穿得好，认为只要不进县衙门吃官司那就是最大的幸福了。

织妇词

唐・元稹

[题解]

此诗作于元和十二年（817），为《乐府古题》十九首之一。虽然属于“古题”，却合于白居易对新乐府的要求。即“首句标其目”，开宗明义；“其辞质而径”，见者易谕；“其事核而实”，采者传信；“总而言之，为君、为臣、为民、为物、为事而作，不为文而作。”此诗以荆州首府江陵为背景，描写织妇被剥削、被奴役的痛苦。全篇仅一百一十字，却由于层次丰富，语言简练，显得意蕴深厚，十分耐读。

[原文]

织妇何太忙，蚕经三卧行欲老①。蚕神女圣②早成丝，今年丝税③抽征早。早征非是官人恶，去岁官家事戎索④。征人战苦束刀疮，主将勋高换罗幕⑤。缫丝织帛犹努力，变缉（qī）撩机苦难织。东家头白双女儿，为解挑纹嫁不得。檐前袅袅⑥游丝上，上有蜘蛛巧来往。羡他虫豸解缘天，能向虚空织罗网。

[注释]

①蚕经三卧行欲老：蚕有眠性，文中的蚕种三卧之后进入四眠，四眠后即上蔟结茧。古时织妇往往亦为蚕妇，所以要提前做准备。②蚕神女圣：古代传说黄帝妃嫘祖是第一个发明养蚕抽丝的人，民间奉之为蚕神，诗中称“蚕神女圣”。③丝税：唐代纺织业极为发达，荆、扬、宣、益等州均设置专门机构，监造织作，征收捐税。④戎索：本义为戎法，此处引申为战事。⑤罗幕：丝罗帐幕。⑥袅袅：摇曳、飘动的样子。

[诗解]

织妇为什么忙呢，蚕儿还未吐丝啊。在蚕种三卧之际，她就得忙着备料以供结茧之用，此后煮茧缫丝，这里面的辛苦亦不在织作之下。织妇们诚心祷告蚕神保佑蚕儿早点出丝，因为今年官家要提前抽征丝税。今年提前征税并不是因为官员横征暴敛，而是由于去年发动了讨伐淮西吴元济的战争，军需开支很大。丝织品是军需物资，它可供伤兵包扎伤口之用，可作为军功赏赐品。一般的缫丝织作本来已够费力的了，织有花纹的绫罗更是难上加难。拨动织机、变动丝缕，在织品上挑出花纹极为不易，需要很高工艺水平。培养挑纹能手实为不易，竟有巧女因手艺出众被娘家羁留而贻误青春。织妇面对窗牖，倾慕起檐前结网的蜘蛛来。这小虫的织网，纯出天性，无催逼之虞，无租税之苦。

青楼曲二首

唐·王昌龄

[题解]

盛唐诗人惯以汉武帝比唐玄宗，此诗也如此。诗人是借用汉武帝时期的历史画卷反映盛唐时期的现实面貌。这幅描写大军凯旋的历史画卷，让人联想到唐代前期威赫的国容和强大的实力。唐代前期，接受了西晋以来以及南北朝长期分裂的痛苦教训，整军经武，保持了国家的统一与强盛。"聘得良人，为国愿长征。"（敦煌曲子词）在这盛极一时的封建帝国里，成为当时的社会风尚。

其一

[原文]

白马金鞍从武皇，旌旗十万宿长杨①。楼头小妇鸣筝坐，遥见飞尘入建章②。

[注释]

①长杨：西汉皇家射猎、校武的大苑子。②建章：建章宫是汉武帝建造的，在西汉都城长安的近郊。

[诗解]

白马金鞍上的将军，正率领着千军万马，在长安大道上前进，渐走渐远，只见马后扬起的一线飞尘。长安大道旁边的一角青楼，楼上的少妇正在弹筝，优美的筝声虽未中断，她的目光却情不自禁地追随着那马上将军和他身后的队伍，直到飞尘滚滚，人影全无。

其 二

［原文］

驰道杨花满御沟，红妆缦绾上青楼。金章紫绶①千余骑，夫婿朝回初拜侯。

［注释］

①金章紫绶：原指紫色印绶和金印，古时丞相所用。后用以代指高官显爵。

［诗解］

将军和他的部队驰道回来时，把满路杨花都吹散到御沟里去了。少妇盛装上楼等待、迎接保家卫国的夫婿。他立功回来，封侯拜爵，连他部队里许多骑将都受到封赏。

田家行

唐·元稹

［题解］

元和十二年（817），元稹得刘猛、李余古题乐府诗数十首，读后感动万分，于是和作了十九首，把他在江陵、通州的所见所闻一一写进这组古题乐府诗里。《田家词》就是其中的一首，这首诗生动形象地表达了他“息兵革”的政治主张。此诗在艺术上很有特色。它自始至终几乎完全以农民自述的口吻，用白描的手法叙事，在貌似平和顺从的话语里，表现了农民痛苦的心声，蕴含着农民的血泪控诉，因而具有更大的真实性和感人肺腑的力量。再加上短句的安排，叠字的选用，急促重浊的入声字的韵脚，不仅加强了诗的形象性和音乐性，声情和文情更加契合，深化主题，强化了感情，渲染了气氛，而且使这首古题乐府的特色更加鲜明。这正是元稹“颇近讴谣”的代表作。

［原文］

牛咤(zhà)咤①，田确确②，旱块敲牛蹄趵(bō)趵③。种得官仓珠颗谷，六十年来兵簇簇④，日月食粮车辘辘⑤。一日官军收海服⑥，驱牛驾车食牛肉，归来收得牛两角。重铸锄犁作

斤斸(zhú)⑦，姑舂妇担去输官，输官不足归卖屋。愿官早胜仇早覆⑧，农死有儿牛有犊，不遣官军粮不足。

[注释]

①咤咤：农民的叱牛声。②确确：土块坚硬的样子。③趵趵：牛蹄声。④簇簇：从集的样子，此处以兵器的丛集象征战事的频繁。⑤辘辘：车轮声。象征着农民军输的繁重和急迫。⑥收海服：古代把京城附近方千里之地叫“京畿”，自京畿之外每五百里称作一服，把由近及远的控制区域分别称为“侯服”、“甸服”等九服。这里的“海服”，泛指临近海边的藩镇割据地区。中唐时期，河北、山东割据反叛的藩镇均在东方沿海一带，正在进行的对淮西吴元济的征讨也在东方，故曰“收海服”。⑦斤斸：泛指农具。斤，斧子一类的工具。斸，锄一类的农具。⑧覆：覆灭，灭亡。

[诗解]

天久不雨，土地坚硬，牛拉着沉重的犁耙，喘着粗气一步一步地前行着。牛蹄碰击着坚硬的土块，发出“趵趵”的声音。驾牛的农民还嫌牛走得太慢，不断地挥动着鞭子，发出“咤咤”的声音，驱使着，吆喝着。然而农民终年劳累，用血和汗水换来的珍珠般的果实，却尽进了官仓，自己一无所得。因为六十年来，战争不断，年年月月、日日餐餐，官兵们吃的粮食全由农民供给，并由农民驾驶着大车不停地运往前线。自从官军征伐藩镇的战争开始以来，朝廷就把农民连人带牛和车以及农具一并征用了。农民驱牛驾车千里迢迢地把粮食运到前线，结果连牛也被官兵宰杀吃掉了，车被当柴烧了，农民只收得两只牛角而返。但是战争还在没完没了地打下去，新的军输又在等待着他们。农民只得重铸犁锄，重做斤斸，重新开始一年的辛勤耕作，收获之后，妇人主持运到官仓，终年辛勤劳动所获还交不够纳税，甚至回来连房屋也被迫卖掉买粮。但愿官军早日胜利，以报藩镇叛乱的仇恨，我们不要紧，累死了还有下一代，牛被杀了还有小牛犊，不会让官军缺少军粮的。

红线毯

唐·白居易

[题解]

此七言乐府是《新乐府》的第二十九首。诗题宋本原作《红绣毯》，但正文作“红线毯”。“红线毯”，是一种丝织地毯。此类红线毯是宣州（今安徽省宣城市）所管织造户织贡的。白居易传曰：“贞元中，宣州进开样红线毯。”这首诗通过宣州进贡红线毯的事，对宣州太守一类官员讨好皇帝的行为加以讽刺，暴露了最高统治者为了自己荒淫享乐，毫不顾惜织工的辛勤劳动而任意浪费人力物力的罪恶，也表达了作者对劳动人民疾苦的深切同情。

［原文］

红线毯，择茧缫丝[1]清水煮，拣丝练[2]线红蓝染。染为红线红于蓝[3]，织作披香殿[4]上毯。披香殿广十丈余，红线织成可殿铺。彩丝茸茸香拂拂，线软花虚不胜物。美人踏上歌舞来，罗袜绣鞋随步没。太原毯涩毳(cuì)[5]缕硬，蜀都褥薄锦花冷。不如此毯温且柔，年年十月来宣州。宣城太守加样织[6]，自谓为臣能竭力。百夫同担进宫中，线厚丝多卷不得。宣城太守知不知，一丈毯，千两丝，地不知寒人要暖，少夺人衣作地衣[7]。

［注释］

①缫丝：将蚕茧抽出蚕丝的工艺概称缫丝。古时的缫丝方法，是将蚕茧浸在热盆汤中，用手抽丝，卷绕于丝筐上。②练：亦作“湅”。把丝麻或布帛煮得柔软洁白。《周礼·天官·染人》：“凡染，春暴练。”③红于蓝：指染成的丝线，比红蓝花还红。蓝，指红蓝花，箭镞锯齿形蓝色叶，夏开红黄花，可制胭脂和红色颜料。④披香殿：汉朝殿名，汉成帝皇后赵飞燕曾在此歌舞，这里泛指宫廷里歌舞的处所。⑤毳：指鸟兽的细毛。⑥加样织：用新花样加工精织。⑦地衣：地毯。

练　丝

练丝是把生丝放到水里反复浸泡，在日光下曝晒，以脱除丝身外面包裹的丝胶。这首诗中，百姓经过多道工序辛苦织成了红线毯，却被官员拿去充贡，诗人在诗歌中表达了对百姓的深切同情。

［诗解］

红线毯，是南方女子通过采桑养蚕、

择茧缫丝、拣丝练线、红蓝花染制等重重工序，日夜勤织而织就的。这费尽了心血和汗水的丝绒却被织成铺在宫殿地上的地毯。披香殿十多丈宽，整座大殿都铺上了红丝线织成的地毯。松软的质地、幽幽的芳香、美丽的图案无人爱惜欣赏。美人们在上面任意踩踏歌舞，罗袜与绣花鞋随舞步在地毯上消失了踪迹。太原出产的毛毯硬涩，四川织的锦花褥又太薄，都不如这种丝毯柔软暖和，于是宣州岁岁上贡线毯。宣州太守为了表达对上位者的尽心尽力，令织工翻新花样，精织勤献。线毯线厚丝多不好卷送，需要千百劳力担抬入贡。得享高官厚禄的宣州太守怎会想到，织就一丈毯，需费千两丝，是多么地劳民伤财。不要再夺走人民赖以织衣保暖的丝去织就地毯，地不知冷暖，劳苦人民却靠这生存啊。

附录

古诗十九首

行行重行行

［题解］

这是一首在东汉末年动荡岁月中流传的一首相思乱离之歌。尽管在流传的过程中失去了作者的名字，但“情真、景真、事真、意真”（陈绎《诗谱》），读之使人悲感无端，反复低回，为女主人公真挚痛苦的爱情呼唤所感动。

淳朴清新的民歌风格，内在节奏上重叠反复的形式，同一相思别离用或显、或寓、或直、或曲、或托物比兴的方法层层深入，“若秀才对朋友说家常话”式单纯优美的语言，正是这首诗具有永恒艺术魅力的所在。而首叙初别之情，次叙路远会难，再叙相思之苦，末以宽慰期待作结。离合奇正，体现转换变化之妙。不迫不露、句意平远的艺术风格，表现出东方女性热恋相思的心理特点。

［原文］

行行重行行，与君生别离①。
相去万余里，各在天一涯②。
道路阻③且长④，会面安可知⑤。
胡马依北风，越鸟巢南枝⑥。
相去日已远，衣带日已缓⑦。
浮云蔽白日⑧，游子不顾反。
思君令人老⑨，岁月⑩忽已晚⑪。
弃捐勿复道，努力加餐饭⑫。

［注释］

①生别离：古代流行的成语，犹言“永别离”。所谓“生别离”，并非指一般的别离，而是有别后难以再聚的含义，所以下面说“会面安可知”。生，硬的意思。②涯：方的意思。③阻：指道路上的障碍。④长：指道路间的距离很远。⑤知：一作“期”，义同。⑥“胡马”二句：这两句用比喻来代替抒情，“胡马”、“越鸟”尚且如此，难道“游子”就不思念故乡吗？依，一作“嘶”，

依恋的意思。“胡马”产于北地，“越鸟”来自南方（古代的“越”指今广东、福建一带地区），“依北风”和“巢南枝”是动物一种自发的怀念乡土情感的表现。⑦“相去”二句：上句谓别离之久，下句言思念之深。久别思深，人一天天地瘦下去，衣带自然也就一天天地感到松弛了。远，指时间而言。日，日益，一天又一天，渐渐的意思。⑧浮云蔽白日：《文子》中有“日月欲明，浮云蔽之”。《古杨柳行》谓“谗邪害公正，浮云蔽白日”。“浮云蔽日”是古代最流行的比喻，一般习用于谗臣之蔽贤。“白日”原是隐喻君王的，这里则以之象征女子远游未归的丈夫。我国古代封建社会里，君臣之间的关系和夫妇之间的关系在观念上是统一的。“浮云”是设想丈夫另有新欢，象征彼此间情感的障碍。⑨思君令人老：这句是承前“衣带日已缓”而说的。老，并不是说年龄的老大，而是指心情的忧伤、形体的消瘦、仪容的憔悴。⑩岁月：指眼前的时间。⑪忽已晚：言流转迅速，当作年关将近理解更合适些。⑫加餐饭：是当时习用的一种最亲切的安慰别人的成语。

［诗解］

你行色匆匆风尘未洗，便又无可奈何地踏上更远的征程，我们虽然结为夫妻，却总是硬被分离，不能相守。你与我两人相距千里万里，我在天这一边，你却远在天的那一边。

路途永远是那样充满荆棘，又是那样的遥远，谁能知道我们什么时候才能相见？北方胡地的骏马，来到遥远的南方，它仍然还是依恋着北风；南方飞来的小鸟，即使在北方安家落脚，还是要把巢筑在朝南的枝头上。

我们分离的时间实在太久，只觉得衣服越来越宽大，腰带越来越松缓，思念让我越发消瘦下来。飘浮游荡的白云遮住了光明灿烂的太阳，我的天空不再湛蓝，在他乡宦途游荡的人啊，顾不上返归家园。

日日夜夜地想你，使我一天天地变得憔悴衰老。又是一年的岁末了，眼看着年关就快要来到，我还有许多心里话，一时不知从何说起。还是就此放下吧，就算说得再多，又有什么用处，只要夫君你多多保重，每日里三餐能够得到保证，出门在外照顾好自己，切莫让自己忍饥受寒。

青青河畔草

［题解］

这首思妇词，是用第三人称写的。在《古诗十九首》里，这样的写法是唯一的一篇。

本诗选取一个上演过无数次的平凡的生活片断，用的也只是即景抒情的平凡的章法，“秀才说家常话”（谢榛语）式的平凡语言；然而韵味却不平凡。能于平凡中见出不平凡的境界来，就是本诗，也是《古诗十九首》那后人刻意雕镌所不能到的精妙。

［原文］

青青河畔草，郁郁园中柳。
盈①盈楼上女，皎皎②当窗牖③。
娥娥④红粉妆⑤，纤纤⑥出素手⑦。
昔为倡家女⑧，今为荡子⑨妇。
荡子行不归，空床难独守。

［注释］

①盈：同“嬴”。《广雅·释诂》曰：“嬴嬴，容也。”就是仪态万方的意思。②皎皎：本义是形容月光的洁白，这里用来形容在春光照耀下“当窗牖”的“楼上女”风采的明艳，说她的仪态神韵就像月光一样光明皎洁。③牖：窗的一种，用木条横直制成，又名“交窗”。“窗”和“牖”本义有区别，在屋上的叫作“窗”，在墙上的叫作“牖”。这里的“窗牖”，就是泛指现在安在墙上的窗子。④娥娥：形容容貌的美好。⑤红粉妆：指艳丽的妆饰。红粉，原为妇女化妆品的一种。⑥纤纤：形容手细。⑦素：形容手白。⑧倡家女：犹言“歌妓”。倡，凡是以歌唱为业的艺人就叫作“倡”。倡家，即后世所谓“乐籍”。⑨荡子：指长期漫游四方不归乡土的人，与“游子”义近而有别。

怜孤影

女子孤零零地站在窗前，思念她那久不回家的丈夫。纵使面容姣好，可又有谁来欣赏呢？

［诗解］

河边青青的草地，园里茂盛的柳树。

楼上那位仪态优美的女子站在窗前，洁白的肌肤可比明月。

她打扮得漂漂亮亮，伸出纤细的手指。

从前她曾是歌妓，而今成了荡子的妻子。

在外游荡的丈夫还没回来，在这空荡荡的屋子里，实在是难以独自忍受一个人的寂寞，怎堪独守！

青青陵上柏

[题解]

本诗写作者游戏宛洛，意在仕途。然而他发现这个宫殿巍峨、甲第连云，权贵们朋比为奸、苟且度日的都城，并非是属于他的世界。

在诗人貌似冷峻的态度中，蕴含有失去人生归宿感的迷惘，有从政理想被亵渎的忧愤。

这首诗的主人公游京城而兴叹，生当乱世，他不能不厌乱忧时，想到的不止是死和未死之时的及时行乐。其行乐很勉强，是苦中作乐、苦中求乐的无奈，甚至还有几分愤懑的情绪，对人生老病死如恍然一梦的消极感受，对时光流逝的不知不觉和无能为力。与其说是行乐，不如说是借行乐以消忧。而忧的原因，也不仅因为生命短促，还有天地之大何处安身立命的慨叹。这位失意之士借由他所看到的当时政治首都洛阳的一些现象，写出了个人不平之感和不满现实的心情。

这首诗与《古诗十九首》中的另一首《驱车上东门》在感慨生命短促这一点上有共同性，但艺术构思和形象蕴含却很不相同。

[原文]

青青[1]陵[2]上柏[3]，磊[4]磊涧中石。
人生[5]天地间，忽[6]如远行客[7]。
斗酒[8]相娱乐，聊厚不为薄[9]。
驱车策驽马[10]，游戏宛[11]与洛[12]。
洛中何郁郁[13]，冠带自相索[14]。
长衢[15]罗夹巷[16]，王侯多第[17]宅。
两宫[18]遥相望，双阙[19]百余尺。
极宴[20]娱心意，戚[21]戚何所迫[22]？

俯仰兴怀

生逢乱世，无处施展抱负。天大地大，何处栖身。唯有杜康，可以解忧。

［注释］

①青青：本意为蓝色，引申为深绿色，这里青青，犹言长青青，是说草木茂盛的意思。②陵：表示与地形地势的高低上下有关，此处指大的土山或墓地。③柏：四季常青的树木，常绿乔木，叶鳞片状，结球果，有“扁柏”、“侧柏”、“圆柏”、“罗汉柏”等多种。木质坚硬，纹理致密。可供建筑及制造器物之用。④磊：众石也，即石头多。会意字，从三石。⑤生：生长，生活。⑥忽：本义为不重视、忽略，此处指快的意思。⑦远行客：在此有比喻人生的短暂如寄于天地的过客的意思。客，表示与家室房屋有关，本义为寄居、旅居、住在异国他乡。⑧斗酒：指少量的酒。⑨薄：指酒味淡而少。⑩驽马：本义为劣马，走不快的马。亦作形容词，比喻才能低劣。⑪宛：南阳古称宛，位于河南西南部，与湖北、陕西接壤，因地处伏牛山以南，汉水之北而得名。⑫洛：洛阳的简称。⑬郁郁：盛貌，形容洛中繁华热闹的气象。⑭冠带自相索：这句说贵人只和贵人来往，不理别人。冠带，官爵的标志，用以区别于平民，此作贵人的代称。索，求也。⑮衢：四达之道，即大街。⑯夹巷：夹在长衢两旁的小巷。⑰第：本写作“弟”。本义为次第、次序，此指大官的住宅。⑱两宫：指洛阳城内的南北两宫。⑲阙：古代宫殿、祠庙或陵墓前的高台，通常左右各一，台上起楼观，二阙之间有道路。亦为宫门的代称。⑳极宴：穷极宴会。㉑戚：忧思也。㉒迫：逼近。

［诗解］

荒凉的山陵墓地上生长的柏树，是那么青绿葱翠、郁郁苍苍，山涧溪流里日夜被流水冲刷的石头，聚敛成堆，错落有致。

人存活在茫茫天地之间，就好比是从不知名的远处飘来的一个匆匆过客，碌碌无为的一生也就只是那么一个瞬间。

区区斗酒足以彼此相慰，娱乐心意，酒淡菜少却也不觉寒酸，在我的眼中还胜过豪华的宴席。

驾起破车，扬鞭驱赶着劣马，我们照样在宛、洛之间徜徉游戏，阅尽繁华。

洛阳城里是那么的热闹，人来人往，熙熙攘攘，达官贵人彼此相互探访，不与圈外人士来往。

通达的大路两边，或宽或窄的小巷穿插其间，在这些巷子口、大路边，随处可见王侯贵族的朱门大院。

据南坐北有两个帝王的宫殿，隔着繁华热闹的城市街区遥相对望，两宫的望楼角阁巍峨耸立，看上去高达百尺有余。

达官贵人们豪奢饮宴，尽情享乐，却个个看上去都忧愁满面，欢颜难展，不知被什么所驱使、逼迫。

西北有高楼

［题解］

这首诗和《今日良宴会》都是听曲感心之作。《今日良宴会》是抒发“贫士失职而志不平”的愤慨，这首诗进一步写出黑暗时代所带给被压抑者的一切苦闷与悲哀，以及他们不甘于现实的想法。此诗所反映的社会精神面貌，较《今日良宴会》更为深广。

慨叹着“何不策高足，先据要路津”的汉末文人，面对的却是一个君门深远、宦官当道的苦闷时代。是骐骥，总得有识马的伯乐才行；善琴奏，怎少得了钟子期这样的知音？壮志万丈而报国无门，在茫茫人和事之中，还有什么比这更教人嗟伤的呢？

此诗的作者，就是这样一位彷徨的失意人。这失意当然是政治上的，但在倾诉之时，却幻化成了“高楼”听曲的凄切一幕。诗人内心的痛苦，正借助于这痛苦中的奇幻之思，表现得分外悱恻和震颤人心。吴淇称《古诗十九首》中，“唯此首最为悲酸”。

［原文］

西北有高楼，上与浮云齐。
交疏[1]结绮[2]窗，阿阁[3]三重阶[4]。
上有弦歌[5]声，音响一何悲！
谁能为此曲？无乃杞梁妻[6]。
清商[7]随风发，中曲正徘徊[8]。
一弹[9]再三叹[10]，慷慨有余哀[11]。
不惜歌者苦[12]，但伤知音[13]稀。

愿为双鸿鹄⑭，奋翅起高飞。

[注释]

①交疏：一横一直的窗格子，指窗制造的精致。②结绮：张挂着绮制的帘幕，指窗装饰的华美。结，张挂。绮，有花纹的丝织品。③阿阁：阁有四阿，叫作“阿阁”，指屋极四面有曲檐，是古代最考究的宫殿式的建筑。④三重阶：指台。楼在台上。⑤弦歌：弹唱。⑥“谁能”二句：意为在“高楼”里奏着这“音响一何悲”的曲调的是谁呢？大概是内心蕴藏有深长悲哀的人吧。无乃，犹言大概，是一种不能肯定的揣测的语气。杞梁妻，齐国杞梁的妻子。杞梁战死，其妻孤苦无依枕尸痛哭。⑦清商：乐曲名。⑧徘徊：来往行走，不能前进的样子。这里借以形容曲调的往复萦回。⑨一弹：指奏完一曲弦歌。⑩再三叹：指歌词里复沓的曲句和乐调的泛声，就是上句所说的“徘徊”。⑪余哀：指作者悲哀的情绪，对别人的感染，不随乐曲的终止而终止。⑫苦：指曲调的哀怨缠绵，也借以渲染歌者的内心忧伤。⑬知音：指不仅精通音律，而是通过音律能够进一步体会到音乐的内在含义以及奏乐者的心情。这种情感在共同时代环境里的人应该能够体会到，而知音难遇，所以说“但伤”。⑭双鸿鹄：皆鸟名，指听歌者和歌者。

[诗解]

那西北方有一座高楼矗立眼前，堂皇高耸恰似与浮云齐高。

高楼上有精致的窗子，窗子上张挂着绮制的帘幕，四周是高翘的阁檐，阶梯有层叠三重。

楼上飘下了弦歌之声，那音响是何其的悲哀！

谁能弹此曲，是那悲夫为齐君战死，悲恸之声竟使杞之都城为之倾颓的女子。

商声清切而悲伤，随风飘飘多凄凉！这悲弦奏到“中曲”，便渐渐舒徐迟荡回旋。

那琴韵和叹息声中，抚琴堕泪的佳人慷慨哀痛的声息不已。

不叹惜铮铮琴声倾诉声里的痛苦，只悲伤知音难遇。

愿我们化作心心相印的鸿鹄，从此结伴高飞，遨游在那无限广阔的蓝天白云！

冉冉孤生竹

[题解]

此诗或是婚后丈夫远行，妻子怨别之作。还有一说，是写一对男女已有婚约而尚未成婚，男方迟迟不来迎娶，女方遂有种种疑虑哀伤，作出这首感情细腻曲折之诗，这一说主要是源于诗中“轩车来何迟”之句，二者都有道理，但后说略显牵强，所以一般取前说，即婚后丈夫远行，年轻妻子的怨别之作。

《古诗十九首》所描写的别恨离愁，归结起来，当然都是一个社会问题。在这篇里，诗人是通过对女性这一共同的心理特征的细致刻画而把它表现出来。古典诗歌中写相思离别的作品最多，但以新婚离别为题材的，这还是第一篇。这首诗，风格与《行行重行行》相近，但它所描写的别恨离愁则集中在这一点上。

［原文］

冉①冉孤生竹②，结根泰山阿③。
与君为新婚，兔丝附女萝④。
兔丝生有时⑤，夫妇会⑥有宜⑦。
千里远结婚，悠悠隔山陂⑧。
思君令人老⑨，轩车⑩来何迟！
伤彼⑪蕙兰花⑫，含英⑬扬光辉。
过时而不采，将随秋草萎。
君亮执高节，贱妾亦何为⑭！

［注释］

①冉：本义为毛柔弱下垂的样子，这里引申为柔弱下垂貌。②孤生竹：犹言野生竹。孤，独。③泰山阿：犹言大山里面。泰，同“太”，与“大”义同，大之极的意思。本义指大的山陵、大的土山。阿，山坳。这里指曲处。④“与君”二句：这里以“兔丝”自比，以“女萝”比丈夫，两句的意思是说自己虽已结婚，但新婚远别，仍然是孤独而无依靠。兔丝，一作“菟丝”，是一种柔弱蔓生植物。女萝，地衣类植物，同样是依附他物生长，而不能为他物所依附。⑤生有时：是说草木有繁盛即有枯萎，以喻人生有少壮即有衰老。时，本义指季度、季节。⑥会：聚会，指夫妇的同居。⑦宜：犹言适当的时间。⑧“千里”二句：上句说离家远嫁，结婚不容易，是回想过去；下句说婚后远别，久别，是现在的悲哀。悠悠，远也。⑨老：五十至七十岁为老。这位女子正是青春时期，此处是极言相思之苦，并非她真的老去。⑩轩车：是有屏蔽的车。古代大

夫以上乘“轩车”。这位女子的丈夫婚后远行，当然是为了寻求功名富贵，“轩车”是她的想象，并非实指。⑪伤彼：也就是自伤。⑫蕙兰花：女子自比。⑬含英：指即将盛开的花朵，比喻人的青春活力正旺盛的时期。含，没有完全发舒。英，花瓣。⑭“君亮”二句：上句说唯恐她丈夫不如此，也只有相信其如此，因而聊以此自慰。下句是说，既然如此，我还有什么可以表示的呢？唯有耐心等待而已。亮，信也。执高节，即守节情不移的意思。高节，指坚贞不渝的爱情。贱妾，女子自谓。

［诗解］

我好像那荒野里孤生的野竹，希望能在大山谷里找到依靠的伴侣。
你我相亲新婚时，你远赴他乡，犹如菟丝附女萝我仍孤独而无依靠。
菟丝有繁盛也有枯萎的时候，夫妻也应该要有两相厮守的时宜。
我远离家乡千里来与你结婚，正是新婚恩爱时，你却离我远赴他乡。
相思苦，岁月催人老，青春有限，多么盼望夫君功成名就早日归来。
我自喻是朴素纯情的蕙兰花，正是含苞待放楚楚怜人，盼君早采撷。
怕过了时节你还不归来采撷，那秋雨飒风中将随着秋草一起凋谢。
你信守高节而爱情坚贞不渝，那我就只有守着相思苦苦地等着你。

涉江采芙蓉

［题解］

本诗写了一位漂泊异地的失意者怀念妻子的愁苦之情，深刻地反映了游子思妇的现实生活与精神生活的巨大痛苦。汉代的养士、选士制度，使文人不得不背井离乡，长期漂泊在外。

这些文人或在仕途上作无望的追求，或在异乡逃避政治迫害，更渴求有爱情、家庭的温馨，以慰藉孤独而屈辱的心灵，极写羁旅行役、相思怀人之苦。

这首诗，是一位漂流异地失意的人，怀念他在家乡的妻子，抒发欲归不得的愁苦心情之作。有许多动人的抒情诗，初读时总感到它异常单纯，待到再三涵咏，才发现这“单纯”，其实寓于颇微妙的婉曲表现之中。从这一点看，《涉江采芙蓉》为表现游子思乡的苦闷，不仅虚拟了全篇的“思妇”之词，而且在虚拟中又借思妇口吻，“悬想”出游子“还顾望旧乡”的情景。这样的诗情抒写，就不只是“婉曲”，简直是奇想了！这便是这首诗的独到之处。

［原文］

涉江采芙蓉①，兰泽②多芳草③。
采之欲遗④谁？所思⑤在远道⑥。
还顾望旧乡⑦，长路漫浩浩⑧。
同心⑨而离居，忧伤以终老！

［注释］

①芙蓉：荷花的别名，亦作“夫容”，又名“芙蕖”，或称“菡萏”。②兰泽：生长着兰草的泽。泽，本义为光泽、润泽，引申义为水深的湖泽或水草丛杂的湖泽，此处指低下之地。③芳草：指兰。④遗：赠予。⑤所思：指所思念的人。所，本义为伐木声，亦可假借为“处”，指处所、地方。这里用于“所”字的另一个作用，表示结构，与后面的动词结合，构成名词性结构。⑥远道：遥远的地方，意指远在故乡的妻子。⑦旧乡：故乡。⑧漫浩浩：犹言漫漫浩浩，这里用以形容路途的广宽无边。漫，路长貌。浩浩，水流貌。⑨同心：古代常用的成词，一般习用于男女间的爱情关系，这里是说夫妇情感的融洽。这句里的“同心”，与“离居”为对称词。

［诗解］

踏过江水去采荷花，到兰草生长的沼泽地采兰花。
采了花要送给谁呢？想要送给那远在故乡的爱妻。
回想起故乡的爱妻，却又长路漫漫，遥望无边无际。
漂流异乡，两地相思，怀念爱妻，愁苦忧伤以至终老。

迢迢牵牛星

［题解］

《古诗十九首》中的这首《迢迢牵牛星》写牛郎、织女夫妇的离隔。这首诗的创作时代是东汉后期，略早于曹丕和曹植。将这首诗和曹氏兄弟的作品加以对照，可以看出，在东汉末年到魏这段时间内，牛郎和织女的故事大概已经定型了。

此诗写天上一对夫妇：牛郎和织女，视点却在地上，借天上的牛、女双星，写人间的别离之情，是用第三者的眼睛观察他们夫妇的离别之苦。

[原文]

迢迢[1]牵牛星，皎皎[2]河汉[3]女[4]。
纤纤擢[5]素手，札札[6]弄机杼[7]。
终日不成章[8]，泣涕零如雨[9]。
河汉清且浅，相去复几许[10]？
盈盈[11]一水[12]间，脉脉[13]不得语。

织女遥望

织女是因为被牛郎拿走羽衣而留在人间的仙女。她与牛郎结为夫妻，后因王母娘娘的阻碍，被隔在银河两侧，每年七夕方可相会。

[注释]

①迢迢：远也。迢，遥远，或高貌、高峻貌。②皎皎：明也。③河汉：就是银河。④女：织女星的简称，天琴座的主星，在银河北，和牵牛星相对。⑤擢：本义为抽引、拉拔，这里引申为“举”的意思。⑥札札：使用机杼时的响声。⑦机杼：为织机的总称。机，织机上转轴的机件。杼，织机上持纬线的机件。⑧终日不成章：是说终天没有织出成品。这里借以描写织女的内心哀怨，与原义各别。章，一指音乐的一曲，今称“乐章”；一指在绘画或刺绣上，赤与白相间的花纹叫“章”。此处用此义，指织品上的经纬纹理。不成章，因织女空有其名，走起来一直向西走，故不能一来一去，一往一复，而织不成章。⑨零如雨：形容涕泪纵横的样子。零，落也。⑩几许：犹言几何，谓距离之近。⑪盈盈：水清浅貌。⑫水：指河汉。⑬脉脉：相视貌。一本作“默默”。

[诗解]

那遥远的牵牛星，那皎洁的织女星。
织女正摆动柔长洁白的双手，织布机札札地响个不停。
因为相思而一整天也织不出什么花样，她哭泣的泪水零落如雨。
只隔了道清清浅浅的银河，两界相离能有多远呢？
相隔在清清浅浅的银河两边，相视无言地痴痴凝望。

生年不满百

[题解]

这首诗和《东城高且长》《驱车上东门》两篇用意略同。诗中强调的是及时行乐的思想；在汉末社会动荡不安、人命危浅的苦闷生活中，表现了人生毫无出路的痛苦。

诗人在世间及时行乐的旷达之语后面，所包含着的许多人生的痛苦体验。对人生价值的怀疑，似乎常是出于生活的苦闷。在苦闷中看人生，许多传统的观念都会在怀疑的目光中轰然倒塌。

与其说这类诗表现了“人性之觉醒”，不如说是以旷达狂放之思，表现了人生毫无出路的痛苦。只要看一看文人稍有出路的建安时代，这种及时行乐的吟叹，很快又为悯伤民生疾苦、及时建功立业的慷慨之音所取代，就可以明白这一点。

[原文]

生年不满百，常怀千岁忧①。
昼短苦夜长，何不秉烛游②！
为乐当及时，何能待来兹③？
愚者爱惜费④，但为后世嗤⑤。
仙人王子乔⑥，难可与等期⑦。

[注释]

①千岁忧：指很深的忧虑。千岁，多年，时间很长。②秉烛游：犹言作长夜之游。秉，本义为禾把、禾束；亦可引申为动词，意为手拿着、手持。③来兹：就是来年。④费：费用，指钱财。⑤嗤：讥笑、嘲笑，此处指轻蔑的笑。⑥王子乔：古代传说中的仙人。⑦期：本义为约会、约定。这里引申为等待，指成仙之事不是一般人所能期待的。

[诗解]

人生只有短短的数十载岁月，却常常怀有千年的忧愁。
及时行乐却怨白昼短夜晚长，那为何不执火烛夜晚游乐。
韶光易逝太匆匆，行乐要及时，时不我予，又怎可等到来年。
愚笨的人锱铢必计，吝啬守财，逝世两手空空被后人嗤笑。

像王子乔一样驾鹤升天，这样的事难以期待成真。

回车驾言迈

[题解]

这首诗从客观景物的更新，联想到人生寿命的短暂，因而发出“立身不早”，沉沦失意的慨叹。“盛衰各有时，立身苦不早。人生非金石，岂能长寿考？奄忽随物化，荣名以为宝。”这里所说的“荣名”，已超越了以爵禄为标志的事功，而是追求精神的不朽。尽管这种不朽在当时尚缺乏具体内涵，却预示了诗人所企望的功业不朽、文章不朽的建安时代即将到来。

[原文]

回①车驾言②迈③，悠悠④涉长道⑤。
四顾何茫茫⑥，东风⑦摇百草⑧。
所遇无故物⑨，焉得不速老⑩？
盛衰各有时⑪，立身⑫苦不早⑬。
人生非金石⑭，岂能长寿考⑮？
奄忽⑯随物化⑰，荣名⑱以为宝。

[注释]

①回：转也。②言：语助词。③迈：远行也。④悠悠：远而未至之貌。⑤涉长道：犹言“历长道”。⑥茫茫：广大而无边际的样子。这里用以形容“东风摇百草”的客观景象，并承上“悠悠涉长道”而抒写空虚无着落的远客心情。⑦东风：指春风。⑧百草：新生的草。节序推移，新陈代谢，去年的枯草已成“故物”，当然是看不到了。⑨无故物：承“东风摇百草”而言。故，旧也。⑩焉得不速老：是由眼前事物而产生的一种联想，草很容易由荣而枯，人又何尝不很快地由少而老呢？⑪各有时：犹言“各有其时”，是兼指百草和人生而说的。“时”的短长虽各有不同，但在一定时间内，有盛必有衰，而且是由盛而衰的。⑫立身：犹言树立一生的事业基础。⑬早：指盛时。⑭人生非金石：此句言生命的脆弱。金，言其坚。石，言其固。⑮寿考：犹言老寿。考，老也。⑯奄忽：急遽也。⑰随物化：犹言“随物而化”，指死亡。⑱荣名：指荣禄和声名。

[诗解]

转回车子驶向远方，路途遥远，长途跋涉，难以到达。

一路上四野广大而无边际，春天的东风摇动百草。

眼前的一切都是陌生的，像草之荣枯，人又何尝不很快地由少而老呢?

百草和人生的短长虽各有不同，但同样由盛而衰，既然如此，处世立业就必须即时把握。

人不如金石般坚固，人的生命是脆弱的，即使长寿也有尽期，岂能长久下去?

生命急遽地衰老、死亡，应立刻进取，获得声名与荣禄。

今日良宴会

[题解]

这首诗所歌咏的是听曲感心。写客中对酒听歌的感慨，托为阐明曲中的真意，发了一番议论。表现出“贫士失职而志不平”的愤激心情。

在“官本位”的封建社会，做官几乎是读书人谋求富贵、改变个人命运的唯一途径。但在东汉末年，一切权力集中在豪门贵族手中，一般士人只能望而兴叹。因此极易激起他们对现实的不满。诗的后六句所表现的，正是这一思想。人生一世，疾速如卷在暴风中的尘埃，作者为生命的短暂和渺小而伤心。正如沈德潜所说:“‘据要津’乃诡词也。古人感愤，每有此种。”(《古诗源》卷四）主张及时行乐是《十九首》中的一个消极主题。然而，这一消极主题却来自作者对生命的热爱，来自对理想与现实相矛盾的愤慨，因此作品于消极之中多少也含有积极的内容。实际上，及时行乐并未使他们解脱，即使在最欢乐的时刻，他们的心情也是极为沉重的。这首诗就很能说明这一点。

[原文]

今日良宴会①，欢乐难具陈②。
弹筝奋逸③响，新声④妙入神⑤。
令德⑥唱高言⑦，识曲听其真⑧。
齐心同所愿⑨，含意俱未申⑩。
人生寄一世，奄忽⑪若飙尘⑫。

何不策高足⑬，先据要路津⑭？
无为守⑮贫贱，轗（kǎn）轲常苦辛。

[注释]

①良宴会：犹言热闹的宴会。良，善也。②难具陈：犹言难以一一述说。具，备也。陈，列也。③奋逸：不同凡俗的音响。④新声：指当时最流行的曲调，指西北邻族传来的胡乐。⑤妙入神：称赞乐调旋律达到高度的完满调和。⑥令德：有令德的人，就是指知音者。令，善也。⑦唱高言：犹言发高论。唱，古作"倡"，这里泛用于言谈。⑧真：谓曲中真意。指知音的人不仅能欣赏音乐的悦耳，而且能用体会所得，发为高论。⑨齐心同所愿：这里是说对于听曲的感慨是人人心中都有，内容大致也差不多。同，一致的意思。⑩申：表达出来。⑪奄忽：急遽。⑫飙尘：指狂风里被卷起来的尘土。用此比喻人生，言其短促、空虚。⑬策高足：就是"捷足先得"的意思。策，本义为竹制的马鞭（头上有尖刺），引申为策略计谋的意思，这里指"谋划经营"。高足，良马的代称。⑭据要路津：是说占住重要的位置。路，路口。津，渡口。⑮守：本义是官吏的职责、职守，此为坚守。

[诗解]

今天的宴会真是好极了，这种欢乐的场面简直说不完。
这首筝曲的声调多么的飘逸，这是最时髦的乐曲，出神又妙化。
知音者通过乐曲发表高论，知音者能体会出音乐中的真意。
音乐的真意是大家的共同心愿，只是谁都不愿意真诚地说出来。
人生像寄旅一样只有一世，犹如尘土，刹那间便被那疾风吹散。
为什么不想办法捷足先登，先占据要位?
不要坚守贫贱，不要因不得志而辛苦地煎熬自己。

庭中有奇树

[题解]

本篇和《涉江采芙蓉》内容大致相同，都是折芳寄远。但前一篇是行客望乡的感慨，这一篇是思妇忆远的心情。

诗人始终暗用比兴的手法，以花来衬托人物，写出人物的内心世界。一方面，花事的兴盛，显示了人物的孤独和痛苦；另一方面，还隐藏着更深的一层意思，那就是：花事虽盛，可是风吹雨打，很快就会败落，那不正是主人公一生遭遇的象征吗？在《古诗十九首》的另一篇《冉冉孤生竹》里面，有这样一段话："伤彼蕙兰花，含英扬光辉；过时而不采，将随秋草萎。"用蕙兰花一到秋天便凋谢了，比喻女主人公的青春不长，红颜易老。这是我国古诗中常用的一种比喻。但是在《庭中有奇树》这一篇中，这一层意思却并不明白说出，题外之意，耐人寻味。

［原文］

庭①中有奇树②，绿叶发华③滋④。
攀条折其荣⑤，将以遗所思。
馨香盈⑥怀袖，路远莫致之⑦。
此物何足贵⑧，但感别经时。

［注释］

①庭：本义指厅堂，引申为堂阶前的地坪。②奇树：犹言美树。③华：指花。④滋：繁盛。⑤荣：即上句的"华"，木本植物开的叫作华，草本植物开的叫作荣，但可通用。⑥盈：充盈、充积。⑦路远莫致之：这句的意思是说路远而无人为之送达。致，送至。⑧贵：珍贵。

［诗解］

庭院里一株佳美的树，满树绿叶衬托着茂密的花朵，显得格外生气勃勃，春意盎然。

我攀着枝条，折下了最好看的一串树花，要把它赠送给日夜思念的亲人。

花的香气染满了我的衣襟和衣袖，天遥地远，花不可能送到亲人的手中。只是痴痴地手执着花儿，久久地站在树下，听任香气充满怀袖而无可奈何。

这花有什么珍贵呢？只是因为别离太久，想借着花儿表达怀念之情罢了。

对花泣泪

纵使鲜花盛开，可女子依旧对花落泪，因为思念的人远在天边，只能在心中默默地祝愿。

凛凛岁云暮

[题解]

这首诗通过对寒冬深夜里梦境的描写，抒发因相思而坠入迷离恍惚中的怅惘心情。

诗中最大问题在于：“游子”与“良人”是一是二？诗中抒情主人公，即“同袍与我违”的“我”，究竟是男是女？这是否是一首怨诗？答曰：上文的“游子”即下文之“良人”，古今论者殆无异辞，自是一而非二。从全诗口吻看，抒情主人公显然为闺中思妇，是女性无疑。但第三个问题却有待斟酌。盖从“游子无寒衣”句看，主人公对“游子”是同情的；因“思”极而成“梦”，更多的是“感伤”之情。当然，怨与伤相去不远，伤极亦即成怨。汉代文人诗已接受“诗都”熏陶，此诗尤得温柔敦厚之旨，故以为诗意虽忧伤之至而终不及于怨。这在《古诗十九首》中确是出类拔萃之作。

[原文]

凛凛①岁云②暮，蝼蛄③夕④鸣悲⑤，
凉风率⑥已厉⑦，游子寒无衣。
锦衾遗洛浦，同袍与我违。
独宿累长夜，梦想见容辉⑧。
良人⑨惟古欢⑩，枉驾⑪惠⑫前绥⑬，
愿得常⑭巧笑⑮，携手同车归。
既来⑯不须臾⑰，又不处重闱⑱；
亮⑲无晨风⑳翼，焉能凌风飞？
眄睐㉑以适意㉒，引领遥相晞㉓。
徙倚㉔怀感伤，垂涕沾㉕双扉㉖。

[注释]

①凛凛：言寒气之甚。凛，寒也。②云：语助词，“将”的意思。③蝼蛄：害虫，夜喜就灯光飞鸣。④夕：一作“多”。⑤鸣悲：一作“悲鸣”。⑥率：大概的意思。⑦厉：猛烈。⑧“独宿”二句：意思是由于长期的独宿，所以分外

觉得夜长。累，积累，增加。容辉，犹言容颜，指下句的“良人”。⑨良人：古代妇女对丈夫尊称。⑩惟古欢：犹言念旧情。惟，思也。古，故也。欢，指欢爱的情感。⑪枉驾：是说不惜委屈自己驾车而来。枉，屈也。⑫惠：赐予的意思。⑬绥：挽人上车的绳索。结婚时，丈夫驾着车去迎接妻子，把绥授给她，引她上去。⑭常：一作“长”。⑮巧笑：是妇女美的一种姿态，出自《诗经·卫风》，这里是对丈夫亲昵的表示。⑯来：指“良人”入梦。⑰不须臾：没有一会儿。须臾，极短的时间。⑱重闱：犹言深闺。闱，闺门。⑲亮：信也。⑳晨风：鸟名，飞得最为迅疾，最初见于《毛诗》，而《十九首》亦屡见。㉑眄睐：斜视，斜睨。㉒适意：犹言慰怀。适，宽慰的意思。㉓引领遥相睎：既然没有晨风的健翅，飞到她所思念的人的身旁，在无可奈何的心情中，只有远望寄意，聊以自遣。引领，伸长脖子，凝神远望的形象。领，脖子。睎，眺望。㉔徙倚：徘徊，来回地走。㉕沾：濡湿。㉖扉：门扇。

［诗解］

寒冷的岁末，百虫非死即藏，那蝼蛄彻夜鸣叫而悲声不断。

冷风已吹得凛厉刺人，遥想那游子旅居外地而无寒衣。

结婚定情后不久，良人便远离家乡。

独宿而长夜漫漫，梦想见到亲爱的容颜。

梦中的夫君还是殷殷眷恋着往日的欢爱，梦中见到他依稀还是初来迎娶时的样子。

但愿此后长远过着欢乐的日子，生生世世携手共度此生。

好梦不长，良人归来既没有停留多久，更未在深闺中同自己亲热一番，一刹那便失其所在。

只恨自己没有晨风一样的双翼，不能凌风飞去，飞到良人的身边。

在无可奈何的心情中，伸长脖子远望寄意，聊以自遣。

只有依门倚立，低回而无所见，内心感伤，不禁泪流满面。

驱车上东门

［题解］

这首诗是写流荡在洛阳的游子因为看到北邙山的坟墓而触发的人生慨叹。

“人生忽如寄，寿无金石固。万岁更相送，贤圣莫能度。”个体生命面对滔滔的时间长河，既弥足珍贵，又卑微渺小。诗人力求超越旧有的价值观念，做出新的人生选择。

无论是露骨地宣称为摆脱贫贱而猎取功名，还是公开声言要把握短暂人生而及时行乐，都是丧失了屈原式的执着。在旧的理性规范解除之后表现出来的生命冲动，由于受到历史传统、客观环境和自身文化积淀的束缚，很难获得健康、乐观的内容和形式。

但值得注意的是，诗人在感叹短暂的人生时，虽出言愤激，却也并非真是甘心颓废，有人仍在洁身自好，寻觅精神上的永恒。

这首诗表达出主人公对人生如寄的悲叹，当然也隐含着对生命的热爱，然而对生命的热爱最终以只图眼前快活的形式表现出来，却是消极颓废的。

［原文］

驱①车上东门②，遥望郭北墓③。
白杨④何萧萧⑤，松柏夹广路⑥。
下有陈死人⑦，杳杳⑧即⑨长暮⑩。
潜寐黄泉下，千载永不寤⑪。
浩浩⑫阴阳移⑬，年命⑭如朝露⑮。
人生忽如寄⑯，寿无金石固。
万岁⑰更相迭⑱，圣贤莫能度⑲。
服食⑳求神仙，多为药所误。
不如饮美酒，被服纨与素㉑。

［注释］

①驱：奔驰，疾行。②东门：洛阳东城三门中最靠北的城门，东有三门，最是上东门。③郭北墓：指洛阳城北的北邙山。城阳恭王刘祉死，葬于北邙，其后王侯卿相亦多葬于此，遂成著名的公墓地带。④白杨：墓地上的树木。古代墓地，多种树木，用以坚固墓茔的土壤，并作为标志，便于子孙祭扫。⑤萧萧：木叶鸣风的悲声。只要有点微风，白杨叶就会颤动，发出一种萧萧的声音，使人感到悲哀。⑥广路：指墓道。北邙山是富贵人的墓地，墓门前有宽阔的墓道。⑦陈死人：久死之人。陈，久也。⑧杳杳：幽暗也。杳，本义为昏暗。⑨即：就也。⑩长暮：犹言长夜。夜是暗黑的，人死一入坟墓，就看不到光明，如同在长夜之中。⑪“潜寐”二句：这两句承上文“即长暮”而言，把“陈死人”

比作睡觉；可是他却睡在人所看不见的黄泉之下，千年也不会醒，以喻人死不可复生。潜寐，一作“寐潜”。寐，睡也。黄泉，指深到有泉水的地下。寤，醒也。⑫浩浩：水流无边无际的样子。⑬阴阳移：就是“四时运行”的意思。阴阳，指时间。古人把一切自然现象，都看作阴阳之理。例如天为阳，则地为阴；春夏为阳，则秋冬为阴。⑭年命：犹言寿命。⑮朝露：早晨的露水，太阳一晒就干。寓意生命如露水一样短促。⑯寄：本义为寄居，此处引申为寓居，言不久即归。⑰万岁：犹言自古。⑱更相迭：是说生死更迭，一代送一代，永无了时。⑲莫能度：指不能超越这一客观规律。度，通“渡”，超越的意思。⑳服食：指服用道家所炼丹药以求长生不老。㉑纨与素：都是白色的丝织品，就是绢。

望邙山

人生如朝露，何久自苦如此！人生由命非由他，有酒不饮奈明何。

[诗解]

驱车出了上东门，回头遥望城北，看见邙山墓地。

邙山墓地的白杨树，长风摇荡着枝条，万叶翻动，发出萧萧声响，松、柏长满墓道的两边。

陵墓的下面，是早已死去的先人，人死去就像堕入漫漫长夜。

寄身于永恒的黑暗中，沉睡于黄泉之下，千年万年，再也无法醒来。

春夏秋冬，流转无穷，而人的一生，却像早晨的露水，太阳一晒就消失了。

人生好像旅客寄宿，匆匆一夜，就走出店门，一去不返。人的寿命，并不像金子、石头那样坚固，经不起多少跌撞。

岁去年来，千岁万岁，往复不已；即便是圣人、贤人，也无法超越自然规律，长生不老。

神仙是不死的，然而服药求神仙，又常常被药毒死，贻误此生。

还不如喝点好酒，穿些好衣服，只图眼前快活！

去者日以疏

[题解]

这首诗和《驱车上东门》的内容基本相同，所表现的情感是前面一篇的引申。

从题材范围、艺术境界以至语言风格看来，有些近似《驱车上东门》，显然是游子所作。由于路出城郊，看到墟墓，有感于世路艰难、人生如寄，在死生大限的问题上，愤激地抒发了世乱怀归而不可得的怆痛之感。

《古诗十九首》虽说不是出于一个作者之手，但这些诗篇却都植根于东汉末年大动乱的历史土壤，因而具有共同的忧患意识。因为人生理想的幻灭而跌入颓废感伤的深谷的作者们，为了排遣苦闷，需要讽刺和抨击黑暗这一个惨雾迷漫的外宇宙；而更重要的是，他们还需要对自己的内宇宙进行反思：既然人生如寄，那么人生的价值观该是什么？人世既然是荣枯变幻、世态无常、危机重重、旦夕祸福，那么人生的最后归宿又将如何？

[原文]

去者①日以疏②，来者日以亲③。
出郭门④直视，但见丘与坟。
古墓犁为田，松柏摧为薪⑤。
白杨⑥多悲风，萧萧愁杀人。
思还故里闾⑦，欲归道无因⑧。

[注释]

①去者：与下句“来者”指客观现象中的一切事物。②疏：疏远。③日以亲：犹言一天比一天迫近。亲，亲近。以，古“以”“已”通用，义同。④郭门：城外曰郭，“郭门”就是外城的城门。⑤“古墓”二句：上句是说，古墓已平，被人犁成田地。下句是说，墓上的柏树，被人砍断，当作柴烧。犁，农具，这里作动词用，就是耕的意思。摧，折断。⑥白杨：也是种在丘墓间的树木。⑦故里闾：犹言故居。里，古代五家为邻，二十五家为里，后来泛指居所，凡是人户聚居的地方通称做“里”。闾，本义为里巷的大门。⑧因：由也。

[诗解]

死去的人随着岁月流逝，印象不免由模糊而转为空虚、幻灭。新生下来的一辈，自己原本不熟悉他们，可经过一次次的接触，就会印象加深而更加亲切。

走出城门，看到遍野古墓，油然怆恻，萌生起了生死存亡之痛。

他们的墓被平成耕地了，墓边的松柏也被摧毁而化为柴薪。

白杨为劲风所吹，发出萧萧的哀鸣，肃杀的秋意愁煞了人们的心。

人生如寄，岁月消逝得如此迅速，长期在外的游子，怎不触目惊心。只有及早返回故乡，以期享受乱离中的骨肉团圆之乐。想要归返故里，寻找过去的亲情，就是这个原因了。

明月皎夜光

[题解]

这首诗是秋夜即兴之作。篇中写出秋季景物的凄清，将失意的人生活的孤独和惆怅，归结到显贵的朋友不相援引，表现出无限怨望，词意是非常明显的。

诗中抒写了诗人的另一种失落，那就是一些文人在为共同利益的斗争中，标榜气节和忠义，而一旦他们在功名利禄的道路上展开竞争，原先的交谊就发生了变化。侥幸者和失意者的沉浮异势，使原来的友情徒具虚名，诗人一度笃信的伦理道德，也就在复杂的人际关系中顿时变得虚妄；这就是诗人所说的“昔我同门友，弃我如遗迹。良无盘石固，虚名复何益”。

[原文]

明月皎夜光①，促织鸣东壁②。
玉衡指孟冬③，众星何历历④。
白露沾野草⑤，时节忽⑥复易。
秋蝉鸣树间，玄鸟逝安适？
昔我同门友⑦，高举振六翮⑧。
不念携手好⑨，弃我如遗迹。
南箕北有斗，牵牛不负轭⑩。
良⑪无盘石⑫固，虚名复何益？

［注释］

①皎夜光：犹言明夜光。②促织鸣东壁：这句是表明气候已经进入寒冷的深秋。促织，蟋蟀的别名，一作“趣织”，“趣”是“促”的古字。蟋蟀的鸣声标志着秋天的到来，是妇女们忙着织寒衣的时候了。③玉衡指孟冬：是从星空的流转说明秋夜已深。玉衡，北斗七星之一。孟冬，冬季的第一个月，即十月。孟，长也。④历历：就是逐个的意思，众星行列分明的样子。⑤白露沾野草：是带有季节特征的秋天景象。⑥忽：本义为不重视、忽略，这里用引申义，急速、突然的意思。⑦同门友：同在师门受学的朋友。⑧翮：本义为羽毛中间的硬管，指尾羽或翼羽中那些大而硬的角质空心的羽轴。这里泛指鸟的翅膀。⑨携手好：指共患难的交谊。⑩“南箕”二句：这两句取《诗经》之语，加以变化，用来比喻“同门友”空有“同门”之名而无真实交谊。⑪良：确实。⑫盘：大石，用以象征坚定不移的感情。

［诗解］

皎洁的明月照亮了仲秋的夜色，东壁的蟋蟀低吟清唱着。

夜空北斗横转，那由玉衡、开阳、摇光三星组成的斗杓，正指向天象十二方位中的孟冬，闪烁的星辰，更如镶嵌天幕的明珠，把仲秋的夜空辉映得一片璀璨！

深秋，朦胧的草叶上，竟已沾满晶莹的露珠，深秋已在不知不觉中到来。时光之流转有多疾速啊！

而从那枝叶婆娑的树影间，又听到了断续的秋蝉鸣叫。怪不得往日的鸿雁都不见了，原来已是秋雁南归的时节了。

在京华求官的蹉跎岁月中，携手同游的同门好友，先就举翅高飞，腾达青云了。

而今却成了相见不相识的陌路人。在平步青云之际，把我留置身后而不屑一顾了！

遥望星空那“箕星”“斗星”“牵牛”星，它们既不能颠扬、斟酌和拉车，为什么还要取这样的名称。

真是虚有其名，然而星星不语，只是狡黠地眨着眼，它们仿佛是在嘲笑，你自己又怎么样呢？想到当年友人怎样信誓旦旦，声称同门之谊“坚如盘石”；而今“同门”虚名犹存，盘石友情安在？炎凉世态虚名又有何用呢？

东城高且长

[题解]

这首诗通过客中生活的一个偶然现象，反映出诗人空虚而无着落的现实苦闷和悲哀，与《西北有高楼》意境相似。

这首诗不仅描述诗人目击景象，其中还隐隐透露出诗人内心的痛苦骚动。生活竟如此重复，单调变化的只有匆匆逝去的无情时光。想到人的生命，就如这风中的绿草一般，繁茂的春夏一过，便又步入凄凄的衰秋，不但人生，自然界的一切生命，不都遭受时光流逝的迟暮之悲？这一切似乎都从相反方面，加强着诗人对人生的一种思索和意念：与其处处自我约束，等到迟暮之际再悲鸣哀叹，不如早些涤除烦忧，放开情怀，去寻求生活的乐趣。

[原文]

东城高且长，逶迤①自相属。
回风②动地起③，秋草萋已绿④。
四时更变化⑤，岁暮一何速！
晨风怀苦心⑥，蟋蟀伤局促⑦。
荡涤⑧放情志⑨，何为自结束⑩？
燕赵⑪多佳人，美者颜如玉⑫。
被服⑬罗裳衣，当户理⑭清曲。
音响一何悲！弦急知柱促⑮。
驰情⑯整中带⑰，沉吟⑱聊⑲踯躅⑳。
思为双飞燕㉑，衔泥巢君屋㉒。

[注释]

①逶迤：曲折而绵长的样子。②回风：空旷地方自下而上吹起的旋风。③动地起：言风力之劲。④萋已绿：犹言“绿已萋”，是说在秋风摇落之中，草的绿意已凄然向尽。萋，通作“凄”。绿，是草的生命力的表现。已，一作“以”。⑤更变化：谓互相更替变化。更，替。⑥怀苦心：即“忧心钦钦”之意。⑦蟋蟀伤局促：承上文“岁暮”而言。“伤局促”，隐喻人生短暂的悲哀，提示下文“何为自结束”的及时行乐的想法。局促，不开展也，“蟋蟀在堂”

就是“局促”的意思。秋季渐寒，蟋蟀就暖，由旷野入居室内，到了“在堂”，则是秋意已深的时候，而蟋蟀的生命也就垂将向尽了。⑧荡涤：犹言洗涤，指扫除一切忧虑。⑨放情志：谓展胸怀。⑩自结束：指自己在思想上拘束自己。结束，犹言拘束。⑪燕赵：今河北一带是古燕赵之地。⑫如玉：形容肤色洁白。⑬被服：犹言穿着。被，披也。⑭理：指“乐理”，当时艺人练习音乐歌唱叫作“乐理”。⑮弦急知柱促：是一个现象的两面，都是表明弹者情感的激动。⑯驰情：犹言遐想、深思。⑰中带：内衣的带子。一作“衣带”。⑱沉吟：沉思吟咏。⑲聊：姑且。⑳踯躅：驻足，且前且退貌，是一种极端悲哀的情感的表现。㉑思为双飞燕：愿与歌者成为“双飞燕”。㉒衔泥巢君屋：意指同居。君，指歌者。

[诗解]

洛阳城东面高高的城墙，曲折绵长，从鳞次栉比的楼宇、房舍外绕过一圈，又回到原处。

转眼又有秋风在大地上激荡而起，空旷地方自下而上吹起的旋风，犹如动地般地吹起，使往昔葱绿的草野霎时变得凄凄苍苍。

四季轮回，转眼一年又过去了！

在怅然失意的心境中，就是听那天地间的鸟啭虫鸣，也会让人苦闷。晨风忧心钦钦，蟋蟀也因寒秋降临而伤心哀鸣。不但人生，自然界的一切生命，都感到了时光的流逝与短暂。

何不早些涤除烦忧，放开情怀，去寻求生活的乐趣呢！

那燕、赵之地本来就有很多美女，美女容颜如玉般洁白秀美。

穿着罗裳薄衣随风飘逸拂动，端坐习练着清商之曲。

因为琴瑟之柱调得太紧促，那琴间竟似骤雨急风，听来分外悲惋动人。

体味曲中的含义，手在弄着衣带，无以自遣怅惘的心情，沉吟之余双足为之踯躅不前。

被佳人深沉的音律感动，心里遥想着与佳人成为“双飞燕”，衔泥筑巢永结爱侣。

孟冬寒气至

[题解]

这首诗和前面《凛凛岁云暮》一样，也是描写寒冬长夜里深闺思妇的别恨离愁，表现其坚定不移的爱情。前篇是空床独宿所产生的梦想，本篇是星空怅望而引起的遥思，两篇在意境上也是相类似的。这是妻子思念丈夫的诗。丈夫久别，凄然独处，对于季节的迁移和气候的变化异常敏感；因而先从季节、气候写起。全诗都是以“我”自诉衷曲的形式写出的。诗中处处有“我”，“我”之所在，即情之所在、景之所在、事之所在。景与事，皆化入“我”的心胸，融入“我”的情绪。

［原文］

孟冬①寒气至，北风何惨②栗③。
愁多知夜长④，仰观众星列⑤。
三五⑥明月满，四五⑦詹兔⑧缺。
客从远方来，遗⑨我一书札⑩。
上⑪言⑫长相思，下⑬言久离别。
置书怀袖中，三岁字不灭⑭。
一心抱区区⑮，惧君不识察⑯。

［注释］

①孟冬：冬季的第一个月，即十月。孟，长也。②惨：残酷、狠毒，或指悲痛、伤心、心情不舒畅。③栗：冷得发抖，这一词是兼指心理上和生理上的感受。④愁多知夜长：时入孟冬，主人公不仅感觉到“寒气”，同时感到“夜长”。对于无忧无虑的人来说，一觉睡到大天亮，根本不会觉察到夜已变长。主人公经年累月地思念丈夫，夜不成寐；一到冬季，“寒”与“愁”并，更感到长夜难明。⑤列：割、分，“裂”的古字，这里是排列的意思。⑥三五：阴历十五。⑦四五：阴历二十。⑧詹兔：“蟾兔”，民间把月中的黑影叫作“蟾兔”，后来就成为月的代称。⑨遗：给予、馈赠。⑩书札：引申为书信。札，古代用来写字

星空怅望

的小木片。⑪上：谓书札的开头。⑫言：本义为说、说话，这里指信中所写。⑬下：谓书札的结尾。这里是以“上”“下”概括全书的主要内容。⑭灭：本义指消灭、灭亡，这里是磨灭的意思。⑮区区：犹拳拳，诚恳而坚定的意思。⑯察：本义是观察、仔细看，这里引申为明察、知晓的意思。

［诗解］

农历十月，寒气逼人，呼啸而来的北风多么凛冽，一片肃杀之气。
满怀愁思，更觉夜晚漫长，抬头仰望天上罗列的星星。
十五月圆，二十月缺。
有客人从远地来，带给我一封信函。
信中先说他常常想念我，后面又说已经分离得太久了。
将信收藏在怀袖里，至今已过三年，字迹仍不曾磨灭。
我一心一意地爱着你，只怕你不知道这一切。

客从远方来

［题解］

此诗似乎是《孟冬寒气至》的姊妹篇。它以奇妙的思致，抒写了一位思妇的意外喜悦和痴情的浮想。张庚称“故人心尚尔”一句“直是声泪俱下”，“不觉兜底感切”，正是体味到了诗行之间所传达的这种悲喜交集之感（见《古诗十九首解》）。适应这一情感表现特点，此诗开篇也一改《古诗十九首》常从写景入手的惯例，而采用了突兀而起，直叙其事的方式。这是在阅读此诗时应该注意到的一种独特之处。

朱筠对此诗体会得更真切：“于不合欢时作‘合欢’想，口里是喜，心里是悲。更‘着以长相思，缘以结不解’，无中生有，奇绝幻绝！说至此，一似方成鸾交、未曾离者。结曰‘诗能’，形神俱忘矣。又谁知不能‘别离’者现已别离，‘一端绮’是悬想，‘合欢被’用乌有也？”（《古诗十九首说》）

［原文］

客从远方来，遗①我一端②绮③。
相去万余里，故人④心尚⑤尔⑥！
文彩⑦双鸳鸯，裁为合欢被⑧。

着[9]以长相思，缘[10]以结不解。
以胶投漆中，谁能别离此[11]？

[注释]

①遗：给予、馈赠的意思，指客替故人带来赠品。②一端：即半匹，长二丈。③绮：绫罗一类的丝织品。织成彩色花纹的叫“锦”，织成素色花纹的叫作“绮”。④故人：后世习用于朋友，指过去有交谊的友人。这里是指远离久别的丈夫。⑤尚：犹也。⑥尔：如此。指思旧之情。⑦文彩：指绮上面所织的花纹。⑧合欢被：是指把绮裁成表里两面合起来的被，所以有合欢之义，象征夫妇同居的愿望。合欢，原是植物名，汉朝凡是两面合来的物件都称为“合欢”。⑨着：被中装进丝绵，叫作“着”。⑩缘：被的四边缀以丝缕，叫作“缘”。“着”和“缘”，是古代制被的两个必要过程。因为“着”在中间的是绵，绵有绵长的意思，故云“着以长相思”。因为缘和因缘的缘，意义均同。“缘”在四边的是丝缕，丝缕是互相缀结的，故云“缘以结不解”。⑪“以胶”二句：胶漆在一起，就混合坚牢而无法分解，这里用以比喻两情融洽无间。投，本义为投掷，这里是加入混合的意思。

[诗解]

客人风尘仆仆，从远方送来了半匹织有文彩的素缎。

客人郑重其事地说，这是夫君特意从远方托他捎来的。它从万里之外的夫君处捎来，这丝丝缕缕，该包含着夫君对我的无尽关切和惦念之情！

绮缎上面织有华美的鸳鸯双栖图画，我将它裁做棉被面，做条温暖的合欢被。

被内须充实以丝绵，被缘边要以丝缕缀。丝绵使我联想到男女相思的绵长无尽，缘结暗示我夫妻之情永结同心。丝绵再长，终究有穷尽之时，缘结不解，终究有松散之日。

唯有胶和漆，黏合固结，难再分离。那么，就让我与夫君像胶和漆一样投合、固结吧，看谁还能将我们分隔！

月夜思

明月当空，孤枕难眠。夫君在千里之外托人带绮缎给女子，聊以慰相思。

明月何皎皎

[题解]

这首诗是写游子离愁的，诗中刻画了一个久客异乡、愁思辗转、夜不能寐的游子形象。他的乡愁是由皎皎明月引起的。夜深人静，那千里与共的明月，最易勾起羁旅人的思绪。

有说本诗为思妇之作，以其夫客行不归，忧愁而望思之也。或谓系游子久客思归之作。或以为系商贾、仕宦、独醒之人，感慨不得意，抚时兴悲，托词思归之作。

[原文]

明月何皎①皎，照我罗床帏②。
忧愁不能寐③，揽④衣起徘徊。
客⑤行虽云乐，不如早旋⑥归。
出户独彷徨⑦，愁思当告⑧谁？
引领⑨还入房，泪下⑩沾裳衣⑪。

[注释]

①皎：本义为洁白明亮。此处是引申义，为光照耀的意思。②罗床帏：指用罗制成的床帐。帏，本义是佩带的香囊，引申为帐子、幔幕。③寐：睡着。犹言披衣。④揽：本义指执、持，引申为提、撩起。⑤客：本义为寄居、旅居，住在他乡。这里指诗人自己，目的在于点出身处异地他乡的漂泊感。⑥旋：返回或归来。⑦彷徨：徘徊的意思。⑧告：本义为报告、上报。此处用为引申义，指把话说给别人听。⑨引领：伸着脖子远望。⑩泪下：一作下泪。⑪裳衣：一作衣裳。裳，本义为下衣，指古人穿的遮蔽下体的衣裙，男女都穿，是裙的一种，不是裤子。

[诗解]

明月为何这般皎洁光亮，照着我这罗制的床帐。

在这个不眠之夜，月光惹动了游子的愁肠。他披衣而起，心事重重地在空房中徘徊。

游子自思道：外面固然好，怎比得上家里呢？

在怅惘中，他打开房门走到外面，四下顾望，只见月光满地，夜凉如水。满怀愁绪又向谁倾诉呢？

他神色凄然地回到房里，独自落下泪来。

图书在版编目(CIP)数据

图解乐府诗集 / 郭茂倩编，崇贤书院释译. —合肥：黄山书社，2015.11

(经典传家系列丛书)

ISBN 978-7-5461-5317-9

Ⅰ.①图… Ⅱ.①郭… ②崇… Ⅲ.①乐府诗－诗集－中国－古代 Ⅳ.①I222.6

中国版本图书馆 CIP 数据核字(2015)第 286432 号

总 策 划　李　克
选题策划　汤吟菲　白剑峰
编辑统筹　刘　春
责任编辑　程　景
装帧设计　未　氓
责任印制　戚　帅
出版发行　时代出版传媒股份有限公司(http://www.press-mart.com)
　　　　　黄山书社(http://www.hspress.cn)
地址邮编　合肥市政务文化新区翡翠路 1118 号出版传媒广场 7 层　230071
印　　刷　安徽新华印刷股份有限公司
版　　次　2016 年 3 月第 1 版
印　　次　2018 年 10 月第 3 次印刷
开　　本　700mm×1000mm　1/16
字　　数　320 千
印　　张　21
书　　号　ISBN 978-7-5461-5317-9
定　　价　29.80 元

服务热线　0551－63533706

销售热线　0551－63533761

官方直营书店(http://hsssbook.taobao.com)